KB155227

Scarlet
스칼렛

www.bbulmedia.com

연애
혁명

연애행정

1판 1쇄 찍음 2015년 10월 01일
1판 1쇄 펴냄 2015년 10월 06일

지은이 | 윤해조
펴낸이 | 정 필
펴낸곳 | (주)뿔미디어

기획 · 편집 | 강서윤

출판등록 | 2002년 9월 11일 (제1081-1-132호)
주소 | 경기도 부천시 원미구 소향로 17, 303(두성프라자)
전화 | 032)651-6513 / 팩스 032)651-6094
E-mail | scarlets2012@hanmail.net
블로그 | http://blog.naver.com/dahyangs
홈페이지 | http://bbulmedia.com

값 9,000원

ISBN 979-11-315-6839-2 03810

윤해조
장편 소설

SCARLET
ROMANCE STORY

연애 협정
Love
Agreement

C O N T E N T S

프롤로그

　　W호텔 2층에 자리 잡은 커피숍에는 한 남자가 앉아 있었다. 그 남자는 무심한 표정으로 하얀 종이를 넘겨 보고 있었다. 주변에서 아무리 남자에게 시선을 던져도 남자는 느끼지 못하는지, 혹은 그냥 무시하는지, 아무렇지도 않게 서류에만 집중했다.

　　남자는 흔히 말하는 곱상하게 생긴 얼굴을 가지고 있었다. 하나 앉아 있어도 딱 보이는 쭉 뻗은 팔과 다리는 남자의 키가 큼을 증명하고 있었고, 얼굴은 곱상하다지만 전체적으로는 남자답다고 저절로 느껴질 정도로, 남자는 '잘생긴' 남자에 속했다. 얼핏 보면 '섹시한' 남자이기도 했다.

　　그러니 커피숍에서 일을 하는 여직원의 시선도, 손님으로 온 여자들의 시선도 한 몸에 받고 있었다. 또한 남자들도 시선을 힐끔 던졌다. 저 남자에 비해 나는 오징어야, 저절로 드는 생각에 자괴

7

감을 느끼고 있었다.

그때였다. 그저 묵묵히 서류만 보던 남자가 신경질적으로 탁 소리가 나게 테이블 위에 서류를 내려놓았다. 남자의 팔목에 곱게 감싸진 비싼 명품 시계가 남자의 미간을 한층 더 깊게 만들었다.

"……30분이 지났군."

약속은 2시 정각. 그러나 지금은 정확히 30분이 지난 2시 30분을 향해 있었다.

본래 기다리는 것을 싫어하는 남자였다. 1분이라도 어겼다간 아무리 중요한 약속을 했더라도 그 자리를 떠 버린다. 다만 저 같은 성격 나쁜 놈과 친구를 해 준 자신의 친구, 종현의 소개였기 때문에 인내심에 인내심을 거듭해서 30분까지 기다리고 있었던 것이다.

천하의 권우재가 30분이나 기다렸다면 말 다한 것이다.

우재는 미련이라고는 눈곱만큼도 없이 벌떡 일어났다. 5분을 더 기다린 것만으로도 충분했다. 우재가 커피숍에서 나가기 위해 서류를 챙겼을 때였다. 커피숍 문에 달린 종이 울렸다. 그가 자동적으로 고개를 들었다. 한 여자가 위풍당당한 걸음으로 들어오고 있었다.

그 여자는 발레리나처럼 머리를 틀어 올린 채였다. 덕분에 작은 얼굴이 고스란히 드러나서, 얼굴 전체를 다 볼 수 있었다. 걸음걸이는 우아했고, 당당함이 넘쳤다. 그다지 화려한 옷이 아님에도 전체적인 분위기로 인해서 그런지 화려한 느낌도 들었다.

전체적으로 아름다운 느낌이지만, 특유의 분위기 때문인지 미모가 더 돋보였다.

"권우재 씨?"

톡톡 튀는 목소리가 자신의 이름을 내뱉었다. 우재는 퍼뜩 정신을 차렸다.

'저 여자군.'

금방 알아차렸다. 친한 벗이 소개해 준, 30분이 넘도록 약속 자리에 늦은 여자였다.

"죄송해요. 제가 좀 늦었죠?"

다른 사람의 기준에 35분은 '조금' 일지도 모르겠지만, 적어도 우재에게 있어서 35분은 조금이 아닌 '많이'였다. 우재가 5분 이상 상대를 기다려 본 적은 아마, 눈앞의 여자가 처음일 것이다.

마음 같아서는 이미 진작 이 자리를 떴지만, 친우를 생각하는 마음에 35분이나 앉아 있었던 우재는 다시 앉아 신사적인 스마일을 지으며 입을 열었다.

"뭐, 35분이 조금이라면 조금일지도 모르겠지만요. 그러는 그쪽은 뭐 하다 35분이나 늦었습니까?"

웃으면서 살살 비꼬았다. 그러나 여자는 알아차리지 못했는지 생글거리며 우재의 앞에 앉았다.

"오다가 사고가 났거든요."

그렇군. 우재는 나름대로 35분이나 늦은 이유에 대해 납득을 했다.

"첫 만남이니 먼저 가서 기다리려고 평소보다 일찍 나왔는데, 마음이 급했는지 과격 운전을 좀 했거든요."

그러나 곧 이어지는 여자의 말에, 커피 잔을 들고 있던 우재의 손이 움찔 떨렸다. 고개를 천천히 들어 여자를 보았다. 여자는 우

9

재와 눈이 마주치자마자 빙긋 미소를 지었다.

"앞차를 박아 버렸지 뭐예요."

"……누가, 말입니까."

"제가요."

여자는 당당하게 말을 했다. 우재는 어처구니가 없었다. 처음 보는 사람 앞에서 자신이 차 사고를 냈다는 것을 여지없이 드러내는 그 말투에 이미 질려 버린 우재는 더 이상 볼 것도 없다고 판단했다. 그래서 이만 자리를 정리하기로 했다.

시간이 아깝다. 벌써 결재해야 할 서류 세 개는 보고 처리하고도 남을 시간이었다. 고작 만난 지 5분밖에 안 되었지만, 눈앞의 여자가 어떤 여자인지는 훤히 다 보였다.

"한예라 씨."

"어머, 제 이름 아시네요?"

"……후."

"권우재 씨, 혹시 제 직업도 아세요?"

예라의 질문에 우재는 손을 내밀어서 그만 말하라는 제스처를 취했다. 그럼에도 예라는 다시 입을 열었다.

"하긴. 다 들었겠다."

"한예라 씨. 난 이 자리, 없었던 걸로 하겠습니다."

"네에? 왜요?"

얼핏 보면 백치미도 있어 보였다. 아님 눈치가 없든가.

여자의 직업은 화가라고 했다. 그림을 그리는 여자라고 해서 조금은 궁금한 마음에 인터넷 검색창에 한예라란 이름을 검색했었다. 의외로 그림 쪽으로는 유명한 여자였다. 이름이 꽤나 알려진 화가였다. 주로 동양화를 그리지만 때론 풍경화를 그리기도 했다.

그림을 보고 있자면, 그림 보는 눈이 없어도 참 잘 그리는구나, 싶었다. 물론 사진도 검색을 통해서 봤었다. 그래서 괜찮은 여자인가 싶었는데, 지금 보니 영락없이 꽝이다.

"난 그쪽처럼 시끄러운 여자는 질색입니다."

"뭐, 입이야 다물면 되는 거고."

"……말투가 그렇게 예의 없는 것도 질색입니다."

"그건 고치면 되는 거고."

"……언제 봤다고 반말입니까."

슬슬 우재의 인내심이 바닥을 보이고 있었다. 벌써 10분이라는 시간이 지났다. 결재 서류 5개가 지나가고 있었다.

"저는 이 자리, 절대 포기 못 해요."

예라가 입을 열었다. 어떻게 하면 저 여자가 입을 다물고 포기를 할까, 생각 중이던 우재가 고개를 들었다. 여자는 굳게 다짐을 한 표정이다. 절대로 양보를 못 하겠다는 모습에 잠시 우재는 여자의 얼굴을 바라보았다. 그러나 곧 정신을 차리고 비소를 지었다.

"왜지?"

"이유가 궁금해요?"

또다시 생글거리며 물었다. 우재는 더 이상 여자와 대화를 하는 것이 마음에 들지 않았다. 막무가내인 한예라라는 여자를 뒤로한 채 그냥 나가야겠다 생각한 무렵이었다.

"그건 비밀이에요."

권우재 인생에서 들어 본 말 중에서 가장 어처구니가 없는 말이었다. 그는 픽 웃으며 예라를 바라보았다. 그러나 그녀의 눈빛이 사뭇 진지했다. 가만히 예라를 바라보던 우재가 두 손으로 턱을 괸 채 시선을 고정했다.

조금은 흥미가 생겼다. 그러니까, 신기해서 흥미가 생긴 것뿐이다.

여태 자신의 시선이 날카롭고 차갑다며, 때론 무서워서 제대로 눈을 마주하지 못하는 사람들이 대부분이었다. 아주 드물게, 친우만이 자신의 시선은 아무렇지도 않다며 농담도 하고 장난도 걸곤 했었다. 눈빛을 그대로 받고서도 아무렇지도 않은 사람은, 친구 종현 한 사람뿐이었다.

그러나 눈앞의 여자도 마찬가지였다. 피하지 않고 오히려 그 시선에 되레 눈빛을 빛내며 생글거리고 있었다. 어떻게 보면 마음에 들지 않는데, 한편으로는 또 흥미가 생겼다.

"나는 그쪽에게 관심이 전혀 없습니다."

전혀란 단어에 힘을 주었음에도 예라는 그대로였다.

"어머, 그러세요. 뭐, 그거야 권우재 씨는 나와는 입장이 다른 거니까요. 나는 권우재 씨를 계속 만나야 하거든요."

"눈치가 참 없네."

"뭐…… 그런 말 자주 들어요."

우재의 표정이 곧 차갑게 굳었다. 농담 따 먹기를 할 시간은 그에게 주어지지 않았다. 벌써 15분이라는 시간이 흘렀다. 대충 무시하고 일어나려고 했다.

"나랑 조건 걸고 일단 만나요."

우재의 시선이 조금 더 굳었다. 그럼에도 예라는 씩 웃었다. 미소는 참 예쁘군, 이라고 무심결에 생각해 버렸다.

"조건?"

"권우재 씨에게도 썩 나쁜 조건은 아닐걸요."

그리고 예라가 우아하게 미소를 지었다.

"나랑 협정 맺어요."

"……"

"협의해서 결정하는, 그 협정."

그녀의 웃는 얼굴에 반해 그는 여전히 무표정을 짓고 있었다.

"근데, 연애협정을."

그리고 그의 고운 미간이 서서히 일그러졌다.

1화

"쓸데없는 소리 하지 않는 게 좋을 텐데."

협박조의 말투와 낮은 목소리임에도 불구하고 예라는 눈 하나 움직이지 않았다. 그저 빙긋 웃으면서 입을 열었을 뿐이다.

"잘 들어 보면 권우재 씨에게 독이 되는 건 아무것도 없을 거예요."

"……."

"오히려 득이면 모를까."

우재는 낮게 가라앉은 눈으로 예라를 바라보았다. 과연 그녀가 내미는 조건이 무엇일지 짐작도 가지 않지만, 그럼에도 눈앞에 보이는 여자의 말은 왠지 모르게 일리가 있다고 느껴졌다. 그렇기에 우재는 한참 뒤, 다 식어 버린 커피를 한 모금 마신 후에 대답을 했다.

"조건이라는 거. 어디 한번 말해 보시죠."

예라는 여전히 미소를 짓고 있었다. 그녀가 천천히 입을 열었다.

"집안에서 심하게 결혼을 하라고 난리던데. 맞죠?"

"……뭐."

어깨를 으쓱여 보이는 우재를 바라보던 예라의 눈빛이 잠시 번뜩였다.

"일단 3개월간 우리 만나 봐요."

"……."

"3개월이란 시간이, 그 사람을 알기에 딱 좋은 시간 같아서요. 그 기간 동안 만나다가 권우재 씨가 보기에 내가 괜찮으면 계속 만나는 거고, 아니면 안 만나는 거고. 우리가 딱히 뭐, 결혼을 전제로 하고서 만나는 것도 아니잖아요."

한예라의 말에는 일리가 있었다. 실제로 우재는 집에서 심한 압박을 받아 왔다. 34년 인생을 살아오면서 자기 자신의 일 외에는 중요한 것을 본 적이 없었다. 그저 항상 살아가며 일을 하기에 바빴던 인생이다. 거짓말 하나 보태지 않고 그래 왔던 인생이고, 앞으로도 일을 하며 살아갈 예정이었다.

우재는 딱히 결혼이나 여자에 생각은 없었다. 그는 독신주의자라고 집에도 여러 번 말을 했었다. 덕분에 지위는 젊은 나이에 불쑥 올라갔지만 34년을 살아오면서 그의 곁에 있던 여자는 단 한 명도 없었다.

그렇기에 집에서 질릴 정도로 볶아 왔고, 그 덕분에 집에서 나와 독립해서 산 지 6년이 지났음에도 집에 불쑥 찾아오는 어머니나, 항상 문자나 전화로 괴롭히는 아버지 때문에 누구든 일단 만나야겠다고 판단을 했다. 그때 친우인 종현이 추천을 해 준 여자가 있다고 어머니가 기뻐하기에 만나게 된 것이다.

"당신이 3개월간 나에게 별 감정이 안 생긴다면, 끝인 걸로 하죠."

어딘가 이상한 말이지만, 무엇이 이상한지 알 수 없었다. 오히려 3개월간은 마음 편안하게 일을 할 수 있을 것 같다는 생각이 들었다. 혹은 잘하면 만난다는 핑계로 아무런 잔소리도 듣지 않을 수 있었다. 여자를 만나야겠다는 생각을 해 본 적은 없지만, 생각 외로 한예라가 괜찮으면 쭉 만날 수도 있었다.

좋은 쪽으로 생각한 그는 고개를 끄덕였다. 그러다 문득 예라가 왜 이렇게 적극적으로 나오는지 궁금했다.

"그런데 내게 이득이 있다고 쳐도 당신에게는 무슨 이득이 있는 거지?"

갑작스러운 반말에도 예라는 빙긋 미소를 지으며 대답을 했다.

"역시나 비밀이지요."

그녀의 대답이 찜찜하기는 했지만 우재는 별다른 말은 하지 않았다.

그렇게, 두 사람의 기간 한정 연애에 관한 협정이 맺어졌다.

— 누나. 야. 어떻게 됐냐?

집으로 돌아와서 화장을 지운 뒤, 씻고 나서 맥주 한 캔을 들고 TV 앞에 앉은 예라는 전화를 받았다. 액정에는 '우리 쫑'이라 되어 있었다.

"뭐…… 나야 좋았지. 우재 씨가 뭐래?"

— 벌써부터 이름 부르다니.

종현이 부르르 떠는 소리가 수화기 너머로 전부 들려오는 것만 같았다. 키득거리며 웃던 예라는 소파에 드러누웠다.

— 아버지는?

"일주일간 금강산 여행."

— 헤에. 이번에는 금강산 가셨구나.

한예라와 박종현. 두 사람은 이란성 쌍둥이였다. 다만, 부모님이 이혼을 하여 각자 아버지와 어머니를 따라가서 성이 다를 뿐이다. 얼핏 봐서는 쌍둥이라는 생각이 들지 않을 정도로 그다지 닮지 않은 사이라 친척이나 혹은 남매라는 소리는 들었어도 쌍둥이라는 소리는 딱히 들어 보지 못했다.

"야. 내가 오늘 무슨 얘기 꺼낸 줄 아냐? 자꾸만 집에 가려고 하기에."

— 누나. 걔는 나도 포기한 일중독자야. 일중독 되기 전에는 공부중독자였어. 무서운 새끼.

"아무튼 들어 봐."

예라는 오늘 있었던 일을 5분 늦게 태어난 동생에게 전부 다 말했다. 잠자코 듣고 있던 종현은 예라의 말이 끝나자마자 낮게 한숨을 쉬었다.

— 후우. 누나.

"왜. 동생아."

— 야. 너 미쳤냐. 남자가 걔밖에 없는 줄 알아?

"응."

— 미쳐도 단단히 미쳤지.

종현에게도 우재의 회사인 대영식품의 30주년 기념 파티의 초대장이 왔었다. 종현은 아무나 파트너로 데려갈 수도 없고, 누나와 만난 지도 오래되었다며 자신을 스타일리스트라 하고서 데리고 갔다.

그곳에서 예라는 우재를 보고 첫눈에 반했다.

처음에는 그저 잘생긴 남자여서 반했다고 생각했다. 그래서 계속해서 고민을 했었다. 이 남자를 내가 진짜 좋아하는 건가? 단지 외모에 반해서 연예인을 좋아하는 것처럼 좋아하는 것이 아닐까.

하지만 이런 마음이 세 달간 지속되었기에 마침내 예라는 인정을 했다. 첫눈에 반한다는 말도 있구나, 싶었다. 그래서 우재를 남몰래 속으로 좋아하다가 종현에게서 그의 집안 이야기를 들었다. 이때다 싶어 종현에게 소개해 달라고 해서 선이란 이름 아래 우재를 만나게 되었다.

— 하지만, 야. 권우재는 진짜 아니야. 냉정한 놈이라니까. 잘 생각해 보라고!

"알아. 대체 몇 번을 말하니?"

이미 종현에게서 지겹도록 들었던 말이 있었다.

권우재. 그는 34살의 나이로 대영식품의 이사 자리에 오른 남자였다. 얼마나 일만 했을까 싶기도 했다. 그런 그는 자신에게 메리트가 없는 일은 절대로 하지 않는다고 했다. 한번 무언가에 달려들면 무섭게 달려들어서 반드시 하고자 하는 일은 꼭 하는 성격에, 인간관계도 딱히 넓지 않아서 친구는 현재 종현 외에는 없다고 했다.

어떠한 여자도 사귀어 본 적 없다는 말에 놀랐다. 실제로 사귀지는 않아도 그의 주변에 여자가 참 많을 거라고 생각했다. 그러나 여자는 많았지만 그는 금강석으로 만들어진 철벽을 가진 것처럼, 그 어떤 여자도 곁에 다가오지 못하게 했다고 한다.

— 누나. 우재 놈은 누나가 아무리 해도, 안 돼.

"될지 안 될지 어떻게 알아."

— 대체 냉정한 그놈이 어디가 좋은 거야? 머리 좋고 얼굴이 잘생긴 것 외에는 뭐가 잘난 게 있다고 그래?

"나도 처음에는 그런 줄로만 알았어."

이유는 모르나, 자꾸만 생각이 났고 계속해서 보고 싶었다. 나중에는 개인적으로 만나고 싶었다. 단지, 그뿐이었다. 그래서 결국은 종현에게 도움을 요청했고, 드디어 만나게 되었다.

'비록, 기간 한정이지만.'

마시던 맥주를 쭉 들이켜고 예라는 천장을 가만히 바라보았다. 그사이 종현의 목소리가 다시 귓가에 들려왔다.

— 어휴. 그 정 없는 놈을 대체 왜 하필 우리 누나가…….

"그래도 우재 씨, 주변에 여자 많았잖아?"

— 그렇긴 하지. 그런데 눈 하나 꿈쩍도 안 한다니까. 그런 철옹성 같은 놈.

배우인 종현과 비슷하다고 할 정도로 굉장히 키도 크고 잘생긴 외모를 가진 사람이 우재였다. 그래서 파티 때, 두 사람이 나란히 서 있으면 누가 연예인인지 알 수 없을 정도였다. 당시 슈트를 입고 있었기 때문에 더욱더 그의 외모가 돋보였었다.

"그냥, 좋아. 사람 좋아하는 데 이유가 있나."

정말로 그냥 좋았다. 이상할 만큼 한 사람에게 푹 빠져서, 그를 만나기까지 4개월 동안 내내 정신이 없을 정도였다. 그림도 새로 그려야 하는데 이상하게 그 남자의 그림만 그려졌다. 잘 알지도 못하는 그를.

"아무튼, 넌 여전히 모른 척해."

— 왜? 말하면 안 돼?

"어. 왠지 말하게 되면, 네 친누나니까 괜히 관심 없어도 있는 척할 것 같아서."

자신의 매력으로 당당히 그를 얻을 것이다.

그녀는 다짐했다. 앞으로 3개월간, 그를 얻기 위해 무던히 노력할 것이라고.

❖

띵동—

예정 없던 벨소리에 들여다보던 노트북에서 시선을 뗀 우재가 인상을 찌푸리며 고개를 들었다. 이곳에 예정 없이 찾아올 사람은 우재의 기억 속에서 단 한 사람뿐이다.

"얘, 아들. 우재야. 집에 있니?"

우재의 엄마, 강숙희였다.

낯익은 목소리에 우재는 낮게 한숨을 쉬며 노트북을 옆에 내려놓았다. 없는 척하기엔 자신의 생활 패턴을 누구보다 잘 아는 자신의 어머니였기에 결국 천천히 일어나 문을 열 수밖에 없었다.

"오셨어요."

"그래. 하도 얼굴 안 비추는 못난 아들 녀석 때문에 이렇게 엄마가 직접 찾아왔다."

미안한 척이나 반가운 척이라도 해 줄 법한데 우재의 표정은 그대로였다. 오히려 자신의 일을 방해해서 불청객을 맞이하는 얼굴이 되어 있었다. 이미 익숙하기에 숙희는 집 안으로 들어섰다. 곧 켜진 노트북을 보고 뭐 하고 있었는지 다 알겠다는 듯이 낮게 한숨을 쉬었다.

"또 일이니?"

"새삼스럽게."

"그래. 그 아가씨는 만났니?"

"네."

"어떻든?"

글쎄, 어떻더라.

잠시 우재는 생각을 해 보았다. 아무리 생각해도 첫인상은 최악이었다. 가장 싫어하는, 시간을 지키지 않는 일을 바로 한예라가 했으니까. 그것도 자신이 차를 몰고 오다가 사고를 냈다는 말에 좋은 인상을 가질 수가 없었다.

다만, 입 다물고 미소만 짓고 있으면 굉장히 우아하면서도 고운 모습이라는 생각이 들긴 들었다.

"사진으로 볼 땐 매우 예쁜 아가씨던데. 사진만큼 참하지?"

"……."

"왜 대답이 없니? 설마, 너……."

"계속 만나자고 했어요."

"네가?"

"아뇨. 그럴 리가."

정색을 하며 대답을 해 오는 아들의 대답에 숙희는 우재의 팔을 찰싹 소리가 나게 때렸다. 그러자 아무런 반응도 하지 않던 우재의 미간에 주름이 잔뜩 졌다.

"어머니. 제 나이가 몇인데."

"나이만 먹었지, 네 아버지랑 어머니 속만 썩이지."

"……그래서 만나기로 했잖습니까."

"그래. 그건 잘했다. 그런데 그 말을 그 아가씨가 했다고? 네가 하지 않고?"

"……누가 하든, 상관없잖습니까."

어쨌든 만나니까.

그 대답에 숙희가 낮게 한숨을 쉬었다. 어쩜 이렇게 여자에게 관심이 없나 싶었다. 처음에야 이런 아들의 모습이 좋았다. 나중에 만나게 될 한 여자에게 모든 것을 다 바칠 것 같은, 그런 로맨틱한 남자가 바로 제 아들인가 싶었다. 그러나 군대에 갔다 오고, 곧 20대 후반이 지나자 불안해지기 시작했다. 그리고 그 불안감은 곧 현실이 되기 시작했다.

"네가 하도 여자를 안 만나니까 그러지 않니!"

찰싹. 또 한 대를 때렸지만 이번에는 우재가 반응을 하지 않았다. 결국 숙희는 한숨을 쉬며 들고 온 보자기를 식탁에 내려놓았다. 그러자 숙희의 옆에 온 우재는 보자기가 펼쳐지자 가만히 바라보다가 제 어머니의 손을 잡았다. 아들의 큰 손이 올라오자 숙희가 고개를 들었다.

"뭘 또 이런 걸 가져오셨습니까."

말투는 무뚝뚝해도 싫어하지 않는다는 걸 알아차린 숙희가 미소를 지었다.

"우재야. 넌 다 좋은데, 이제 장가만 가면 네 부모님 소원이 이루어지는 거란다. 하나밖에 없는 자식인데."

"……노력해 보죠."

"처음 만나는 여자 아니니. 그러니 잘 좀 해 보렴."

우재는 대충 고개를 끄덕였다. 그러자 그 반응이 마음에 들지 않았는지 숙희가 다시 손을 휙 들자, 우재는 어머니를 식탁 의자에 앉게 했다. 그러고는 냉장고를 열어서 숙희가 가져온 반찬들을 정리해서 넣었다.

"어머니. 점심 안 드시고 오셨을 테니 같이 점심이나 먹으러 가시죠."

"됐다."

"뭐 드시고 싶으십니까."

"그 아가씨 얘기나 계속해 보렴."

"……어머니. 어찌 되었든 만나기로 했다고 하지 않습니까."

"흥. 거짓말일지 어떻게 아니."

그 대답에서 우재는 알 수 있었다. 분명 감시할 사람을 두었을 거라고. 만약 예라를 계속 만나지 않는다면 다른 여자를 만나라고 압박을 하고 또 했을 것이다. 어찌 보면 한예라의 말이 맞았다. 부모님을 이길 수 없는 우재로서는 분명 또 만났을 것이다.

차라리, 이해관계가 통하는 한예라를 만나는 편이 훨씬 나을 것이다.

우재는 틈틈이 예라를 만나서 어머니 숙희의 마음을 편안하게 해 주어야겠다는 생각이 들었다. 그렇지 않으면 또 귀찮은 일이 생길 것이 뻔했다.

'정말 귀찮군.'

❖

온새미로.

화가 한강한과 또 다른 화가 한예라가 같이 머무르고 있는 갤러리 이름이다. 두 사람의 그림이 같이 전시될 때도 있지만 대부분 시기가 달라서 한 사람이 먼저 전시회를 열고, 그다음에 다른 사람이 전시회를 열곤 했었다.

이곳은 유난히 유명했다. 그림이 무척 아름다운 것도 있지만, 무엇보다도 부녀가 같이 머무르는 갤러리란 점이 유명세를 더했다. 또한 아직도 명성이 있는 여배우 박나경과 모친을 따라 배우가 되었다가 현재 한국의 주역 배우가 된 박종현이 종종 들른다는 소문에 의해서 더 유명해졌다. 배우도 반한 화가라 하여 사람들의 발이 끊이질 않았다.

관장은 분명 아버지 한강한이었지만 자리를 비울 때가 많아 아예 관장 자리를 딸에게 넘겨주었기에, 관장이 된 예라는 자주 나와서 갤러리를 둘러봤다.

"관장님. 오늘따라 기분이 좋아 보이세요."

능력 좋은 큐레이터라서 예라가 유난히 아끼는 승희가 말을 걸어왔다. 싱글벙글 웃던 예라가 한 바퀴 빙 돌았다.

"오늘 옷 어때요?"

"정말 예쁘세요."

"승희 씨도 참, 빈말은……. 승희 씨에게 떨어지는 거 없어요."

"에이. 정말이에요. 관장님은 정말 예쁜데, 말투만 좀 조심하시면……."

"네, 네. 나도 알아요. 그러니까 그만, 쉿."

승희가 키득거리며 웃자 예라는 승희의 어깨를 툭 쳤다. 곧 첫 손님이 들어오자 큐레이터인 승희는 일을 하러 갔다. 예라는 승희와, 또 다른 큐레이터 세라에게 갤러리를 맡기고서 안으로 들어왔다. 책상 앞에 앉은 예라는 피식 웃다가 핸드폰을 들었다.

그날 이후로 일주일 만에 보는 자리였다. 그때는 정말이지, 민망하긴 했다. 겨우 만나게 되어 좋은 인상을 주기 위해 최소한 15분이나 10분 전에 미리 가서 앉아 있으려 했다. 그러나 차가 막히기 시작해서 무작정 액셀을 밟았더니 결국 사고를 내고 말았다. 보험을 들어 놨기에 망정이지, 안 그랬으면 돈도 많이 나오고 시간도 더 걸릴 뻔했다.

"휴우. 이번에는 잘 보여야지."

누구나 좋아하는 상대에게 잘 보이고 싶은 마음이 있듯이 예라도 마찬가지였다. 끙끙 앓다가 속 시원하게 겨우 만났는데, 한 번의 만남으로 끝을 낼 생각은 아니었다.

"물론 지금은 날 이용하는 거겠지만."

예라의 표정이 단숨에 시무룩해졌다.

따지고 보면, 그는 귀찮은 잔소리에 시달리지 않고 편안히 일을 하기 위해서 자신의 조건을 받아들였을 것이다. 그리고 3개월이 지나면 서로 갈 길을 가자고 하겠지. 언제 만났느냐는 것처럼, 다시 타인으로 지내게 될 것이다.

그것만큼은 싫었다. 그러니 3개월 안에 승부를 봐야만 했다. 먼저 그가 자신을 돌아봐 줄 수 있도록, 첫 만남에 실수했던 것을 슬슬 만회할 차례였다.

오늘은 토요일. 따지자면 회사원인 우재는 쉬는 날이지만 갤러리는 토요일까지 하기에 예라는 오늘도 일을 하고 있었다. 때문에 오후 세 시에 보기로 했다.

"이 영화는 좋아하려나."

최근 개봉한 영화들을 살펴보며 예라는 방실 웃고 있었다. 종현에게 물어서 알아보니, 유일한 취미가 영화 보는 것이라 했다. 그 점은 종현과 맞아서 두 사람은 종종 영화를 보곤 했다는 말을 들었었다.

"아, 난 영화는 질색인데."

반면 예라는 영화나 드라마를 좋아하지 않았다. 볼 때마다 눈이 아팠다. 그래도 종현이 나오는 드라마나 영화는 보곤 했지만, 그렇지 않으면 아예 TV 자체를 보지 않았다.

예라는 문자로 우재에게 영화 예매하게 최근 영화 중 보고 싶은 걸 알려 달라고 했다. 그러나 역시 답은 오지 않았다. 한 시간 정도가 흐른 뒤, 결국 예라는 가장 끌리는 영화 하나를 예매하고 아무거나 예매하겠다고 문자를 했다.

"근데 일중독자가 최근 영화를 알까?"

아마도 모르겠지.

"영화도 DVD로 볼 것 같아."

예라는 정말 그럴 거라고는 생각도 하지 않았다.

우재에게서 답장이 온 것은 정확히 만나기 30분 전이었다.

[그러세요.]

아주 짧은 대답이 돌아왔다. 핸드폰을 든 손에 힘이 잠깐 들어갔지만 예라는 빙긋 미소를 지었다.

"그래. 상대방은…… 일중독자야. 그것도 아주 심각한."

자신도 가끔은 그림을 그리느라 푹 빠지면 이틀이고 사흘이고 방에 틀어박혀서 창작 활동을 하곤 했었다. 그러나 우재는 이런 것과 달랐다. 그저 일상이 일이고, 심지어 일과 결혼했다고 볼 수 있을 만큼 일을 사랑하는 남자였다.

신은 무심하게도 그런 남자에게 잘난 외모와 몸매를 주었다. 비록 제대로 된 성격을 주지 못하셨기에 그는 '아주 완벽한' 인간은 아니지만 일 처리 능력은 뛰어났기에 '완벽한' 인간 정도로는 볼 수 있었다.

"하필 그런 인간을 좋아해서……."

여자에게는 눈곱만큼도 다정하지 않고, 심지어 매정하고 아예 무관심으로 일관하는 사람이 바로 권우재였다. 그걸 알면서도 예라는 그에게 달려들기로 한 것이다.

"힘내자, 한예라."

예라는 빙긋 웃었다. 사실은 자신이 없지만, 두 번째 만남이니 자신감을 가지고 다가가 보기로 다짐했다.

"어머, 우재 씨! 먼저 나와 있었네요."

정확히 일주일 만에 본 여자였다. 확실히 외견상 예쁜 여자였다. 머리도 작고, 눈, 코, 입도 그 작은 얼굴에 오밀조밀 다 들어가 있었고, 머리카락은 짧았지만 정말 잘 어울리는 단발머리에, 머릿결은 짙은 브라운 계통이다. 화장은 진하지 않아도 예쁜…… 몸매도 키도 딱 좋은 여자였다.

다만, 눈앞의 여자는 이미 첫 만남부터 인상이 꽝이었고, 지금은 제멋대로 이름까지 부르고 있었다.

"왜 그러세요?"

"이름……."

"아, 제가 우재 씨라고 해서 그래요? 싫어요?"

저렇게 대놓고 싫으냐고 물으면 누가 싫다고 할까. 그렇게까지 막돼먹은 인간은 아니었다. 게다가 면전에 대놓고 싫다 해도 여자에게는 눈곱만큼도 타격을 입히지 못할 것 같아 우재는 낮게 한숨을 쉬었다.

"내가 싫다고 하면, 그만둘 겁니까?"

"그건 아니죠."

"……맘대로 하시죠."

"네, 네. 참. 맘대로 영화 예매하라고 해서 했는데."

"대체…… 뭘 했습니까."

우재는 영화를 좋아하지만 가끔 쉬는 날, 대형 마트나 근처 비디오 가게에서 DVD를 사거나 빌려 보는 것을 즐겼다. 그렇기에 최근 영화가 뭐 있는지도 몰라서 마음대로 하게 놔뒀다.

그리고 예라가 예매를 했다고 들고 온 팸플릿을 받은 순간, 그 말을 후회했다. 마음대로 하라는 말, 두 번 다시 눈앞의 여자에게는 쓰지 않기로 했다.

"재미있어 보이더라고요."

"……."

"왜 그러세요? 마음에 안 드세요? 그럼 취소하고 바꿀게요."

그녀가 예매를 한 영화는 그가 별로 좋아하지 않는 장르인 멜로였다. 보면 볼수록 소름이 돋아서 보려다가 포기를 한 첫 멜로 영화를 기점으로 해서 멜로 영화는 죄다 보지 않았었다. 그런데 하필 예라가 그 장르로 예매를 해 놓은 것이다.

이미 예약을 해 와서 표까지 끊었기에, 결국 볼 수밖에 없었다. 싫으니 당장 바꿔 오라고 할 수도 없었다. 이로써 예라가 마음에 들지 않은 이유가 또 생겼다. 물론, 제가 아무거나 예약을 하라고 한 것도 있지만.

"혹시 팝콘 같은 거 먹어요?"

"딱히."

"그럼 그냥 들어가요."

"한예라 씨."

"네."

"영화 좋아하십니까."

"네, 뭐…… 가끔, 좋아하는 줄거리면 보는 편이에요."

자리는 나름 좋은 곳으로 예매를 해 놓았다. 가운데 자리에 앉아서 가만히 틀어 주는 광고를 볼 무렵, 예라가 말을 걸어왔다.

"저기, 우재 씨. 근데 이 영화는 안 좋아하는 편인가 봐요."

"누가. 내가?"

"네. 표정이 좀……."

그래도 눈치는 있는 여자군 싶었다.

'아니, 눈치가 있었으면 처음 봤던 날, 내가 싫어하는 티를 냈다

는 것 정도는 알았을 텐데.'

뭐가 뭔지 모르겠다. 우재는 알 수 없는 느낌에 미간을 찌푸렸다.

그런 우재를 보고 예라는 괜한 오해를 했다. 이게 싫으면 미리 말을 할 것이지, 영화 시간까지 기다리다가 안에 들어와서 티를 내면 어떻게 하란 말인가 싶었다.

'뭐…… 그게 권우재라는 거겠지.'

결국에는 그런 남자를 좋아한 자신이 짊어지고 가야 할 짐이나 다름이 없었다. 그래도 예라는 좋았다. 제가 만나자고 한 말에 순순히 알겠다고 나와 준 것이 고마웠기 때문이다.

예라가 그렇게 오해를 하고 있을 무렵, 영화가 시작되고 화면을 주시하는 우재는 그녀의 예상과는 달리, 지금 두고 온 일거리들과 재미없을 것 같은 영화, 그리고 이렇게라도 가끔씩 만나지 않으면 어머니가 의심을 할 거라는 그런 생각들을 하고 있었다.

제발 결혼 좀 해라. 아니면 여자라도 만나라. 그렇지 않으면 넌 성적 취향이 다른 걸로 알겠다! ……하는 소리들을 6년 동안 들으니, 이제 귀가 아프고 질렸다. 결국 다른 수가 없어 이 길을 택했다.

'이러다간 정략결혼이라도 하게 생겼군.'

대영식품 사장의 아들로 태어났다. 하지만 낙하산이라는 소리를 듣고 싶지 않아, 지금 우재가 있는 자리는 자신의 힘으로 올라온 것이다. 그래서 아주 좋은 여자들이 줄줄이 우재의 앞에 줄을 섰다. 그의 능력과 외모를 높게 산 그의 상사나 주변 사람들이 자신의 딸들을 우재에게 내놓았기 때문이다. 실제로 그런 우재에게 반해서 따라붙는 경우도 있었다.

우재는 생각이 없었기 때문에 칼같이 거절을 해 왔지만, 6년간 반복되는 그 지겨운 잔소리에 결국 아무 여자나 택해서 만나기로 한 것이다. 제가 잘 이용할 수 있는, 그런 여자를.

'그런 게 하필 이런 여자……'

사실, 입만 다물면 아주 훌륭한 여자다. 여자에 대한 생각이 전혀 없더라도 수긍을 했을 것이다. 그러나 여자는 입만 열면 당돌하게 나오는 목소리와 더불어 아주 두꺼운 가면까지 쓰고 있었다. 게다가 눈치는 있어도 한 치도 물러서지 않을 법한 모습에 우재는 그녀에 대한 좋은 인상을 가지지 못했다.

'그러나 어머니가 마음에 들어 하기도 했고.'

또한 친한 친구인 종현이 좋게 말을 한 이유도 분명 있을 것이다.

'그러니까 나한테 만나 보라고 했겠지.'

그런데 종현은 이 여자를 어떻게 알게 된 것인가. 갤러리에서 일을 하긴 하지만, 본업은 화가다. 종현은 배우였고. 둘이 만날 접점이 있던가. 예라가 그저 화가인 것만 알고, 그 외는 아무것도 모르고 관심도 없었기에 그저 의문만 가졌다.

'알 게 뭐야.'

이내 곧 우재는 하던 생각을 멈추고 영화를 보았다. 조금, 생각보다 의외로 흥미가 가는 영화였지만 역시 멜로는 썩 좋아지지 않았다.

"어땠어요? 영화요. 나름 푹 빠져서 보시던데."

예라의 말에 우재는 먹던 쌀국수를 마저 먹었다. 저건 대답할 가치도 없었다.

처음에야 괜찮았지만 역시 멜로는 멜로답게 재미도 없었고 지루하고, 감흥도 없었다. 나중에는 졸음이 쏟아져서 급기야 자기에 이르렀다. 거의 엔딩이 올라갈 무렵에 딱 알맞게 일어난 우재는 말없이 먼저 나왔다. 예라가 급히 그의 뒤를 쫓았다.

점심은 예라가 가고 싶다던 쌀국수집에 왔다. 싫어하는 쌀국수인데, 나름 맞춰 주려고 온 것이다. 그러나 역시 쌀 냄새가 풍기는 국수 따위, 권우재의 취향은 아니었다.

"후."

결국 한숨을 쏟아 내며 젓가락을 내려놓은 우재는 물만 두 컵을 마셨다. 이 쌀 냄새는 대체 언제 사라지는 건지.

"왜 그러세요?"

이번에는 또 눈치가 없다. 눈치가 있었다가 없었다가. 대체 저 여자는 뭔가 싶었다.

"한예라 씨. 하고 싶은 말이 있습니다만."

"네. 하세요."

"우리 어머니에게는, 일단 당신을 만나겠다고는 했습니다. 그렇기에 이 협정, 없던 걸로 하지는 못합니다."

잠시 예라가 멍한 표정을 지었다가 다시 방긋 미소를 지었다. 그러나 아주 찰나의 순간이었기에 우재는 보지 못했다. 그는 계속 말을 이었다.

"아마, 잘 만나는지 감시할 겁니다. 그래서 그쪽이 말한 3개월은 이렇듯 종종 만나야 할 겁니다."

자주가 아니라 종종이라는 단어에 움찔거렸지만 그것도 아주 미세해서 우재는 알아차리지 못했다. 그는 지금 이 자리가 너무 단조롭고 시간 낭비라는 생각이 들어 견디기 힘들었다. 당장 택시를 잡아서라도 집에 가고 싶었다.

"다만."

"……"

"후. 내가 말을 안 한 것도 있습니다만."

"네."

"난 영화를 좋아하지만 멜로만큼은 죽어도 못 봅니다. 그리고 이런, 냄새가 짙은 음식도 못 먹습니다."

"그렇군요. 알았어요."

좋아하는 영화 장르나, 싫어하는 음식을 묻지 못한 것이 아쉬웠다. 아무래도 바로 종현에게 물어서 그에 대한 모든 것을 알아야겠다고 생각하던 예라는 곧 그만두기로 했다. 차라리 이렇게 부딪쳐서 알아 나가는 것이 더 좋은 것이라고 판단을 했기 때문이다.

"미안해요. 우재 씨 생각은 못 하고 내 생각만 했네요."

"알면 됐습니다."

"그럼 다음번에 만날 때, 우재 씨 고려해서 식당 정할게요. 참. 다음 주 토요일에 또 봐요."

그러자 우재의 행동이 멈췄다.

"……다음 주에 또 보자는 말입니까."

그러자 빙긋 미소를 지으며 예라는 손가락 네 개를 펼쳤다.

"나를 매일 만나 줄 것 같지는 않으니까요. 매주 토요일마다 봐요. 한 달에 네 번 정도, 아주 적당하지 않아요?"

사실은 더 보고 싶지만, 우재가 질색을 하며 한 달에 한 번 내지 두 번으로 한정을 할 것 같아서 냉큼 먼저 얘기를 한 것이다.

　살랑거리며 웃는 모습을 보니 여우가 따로 없었다. 먼저 치고 나오며 이야기를 하는 것에 우재는 거절을 할 수도 없었다. 어쩌면 이편이 저에게는 더 좋을지도 모른다. 어차피 만나고 금방 헤어지면 되는 거니까. 이렇게 해서 어머니 숙희의 마음을 놓게 하고 조금 더 편해질 수 있다면, 한 달에 네 번은 남을 위해 쓰는 시간 정도야 괜찮을 것 같았다.

　'앞으로가 편해질 테니까.'

　그는 흔쾌히 고개를 끄덕였다. 그것이 저를 생각해서 하는 대답이 아님에도 예라는 좋았다. 이로써 한 달에 네 번이나 그를 볼 수 있는 기회가 주어진 것이다.

　"참. 우재 씨는 사람 많은 곳 싫어해요?"

　"질색입니다."

　"윽. 그렇군요."

　"……."

　"아니, 뭐…… 그래도 괜찮겠죠. 자주 안 가 봐서 그럴 거예요."

　대체 저 여자가 무슨 생각을 하는 것인지 모르겠다. 잠시 미간을 찌푸린 채로 예라를 바라보았다. 그러자 씩 웃던 예라가 말을 이었다.

　"다음 주에는 날도 좋으니 꽃이 활짝 핀 곳에서 봐요."

　"방금 뭘 들었습니까. 사람 많은 곳……."

　"에이, 에이. 가끔은 그런 데서도 만나야죠. 그래야지 어머님이 의심을 안 하죠."

후우. 우재는 한숨을 내쉬었다. 또 일리가 있는 말이기에 어쩔 수 없이 고개를 끄덕였다.

싫은 것은 싫다고 명확히 표현을 하는 편이지만, 또 저 말은 맞는 말이기에 할 수 없게 되어 버린다. 난생처음으로 싫은 것을 싫다고 말하지 못하고 억지로 수긍해 버리고 말았다.

"아무튼, 우재 씨."

저 친한 척하는 호칭은 어떻게 할까. 우재는 그런 고민에 빠졌다.

"3개월 동안 혹시 저랑 만나다가 혹 호감이라든가, 뭐 그런 게 생기면……."

"그럴 일, 절대로 없습니다."

"에이. 그래도 사람 일은 모르는 거잖아요?"

"그럴 일."

말도 안 된다는 듯이 우재는 딱 잘라 말했다. 그때, 우재는 예라의 표정을 살피지 못했다.

"절대로 없습니다."

그녀의 표정은 곧바로 울음을 터트릴 것 같은 표정이었지만, 그는 알지 못했다.

2화

그를 처음 보았을 때, 주변의 시간이 멈춘 것만 같았다.

'저 사람은 대체 누구지?'

한눈에 사로잡혔다. 주변은 온통 암흑인데, 오로지 그 사람만 빛나는 것 같았다. 이윽고 궁금해졌다. 다가가서 말을 걸고 싶었고, 제 이름을 그에게 각인시키고 싶었다. 나를 알아 줘. 그렇게 외치고 싶기도 했다.

그는 남녀 가리지 않고 시선을 사로잡았다. 그가 너무 우월하게 생겨서, 그래서 그 외모에 빠진 것 같았다. 단순히, 그런 줄로만 알았다. 그러나 따지고 보면, 배우인 제 동생과 나란히 서 있어도 위화감이 없을 정도였다. 그만큼 제 동생이 잘난 것도 있지만, 위화감이 없다는 것은 외모에 빠진 것이 아니라는 것이었다.

그는 그 이후로 볼 수 없었지만, 그럼에도 꿈속에서도 나오고,

종종 생각이 났다. 연예인을 동경하는 것처럼 나도 그 사람을 동경하는 것인가 보다, 하기에는 이미 저에게는, 누군가를 좋아했을 때 나타나는 증상이 나오고 있었다.

※

"누나."

"왜."

"넌 참 바보야. 머저리 같아."

"말이 좀 심하다?"

"내가 한두 번 이러나."

"아니지. 그러니까 이렇게 태연하지."

긴 나무젓가락으로 누룽지탕을 뒤적이던 예라가 한입 가득 입안에 넣었다. 가만히 바라보던 종현이 미간을 찌푸렸다.

사실 스케줄이 가득 차 있었지만 오랜만에 우리 누나 좀 보고 오겠다고 매니저를 조르고 졸라 예라가 좋아하는 중화요리 전문점으로 그녀를 불렀다. 누나를 아끼는 종현은 누나와는 달리 중화요리를 그다지 좋아하지 않았지만 누나를 위해서 왔다.

"뭐, 좋아. 그래서 잘 될 가능성은?"

종현의 말에 자장면을 향해 손을 뻗던 예라의 손이 허공에서 멈췄다. 이내 천천히 아무렇지도 않은 듯이 자장면을 입에 넣었다. 아무런 대답도 하지 않는 예라의 모습이 답답한 종현은 그녀의 팔목을 확 잡아당겼다. 그러자 미간을 팍 찌푸린 예라가 젓가락을 탁 소리 나게 내려놓았다.

"뭐 하는 거야?"

"그야, 네가 대답을 안 하니까……."

"밥 먹을 땐, 내가 어떻게 하라고 했지?"

"……입을 다물라고 했습니다."

"그렇지."

종현이 입을 다물자 조용해졌다. 덕분에 예라는 차분하게 식사를 할 수 있었고, 종현은 예라의 식사가 끝날 때까지 입을 열지 못했다.

마른 몸이지만 의외로 많이 먹는 예라 때문에 종현은 40분 동안 입을 다물고 있어야만 했다. 예라가 젓가락을 내려놓아 다 먹었다는 것을 알리자마자 종현은 곧바로 예라에게 달려들었다. 아예 일어나서 예라의 옆자리로 자리를 옮겼다.

"누나. 누나, 누나."

"세 번 안 불러도 돼. 뭔데."

"으휴. 우리 누나, 시크하기도 하지."

"……좀, 꺼져 줄래?"

"대체 그 인간 어디가 좋은 건데? 나부터 이해 좀 시켜 봐."

종현의 말에 예라는 잠시 생각에 빠졌다. 권우재, 그 인간의 어디가 좋더라. 그러나 아무런 생각이 나지 않았다. 그저 우재의 얼굴만이 생각이 났을 뿐이다.

예라는 그 자리에서 벌떡 일어났다. 보고 싶으면 보면 되는 것이다. 일단 핸드폰부터 찾았다. 이내 우재에게 메시지 한 통을 넣었다. 오늘 저녁, 식사나 해요. 물론 그는 바쁘니까 답장은 바로 오지 않았다. 그래도 언젠간 답장이 오겠지, 하고 기다리기로 했다.

종현은 예라의 행동을 주의 깊게 살폈다. 갑자기 일어나서 핸드폰을 만지더니, 이제는 자리에 털썩 앉았다. 시선은 핸드폰을 향해 있었다. 영락없이 사랑에 빠진 사람의 모습이었다. 분명 문자는 우재에게 보냈겠지. 그의 미간이 팍 찌푸려졌다.

"한예라. 내 질문에 대한 대답은?"

"몰라."

"……몰라? 왜?"

"모르니까 모른다고 하지."

종현은 머리를 쥐어뜯고 싶었다. 그러나 인내심을 가지고 꾹 참았다. 저와는 비록 이란성 쌍둥이라지만 그래도 같은 배에서 같은 날 태어난 남매가 아니던가. 저런 한예라를 하루 이틀 본 것도 아니니까.

괜히 목이 타서 찬물만 실컷 들이마셨다. 그런 종현을 감흥 없다는 듯이 바라보던 예라는 핸드폰을 보다 아무 연락도 없자 기분이 나빠져서 탁 소리가 나게 핸드폰을 테이블 위에 던졌다. 그 소리에 괜히 종현의 몸이 움찔 떨렸다.

"야. 종."

"왜."

"우재 씨 보통 몇 시에 퇴근해?"

"몰라."

"몰라? 왜?"

"그 녀석, 야근을 밥 먹듯이 해. 회사에서 사는 게 아니냐고 소문이 돌 정도야."

그 대답에 예라의 미간이 보란 듯이 다시 일그러졌다.

"회사에서 일은 권우재만 해?"

"뭐…… 그럴걸."

"와우."

감정이 담기지 않은 얼굴로 예라는 박수를 치다 이내 쯧 혀를 찼다. 종현은 그 모습을 보며 대충 상황을 파악했다. 우재에게 연락을 했는데 대답이 없어서 지금 제 누나는 신경이 날카로운 것이다.

'그러니까, 그런 권우재가 뭐가 좋다고.'

당장에라도 말리고 싶지만, 하나를 좋아하면 죽을 때까지 좋아하는 성격인 것을 알기에 말릴 수도 없었다. 어차피 말려도 절대로 제 말을 듣지 않는 게 바로 한예라가 아니던가. 종현은 그저 고개를 가로로 절레절레 저었다. 저건 답이 없는 것이다. 답이 없으니 구해 줄 수도 없다.

'그놈이 얼마나 감정이 없는 사이보그 같은 놈인데.'

종현은 제 누나가 좋은 남자를 만나고 좋은 남자와 결혼을 해서 행복했으면 하고 바랐었다. 여태 그림과 사랑을 하던 누나가 과연 누구와 사랑에 빠질까, 같은 아티스트일까 했더니 이상한 놈을 좋아하게 되었다.

제 친구지만, 아무리 옹호를 해 주고 싶어도 해 줄 수가 없는 게 바로 권우재다.

"아무튼, 누나."

"뭐."

"쉽지 않을 거야. 지칠 수도 있다고."

"알아."

"아는데도 그래?"

"뭐…… 짜릿하고 좋잖아? 철옹성 같은 남자를 무너뜨리는 한예라라니. 아주 멋져."

그 대답에 결국 종현은 두 손, 두 발 전부 들어 버렸다. 저런 예라를 말릴 생각을 한 제 자신이 어처구니가 없어질 정도였다.

새로 나올 식품에 대해서 회의가 끝난 후, 다시 이사실로 돌아온 우재는 핸드폰 체크부터 했다. 바이어들의 연락이 올 수도 있기 때문에 핸드폰 체크는 자주 하는 편이었다. 그러다 문자 하나를 발견했다. 발신자는, 예상대로 한예라.

"쯧."

그는 감흥 없는 표정으로 읽고서 곧바로 핸드폰을 꺼 버렸다. 그 흔한 답장 하나도 하지 않았다. 예라 외에는 온 연락이 없어서 다시 모니터로 시선을 돌렸다.

이상한 여자였다. 저와 기간 한정 연애협정을 한 이유가 무엇일까. 제가 얻는 메리트는, 부모님의 잔소리에서 벗어난다는 것이다. 우재의 부모님은, 이제 집안 따질 여력도 없었다. 그저 아무나 멀쩡한 여자라면 다 괜찮다며 발 벗고 환영하고 있었다.

'그래서 그런 여자와 선을 보라던 거겠지.'

그런 여자. 그뿐이었다.

조금은 시끄럽고, 아주 예의가 없는 여자. 그것이 우재가 가진 예라에 대한 첫인상이다. 30분이나 늦었지, 목소리도 크지, 거기다 늦은 이유는 본인이 사고를 냈다고 하질 않나. 그런 시끄럽고 예의 없는 스타일은 우재가 딱 싫어하는 스타일이다.

그러니 곱게, 좋게 볼 수 있을 리가 없었다. 자신이 얻는 메리트가 아니라면 아주 쐐기를 박고서 그 자리를 떠났을지도 모른다. 그러나 그러기에는 얻을 수 있는 것이 있었기에 결국 거절을 할 수가 없었다.

'그러니 그딴 연애협정인가를 했지.'

후. 우재가 한숨을 내쉬었다. 그는 결국 답장을 하지 않았다.

한참 동안 다시 모니터를 들여다볼 때였다. 문자 하나가 다시 들어왔다. 우재는 눈가를 어루만지다 방금 들어온 문자를 확인했다. 이내 다시 고개를 모니터로 돌렸다. 대답을 할 필요가 없는 문자였다.

아직, 그에게 있어서 그녀의 문자는 '대답하지 않아도 되는 것'으로 분류되어 있었다. 그런 예라의 문자가 한 통 더 온 것이었다.

"정말 귀찮게 하는군."

그러나 우재는 끝까지 답장을 하지 않았다.

"으음. 이 인간, 일부러 답장을 하지 않는군."

작업실에서 그리던 그림은 잠시 놔두고 핸드폰을 노려보던 예라는 조금 속상해서 낮게 한숨을 쉬었다. 답장을 하지 않는 우재가 미웠다. 분명 우재의 직업상 핸드폰은 자주 볼 것이다. 오는 문자들 전부 다 볼 텐데, 답장이 없다는 것은 일부러 답을 하지 않는다는 것이다. 그걸 모를 정도로 바보는 아니었다.

"먼저 찾아가 볼까?"

그러나 첫 인상도 안 좋게 비쳐졌는데, 막무가내로 찾아갔다가 괜히 거기서 인상이 더 나빠지면 어쩌나 싶었다.

첫 만남에 당당히, 도도하게 굴긴 했어도 사실은 이것저것 생각도 하고 걱정도 하고, 조마조마하는 마음도 가지고 있었다. 괜히 미움을 받고 싶지 않았다. 정말로 첫눈에 반해서 제대로 잘해 보고 싶었다.

종현의 말로는, 그의 인생에 있어서 여자는 한 명도 없었다고 했다. 물론 제멋대로 달라붙는 여자는 있더라도 우재가 먼저 제 옆자리를 내어 준 여자는 결코 없었다고 했다. 그것만으로도 참 좋았다. 그 남자의 옆자리에 앉는 것은 제가 처음이 아니던가.

"하지만, 기간 한정이라는 건 슬픈 일이지."

하아. 낮게 한숨을 쉬었다. 그러다 결국 예라는 그리던 그림을 멈추고 벌떡 일어났다. 아무래도 안 되겠다. 먼저 찾아가지 않으면 죽어도 우재 쪽에서 먼저 보자고 할 것 같지는 않았다.

"모르겠다. 이미 나빠진 내 인상."

여기서 더 나빠질 것이 있던가.

예라의 당당하던 어깨가 축 늘어졌다. 그대로 문을 열고 나가서 갤러리로 향했을 때였다. 갤러리를 도는 손님을 안내하던 승희가 곧 예라를 발견했다.

"관장님! 어디 가세요?"

"으응. 기분 전환하러 가요."

"그렇구나. 참. 근데 관장님, 너무 어깨가 축 쳐져 있어요. 기운 내세요!"

"고마워요."

"관장님은 어깨 쫙 펴고 당당한 게 제일 잘 어울려요!"

"아하하. 내가 무슨 조폭인가. 아무튼, 고마워요. 승희 씨 덕분에 기운이 나네요."

승희 덕분에 기운을 얻은 예라는 어깨를 쭉 펴고 갤러리를 나섰다.

도도하고 당당한 여자, 한예라. 화려한 스타일인 예라에게 저절로 붙는 수식어들이었다. 사실은 알고 보면 참 많이 여린 사람인데, 그걸 사람들이 몰라보고 있었다.

그래서 예라는 항상 그렇게 행동하고 있었다. 도도하고, 당당하고, 언제나 활기차게. 가끔은 힘들 때도 있지만 이제 와서 제 인상을 바꿀 수 없다는 것을 알았다. 그리고 무조건 이렇게 해야 할 이유가 생겼다. 이 모습을 유지해야 할 이유.

"나쁜 권우재."

저보다 더 도도한 사람이 생겼다. 아주 콧대가 높아서 누구도 들어갈 수 없는 철옹성, 권우재. 반드시 함락시켜 보겠어.

예라는 자신의 차를 몰고서 곧 우재의 회사로 향했다. 주차를 한 후, 1층 로비로 바로 향했다. 그녀는 여성들의 평균 키인 166cm라서 그렇게 작은 키는 아니지만 모델들처럼 마른 몸매여서 그런지 좀 더 키가 작아 보인다. 그럼에도, 스타일이 화려하고 예쁜 외모와 작은 얼굴로 인해 연예인처럼 보이는 예라가 등장하자, 주변 시선이 한순간 예라에게로 향했다.

아마도, 예라가 아버지의 뒤를 따라 화가의 길을 걷지 않았더라면 분명 예라도 어머니의 뒤를 이을, 아주 큰 신드롬을 몰고 올 여배우가 되었을 것이다.

"안녕하세요."

"……아, 네, 네. 무, 무슨 일이시죠?"

예라가 인사를 하며 말을 걸어오자, 로비에 있던 남자는 정신을 차리지 못했다.

"내가 이 사람을 찾고 있는데요."

그녀가 내민 명함을 받은 남자는 퍼뜩 정신을 차렸다. 명함에는 권우재 석 자가 써져 있었다.

"아, 이, 이사님을 찾아 오셨군요……. 혹시, 약속은 하셨……나요?"

"그런 걸 해야만 이 사람을 볼 수 있나요?"

"그, 그럼요. 당연히 이사님과 약속을 안 하셨다면……."

"일단, 한예라가 찾아왔다고 전화 넣어 보세요."

그녀의 요구에 남자는 멍청한 표정으로 고개를 끄덕이고선 재빨리 전화를 돌렸다. 예라는 싱긋 웃으며 제가 건넨 명함을 다시 지갑 속에 집어넣었다. 아주 소중한 명함이니까 잃어버리면 안 되었기 때문이다.

남자가 전화 후, 얼떨떨한 표정으로 예라를 안내했다.

"이사님은 10층에 계십니다만. 혹…… 이사님과 무슨 사이이신지……."

"음. 일단……."

뭐라고 해야 권우재에게 피해도 안 가고 적당히 나를 어필할 수 있을까? 생각을 하던 예라가 씩 웃었다.

"친구요."

종현의 친구 우재니까, 그럼 내 친구도 되겠지. 그렇게 생각을 해 버린 예라였다.

곧 10층에 도착했다. 예라는 안내를 해 준 남자에게 빙긋 미소를 지으며 인사를 했다. 남자는 얼떨떨한 표정을 지으며 내려갔다. 정말 예쁘고 멋있는 여자구나, 싶었다.

이사실 앞에 도착한 예라는 노크를 했다. 곧 비서가 나왔고, 안으로 들어갔다. 일에 집중을 하는 우재의 모습이 보였다. 문이 닫히자마자 우재의 목소리가 들렸다.

"갑자기 무슨 일입니까."

낮고도 서늘한 목소리는 몸을 감싸며 부르르 떨리게 만들었다. 그럼에도 예라는 겁 하나 먹지 않고 또각거리는 구두 소리를 내며 우재의 앞으로 다가갔다. 그 구두 소리가 거슬린 우재가 고개를 들지도 않은 채 미간을 찌푸렸다.

"시끄럽군요."

"아, 미안해요. 내 키가 작아서 구두를 신어야 하거든요."

"용건."

"없는데?"

그 대답에 드디어 우재의 고개가 들렸다. 사무실 안을 둘러보던 예라는 우재의 시선을 느끼고 그제야 살포시 미소를 지으며 그의 앞으로 가까이 다가갔다.

"너무해. 답장 정도는 하라고요."

"답장을 할 가치가 있어야 하지."

냉정한 그 대답에 잠깐 가슴 한 곳이 욱신거렸지만 예라는 티를 내지 않았다. 이 정도야 예상을 하지 않았던가. 어차피 그는 일 외에는 전혀 관심을 두고 있지 않았고, 그런 우재에게 들이대는 것은 바로 저 자신이 아니었던가.

어차피 오르지 못할 나무나 다름이 없었다. 그러니 저는 열심히 그 나무에 올라서 반드시 정상에 올라 보일 것이다.

'그러기 위해서는 아주 많이 노력을 해야겠지.'

우선, 우재에게 한예라라는 사람은 '여자'라는 것을 인식시켜야 했다. 그러기 위해서는 자주 만나야 했는데 저 일벌레가 언제 시간이 되는지 도통 알 수 없으니, 무작정 돌파구를 찾을 수밖에 없었다. 무조건 들이대는 일 외에는 예라가 할 수 있는 일은 없었다.

"좋아요. 우재 씨는 일을 너무 사랑하니까."

"알면 좀 나가 줬으면 좋겠군."

"우리, 저녁 식사나 해요."

"바빠."

"이제 말 놓기로 한 거예요? 하긴, 우리 나이도 같은데."

"마음대로 해."

　대답을 하면서 타닥거리는 타자 소리가 이사실 안을 가득 채웠다. 예라는 빙긋 미소를 지었다. 이것도 어차피 예상한 일이다. 막무가내로 사무실을 향해 가는 택시 안에서 각오를 했던 일이니까.

　그래도, 얼굴을 봐서 좋긴 좋았다. 비록 상대는 저에게 무관심이지만.

"대답 안 하면 계속 방해해야지."

"……."

"우재 씨, 그래도 형식적인 만남이라도 자주 가져야지 저랑 잘 되는 줄 알고 우재 씨 부모님이 마음을 놓고 진짜 여자를 만나는구나, 하죠. 말만 해 놓으면 가짜인 줄 알고 의심하시면 어떻게 하려고?"

　그 말에 타자 소리가 멈추고 그가 천천히 고개를 들었다. 날카롭게 빛나는 그의 얼굴은 가슴을 두근거리게 하고 오싹하게 만들 정도로 멋있었고 훌륭했다.

"후."

한참 뒤, 그가 내놓은 대답은 한숨이었다. 그는 생각을 하는 순간까지도 모니터에서 시선을 떼지 않았다. 그건 좀 섭섭했지만 원래 그는 그런 성격이니까, 예라는 그렇게 생각하고 상처받지 않은 것처럼 미소를 지었다.

"좋습니다."

우재는 다시 존댓말로 예라에게 대답을 했다. 그것이 조금 아쉬웠다. 반말을 하니 조금 더 가까워진 기분이 들었었는데…….

"한예라 씨 말이 맞습니다. 그건 인정합니다."

"그렇죠?"

"단."

"……."

"그럼 일주일에 두 번만 보죠."

"왜?"

그러나 예라는 계속해서 반말을 쓸 생각이었다. 같은 나이이기도 했고, 이미 우재도 말을 놓은 채 대답을 했었으니까.

우재는 딱히 상관없었다. 그래서 그녀가 저에게 어떻게 말을 하든지 반응을 보이지 않았다.

"귀찮으니까."

"……."

"그리고 바쁩니다. 일 외에 다른 것에 할애할 내 시간은 그렇게 많지 않습니다."

"……그렇구나."

예라는 아쉬움을 목구멍 뒤로 꿀꺽 삼킨 채 대답을 했다. 잠깐 그녀의 표정을 본 우재는 그녀의 표정이 시무룩해졌던 것 같았지만 아주 순식간에 표정이 바뀌자, 잘못 봤다고 판단했다. 예라의 표정이 금방 밝아졌기 때문이다.

"아무튼, 좋아. 그렇게 해."

"……."

"왜?"

"반말 쓰는 게 아주 자연스럽습니다."

"우재 씨도 나한테 반말했잖아? 그리고, 우리 나이도 같은데."

"맘대로 하십시오."

그렇게 말을 한 그는 문을 턱으로 가리켰다.

"용건이 끝났으면 이만 나가는 게 좋을 것 같습니다만."

"칫."

소파에 앉아 있던 예라는 어쩔 수 없다는 듯이 일어났다. 오늘 같이 저녁을 먹긴 틀린 것 같았다. 그래도 일주일에 두 번 정도 보자는 대답을 얻어 냈으니 괜찮다고 생각했다. 일단은 괜찮았다. 3개월의 시간이 주어졌고, 그사이 당분간은 일주일에 두 번 보다가 서서히 늘려 가면 되는 것이다.

"참. 내일 점심 같이 먹어."

"안 됩니다."

"왜?"

"바쁩니다."

"말 놔도 되는데……."

"안 나갑니까?"

어휴. 쉽게 넘어가는 사람이 아닌 건 알았지만 아주 단단한 철옹성이네. 속으로 혀를 쯧쯧 차던 예라는 잘 가라는 소리도 안 하는

49

우재를 아쉽다는 듯이 문 앞에서 뒤돌아보았다. 그러나 그는 여전히 다시 일에 집중하고 있었다. 그런 사람을 방해한다는 것은 좋은 인상을 주지 못할 것 같아서 그냥 나가기로 했다.

그에게 방해가 되지 않게 조용히, 문소리도 나지 않게 나갔다. 그러자 일만 하던 우재가 드디어 반응을 보였다. 소리도 없이 나간 예라가 조금 걸렸다. 그래서 고개를 들어 그녀가 나간 문을 바라보았다. 그러나 그뿐, 다시 일에 집중을 했다. 그래도 그가 신경을 조금씩 쓰기 시작했다는 건, 아주 놀라운 진보였다.

승희는 다시 어깨가 축 처져서 돌아온 예라가 마음에 걸렸다. 항상 밝은 제 상사였기에 참 보기 좋았는데……. 그러나 승희는 예라에게 말을 걸지 않았다. 그랬다간 또 괜찮다며 억지웃음을 지을지도 모른다.

예라는 작업실로 들어가서 버려도 괜찮을 작업복으로 갈아입고 그림 앞에 앉았다. 잠시 멍하니 있다가 새로운 그림을 그리기 시작했다. 망설임 없이 시작한 스케치는 금방 완성이 되었다. 곧 그 그림은 한 사람의 얼굴을 보였다.

"후……."

짝사랑이란 거, 참 무서웠다.

"이대로 괜찮겠지?"

그림의 주인공은 바로 우재였다. 날카로운 인상이 돋보이는, 그야말로 딱 봐도 권우재라는 것을 알 수 있을 정도로 잘 그린 그림이다.

"자신이 없어……."

그렇게 중얼거리다 곧 고개를 가로로 저었다. 이렇게 자신 없어 하는 것은 한예라답지 않았다.

짝사랑이란 건 괴로우면서도 헛된 희망을 품고 있는 거나 다름이 없었다. 좋아한다는 감정을 깨닫게 되고 나서 권우재가 누구인지 종현에게 물어보았고, 곧 그가 부모의 선을 보라는 잔소리에 시달린다는 것을 들은 후 그저 다시 한 번 더 만나고 싶다는 소망에서부터 시작된 일이었다.

얼굴도 모르는 여자와 나란히 앉아 있을 우재를 생각하니, 손이 부들부들 떨렸다. '차라리 그럴 바에는 내가 보는 게 나아!' 해서 종현이 우재의 부모님에게 저에 대한 말을 잘 전하도록 시켰다. 그렇게 해서 우재를 만나게 되었고, 기간 한정이지만 연애라는 것을 하게 되었다.

"이제는 우재 씨의 마음을 얻고 싶어."

가장 힘든 허들이 바로 우재의 마음이다. 가장 얻기 힘든 권우재의 마음. 그의 마음은 철옹성으로 꽁꽁 닫혀 있었다. 바람 하나 새어 들어갈 수 없을 정도의 강철로 단단히 막혀 있었다. 들어가야 하는데, 그 틈조차 주지 않으니, 이대로 3개월 안에 그의 마음을 얻을 수나 있을지 모르겠다.

이대로 계속 들이대고 자주 보게 할 거긴 하지만, 그게 마음처럼 될지는 모르겠다.

예라가 손을 뻗어 자신이 그린 우재의 그림을 손끝으로 어루만졌다. 그러다 곧 미소를 지었다. 기간이 정해진 연애를 하고 있음에도 행복하다는 마음을 가진 제 자신이 어쩐지 초라해졌다.

"에잇."

그녀는 곧 그림을 내려놓고 일어났다. 마저 그리던 그림을 그릴 생각이었다. 지금 그리고 있던 그림은 아름다운 경복궁을 배경으로 한, 봄의 풍경이다. 고종이 살아 있었을, 그 시대의 봄, 그리고 그 봄의 경복궁을 상상해서 그리고 있는 중이었다.

"난 권우재를 차지할 수 있어."

……그렇게 되고 싶어.

사랑이란, 이토록 아릿하고 간절한 것이었다.

"얘. 그 아이는 잘 만나고 있는 거니?"

어머니의 물음에 우재는 들고 있던 포크를 조용히 내려놓았다. 우아한 클래식이 감도는 가운데, 우재는 먹고 있던 걸 삼킨 후, 와인 한 잔을 곁들였다. 아들의 그 모습을 지켜보던 그의 어머니는 속이 타는 것만 같았다.

만나기로 했습니다. 그 말에 뛸 듯이 기뻤다. 실제로 어느 누구도 만나지 않았던 터라, 혹시나 제 아들의 몸 어딘가에 이상이 있다거나, 혹은 성적 취향이 다른 건가 의심도 되었다. 한 번은 일주일 내내 누굴 만나는지 미행을 시키기도 했다.

그가 만나는 건 친구인 종현뿐이었지만, 그것도 종현이 바빠서인지 2주일에 한 번 만날 때도 있었다.

그 외에는 오직 일, 일, 일……. 회사, 집, 회사, 집. 그래서 그의 어머니는 알았다. 몸에 이상이 있는 것도 아니고 성적 취향에 문제가 있는 것도 아니었다. 오로지 그저 일을 사랑하는 녀석일 뿐이었다. 이성에는 전혀 관심이 없었던 것이다.

"그럼요."

우재의 단답형 대답에 어머니의 얼굴이 일그러졌다. 그러나 티는 내지 않았다.

"그래? 어떻더니?"

"아주……."

"아주?"

……당돌하고, 제멋대로이고, 쓸데없이 당당하고, 귀찮고 시끄러운 여자입니다.

그러나 그렇게 대답을 할 수는 없었다. 딱 봐도 우재가 싫어할 만했고, 그런 여자를 만난다는 것에 의심을 할 것이다. 그렇게 싫으면서 왜 만나니? 속이는 건 아니고? 기타 등등, 그런 질문을 맞이하게 될 것이다. 그렇게 되면 가장 우재가 싫어하는, 귀찮은 일이 벌어질 것이다. 그것만큼은 피하고 싶었다. 잔소리가 싫어서 억지로 기간 한정 연애, 연애협정을 한 것이 아니던가.

"예쁜 여자입니다."

사실 그렇기도 했다. 겉보기는 아주 훌륭했다. 딱 봐도 우아하면서도 예쁘고, 화려한 여자였다. 천박하게 화려한 것이 아니라 우아하게 화려했다. 거기다 당당하면서도 도도하게 보이기까지 했다.

'……물론, 입만 열지 않는다면.'

그렇게 생각할 무렵, 우재의 전화에 진동이 울렸다. 힐끔 액정을 바라보니 한예라의 이름이 떴다. 하필 지금이라니. 우재는 이미 액정에 뜬 이름을 제 어머니가 본 것을 알아챘다.

"그 아가씨니?"

"네."

"얼른 받으렴. 숙녀를 기다리게 하는 건 예의가 아니란다."

숙녀. 어디 사는 숙녀더라. 우재는 낮게 한숨을 몰래 쉬며 전화를 받았다.

"권우재입니다."

— 어머, 우재 씨가 무슨 일로 전화를 바로 받아?

"지금은 시간 있으니까."

— 하긴. 아니면 내 전화를 줄기차게 무시하겠지.

다행히도 통화 소리가 크지 않았다. 정말 다행이다. 안 그러면 이 통화를 다 듣고서 제 어머니가 또 잔소리를 시작할 것이다. 제대로 만나고 있는 것이 맞느냐며, 이 여자와 안 맞으면 당장 다른 여자와 만나라고 할지도 모른다.

입만 다물고 있으면 예라와 만날 수도 있을 것 같다는 생각이 들었다. 어차피 이성에는 전혀 관심이 없던 우재였기에, 제 신경만 거슬리지 않으면 어떤 여자도 괜찮다고 생각을 했었다. 그러나,

'후회되는군.'

시도 때도 없이 문자를 한다. 전화는 아주 가끔. 문자의 답도 제대로 하지 않는데 전화를 제대로 받을 리가 없었다. 오늘은, 어쩔 수 없이 받은 것이다.

— 있지. 시간 있으면 점심 같이 먹자. 우재 씨 시간 있지?

"지금, 어머니 만나는 중입니다."

— 아, 그래? 그럼 안 되겠네. 내일은?

일주일에 두 번. 그걸 왜 정했을까. 후회하던 우재는 낮게 한숨을 쉬었다. 그러자 곧바로 예라가 반응을 해 왔다.

— 한숨은 쉬지 마. 복 달아나니까.

"좋습니다. 내일, 점심 식사 같이하죠."

— 그래. 그럼 어머니하고 좋은 시간 보내! 아, 문자 답장도 웬만하면 좀 해 주라.

"시간 없습니다."

— 그래도, 시간 나면 짧게라도 해 줘.

어느새 자연스럽게 저에게 반말을 하는 예라의 말투에, 우재는 이제 앞으로 저도 말을 놓으리라 생각했다. 예라에게서 반말을 듣자니, 어쩐지 저도 하지 않으면 안 될 것 같았다. 아주 많이 신경이 쓰였다.

전화를 끊자마자, 저를 노려보고 있던 어머니가 기다렸다는 듯이 잔소리를 시작했다.

"네가 먼저 약속을 잡아야지, 아가씨가 약속을 잡게 해?"

"어머니. 저도 많이 노력하고 있습니다."

어차피 그 여자를 좋아할 리는 없지만, 가짜 연애라도 맞장구를 쳐 주기 위해 애쓰고 있었다.

"그래도 그렇지. 아무튼, 애. 사진으로는 너무 예쁘던데. 종현이 말로도 그렇고."

"……소개를, 누가 해 줬다고 했죠?"

"종현이가 그러더구나. 괜찮은 사람이라고. 둘이 친구인가 보더라."

"……박종현이랑 한……예라 씨요?"

"그런가 보더구나."

둘이 친구라. 연예인인 박종현과 화가인 한예라. 둘이 어떻게 친구를 했을까. 그런 생각을 하던 우재는 곧 생각을 지웠다. 어차피 둘이 어떻게 친구이든, 혹은 친구가 아니든 신경을 쓸 바는 아니었다.

그래도 예라 덕분에 어머니의 잔소리에서는 벗어나 아무 신경도 쓰지 않고 일에 전념을 할 수 있게 되었다.

'……아니지.'

어머니의 잔소리에서 벗어나 귀찮은 일이 없어질 줄 알았지만 한예라라는 새로운 귀찮은 일이 생겼다. 저와의 가짜 연애에 얻어지는 메리트가 있다고 했다. 그게 뭘까. 은근히 신경이 쓰이기 시작했다.

"우재야."

"네."

"너무…… 일에만 빠져 살지 말거라. 네 나이, 벌써 서른넷이다."

"알고 있습니다."

언젠간 하겠지. 사실 되도록 하고 싶지는 않았다. 귀찮은 일은 딱 질색이고, 그리고 아직도 자신은 일이 좋았으니까.

그런 일상에, 부모님의 결혼하라는 잔소리를 피하고자 만난 여자가 침투를 했다. 정말 딱 귀찮은 여자였다. 차갑게 내쳐도 생글거리며 다가오는, 아주 이상한 여자. 그 여자는 스스럼없이 다가온다.

'……귀찮군.'

아직도 우재에게 있어서 예라는 '귀찮은 존재' 이상은 되지 못했다.

  아침 일찍, 예라는 도시락을 준비했다. 우재가 무엇을 좋아하는
지는 이미 종현에게서 들은 후였다. 그가 좋아하는 것들로 도시락
을 쌌다. 의외로 어린아이 입맛인지 소시지를 좋아한다고 해서 비
엔나소시지를 넣었고, 유부초밥을 좋아한다고 해서 예쁜 모양으로
유부초밥도 만들었다. 유부초밥에는 꼭 김치를 먹는다고 해서 박
여사표 열무김치도 국물이 넘치지 않게 잘 넣었다.

  도시락을 만들고 난 뒤, 예라는 뿌듯한 얼굴로 시간을 확인했다.
딱 알맞은 시간에 끝났다. 지금 택시를 타고 우재의 회사로 가면
딱 맞을 것 같았다.

  "좋았어."

  자신의 방에 있는 전신 거울을 보았다. 몸에 딱 맞는 파스텔 톤
의 원피스는 예라를 더욱더 예뻐 보이게 했다. 만족스러운 표정으

로 예라는 도시락과 핸드백을 들고 나왔다.

오늘은 마음대로 가는 건 아니었다. 어제 전화를 끊고 바로 문자를 했었다. 적어도 문자에 답 좀 하라고 했던 말에 귀찮다고 대답을 했던 그였지만, 그래도 그 말을 했던 덕분인지 대답은 해 줬다. 오늘 점심을 진짜 같이 하는 거냐고 문자 그렇겠다고 한 뒤에 덧붙였다.

[대신 한예라 씨가 오도록.]

……그래, 뭐. 내가 가야지.

먼저 사랑을 한 사람이 지는 것이기에.

"휴. 은근 어린애 입맛을 가진 권우재 씨."

오늘은 좀 웃는 모습을 보여 줬으면 좋겠다.

친한 사람에게만 보여 주는 그 미소를 보고 싶었다. 첫눈에 반한 것도 그 미소 때문이었다. 종현과 이야기를 하다가 뭐가 웃긴지 잠깐 피식 미소를 지었었다. 온몸을 떨리게 할 정도로 섹시함을 폴폴 풍기는 그 미소에 홀딱 반해 버렸다.

택시를 타고 가며 저절로 콧노래가 나오는 것을 꾹 참았다. 그저 점심을 같이 먹자는 말에 답을 해 준 것만으로도 이렇게 날아갈 것 같다니.

'이래서 짝사랑은 위험해.'

벌써 그를 만난 지 3주가 되어 가고 있었다. 곧 한 달을 채운다. 그러면 두 달밖에 남지 않는다. 사랑이라는 감정이 가득 있는 사람이라면 당연히 그 시간 안에 예라를 좋아하게 될 것이다.

'하지만 그 남자는 절대로 그런 타입이 아니지.'

어떻게 권우재를 꼬드겨야 할까. 예라는 생각에 깊이 잠겼다. 그 사이 회사에 도착했다. 택시에서 내리자마자 점심시간이 맞긴 한지

58

회사원들이 우르르 나오고 있었다. 그중 예라를 향해 시선을 돌리는 사람들도 있었다. 그러나 예라는 우재를 만날 생각에 들떠서 그 시선을 알아차리지 못했다.

일주일 만에 보는 권우재의 잘난 얼굴이었다.

"안녕하세요."

두 번째로 만나는 데스크 사람이다. 예라는 한 번 보면 잊을 수 없는 인상이기에 당연히 안내 데스크의 남자는 예라를 기억하고 있었다.

"아, 안녕하세요. 또 뵙습니다."

"어머. 저를 기억하세요?"

"그럼요. 오늘도 이사님을 뵈러……?"

"네. 오늘은 미리 말했으니까 걱정 마세요."

예라가 절대로 거짓말을 할 것 같지는 않기에 남자는 엘리베이터 버튼을 눌러 주었다. 고맙다고 인사를 하고서 홀로 엘리베이터를 탄 예라는 숫자판을 바라보았다. 점점 올라가는 숫자를 바라보다 10층에 도착하자 빙긋 미소를 지었다.

"오늘은 뭔가 진전이 있었으면 좋겠는데……."

그를 만난 지 3주째. 조금이라도 싸늘함이 없어졌으면 좋겠다는, 희망사항을 가져 보았다.

노크를 한 후, 비서를 통해서 우재에게 자신이 왔음을 알렸다. 우재는 별말 없이 들어오라고 했다. 이사실 안으로 들어가자마자 일주일 전과 마찬가지로 여전히 모니터를 들여다보고 있는 우재가 보였다.

'저런 모습도 멋있긴 하지만…….'

사람이 왔으면 좀 쳐다봤으면 좋겠다.

"우재 씨. 밥 먹자."

"오늘은 무슨 용건이지?"

"어머. 내가 밥 먹자고 했잖아. 그걸 벌써 잊었어?"

"……귀찮군."

혀를 쯧 차면서도 일어났다. 매몰차게 내쫓지 않아서 다행이다. 그러나 예라가 그런 생각을 하는 것도 잠시, 그녀가 들고 온 도시락을 보자마자 그대로 굳었다. 마음에, 안 드나? 그런 생각을 하며 예라는 살며시 미소를 지었다. 뻔뻔하게 나가기로 했으므로 소파에 앉아서 테이블 위에 도시락을 꺼냈다.

"그…… 나가서 사 먹는 건 쉽잖아. 도시락, 쌌는데……."

차갑게 굳어 버린 우재의 모습에 뻔뻔히 나가려고 해도 그럴 수가 없었다. 결국 예라는 말끝을 흐렸다.

한참 동안 그 자리에서 굳어 있던 우재는 예라의 건너편에 앉았다. 예라는 가만히 우재를 살폈다. 아, 역시 도시락 작전은 실패인가 싶었다.

그때였다. 우재의 손이 천천히 도시락을 향해 뻗어져 예라가 준비한 총 세 개의 도시락을 펼쳤다. 하나는 유부초밥과 김밥, 다른 하나는 소시지와 열무김치, 계란말이 등을 넣은 반찬, 그리고 다른 하나는 후식으로 먹을 과일이 담긴 도시락이었다.

가만히 바라보던 우재는 낮게 한숨을 쉬었다. 그리고 중얼거렸다.

"쓸데없는 짓을."

그러나 그는 그렇게 말을 해 놓고서 예라가 건넨 젓가락을 들고 한 입씩 먹었다. 먼저 그는 소시지를 향해 손을 뻗었다. 이어서 유부초밥도 먹기 시작했다. 그가 조용히 먹는 모습을 보니 안도감이 들었다. 쓸데없는 짓이라 했음에도 맛있게 먹어 주고 있는 것 같아서 다행이라는 생각이 들었다.

그가 절반 정도 먹었을 때였다. 아무것도 먹지 않는 예라가 눈에 들어왔는지 고개를 들었다.

"한예라 씨는 안 먹나?"

"아, 뭐…… 싸다 보니 1인분만 싸서……."

"먹어."

"아니, 난 괜찮아. 우재 씨나 먹어."

"점심."

그가 젓가락을 내려놓았다. 그리고 예라를 똑바로 바라보았다.

"같이 먹기로 한 거 아니었나?"

어느새 자연스럽게 다시 반말을 쓰기 시작한 우재였다. 그편이 더 좋았다. 좀 더 친밀감이 있어 보이니까. 그래서 예라는 기쁨의 환호성을 지르고 싶었지만 그건 마음속으로 지르는 걸로 만족하기로 했다. 대신, 헛기침을 하고서 새 젓가락을 꺼냈다.

"하긴. 내가 말 꺼낸 거니까. 아하하."

그리고 다시 침묵이 이어졌다. 그러나 이상하게도 어색하지 않았다. 조금은, 그와 가까워진 것도 같은 기분이 들었다.

"맛은 어때?"

"……나쁘진 않군."

다행이다. 안도의 한숨을 속으로 쉬고서 예라는 이제 과일을 먹는 우재를 바라보았다. 그녀의 시선에 그가 고개를 들었다. 예라는 빙긋 웃어 보였다. 그러자 우재가 미간을 찌푸렸다. 잘 나가다가

61

왜 또 저기서 미간을 찌푸린담. 그래도 제 도시락을 맛있게 먹어 준 것만으로도 예라는 오늘 성공했다는 기분이 들었다.

"하나 묻고 싶은 게 있군."

과일까지 싹 다 비우고 난 우재가 입을 열었다. 과연 그가 무슨 말을 할까, 안 보이게 긴장을 한 예라가 흔쾌히 고개를 끄덕였다.

아, 나는 정말 연기의 귀재야.

스스로 감탄을 하고 있을 무렵, 우재의 목소리가 들려왔다.

"한예라 씨가 얻는 메리트는 뭐지?"

"응?"

"이런 어처구니없는 일에 동참한 이유가 뭔가."

"……."

그에게 있어서 연애란 아직까지는 '어처구니없는 일'인가 보다. 어쩐지 가슴이 욱신거렸다. 그러나 예라는 티 내지 않았다. 그저 미소를 지으며 고개를 끄덕였다.

"있어. 분명히."

하지만 아직도 연애가 멀게만 느껴진다. 그와 이렇게 같이 마주 보고 밥을 먹고 싶었다. 개인적으로 아는 사이가 되기를 원했고, 가까워지기를 바랐다. 그거 하나만 바라고서 상처받을 걸 알면서도 달려들었다.

'근데 생각보다 좀 상처가…… 크네.'

나는 저 사람을 좋아하는데 저 사람은 나를 전혀 좋아할 생각이 없다.

조금이라도 달라진 행동에 기대감을 가졌다가 또 와르르 무너진다. 도시락을 같이 나눠 먹는 것까진 좋았지만 아직도 그에게 이것은 그저 서로의 이익을 위한 '어처구니없는 일'이라는 말에 다시 원점으로 돌아간 것만 같았다.

"아직은 비밀이야."

"……."

"나중에 말할 테야."

"박종현과 친구라던데."

"……응? 누가 그래?"

종현과 자신이 피가 섞인 이란성 쌍둥이라는 이야기는 아직 하지 않은 상태였다. 괜히 섣불리 그런 이야기를 했다가 종현과 우재의 사이가 나빠지면 어쩌나 싶었다.

전보다 사이가 나아졌다고 해도 저와 우재는 친밀한 관계가 아니었다. 더군다나 우재는 한예라를 여자로 보지도 않고, 좋지도 싫지도 않은 감정을 가지고 있었다. 사실 당신이 좋아서, 내 쌍둥이 동생의 친구인 당신을 소개해 달라고 했다, 라고 말을 하면 그대로 실행을 한 종현과도 사이가 안 좋아질 거고, 그나마 이렇게 유지되는 평화마저 깨져 버릴 것만 같았다.

"박종현이 그렇다고 어머니께 말했다더군."

"아, 맞아."

"어떻게 아는 사이지?"

그것이 은근히 거슬렸다. 화가와 배우가 어떻게 알게 된 사이지? 이상하게 둘이 친구라는 이야기를 듣고 나서부터 신경이 쓰였다.

"쪼…… 아니, 종현이가 그림을 좋아하잖아. 알고 있지? 당신 친구이기도 하니까."

그랬었나. 우재는 대충 고개를 끄덕였다. 딱히 친구의 취미는 관심이 없었다.

"내 그림을 좋아한다고 해서, 갤러리에 왔었는데 인사하기에…… 뭐, 얘기하다 보니 동갑인 것도 알았고, 해서 친해진 거지."

"그렇군."

그런데 이건 왜 궁금해한 걸까.

우재를 바라보던 예라는 알 수 없는 우재의 표정에 고개를 가로로 저었다. 아, 나도 모르겠다.

"이만 가 볼게."

생각에 잠긴 우재에게 말을 건넸다. 그는 대충 고개를 끄덕였다. 성의 없는 태도에 잠시 섭섭함이 들었지만 우재의 저런 태도는 익히 듣고 직접 보지 않았던가. 이제 익숙해질 법도 한데 그럴 수가 없었다. 그가 보지 못하게 살며시 쓴웃음을 짓던 예라는 우재에게 다시 인사를 했다.

"갈게. 우재 씨."

그녀의 목소리에 고개를 들었다. 그녀가 밝게 웃으며 어린아이처럼 손을 휙휙 흔들고 있었다.

저게 대체 뭐야.

별로 달갑지 않은 모습이다. 그럼에도 시선을 돌릴 수가 없었다. 지금 한참 빛나는 한낮의 햇살처럼 그녀의 미소는 그렇게 빛나고 있었다.

"오늘처럼만 해 줘. 그리고 내 문자 답 잘 해 주고!"

탁. 문소리가 나자 그제야 정신을 차린 우재는 낮게 한숨을 쉬며 소파에 편안히 기대었다. 사무실에 남은 음식 냄새만이 그녀가 왔다 갔음을 알리고 있었다.

그는 일어나서 창문을 활짝 열었다. 조금 뒤 음식 냄새가 사라졌다. 우재는 모니터 앞에 앉았다. 언제 밥을 먹었느냐는 듯이 자연스럽게 모니터를 바라보며 마우스를 움직이려고 했을 때였다. 천천히 고개를 들어서 문 앞을 바라보았다.

갈게. 우재 씨.

순간 귓가에 들려오는 맑은 목소리에 눈살을 찌푸렸다. 환청이라니. 말이 되는 소리를 해야지.

그러나 그는 마우스를 움직이지 못했다. 방금 보았던 그녀의 빛나는 햇살 같은 미소가 눈앞에 아른거리고 있었다.

"……후."

왜 그런지는, 알 수 없었다.

한 달 동안 이 산, 저 산을 헤매던 아버지가 집에 돌아왔다.

그림 하나를 무사히 완성하고 나서 집에 와 보니 낯익은 꾀죄죄한 신발이 놓여 있었다. 그래서 예라는 현관문 앞에다 핸드백을 던지고서 거실을 달렸다.

"아빠!"

서른넷이나 먹었음에도 그녀는 여전히 아빠라고 불렀다. 곧 방에서 그녀의 목소리에 달려 나오는 한 중년남자가 있었다.

"딸아!"

이산가족 상봉을 하듯이 두 사람은 거실 한가운데에서 얼싸안았다. 이내 거실 바닥에 앉은 부녀는 서로의 얼굴을 살폈다. 먼저 입을 연 것은 그녀의 아버지, 한강한이다.

"딸. 요즘 뭐, 못 먹고 다녀? 전보다 더 마른 것 같다."

"아빠. 나…… 살 쪘거든? 한 달 만이라고 못 알아보기는."

"흐음. 잘 모르겠는데. 딸. 예라야. 넌 더 쪄도 된단다."

"어휴. 안 돼. 아무튼, 아빠. 그림은?"

"자."

가방 속에서 종이들을 꺼내는 강한을 도와 거실에 그림을 펼쳤다. 한강한은 예라와는 다르게 풍경화만 그렸다. 그것도 산을 좋아했다. 대부분 산을 그렸고, 산이 아니면 가끔은 하늘이나 바다였다. 자연을 참 좋아하는 제 아빠였다.

그래서 아직도 사랑하는 아내와 이혼을 할 수밖에 없었다.

그녀는 강한의 화풍을 좋아해서 먼저 데이트 신청을 했고, 만나서 1년의 연애 끝에 결혼을 하게 되었다. 그 당시 인기 최고의 여배우 박나경과, 자연을 그리는 화가로 유명한 한강한이 만나서 한 가정을 이루게 되었다는 것은 한참 동안이나 화제가 되었다. 정말 아름다운 부부였다.

그러나 쌍둥이 아이를 낳고 난 뒤로 그 행복은 얼마 가지 못했다. 애초 강한은 한곳에 오래 머무는 사람이 아니라 방랑벽이 있는 사람이다. 산과 바다, 하늘을 너무나도 좋아하는 사람이었다. 비록 나경을 너무 사랑해서 잠시 머무르고 가정을 이루었지만, 아이가 말을 하고 걸어 다닐 수 있을 때쯤 다시 그 방랑벽이 도진 것이다.

"여전하네. 우리 아빠."

사랑받길 원하는 여자였기에 남편의 부재를 견딜 수 없어서 결국 이혼을 했다. 결혼이 큰 화제가 되었던 만큼 이혼도 한참 동안 화제였다.

자식이 두 명이기에 한 사람은 엄마인 나경, 한 사람은 아빠인 강한을 따라가기로 했다. 그러나 그것은 정해진 거나 다름이 없었다. 아빠를 닮아서 그림에 소질이 있고 그림을 좋아하던 5분 누나인 예라는 강한을 따라갔고, 엄마를 닮아서 연기에 독창적인 소질이 있던 종현은 당연히 나경을 따라가게 되었다.

"그렇게도 산이 좋아?"

"그래."

"엄마는?"

"좋지."

"좋은?"

"강아지 부르는 것 같구나."

"흐흐."

장난스럽게 예라가 웃어 보였다. 이럴 땐 서른넷의 한예라가 아니라 7살의 장난이 많았던 한예라로 돌아간 것만 같았다.

강한은 아직도 어린 것처럼 느껴지는 제 딸의 머리를 쓰다듬었다. 다정한 손길에 예라가 눈을 깜빡이다가 편안히 다리를 쭉 뻗고 앉았다. 그림을 차곡차곡 정리하던 예라는 입을 열었다.

"나, 선봤어."

예라를 도와 같이 그림을 정리하던 강한의 손에서 그림이 떨어졌다. 덕분에 거실에 그림이 다시 흩어졌다. 칠칠맞기는. 투덜거리며 예라는 다시 그림을 정리했다. 얇은 종이에 먹으로만 그린 그림이지만 선이 살아 있다고 느껴질 정도로 아름다웠다. 여기에 채색만 하면 얼마든지 장식할 수도 있고 큰 액수에 팔릴 수 있는 그림이 된다.

"뭐…… 뭐라고……?"

"아빠 떠나고 일주일 뒤에 봤어."

"예, 예라야. 서, 선이라니……."

"내 나이 서른넷이야."

만약 우재와 잘 되지 않는다면, 정말로 선을 봐서 결혼을 해야 할지도 모른다. 독신주의자는 아니므로 언젠간 결혼을 하게 되겠지.

'그러면 날 아껴 주는 남자를 만나야지.'

우재에게서 받은 상처를 충분히 메워 줄 수 있는 남자를 만나야 지.

하지만 그런 남자가 있을까 싶었다. 그저 지금 예라의 마음에는 권우재만이 가득 차 있었다.

"어떤…… 남자니……?"

"쫑이 친구야."

"응?"

"아빠도 알걸. 대영식품 권우재 이사."

"그, 그렇구나."

어지간히 충격을 받았는지 비틀거리다 결국 소파에 눕듯이 앉았 다. 그런 강한을 바라보던 예라가 피식 웃었다.

"40대에 결혼을 할 순 없잖아?"

"……결혼이 다가 아닐 거야."

"하지만 나는 독신주의자도 아닌걸. 좋아하는 사람하고 결혼하 고 싶어."

"그 남자…… 좋아하니?"

"응. 내가 좋아서 소개해 달라고 했어."

"……그렇구나."

어쩐지 강한은 딸에게 미안해졌다. 아이들이 다 컸을 때, 고작 9살 때였다. 참다못한 나경이 결국 내놓은 건 이혼 서류였다. 그 서류에 어쩔 수 없이 도장을 찍고 예라를 데려왔을 때 잘해 줘야지, 했다.

그러나 방랑벽은 쉽게 고쳐지는 것이 아니었다. 그런 제 입장을 묵묵히 이해해 주는 예라가 고마우면서도 한편으론 미안했다. 아버지랑 같이 살게 되었으면 아버지의 역할을 잘해 줘야 하는데, 해 주지 못해서 항상 마음에 걸렸다.

"예라야."

"응. 아, 아빠. 커피 마실래?"

"……그래."

예라가 잠시 부엌으로 향했다. 강한은 조용히 제 딸의 뒷모습을 바라보았다.

언제 저렇게 컸을까.

강한은 몇 번이고 입을 들썩였다. 그리고 하고 싶은 말을 목구멍 뒤로 겨우 삼켰다.

'부디, 아빠 같은 남자와는 결혼하지 말아라.'

이 이야기를 하고 싶었다. 하지만 저를 믿고 지금껏 살뜰하게 자신을 챙겨 온 딸을 생각하면, 이 말을 했다간 딸의 마음을 무시하는 것 같아서 할 수가 없었다.

"언제 종현이도 불러서 같이 밥이나 먹자구나."

"와. 그럼 오늘 어때? 아, 아니다. 종 이번에 드라마 찍는다고 바쁘댔어."

"그렇구나. 제목이 뭔데?"

"음. 아마 다음 달쯤 할 것 같아. 제목은 '그 남자 이야기'라고. 우리 쫑이 그 남자 역할이야. 주연이지."

"그렇구나. 종현이 드라마도 안 본 지 오래되었구나."

"아빠 쉬는 동안 내 하드 빌려줄게. 쫑 드라마는 다 있지."

키득거리며 웃는 예라의 모습에 강한도 덩달아 웃을 수 있었다. 이렇게 편안한 게 집인데, 왜 자신은 정착을 할 수 없을까.

❖

주말.

그녀가 튤립 축제에 가자고 했다. 사람 많은 곳은 끔찍하게 싫었다. 우재는 당장에라도 예라를 붙잡고서 말리고 싶었다. 네가 뭔데 내가 싫어하는 곳을 가려고 하느냐고. 그러나 일주일에 두 번은 만나야지만 의심을 받지 않는다는 것을 알기에 결국 그녀가 가자는 대로 갈 수밖에 없었다.

약속 장소로 나왔다. 만나기로 한 곳은, 큰 길가였다. 그러나 어딜 봐도 그녀의 모습은 보이지 않았다. 문득 첫 만남이 떠올랐다. 35분이나 늦고도 미안한 기색이 없던 한예라의 모습. 설마 이번에도 늦는 건가 싶었다. 그때, 그의 앞에 아담한 자동차 하나가 섰다.

"안녕, 우재 씨."

씩 웃으며 차 안에서 인사를 하는 여자는, 우재가 기다리던 여자였다. 설마, 차 운전을 하나 싶었다.

"얼른 타."

"설마, 한예라 씨가 직접 운전을……."

"맞아. 내가 운전하는 거야. 이래 봬도 무사고…… 아차. 지난번에 한 번 있구나."

그것도 아마 한예라가 앞차를 박아 버린 걸로 기억하는데.

우재는 올라탄 차에서 내리고 싶었다. 그러나 그녀가 싱글벙글 웃고 있었다. 이상하게 지난번부터 저 웃음에는 꽉 잡힌 것처럼 아무것도 할 수가 없었다.

'……사로잡힌 건가?'

그러다 코웃음을 쳤다. 누가, 누구에게? 말도 안 되는 일은 애초부터 생각을 해선 안 된다. 그저 웃음이 예쁘긴 하구나, 하고 넘어갔다.

'잠깐. 예쁘다고……?'

누가?

그렇게 생각할 무렵, 어느새 차는 달리고 있었다. 이런 건 생각도 못 했다. 여자가 운전을 하는 차에 타고 튤립 축제에 간다, 라. 단 한 번도 해 본 적 없는 일이었다. 어쩐지 웃음이 나왔다. 픽 웃어 버리자 그걸 본 예라의 눈이 동그랗게 떠졌다. 그러나 그는 그걸 알아차리고서 입을 다물고 원래의 무표정으로 돌아갔다.

"한예라 씨."

"왜?"

"부디 사고는 내지 않기를 바라."

"걱정 마. 지난번에는 당신 만나려고 서두르다가 박아 버렸을 뿐이야."

어쩐지 어감이 조금 이상했다. 우재는 예라를 바라보았다. 그녀는 운전을 하느라 앞을 바라보고 있었다. 잠시 턱을 괸 채 그녀를 관찰했다.

확실히 입을 다무니, 천상 여자 같은 모습이다. 예쁜 모습. 딱 봐도 요조숙녀 같은 모습이다. 만약 입을 다물고 다소곳했더라면, 이 여자에게 0.1%의 관심이라도 가졌을까? 문득 이런 의문이 들었다.

시끄럽고, 귀찮게 하는 건 딱 질색이다. 그래서 지금 가는 튤립 축제도 사실 가고 싶지 않았다. 당장에라도 차를 돌리게 해 집으로 가서 쉬고 싶었다. 그러나 시끄러운 여자가 가자고 졸졸 쫓아다녀서, 결국 마지못해 가 주고 있었다.

'물론 여자가 직접 차를 끌고 올 거라는 건 생각지도 못했지만.'

정말로, 조용했더라면 천하의 권우재가 상대라도 했을까?

"우재 씨."

"조용히 좀 가지?"

"어휴. 입에 가시가 돋치겠다. 아무 말이나 좀 해 봐."

"시끄럽군."

"뭐, 내가 말만 하면 죄다 시끄럽대."

그렇게 투덜거리면서도 예라는 입을 다물었다. 운전을 하고 있는 자신을 바라보는 그의 시선을 모를 리가 없었다. 그러나 돌아보지 않았다. 그 시선으로 인해 괜히 몸이 떨려 왔다. 가슴이 두근거렸다. 그러나 애써 진정시키며 예라는 티를 내지 않으려고 노력했다.

"궁금하단 말이지."

그의 낮은 목소리에 태연하게 고개를 돌렸다. 그때 마침 눈이 딱 마주쳤다. 순간 눈을 깜빡이던 예라가 씩 웃었다. 아무리 생각해도 나는 타고난 연기자 같아.

"뭐가?"

"한예라가 얻는 메리트."

"그건……."

"그건?"

"나중에 말해 준다니까. 끈질겨."

어느새 튤립 축제를 하는 곳에 도착했다. 주차장에 차를 세운 후, 예라는 도시락과 돗자리를 챙겨서 내렸다. 차에서 내리자마자 예라를 살핀 우재는 역시 입만 다물면 괜찮다는 생각을 다시 한 번 했다.

"짠. 이게 뭔지 알아?"

예라가 무언가를 가방 속에서 꺼냈다. 자신이 아무리 세상에 관심이 없어도 뭔지 알고 있는 물건을 꺼냈다. 바로 셀카봉이다. 설마, 사진을 찍으려는 건가 싶었다. 미간을 찌푸리던 우재는 예라의 손에서 그것을 뺏으려고 했다. 그러나 그녀는 셀카봉을 잡고서 절대 빼앗기지 않겠다는 듯이 저 멀리 달아났다.

"안 돼. 사진을 찍어야 나중에 어머님이나 아버님이 의심하면 보여 드리지. 안 그래?"

맞는 말이긴 했다. 하지만 어딘가 미심쩍었다. 대체 얻는 게 무엇이기에 저와 가짜 연애를 이어 가려고 하는 것인지 알 수 없었다.

3개월의 기간 한정 연애를 하기로 협정을 맺었다. 그게 바로 불과 약 한 달 전이다. 곧 저 여자와 만난 지도 한 달이 다 되어 간다.

"정말…… 귀찮군."

덕분에 집안에서 우재에게 하는 잔소리는 줄어들었다. 꾸준히 예라를 만나고 있다는 것을 어머니가 보낸 사람에게 보여 주었다. 착실하게 잘 만나고 있다는 것을 보여 주자, 정말 일을 하기에 수월해질 정도로 간섭을 하지 않았다. 이상한 여자들 사진을 들이밀면서 이 여자와 선을 봐라, 괜찮으면 결혼까지 생각해 봐라, 라는 잔소리를 하루에 몇 시간씩 들었던가.

이젠 궁금해졌다. 저야 이렇게 얻어지는 것이 있는데, 저처럼 재미도 없고 항상 싸늘하게 대하는 남자와 기꺼이 만나는 저 여자에게 얻어지는 것은 과연 무엇인가? 아무리 물어도 대답을 해 주지 않는다. 그래서 더욱더 궁금해진다. 마치, 금단의 열매처럼 알고 싶어진다.

"이봐."

"우재 씨. 얼른 와 봐. 와, 튤립 진짜 예쁘다!"

노란색과 빨간색 튤립이 예쁘게 섞여 있었다. 튤립을 향해 다가가던 예라가 살며시 손을 뻗었다가 그 앞에서 멈춰 서 바라보며 감탄을 했다. 직접 싸 온 도시락을 들고서 꺄르르 아이처럼 웃는다. 뒤를 돌아보며 얼른 오라며 손짓을 한다. 잠시 그 모습을 바라보던 우재는 굳은 채 멈췄다.

'뭐지, 이건……?'

꽃과 닮은 미소가, 예뻐 보였다.

한예라는 시끄럽다. 당당해도 너무 당당했다. 얼굴에 철판을 깐 것처럼. 그리고 말이 많다. 귀찮기도 하다. 나를 너무 귀찮게 한다.

'뭐야……?'

그런데, 왜 시끄러운데도 미소가 예쁘지?

잠시 우재가 눈을 감았다가 떴다. 그 자리에서 멈춘 예라가 빈손을 휙휙 흔들고 있었다. 얼른 와 봐! 그러고선 기다릴 수 없다는 듯이 바로 다른 튤립이 있는 곳으로 갔다. 오랫동안 튤립을 들여다보다가 자기가 들고 온 셀카봉으로 사진도 찍는다. 기다리다가 우재가 오지 않자, 결국 우재를 데리러 왔다.

"뭐 해? 꽃 싫어해?"

"……."

"아니면 사진이 싫은가. 그럼 딱 한 장만 찍자. 혹시라도 부모님이 보여 달라고 할 수 있잖아? 위장이야, 위장."

위장이라며, 왜 저렇게 신나 보이는 건가. 이런 여자는 처음이다. 싫다고 딱 잘라 냈는데도 싱글벙글 웃으면서 다가오다니.

"자, 얼른 딱 한 장 찍자."

그녀는 가만히 있는 그를 데리고 갔다. 그는 말없이 그녀에게 끌려갔다. 살랑거리며 짧은 머리카락이 목에서 흔들리는 것을 바라보던 그는 그 자리에서 그대로 섰다. 이내 제 팔을 잡은 그녀의 손을 탁 쳤다.

"아…… 미안. 너무 잡아당겼나."

위험하다.

"여기서 하나 찍을까?"

위험해.

그는 난처한 표정으로 허둥지둥 카메라를 준비하는 그녀를 물끄러미 바라보다 시선을 팩 돌렸다. 마른침이 삼켜지는 것만 같았다.

그의 마음을 모르는 그녀는, 그저 그가 저를 밀어 냈다고만 느껴져서 가슴 한구석이 또 욱신거리며 아파 왔다. 그러나 애써 모른 척, 지워 버렸다.

"아아. 내가 또 뭔가를 잘못한 걸까."

낮의 일이 신경이 쓰였다. 분명 도착할 때까지는 분위기가 좋았는데, 그가 손을 쳐 낸 이후로는 한 마디도 오가지 않았다. 예라가 말을 걸어도 우재는 그저 고갯짓으로만 대답을 했을 뿐이다. 그것이 너무나도 신경이 쓰였다.

"후…… 다시 원점."

그를 데려다준 후, 한참 동안 우재의 집을 바라보던 예라는 그제야 출발을 했다. 뭔가 상황이 바뀐 것 같지만 그딴 걸 신경 쓸 여력은 없었다. 지금 예라에게 중요한 것은 권우재가 다시 원상태로 돌아갔다는 것이다.

마음을 연 듯싶었는데 다시 닫친 그의 마음이다. 어떻게 열면 좋을지, 이제는 모르겠다. 벌써 한 달이라는 시간이 흘렀다. 이제 남은 것은 고작 두 달.

그사이에…… 사람의 마음을 얻을 수 있을까?

밤길을 달리며 그녀는 생각에 잠겼다. 정말, 종현의 말대로 애초에 오르지 못할 나무를 올려다보고 있었던 것일지도 모른다.

"그런데 왜 일벌레가 되었지?"

천성적인 것일까?

그 어느 것도, 권우재에 대해서 모르는 예라는 답답했다. 종현에게 물었지만 답은 시원하게 나오지 않았다. 속이는 것이 아니라 정말로 모르는 표정이었기에 더 이상 물을 수가 없었다.

그녀는 집에 돌아와서 강한에게 간단히 인사를 한 후, 방에 들어가 침대에 드러누웠다. 멍하니 천장을 바라보던 예라는 눈을 감았다. 갑자기 변화된 우재, 그리고 어떻게 하면 좋을지 알 수 없는 다시 원점으로 돌아가 버린 지금.

"……아냐. 포기하기에는 아직 두 달이라는 시간이 있어."

벌떡 일어난 예라는 두 주먹을 꽉 쥐었다. 한참을 그러고 있다가 핸드백에서 핸드폰을 꺼냈다. 역시나, 연락 온 건 없었다. 낮게 한숨을 쉬다가 용기를 내서 문자를 보냈다. 집에 잘 들어갔어? 그러나 한참을 기다려도 돌아오는 답장은 없었다.

"내가 뭐, 잘못했나."

아무리 생각해도 짚이는 점은 없었다. 뭐가 잘못된 걸까. 너무 친한 척해 버린 것이 문제일지도 모른다.

마음만 급해서 그래.

한숨을 쉬며 핸드폰을 침대 위로 던졌다. 잘 풀리는 것 같다가 갑자기 막혀 버리는 것 같아서 답답했다. 하지만 한순간에 확 풀어질 수 없다는 것도 잘 알고 있었다. 상대방은 바로 그 권우재가 아니던가.

"아아, 괴로운 짝사랑이여."

피식 웃던 예라는 내일부터 다시 힘을 내서 우재에게 다가가기로 했다. 그것만이 오로지 사랑을 얻을 수 있는 길이었다.

"한예라. 넌 할 수 있어!"

안 되면, 뭐…….

"……확 아무하고나 결혼해 버리지, 뭐."

그렇게 중얼거리는 예라의 표정은 한없이 서글퍼 보였다.

4화

부우우-

핸드폰이 여러 번 진동을 울렸지만 끝내 받지 않았다. 발신자는 보나 마나였다. 분명 같은 사람이 연달아서 전화를 하는 것일 테지. 그걸 알고 있는 우재는 핸드폰을 거들떠보지도 않았다.

벌써 4일째 그녀의 연락에 전부 답하지 않고 있었다. 그녀의 방문도 허락하지 않았다. 아예 한예라는 존재를 잊고 싶은 사람처럼, 그렇게 철저히 외면했다. 그러나 그럴수록 자꾸만 선명히 떠오르는 것이 하나 있었다.

바로 그녀의 미소.

그 짧은 한 달이라는 시간 사이에 그 미소만이 유일하게 각인된 모양이다.

"후……."

노크 소리가 들렸다. 한숨을 쉬었던 모습은 온데간데없고 다시 무뚝뚝한 권우재 이사로 돌아갔다. 네. 짧게 대답을 하자 비서가 문을 열고 들어왔다.

"이사님. 한 번만 전화 받아 주시는 게……."

또 한예라다.

"끈질기군."

낮게 한숨을 쉬던 우재는 손짓을 했다. 비서는 고개를 끄덕이며 밖으로 나갔다. 곧 예라와 전화 연결이 되었다.

— 아, 드디어 연결이 됐네!

예상 외로 밝은 목소리였다. 당황스러운 나머지 우재는 표정 관리를 하지 못했다. 항상 마이페이스를 유지하던 권우재가 당황한 적은 이번이 처음이다.

"……뭡니까."

— 비서님 말로는 바쁜가 보더라고. 안녕, 우재 씨.

"바쁜 거 알면 끊어."

— 에이. 오늘 좀 봐. 우리, 이번 주에 한 번도 안 봤는데.

"그거 말인데."

한숨을 쉰 우재는 펜을 책상 위로 두들기다 탁 소리가 나게 놓았다. 그의 고운 미간이 일그러져 있었다.

"일주일에 한 번으로 줄이지."

— ……뭐?

"왜. 안 되나?"

— 갑자기, 왜?

"바빠. 귀찮군."

그럼 이만. 그렇게 대답을 한 우재는 전화를 끊었다. 한 번 더 전화가 울렸지만 받지 않았다. 고요해진 이사실 가운데 우재는 잠시 생각에 잠겼다.

잘못 선택한 것일까.

한순간의 잔소리가 듣기 싫어서 어쩌면 잘못 선택한 길일지도 모르겠다.

'3개월.'

한 달하고도 약 3주가 남았다. 약 51일만 버티면 되는 것이다. 그러면 이 시끄럽고 귀찮은 여자하고 안녕이겠지.

여자는 귀찮은 생물이다. 변덕도 심하고, 배신도 잘하는 생물이다. 믿고 있다간 언제 발등을 찍힐지 모르며, 간사하게 사람을 홀리며 원하는 것을 위해서는 연기도 얼마든지 할 수 있는 존재였다.

"너도 똑같을 테지."

그가 지독히도 차가운 목소리로 낮게 중얼거렸다.

"⋯⋯종이나 보러 가야겠다."

힘없이 핸드폰을 바지 주머니에 대충 쑤셔 넣은 예라는 화실을 나왔다. 자신에게 밝게 인사를 하는 승희에게 금방 밝은 표정으로 인사를 건네고 밖으로 나왔다. 그러나 금방 다시 표정이 시무룩하게 바뀌었다. 어깨가 축 쳐지던 그녀는 다시 허리를 쫙 폈다.

"칠전팔기! 나는 오뚝이다!"

씩 웃던 예라는 당당한 걸음으로 차에 올라탔다. 비록 지난번 사고를 내긴 했어도, 사실은 운전을 잘하는 편이었다. 그와의 약속 시간에 늦어서, 빨리 가고 싶은 마음에 다급해진 나머지 실수를 했을 뿐이다.

그래서 이전, 튤립 축제에 갔을 때, 얼마나 안전 운전을 위해 노력을 했는지 모른다. 그때 이후로 우재의 표정이 안 좋아졌다. 그날 제가 실수를 한 것 같은데, 뭔지 도통 모르겠다.

"역시. 내가 차를 끌고 가서 그랬나?"

여자와 남자의 역할이 바뀌었다는 것쯤은 안다. 하지만 꼭 남자가 여자를 데리러 가는 법칙은 없지 않던가. 그래서 차 운전을 안하는 것처럼 보이는 우재를 데리러 갔을 뿐이다.

"내가 데리러 간 게 불만이었나."

그래도 차 안에서까지는 분위기가 좋았는데. 예라는 한숨을 푹쉬었다. 하여간, 알 수 없는 남자라니까.

종현이 식품 광고 하나를 맡게 되어 오늘은 스튜디오 안에서 촬영을 한다고 했다. 우재도 식품 회사에서 일을 하는데. 종현이 어느 회사 광고 일을 하는지 물어보려고 예라는 그의 매니저에게 전화를 했다.

— 아, 예라 씨. 오랜만입니다.

"그러게요. 참. 지금 우리 쫑 보러 가는데, 혹시 말이에요. 종이광고 찍는 회사가 어디에요?

— 대영식품이라고 합니다. 혹시 아는 데예요?

"아하. 감사해요. 지금 그 근방인데, 갈게요."

기분 좋게 통화를 끝낸 예라는 신호등으로 인해 잠시 차를 멈췄다. 가만히 신호등을 바라보는 예라의 입가는 나른하게 늘어져 있었다. 이렇게 해서 또 만나는구나. 히죽 웃으며 차를 다시 출발시켰다. 곧 있으면 종현이 촬영하는 스튜디오에 도착할 것이다.

아마도 우재가 있을 거라고 생각했다. 그는 이사였고, 자신의 회사 광고를 찍는 현장에 없을 리가 없었다. 거기다 두 사람은 친구였다. 종현은 권우재의 몇 없는 친구 중 하나였기에 분명 보러 올 거라고 생각했다.

곧 스튜디오에 도착했다. 주차장에 차를 주차시키고 재빨리 내렸다. 차 키를 손가락에 걸고 흔들며 흥얼거리는 예라의 모습은 정말로 신나 보였다. 단순한 이유로 기분이 좋지 않았다가 그를 볼 생각을 하니 또 기뻐졌다. 기분이 안 좋았던 것은 권우재 때문인데, 기분이 좋아지는 것도 권우재로 인해서라니.

"참, 아이러니하지."

스튜디오로 올라가는 엘리베이터를 기다렸다. 물론 앞에 경비가 있었지만 미리 종현이 주었던 스태프 명찰을 내밀고 올라갔다. 아마도 예라를 코디나 혹은 메이크업 담당으로 여겨서 금방 보내 주었을 것이다.

"아. 뭐 안 사 가도 되겠지?"

떨리는 마음을 안고 올라가니 잠시 촬영 쉬는 시간이라 했다. 물어보니 우재도 와서 둘이 같이 어디론가 갔다고 하는 이야기를 들었다. 예라는 곧 두 사람을 찾으러 갔다.

이곳저곳 다니다 발견했다. 두 사람은 휴게실에 있었다. 들어가서 놀라게 해 주려던 예라는 잠시 들려오는 두 사람의 대화에 발걸음을 멈추고 벽에 바짝 기댄 채 이야기를 들었다. 마침, 문이 열려 있었다.

"어때? 네가 처음으로 제대로 만나는 여자는."

자신의 이야기였다. 마음을 졸이며 침을 꿀꺽 삼켰다. 답이 곧바로 들려오지 않은 채 침묵이 흘렀다. 조금 시간이 지나고 나서야 그가 마시던 커피를 내려놓고 대답을 했다.

"귀찮아."

뭐야, 고작 그거야? 순간 튀어 나갈 뻔했다. 하지만 순간 예라는 튤립 축제에서 있었던 일이 떠올랐다. 갑자기 반응이 싸늘해지고 처음 봤을 때로 돌아갔던 우재의 모습. 그래서 겨우 튀어 나가지 않고 그대로 벽에 붙어 있었다. 긴장으로 침이 저절로 삼켜졌다.

"귀찮다니. 괜찮은 친구야."

"그래. 둘이 친구랬지."

"아, 응. 정말 괜찮은 친구야."

"그럼 네가 만나지 그래?"

"어휴. 안 되지. 아무튼, 왜? 예라, 정말 괜찮은 여자야."

종현은 열심히 예라를 변호해 주려 하고 있었다. 다시 우재의 말이 끊겼다. 예라는 답답했다. 얼른 뭐라도 말을 해 주었으면 좋겠다. 그러나 그는 또다시 침묵을 지키고 있었다. 가만히 그의 대답을 기다리던 예라는 그가 한숨을 내쉬는 소리를 들었다.

가슴이 욱신거렸다. 그만큼 귀찮았던 것일까?

가슴 위로 손을 얹었다.

'이런 것쯤은 예상을 했잖아.'

아직도 갈 길이 멀었다는 건 알고 있다. 그래도, 조금이라도 저를 향해 웃었던 그 한 번을 생각하며 꾹 참고 기다렸다.

"귀찮고, 시끄럽고, 제멋대로야."

"어…… 그런 면이 있지만……."

"싫지는 않아."

"……어?"

"하지만 여자는 다 똑같지."

"……근데, 우재야. 이제는 좀 잊을 때도 됐잖아."

"아니. 설령 다 똑같지 않더라도 아직은 일하는 편이 더 좋군.
내 시간을 할애할 필요성을 못 느껴."

예라는 잠시 머뭇거렸다. 지금 나가서 못 들은 척 반갑게 인사를
할까, 아니면 그냥 이대로 스튜디오를 나설까. 그러나 지금 우재의
얼굴을 볼 수가 없었다. 중요한 것은 그가 여자를 만나지 않는 데
는 어떠한 이유가 있고, 그걸 종현도 안다는 것이다.

그게 뭘까. 설령 그걸 알아도 그의 마음을 열게 하기까지는 한참
의 시간이 걸릴 것 같았다. 하지만 한편으로는 무언가로 인해 상처
를 받아서 결국 마음을 닫게 되었다는 것이기에 그 상처를 감싸 주
고 싶었다.

"그럼 너 예라는 어떻게 하려고?"

다시 자신의 이름이 들리자 몸이 움찔 떨렸다.

"3개월만 만나기로 했으니까."

"그 3개월이라는 제한을 없애 봐."

"그럴 이유를 모르겠다."

"그러니까…… 만나다 보면 괜찮게 보이고, 그러지 않을까?"

"그럴 일 없다."

아주 단호하게 그는 그렇게 대답을 했다. 잠시 머뭇거리던 예라
는 눈을 질끈 감았다가 떴다. 생각도 해 보지 않고 단호하게, 자신
에게 조금이라도 마음이 생길 일이 없다고 한 우재의 말이 아프게
만 들렸다.

"야아. 왜 그렇게 단호하게 말해. 안 그럴 수도 있잖아?"

"아니. 난 알 수 있어."

더 이상 예라는 그 자리에 있을 수가 없었다. 괜히 그 자리에 있다간 더 상처를 받고, 칠전팔기고 뭐고 그대로 포기하고 싶어질지도 모르겠다. 홀로 짝사랑을 하다가 드디어 만난 상대와 잘 해 보고 싶은 마음을 그대로 버릴지도 모르겠다.

예라가 조용히 그 자리에서 떴다는 것을 모르는 두 사람은 계속해서 대화를 했다.

"만약 안 그러면?"

"그럴 일 없다고, 했다."

딱 잘라 말을 하는 우재를 보고 종현은 입을 들썩이다 낮게 한숨을 쉬었다. 그 여자 이야기가 나올 때마다 항상 우재의 앞에서 박종현은 죄인이 되었다.

"만약 너…… 예라를 사랑하게 되면 어떻게 할 건데?"

사랑이라는 단어에 피식 웃음이 새어 나왔다. 가장 싫어하는 단어였다. 사랑. 그 부질없는 감정.

우재의 손에 저절로 힘이 들어갔다. 그걸 본 종현은 쓴웃음을 지었다. 재미있다는 듯이 웃고 있던 우재가 입을 열었다.

"만약 그렇게 된다면, 내 모든 것을 한예라에게 줄 거다. 내 심장마저."

"……와우."

"그러나 그럴 일은 없다."

"헤에. 아니. 난 알 수 있어. 분명 권우재는 한예라를 좋아하게 될걸. 사랑해서 미쳐 버릴지도."

"근거 없는 말은 하지 않는 게 좋을 텐데."

종현은 그저 싱긋 웃었다. 제 누나는 사랑스러웠고, 권우재가 만난 여자 중 그런 타입은 없었다. 막무가내에 무작정 앞만 보고 돌진하고, 상처를 받아도 삼키고 다시 도전하고, 그리고 결정적으로 미소가 예쁜 제 누나. 그래서 자신도 항상 못 이기는 척 예라의 부탁을 들어주곤 했었다.

'하지만 이번 부탁은 들어주지 말걸.'

그래도 제 누나가 행복해지려면, 그리고 제 친구가 행복했으면, 하는 바람에 결국 예라의 부탁을 들어주게 되었다. 그게 화근이 될 줄은 몰랐다.

"근데, 권우재야. 내가 하나 조언할게."

"뭘."

시큰둥하니 감흥 없는 표정으로 되묻는 그가 사랑에 미쳐서 허우적대는 것이 보고 싶었다. 안 듣는 척해도 귀담아들을 걸 알기에 종현은 다시 입을 열었다.

"만약 이 여자다 싶으면, 그 여자 바로 잡아."

"······."

"안 그러면, 나중에 정신 차리고 보면 너무 늦어서, 그때는 분명 떠나고 없을 테니까, 일단 잡고 봐."

그는 그렇게 말을 하는 친구의 조언을 듣다가 픽 웃으며 대충 고개를 끄덕였다. 그럴 일이 없다는 것을 알았기 때문이다.

그때, 문득 그녀의 밝은 미소가 눈앞을 스쳐 지나갔다.

'왜 이러는 거야.'

아른거리듯이 머물고 있었다. 금방 표정을 차갑게 굳힌 그는 일어났다.

"가게?"

"볼일은 다 봤으니까."

종현은 우재를 붙잡지 않았다. 볼일을 다 봤다고 하니 더 이상 붙잡을 수가 없었다.

조금 뒤 촬영 장소로 돌아온 그의 눈에 딱 예라가 들어왔다. 그는 씩 웃으며 반갑게 손을 획획 흔들며 예라에게 다가갔다.

"뭐야, 언제 왔어? 연락하지."

"그냥. 너 일 잘하나 구경 온 거지."

"헤에, 내가 뭘. 그림은 다 그리고 온 거야?"

"그럼. 내가 너인 줄 아니?"

"뭐야. 나도 일할 땐 잘하거든?"

예라는 피식 웃으며 종현의 머리를 쓰다듬었다. 그러니까 조금 기분이 나아졌다. 언제 우울했느냐는 듯이 웃으며 종현이 옷을 갈아입고 와서 화장을 고치는 것을 그 옆에서 바라보던 예라는 둘이 같이 사진을 찍었다.

"아빠가 너 보고 싶어 해."

"오신 거야?"

"그래. 너랑 같이 밥 먹자고 하셨어. 시간 언제 남아?"

"오늘은 너무 갑작스럽고…… 대현이 형하고 정해야 할 것 같은데."

"오케이."

곧 종현은 다시 촬영에 들어갔고, 예라는 그의 매니저인 대현과 스케줄을 확인하며 남는 시간을 상의한 즉시 아버지 강한에게 문자를 보냈다. 조금 뒤 할 일이 없어진 예라는 간이 의자에 앉아서 종현을 보았다. 천생 배우임이 틀림없는 모습이다. 광고 촬영도 참 잘 찍는다.

잠시 예라는 생각에 잠겼다. 아예 마음을 열 생각이 없는 남자의 마음을 열려면 어떻게 하면 좋을까.

정말 어려운 일이다. 가장 어려운 게 닫힌 문을 여는 것이다. 이대로는 안 될 것 같다. 거절당해도 자주 얼굴을 마주 보는 것이 가장 좋을 것 같았다. 예라는 벌떡 일어났다. 곧 대현에게 간다고 말하고서 종현이 자신이 찍은 영상을 확인할 때 인사를 했다.

"나 간다."

"엉? 벌써 가? 조금 있다가 밥 같이 먹지."

"아니. 볼일이 생겼거든."

"그렇구나. 아, 혹시 누나."

"왜?"

"너 아까 오다가……."

"응?"

"아, 아니야. 잘 가라고. 아버지랑 밥은 언제 먹어?"

"아. 이번 주 주말. 점심에 먹기로 했어."

"알겠어."

종현에게 인사를 하고 나온 예라는 차를 몰고 다시 거리를 달렸다. 이번에 그녀가 가는 곳은 우재의 회사였다. 연락을 하고 가도 표정이 썩 좋지는 않은데 연락도 없이 가면 더욱더 표정이 좋지 않을 것 같았다. 하지만 어차피 연락을 받지도 않는데, 연락을 해 봤자라는 생각이 들었다.

예라는 곧 대영식품 본사 건물 앞에 도착했다. 주차장으로 가서 차를 세운 후, 이제는 익숙해진 데스크의 남자에게 인사를 하고서 자연스럽게 올라갔다. 10층에 도착하자마자 긴장한 예라는 심호흡을 크게 했다. 조금 기다린 끝에 들어오라는 비서의 말을 들었다.

'마음 굳게 먹자.'

무슨 말을 들어도, 어떤 모습을 보더라도 상처받지 말자. 중요한 건, 그의 마음을 여는 거니까, 그 전에 지쳐서 먼저 떨어질 필요는 없었다.

"안녕, 우재 씨."

언제나와 같이 씩 웃으며 들어갔다. 그런데 그는 오늘은 일을 하지 않고 정확히 한예라를 보고 있었다. 왜 평소와 다른 거지? 의문을 가지기도 잠시, 눈이 똑바로 마주치자마자 저도 모르게 두근거리는 심장을 진정시켜야만 했다. 살며시 눈을 치켜뜬 그는 무표정이었다. 그런 그는 섹시했다. 오늘은 블랙 셔츠를 입고 있어서 느껴지는 다크한 분위기가 그를 한층 더 섹시하게 만들었다.

"요즘 많이 바쁜가 봐."

"멋대로…… 오지 말라고 했을 텐데."

"아, 미안. 근데 누구 씨가 내 연락을 자꾸 무시해서."

"……용건은?"

"용건? 없는데."

"……"

그러자 그의 입이 다물렸다. 아무런 말도 하지 않던 우재는 조용히 다시 모니터로 시선을 돌렸다. 타자 소리가 들렸다가 멈추기를 반복했다. 그 시간 동안 가만히 그를 바라보고 있던 그녀는 설핏 쓴웃음을 보이다가 금방 지웠다.

상처 안 받기로 했잖아.

아예 관심조차 가져 주지 않는 우재를 아련하게 바라보다 소파에 앉았다. 그녀가 앉는 소리가 들리자 우재는 살며시 고개를 들어서 예라를 바라보았다. 그러나 그뿐이었다. 곧 비서가 커피를 가져왔고, 비서가 나가자 다시 방 안은 침묵이 맴돌았다.

"다음부터는 마음대로 안 왔으면 좋겠군."

그 침묵 사이, 낮고 묵직한 음성이 들려왔다. 움찔거리던 예라는 마시던 커피를 내려놓았다. 이렇게 보기만 해도 좋은데, 그는 아직이라는 것을 알면서도 마음이 조급해진다. 처음으로 이토록 좋아하는 남자였기에.

"저기. 이번 주 일요일에 데이트하자."

"그런 건 문자로 해도 되었을 텐데."

"아니. 당신 얼굴 보고 싶어서."

"……."

"오늘 저녁, 같이 먹어도 돼?"

그녀의 물음에 우재의 손이 드디어 멈췄다. 천천히 고개를 들어 예라를 말없이 바라보았다. 표정에는 아무런 감정도 담겨 있지 않았다. 관찰하는 시선에 몸이 떨리는 것만 같았다. 예라는 두근거림을 무시한 채 오히려 당당히 좀 더 고개를 들었다. 그러자 그가 일어났다. 그가 낮게 한숨을 쉬며 예라의 앞에 털썩 앉았다. 비스듬히 기대어 앉은 채로 예라에게 시선을 떼지 않았다.

"단도직입적으로 묻지."

"뭐든 물어봐."

우재는 어깨를 으쓱이는 그녀를 다시 바라보았다.

확실히, 그녀를 바라보는 자신의 시선이 달라졌음을 느꼈다. 그래서는 안 되었다. 과거와 같은 실수를 반복해서는 안 되니까 미리 방지를 해야 한다. 다시는 마음을 여는 일이 없도록 해야 한다. 그렇게, 해야만 하는데.

왜?

알 수 없는 의문이 들었다.

왜 너는 상처를 받고도 다시 덤벼드는 거지?

"나에게 원하는 게 뭐야."

망가뜨려 보고 싶다. 상처받은 얼굴로 울어 버리는 얼굴을 보고 싶다. 그리고 나를 배신하지 않을 거라는 확신을 받고 싶다.

여태 없었던 검은 마음이 모습을 드러내고 있었다.

"……원하는 걸 말하면, 들어줄 거야?"

"들어 보고."

"그럼 말 안 할래."

"딱 3개월이야. 그리고 약 1개월이 남았고."

정확히는 1개월하고도 10일이 남았다.

우재의 말에 잠시 예라의 표정에서 감정이 사라졌다. 그녀의 무표정은 처음 봤다. 신기하다는 듯이 살피던 우재는 저절로 올라가려는 입꼬리를 잡아 내렸다.

"딱 그 기간이야."

"……그러니까 말이야."

낮은 한숨과 함께 그녀가 말을 이었다.

"혹시나 내가 괜찮으면 기간은 없앨 수 있잖아?"

"그걸 원하는 거군."

드디어 알아냈다. 그녀가 원하는 것. 메리트인지는 모르겠으나, 그녀는 기간을 없애길 바랐다. 기간을 없애면, 뭐가 남더라. 잠시 생각에 빠진 그는 픽 웃었다. 그냥 연애를 하자고? 기간이 정해지지 않은 연애?

"그걸 왜 바라지?"

"……"

"하지만 그럴 일은 절대 없을 거야. 일절 기대하지 않는 게 좋을 거야."

"대체…… 왜 그러는 거야? 어쩌다 일만 하게 된 거야?"

그 질문에 우재는 대답을 하지 않았다. 대신 어깨만 으쓱였다. 더 이상 대답을 하지 않는 우재를 바라보던 예라는 어깨가 축 쳐졌다. 그러나 금방 아무 일 없다는 듯이 커피를 조용히 마셨다. 속이 타들어 가는 기분이 들었다. 답이 없는 문제를 풀고 있는 기분이 들었다.

"아. 혹시나 말인데."

그가 그녀를 힐끔 바라보며 물었다.

"날 좋아한다거나."

"……"

"그런 건 아니길 바라."

"왜?"

"난 연애 같은 놀이를 할 시간은 없다."

그는 그렇게 차갑게 내뱉고서 일어나 다시 책상 앞에 앉았다. 우재는 그녀가 있어도 상관하지 않고 계속해서 일을 했다. 마우스가 움직이는 소리, 종이가 넘어가는 소리, 타자 치는 소리. 그런 것들을 듣던 예라는 입술을 꾹 깨물고서 일어났다. 그러나 빙긋 미소를 지으며 우재를 바라보았다.

"바쁜 것 같으니까 나는 이만 가 볼게."

우재는 고개를 들지 않았다. 연애를 놀이라 하는 차가운 남자. 아무래도 그 이유를 종현에게서 들어야 할 것 같았다.

"안녕, 우재 씨. 내일 또 봐."

"일주일에 한 번 아니었나."

싸늘한 목소리에도 불구하고 예라는 활짝 웃었다. 그 웃음에, 잠시 우재는 넋을 놓고서 그 미소를 바라보았다.

"내가 또 보고 싶어서 그래. 안녕."

한쪽 눈을 찡긋거리며 그녀는 말갛게 웃으며 손을 흔들다 나갔다. 탁. 작게 소리가 난 문을 멍하니 바라보았다. 하염없이 문을 바라보던 우재는 피곤하다는 듯이 한 손으로 제 얼굴을 마른세수했다.

"……젠장."

틀림없다. 마음이 조금씩 움직이고 있었다.

짜증 날 정도로 시끄럽고, 제멋대로에, 쓸데없이 당당하고, 말도 많다. 그럼에도 싫지가 않았다. 그런 마음을 가지는 제 자신이 짜증나고 화가 나서 다시 차갑게 대하려고 했는데, 그녀의 미소를 보니 다시 원래대로 돌아가 버렸다.

"기간을 없앤다, 라."

그러면 기간이 정해진 연애에서 그냥 연애만 남는다. 한예라는 그것을 바라고 있다.

왜? 어째서?

그녀가 얻는 메리트는 무엇이기에.

"후. 답답하군."

그는 넥타이를 풀어서 책상 한구석에 던져 놓았다. 그래도 답답한지 셔츠 위쪽의 단추를 풀었다. 모니터를 멍하니 바라보던 그는 다시 일에 집중을 하려 했다. 그러나 쉽게 집중을 할 수가 없었다.

❖

"무슨 일로 당신이 여기에 있어? 안 돌아다녀?"

집에 들어가자마자 오랜만에 어머니 박나경의 목소리를 들을 수가 있었다. 잔뜩 상기된 투덜거리는 목소리에 제 아버지 한강한은 이렇게 대답을 했다.

"일주일 전에 도착했어. 그러는 당신은 예라 보러 온 거야?"

"그럼 예라 보러 오지 당신 보러 와? 내가 그렇게 한가한 줄 알아?"

투덜거리긴 해도 아직도 서로 좋아하는 걸 알기에 예라는 피식 웃으며 두 팔을 벌리고 거실로 뛰어갔다.

"엄마 왔어?"

"얘. 너는 갤러리에도 없더니 어딜 갔다 오는 거야? 집에 있는 줄 알고 왔더니 이 인간만 있고."

"여배우 말투가 그게 뭐야."

"밥 먹었니?"

"여보. 나도 안 먹었는데."

분명 이혼을 한 것 같은데 이렇게 보면 아직도 부부 같았다. 서로 법적인 부부는 아니지만, 아직도 부부처럼 보이는 이 상황에 예라는 짧게 웃었다.

이런 사랑도 있더라, 하는 건 부모님을 보고 느꼈다. 서로 사랑하는데 헤어질 수밖에 없는 현실이었다. 나경은 방랑벽이 있어서 집에 머무르지 못하는 강한이 미웠지만 사랑하고 있었다. 강한은 나경을 사랑해서 어떻게든 머물려고 해도 돌아다닐 수밖에 없었다. 그래서 결국 강한은 나경의 부탁을 들어줄 수밖에 없었다.

하지만 사랑하는 마음까지 버리지는 않았다. 그건 여전히 간직하고 있었고, 아마도 죽을 때까지 간직할 것을 알고 있었다.

"흥. 당신은 알아서 먹든가. 딸. 엄마가 오랜만에 고기 사 줄게."

"아빠도 같이 가자. 응? 간만이잖아."

"……후."

우아하게 앞머리를 쓸어 올리는 나경은 여배우가 아니면 모델을 했을 것이다. 그런 엄마의 외모를 물려받은 예라도 모델을 하라고 권유를 받았지만 한사코 거절을 했다. 배우나 모델 일도 괜찮았지만 무엇보다 그림 그리는 쪽이 더 좋았다.

"뭘 멀뚱히 서 있어요? 얼른 와요."

"고마워, 나경아."

"계산은 당신이 하는 거예요."

"어. 내가 하는 거야?"

"됐어요. 두 분에게 제가 사 드릴게요."

두 사람의 팔에 팔짱을 끼고서 나갔다. 나경은 아직도 활동을 하는 배우였기 때문에 선글라스를 바로 쓰고 노파심에 모자까지 썼다.

"종현인 자주 만나니?"

나경의 물음에 예라는 고개를 끄덕였다.

"응. 아까 전에 보고 왔어. 이번에 대영식품에서 나오는 신제품 CF 찍더라."

"괜찮은 거 맡았네."

"딸. 엄마한테는 그거 말 안 해?"

"그거라니? ……아."

곧 아빠가 말을 하는 것이 무엇인지 알았다. 나경의 궁금해하는 표정에 예라는 피식 웃으며 귓속말로 말했다. 엄마, 나 선봤어. 그러자 나경의 입이 쩍 벌어졌다. 이내 예라의 두 손을 감쌌다.

"무슨 소리야, 그게? 선이라니. 예라, 너……."

"응. 그렇게 됐어."

"……어떤 사람인데?"

예라가 빙긋 미소를 지었다. 좋아하는 사람이구나. 엄마로서 딸의 표정을 보고 그 감정을 금방 알아차렸다. 한 손은 여전히 예라의 손을 잡은 채 물었다.

"어떤 남자니?"

"한 달 넘게 만나고 있어."

"꽤 괜찮은 남자인가 보구나. ……그렇구나. 우리 딸이 벌써 그럴 때가 되었구나."

"응. 좋은 사람이야."

그렇게 생각한다. 저에게는 틀림없이 좋은 사람이다. 다만, 아직 마음의 문을 다 열지 못해서 그 마음으로 들어가지 못했을 뿐이다.

앞으로 남은 시간은 한 달하고 조금 넘는 시간.

"엄마도 알 거야."

"그래? 누군데?"

"쫑 친구. 권우재."

"……이 엄마, 벌써 귀가 안 좋아졌나 보구나."

평소 나경은 우재에 대해서 좋은 소리를 한 적이 없었다. 부모님이 이혼하고 나서 각자 살 때, 종종 나경을 만나면 얼굴도 모르고 그저 종현의 친구로만 알고 있던 우재의 이름을 자주 들었다.

'우재 걔는 말이지. 너무 딱딱하더라. 처음에는 예의가 바른 줄 알았는데.'

'종현이 친구는 너무 정이 없어 보이더라.'

이렇듯 좋은 소리가 입에서 나온 적이 없었기에 나경에게만큼은 말을 하기가 걱정이 되었지만 말을 할 수밖에 없었다.

"우재…… 걔가 좋은 사람이라고? 예라, 너……."

"사실, 내가 먼저 좋아서 쫑에게 소개해 달라고 한 거야."

"어, 엄마가 다른 사람 소개해 줄게. 엄마가 아는 사람 중, 연예인이긴 해도 좋은 사람도 있고, 배우가 아니더라도 일반인이지만 좋은 사람도……."

그러나 예라는 나경의 손을 부드럽게 잡았다. 두 눈이 마주치자마자 고개를 가로로 저었다. 결국 나경은 입을 다물 수밖에 없었다. 언제 둘이 만났던가. 접점이라고는 없었을 텐데. 이번에는 나경이 고개를 가로로 저었다.

"안 돼."

"엄마."

"왜 하필…… 우재니? 여자를 아낄 줄 모르고 정이라고는 없는 남자야. 하필 왜……."

"그냥, 우재 씨가 좋았어."

그래서 상처를 받고도 다시 매달릴 수밖에 없었다. 아직은 시간이 있으니까, 붙잡고 매달릴 수밖에 없었다. 나 좀 봐 달라고 애원을 할 수밖에 없었다.

"……네가 좋다니, 어쩔 수 없지만."

답답한지 나경이 한숨을 쉬었다. 잠시 차 안은 침묵으로 가득 찼다. 예라는 제 엄마를 바라보다 살며시 미소를 지었다.

"그래도, 엄마. 우재 씨, 진짜 괜찮은 사람이야. 엄마가 그 사람 좋은 점을 못 봐서 그래."

"휴……. 그래. 어디가 좋은데 그러니?"

"좋아하는 데 이유는 없고, 그 사람의 좋은 점은……."

잠시 머뭇거리던 예라는 빙긋 미소를 지었다.

"근사한 미소. 그리고 아닌 척하면서도 내 얘기를 다 들어 줘."

5화

왜 연락이 없지.

조용한 핸드폰이 이상했다. 모든 것이 평상시처럼 돌아가는데, 아무 연락 없는 핸드폰이 이상하다고 느껴지다니. 어처구니가 없어서 픽 웃어 버렸다. 그러다 우재는 문자함을 열어 봤다. 정확히 일주일 전에 온 한예라의 문자. 그 뒤로 온 문자는 아무것도 없었다.

줄기차게 하루에 10통 이상 문자를 보내 놓고서, 일주일째 아무런 문자도 없다.

"안 귀찮아서 좋지만."

사실 그건 말뿐이었다. 행동은 정작 그녀가 연락을 하지 않아서 허전함을 느끼고 있었으니까.

탁. 소리가 나게 핸드폰을 뒤집었다. 자신이 왜 한예라의 연락을 기다려야 하는지 알 수 없었다. 왜, 내가…… 권우재가 왜 한예라의 연락을 기다려야 하는가.

우재는 다시 일에 집중을 했다. 그러나 얼마 가지 못해서 다시 우재의 손은 핸드폰을 향했다. 바이어들의 연락 외에는 아무것도 온 것이 없었다. 그야말로 갑자기 뚝 끊겨 버린 예라의 연락. 어찌 된 것일까.

벌써 두 달이 지났다. 이제 남은 것은 한 달.

"후."

우재는 거칠게 얼굴을 쓸었다.

이 이상한 증세는 전부터 계속해서 이어졌다. 그녀의 활짝 웃는 모습이 예쁘다고 생각된 순간부터였다. 자꾸만 눈앞에 아른거리더니 이제는 연락을 기다리는 사태까지 벌어졌다.

왜, 어쩌다가 이렇게 되었을까.

막무가내로 뒤도 돌아보지 않고 돌진만 하는 여자가 싫었다. 조용한 것을 좋아하는 우재의 귓가에 끊임없이 떠들던 여자였기에 싫었다. 연락도 없이 찾아오는 등, 막무가내였던 여자가 싫었다. 그런 그녀가 어느 날 활짝 웃었다. 천하의 권우재가 넋을 잃고 바라볼 정도였다.

"……그만."

그가 낮게 중얼거렸다. 그러나 표정은 전혀 관리가 되지 않았다. 결국 그는 어딘가로 전화 한 통을 걸었다. CF 촬영이 끝나서 개인적으로 보자고 하지 않는 한 보지 못하는 제 친구 녀석에게.

바쁜지 전화를 받지 않았다. 그는 한 번 걸었을 때 받지 않으면 두 번 걸지 않는 습관이 있었다. 결국 전화 거는 건 포기하고 핸드폰을 내려놨을 때, 종현에게서 전화가 걸려 왔다. 타이밍이 맞지 않아서 우재가 건 전화를 받지 못한 모양이다.

— 어, 우재야. 왜?

주변이 시끄러웠다.

"하나 물을 게 있어서."

— 뭔데? 야, 좀 먹고 해. 야!

— 안 돼. 얼마 안 남았단 말이야.

그때, 낯익은 목소리가 귓가에 들렸다. 순식간에 우재의 눈빛이 달라졌다. 사나워졌고 거칠어졌다. 아마 직접 만났더라면 종현은 단번에 겁을 먹었을지도 모른다. 화가 나면 무서운 사람이 권우재니까. 그러나 수화기 건너편에 있는 종현은 전혀 우재의 상황을 몰랐다.

"박종현."

— 아, 미안. 아, 더럽게 말도 안 듣네.

"너…… 한예라랑 같이 있어?"

— 누구? 누, 아니, 예라? 아, 어. 얘, 곧 전시회거든.

억지로 음식을 먹이는 것 같았다. 투둑, 투둑. 책상을 손가락으로 두들기는 우재는 당장에라도 종현과 예라가 있는 곳으로 갈 것 같았다. 왜 자신이 그런 생각을 하는지, 아니, 그전에 그런 생각을 하는지조차 모르고 있었다.

그냥, 화가 났다.

저에게 일주일째 연락도 없는 주제에 박종현과는 같이 있다, 이 사실이 마음에 들지 않았다.

— 되도록 밥을 안 먹고 그림에만 집중할 때가 있거든. 그래서 억지로 먹여야 해. ……야, 야. 좀 먹어라. 어? 승희 씨. 얘, 언제

부터 틀어박혔어요?

─ 그게…… 관장님, 일주일 되었어요.

들리는 대화로는 정확히 저에게 연락을 하지 않은 기간 동안 그림만 그렸다고 한다. 우재의 표정이 조금 풀렸다. 사나웠던 기세가 가라앉고, 입꼬리가 느슨하게 풀어졌다. 그는 종현의 대답을 들으며 자신의 스케줄을 확인했다.

─ 우재야, 미안. 아무튼…… 얘가 그림에 몰두하면 아무것도 안 보이거든. 밤새울 때도 있어. 아무튼…….

"박종현."

─ 어, 어?

"거기, 어디야."

─ 여기? 여기, 강남 시내에 있는 온새미로란 갤러리…… 근데 왜?

스케줄을 대강 확인한 우재는 그 자리에서 일어났다. 이내 재킷을 챙겼다.

"한예라에게 전해."

내가 왜 이러는지, 이유 좀 알아야겠다.

"지금 간다고."

우재는 좋은 집안에서 태어났다고 소문이 많이 났었다. 소위 말하는, 금수저를 물고 태어난 사람. 그 사람이 바로 권우재였다. 그런 소리가 듣기 싫었던 우재는 그걸 깨닫고 난 뒤부터는 스스로의 힘으로 노력을 해서 상위권에 우뚝 솟아오르기 시작했다. 공부로는 권우재를 당해 낼 동급생이 없었다.

그의 성격은 지금이나 어릴 적이나 같았다.

자신의 일 외에는 딱히 관심을 두지 않았다. 또한 무언가 하나에 집중을 하면 무섭게 집중을 했다. 그런 모습이 공부하는 동급생들에게는 좋게 보이기도 했고, 나쁘게 보이기도 했다. 자신의 관심사가 아니면 반응하지 않는 우재의 모습은 반감을 사기도 했었다.

하지만 우재와 알아 두면 도움이 될 거라는 판단 아래 다가가는 친구들은 많았다. 그러나 우재는 전부 다 거절을 했다. 사업을 하는 아버지의 '메리트가 없으면 안 된다는 방식'을 배웠기 때문이다.

잘생긴 얼굴에 냉정한 모습, 거기다가 돈도 많은 집안을 보고 여자들은 환호성을 질렀다. 선배나 후배, 동급생 등 여자들에게 인기가 많았다. 그러나 점점 시간이 지날수록 이런 우재의 모습을 질투하고 시기하는 남자 동급생이 생겨났다.

우재는 제대로 된 친구를 사귀지 못했다. 아버지의 방식을 배운 탓이었다.

사람을 쉽게 믿어서는 안 된다. 항상 조심하거라. 그렇지 않으면 순식간에 당한다.

이런 아버지의 방식 때문에 항상 사람들과 거리감을 두는 우재에게 유난히 싱글벙글 웃으면서 다가오는 동급생이 있었다. 그 사람이 바로 종현이었다.

"오늘 밥 맛있는 거 나온다고 한다. 야. 같이 가서 먹자."

"매점 갈래? 매점 햄버거가 짱이더라."

"야. 너 설마 내 이름도 몰라? 나, 박종현이라고 해. 하긴. 넌 연예인한테 눈곱만큼도 관심 없어 보이더라. 우리 엄마가 여배우 박나경인데."

쉴 틈 없이 말을 걸어오는 틈에 정신이 없었다. 시끄러운 건 질
색인 우재에게 있어서 박종현은 짜증나는 존재였다. 한 번은 화를
내고 그만하라고 소리를 질렀다. 주변이 전부 조용해질 정도로 큰
소리였다.

"그만 좀 해! 너 같은 거머리 녀석이 제일 싫어!"

싸늘해진 가운데, 종현은 놀란 표정을 짓다가 박수를 쳤다. 그러
곤 씩 웃으며 우재에게 다가갔다.

"와우. 너 화를 낼 줄도 아는구나?"

그때 우재는 알았다. 쟤는 곧 죽어도 배신하지는 않겠구나, 하고
서.

그의 나이 14세, 처음 마음을 터놓고 사귄 친구가 종현이 되었
다. 곧 그는 엄마를 따라서 아역부터 차근차근 배우의 길을 밟기
시작했다.

두 사람은 같은 고등학교를 가게 되었다. 거기서 한 명의 여학생
을 만났다. 종현 덕분에 사람을 사귀는 데에 경계를 없애고 조금씩
편안한 마음으로 사람을 사귀던 우재였다. 그런 우재를 좋아한다며
다가오는 여학생을, 우재도 어느덧 좋아하기 시작했다.

우재에게 있어서 첫사랑은 그 여학생이다. 자신의 모든 것을 주
어도 아깝지 않을 정도로 정말 많이 좋아했다. 그런 여학생을 그냥
내버려 두고 싶지 않았다. 지희를 좋아하게 된 지 1년이 지났을 무
렵, 마음을 먹고 고백을 하려던 어느 날, 그녀의 집으로 가려고 할
때였다.

"너…… 난 못 들은 걸로 할게."

낯익은 목소리가 들렸다. 종현의 목소리를 못 알아들을 리가 없었다. 우재는 걸음을 멈추고 두 사람의 대화를 주의 깊게 들었다.

"하지만, 종현아! 나는 너를……!"

"지희야. 장난 재미없어."

"……장난 아니야. 사실 우재가 아니라 널 좋아했단 말이야."

그 말은 큰 충격을 안겨 주었다. 공부하는 것도 잊어버릴 만큼, 처음으로 메리트를 따지지 않고 무턱대고 한 사람을 좋아했다. 그게 바로 장지희였다. 그러나 자신을 좋아한다고 했던 장지희는 사실 그게 아니라 종현을 좋아했다고 했다.

"너, 너하고 친해지려고……."

우재와 지희는 같은 반이었고, 종현만 다른 반이었다.

"……못 들은 걸로 할게."

"종현아, 제발……."

"앞으로 아는 척하지 마라."

배신감이 들었다. 얼굴을 붉히며 좋아한다고 했던 것은 사실 제가 아니라 자신의 친구였다.

그날 이후, 우재의 마음은 굳게 닫혔다. 다시 돌아가 버렸다. 옛날의 권우재가 되었다. 종현은 갑자기 차가워진 친구가 왜 그런지 처음에는 알 수 없었다. 다만, 그래도 자신과는 여전히 친구로 지냈기에 그러려니 했다. 집안 사정이 어렵구나, 그렇게 넘어갔을 뿐이다. 그러다 어느 순간 이유를 눈치채게 되었지만.

첫사랑을 무참히 짓밟힌 그는 사람을 쉽게 믿지 않은 때로 돌아갔다. 그렇게 고등학교를 졸업하고, 대학생이 되었을 무렵이다.

"너, 종현이랑 친구라며?"

연예인 친구를 둔 우재에게 다가온 여자들도 있었다.

"와, 대영식품 사장님 아들이라고? 대박."

그의 배경을 보고 다가오는 여자들도 있었다. 물론 여자뿐 아니었다. 나중에 취직에 도움이 될까, 그에게 다가오는 남자들도 있었다.

왜 아무도 없는 것일까. 왜, 권우재 그 자체를 보고 좋아해 주고 다가오는 사람은 없단 말인가?

어릴 적부터 사업을 하는 아버지의 뒷모습을 보고 감정이 메마른 채로 자라 온 우재였다. 종현 덕분에 조금 나아질 무렵, 그는 첫사랑으로 인해 다시 원점으로 돌아갔다. 그렇게 꽁꽁 자신의 마음과 감정을 숨기게 되었다.

인간 권우재를 보는 게 아니라면, 차라리 인간 권우재를 버리자.

그는 대학 때는 공부에만 몰두했고, 졸업을 하자마자 아버지 회사로 들어가 아래서부터 오로지 일에만 몰두했다. 아버지 후광을 달고, 금수저를 물고 태어난 놈이란 소리를 듣다가 결국엔 그의 무시무시한 노력과 능력을 통해 그런 말을 아무도 하지 않게 되었다.

우재에 대해 회상을 하며, 그에 대해 짧게, 제 누이에게 설명을 해 주었다. 언젠간 알아야 할 일이었기 때문이다.

"내가 왜 이 말을 하는지 알아?"

하찮아 보이지만 남자의 첫사랑은 무덤까지 가지고 간다는 말이 있었다. 그토록 좋아했던 여자의 배신으로 끝내 비틀린 인간이 되어 버린 우재가 안타까웠다. 예라는 아무런 말도 할 수 없었다. 그런 제 누이를 안타깝다는 듯이 바라보던 종현이 낮게 한숨을 쉬었다.

"가능성이, 거의 없어서 그래."

알고 있다. 이미 비틀려 버리고 마음을 꾹 닫아 버린 사람의 마음을 열게 하는 것은 쉬운 일이 아니었다. 오히려 어려운 일이었다.

"누나만 힘들까 봐 그래."

"……."

"차라리 소개해 주지 말 걸 그랬어."

"……아니야. 괜찮아."

예라는 말을 얼버무리고 종현을 쫓아낸 이후로 그림을 그리는데 몰두했다. 그녀는 무언가 답답하고 스트레스가 쌓일 때, 그걸풀려면 그림만 그리는 습관이 있었다. 이번에도 마찬가지였다.

열릴 듯 말 듯.

권우재의 마음은 그랬다. 한 발 다가가면 그는 그대로 있는 것같으면서도 뒤로 두 발자국 물러나는 것만 같은 기분이 들었다. 답답했고, 초조했다. 한 달밖에 안 남았는데 어떻게 할까. 당장에라도그를 사로잡아야 하는데, 친해지려고 해도 좀처럼 움직이지 않는권우재가 야속하기까지 했다.

그녀는 잡다한 생각을 하면서도 그림을 그렸다. 외부와는 소통을단절한 채로 내내 매달렸다.

얼마 뒤, 그녀를 걱정한 승희가 결국 종현을 불렀고, 종현은 억지로 밥을 먹게 하려고 했다. 정신을 차리지 못하고 계속 그림에매달릴 때였다.

"어, 우재야. 왜?"

우재. 권우재.

그림에 매달리면 아무도 못 말리는데, 예라가 정신을 차렸다. 눈동자에 초점이 돌아오고, 그리고 선명하게 우재와 통화하는 종현의 목소리가 들렸다.

"여기? 여기, 강남 시내에 있는 온새미로란 갤러리…… 근데 왜?"

— 한예라에게 전해.

무엇을……?

— 지금 간다고.

통화는 그렇게 뚝 끊겼다. 지금 간다고. 그 목소리만이 메아리처럼 남아서 귓가에 계속해서 울렸다. 눈을 깜빡이던 예라의 손에서 붓이 탁 떨어졌다. 그 소리에 승희와 종현이 동시에 예라를 돌아보았다.

"……지금, 그게 무슨 소리야?"

종현의 통화 소리가 커서 다 들어 버린 예라가 물었다. 종현을 붙잡고 물었다.

"여길…… 누가 와?"

"누나. 진정해."

"야…… 나 지금 거지꼴인데?"

허둥지둥 그녀가 바빠졌다. 서둘러서 정리를 하는 예라를 바라보며 종현은 낮게 한숨을 쉬었다. 권우재로 인해 축 처져 있다가 권우재를 본다니 다시 살아났다. 정말, 신기한 광경이 아닐 수가 없었다.

"일단 내가 붙잡고 있을게. 씻고 와."

"쫑. 땡큐."

"권우재 보고 나서, 나랑 저녁 같이 먹기다? 승희 씨랑 셋이서."

"아, 저는 저녁에 약속이 있어서……. 관장님, 정신이 돌아와서 다행이에요."

"또 폐를 끼치고 말았네요."

멋쩍게 웃던 예라는 서둘러서 주차장으로 향했다. 이내 급하게 차를 출발시켰다. 너무 마음이 급한 나머지 제대로 운전도 안 되는 것 같았다.

"아, 위험한데."

이러다가 차 사고를 낼 것만 같았다. 그러나 그녀의 표정만큼은 세상에서 가장 밝아 보였다, 곧 집에 도착한 예라는 우당탕 소리를 내며 집 안으로 들어갔다. 다행히도 사고는 나지 않았다. 그녀는 곧바로 샤워를 했다. 다급히 씻고 나와서 재빨리 화장을 하기 시작했다.

"진짜 나는 세상에서 제일가는 바보 같아."

무슨 일인지는 모르겠으나, 권우재가 직접 갤러리로 온다고 했다. 종현을 보러 오는 길일까? 하지만 분명 한예라에게 전하라고 했다.

나를 직접 만나러 오는 거야!

그것만으로도 기뻤다. 어떻게 하면 좋을지 길을 잃어서 축 처져 있던 건 불과 몇 분 전인데, 권우재의 등장만으로 이렇게 판도가 바뀌었다. 뛸 듯이 너무 기뻤다. 당장에라도 우재를 보고 싶지만 정말 몰골이 사람 몰골이 아니었다.

"왜…… 왜 나를 만나러 오는 거야."

문득 그의 의도가 궁금해졌다. 얼굴을 두드리던 것을 멈춘 예라는 낮게 한숨을 쉬었다. 그의 의도를 모르니, 그의 갑작스러운 행동이 반갑다가도 의아해서 마냥 반갑지는 않았다.

다시 예라는 움직였다. 어쨌든 우재를 보고 직접 그의 의도를 살펴야 할 것 같았다. 그의 의도가 가장 궁금했다. 갑자기 왜?

화장을 끝내자마자 서둘러서 지하 주차장으로 향했다. 차에 시동을 걸 무렵, 백미러를 통해 자신의 얼굴이 보였다. 이제야 사람다운 얼굴이다. 히죽 웃으며 예라는 기분 좋게 운전을 했다. 행여나 사고 나서 그를 만나는 시간이 줄어들지 않도록 조심스럽게 운전을 했다.

❖

"한예라는."

"아, 잠깐 집에."

"내가 온다고 했을 텐데."

"도망 아니야, 인마. 몰골이 말이 아니라면서 씻으러 갔어."

그 말을 한 뒤 종현은 말없이 저를 바라보는 우재의 시선을 마주했다. 궁금해 죽겠다는 눈동자임에도 우재는 어느 것 하나 입을 열어 말해 주지 않았다. 궁금한 채로 있으라지. 그는 그저 씻고 올 예라가 얼른 오기를 기다렸다.

우재는 왜 이러는지 자신의 행동을 이해할 수 없었다. 주구장창 연락을 하다가 갑자기 연락이 뚝 끊긴 예라가 괘씸한 것도 사실이지만, 무엇보다 허전했다. 길들여진 기분이 들었다. 시끄럽게 떠들고 귀찮게 하던 것이 없어지니, 그게 그리워질 지경이었다.

'정말, 잘도 길들여진 모양이군.'

어처구니가 없었다. 제가 드디어 미친 모양이다. 미쳐도 단단히 미친 모양이 틀림없었다. 하다못해 그런 생각까지 하다니.

20분을 기다렸다. 누군가가 허겁지겁 달려오는 소리가 들렸다. 팔짱을 낀 채, 승희가 내온 커피도 마시지 않고 기다리던 우재의 몸이 움찔 떨렸다. 이내 일어나서 성큼성큼 문 앞까지 걸어갔다.

"쫑, 우재 씨는 왔……! 헙."

"쫑……?"

"아, 아하하. 그게…… 우재 씨네. 안녕. 간만이야."

문을 열자마자 보이는 우재의 모습에 예라는 당황했다. 바로 코앞에 있을 줄은 몰랐다. 아니, 생각을 해 보면 문을 열고 있었다. 막 돌아가려던 참일지도 모른다.

'안 돼. 얼굴 보는 걸 5초로 끝낼 순 없어.'

예라는 우재가 돌아간다고 생각해서 우재의 손목을 붙잡고 이끌었다.

"온 김에 갤러리도 둘러보고 가."

우재는 예라에게 이끌려서 앉아 있던 원래 자리로 돌아갔다. 제 손목을 잡은 그녀의 손을 바라보았다. 불필요한 접촉은 별로 달갑지 않았을 텐데, 이상하게 떨쳐 내고 싶은 생각은 없었다. 왜지? 어째서? 그 의문은 지워지지 않고 계속 머릿속에 남아 의문을 떨쳐 내고 있었다.

"승희 씨. 쪼…… 아니, 종현이는?"

"기다리다 갔어요. 라디오 스케줄이 있다면서."

"그, 그렇구나. 아무튼…… 승희 씨, 고마워요."

"별말씀을. 저는 밖에 나가 볼게요."

승희가 문을 닫고 나갔음에도 두 사람 사이에 오가는 대화가 없었다. 멋쩍은 표정으로 우재를 바라보던 예라는 뒷머리를 긁적거렸다. 아, 이 어색함 어떻게 하면 좋을까. 뭐라고 말을 해야 하는데 뭐라고 하면 좋을지 모르겠다.

고작 일주일을 안 봤을 뿐인데.

사실 하고 싶은 말은 많을지도 모른다. 그러나 그걸 다 꺼냈다간 우재가 기겁을 하고 달아날지 모른다. 아마도, 저를 보러 왔을 권우재인데, 이런 좋은 기회를 놓칠 수는 없었다. 그래서 예라는 말을 고르고 또 골랐다.

"여긴 어쩐 일로……."

예라의 질문에 우재의 눈썹이 꿈틀거렸다. 그걸 예리한 눈으로 캐치한 예라는 움찔 떨었다. 뭔가 불편하게 한 질문인가? 해서는 안 될 질문일지도 모른다. 마른침만 삼키던 예라는 우재를 바라보다 미소를 지었다. 할 수 있는 건 바보처럼 웃는 것뿐이니까!

"귀찮게 보내던 문자가 뚝 끊겨서."

"아. 그림 그리느라……."

"죽은 줄 알았지."

말을 해도 죽은 줄 알았지, 라니. 그래도 예라는 입꼬리가 저절로 올라가는 것을 느꼈다. 어찌 되었든, 걱정을 하거나 궁금하니까 직접 왔다는 것이 아닌가.

"혹시 말인데."

입을 다물고 있던 우재가 드디어 말을 꺼냈다. 예라는 곧바로 고개를 끄덕였다. 그가 말하기를 기다렸다는 듯이 반응을 했다. 우재는 물끄러미 예라를 응시했다.

비록 10대의 어린 나이였지만 있는 힘껏 누군가를 좋아했었다. 상대도 저를 좋아하는 줄 알고 마음의 문을 활짝 열었었다. 그러나 돌아오는 것은 배신이었다.

사실은, 배신이 두려워서 사람을 믿지 못하고 마음의 문을 굳게 닫아 버렸다.

"……아니. 아니다."

"에? 뭐야. 김빠지게. 말해."

"됐다고."

"뭐야……. 아, 아무튼……."

어색하게 웃던 예라는 시간을 잠깐 확인했다. 딱 저녁 시간이다. 눈을 반짝이며 예라는 우재를 향해 시선을 던졌다.

"저녁은?"

"아직."

"아, 잘됐다! 그럼 밥 먹으러 가자."

예라는 벌떡 일어났다. 이내 우재의 팔목을 잡고 막무가내로 끌어당겼다. 예라에게 이끌려 밖으로 나온 우재는 그녀의 뒤통수를 바라보았다. 그러다 시선이 아래로 내려갔다. 자신의 손목을 잡고 가는 그녀의 손을 본 순간, 그는 한 가지 생각이 들었다.

손을 맞잡고 싶다.

그 순간 그는 크게 당황했다. 탁 소리가 나게 그녀의 손을 놓았다. 그러자 순간 당황한 표정을 한 예라가 뒤를 돌았다. 그 표정에 미안해서 우재는 머뭇거리다 한숨을 쉬었다.

"……너무 잡아당겨서."

"아⋯⋯ 미안해."

머쓱한 표정으로 예라는 그를 바라보았다. 그는 무표정을 짓고 있어서, 도통 무슨 생각을 하는지 알 수 없었다. 뭐라고 말 좀 해 봐. 그에게 그렇게 말을 하고 싶었다. 그가 저를 찾아온 것까지는 참 좋았는데, 무엇을 하면 좋을지 모르겠다. 일단 저녁을 같이 먹자고 했고, 그렇게 하겠다고 한 것까지는 참 좋았다.

'⋯⋯그런데 뭘 하면 좋을지 모르겠어.'

권우재가 안 하던 짓을 해서 그런지 영 적응이 안 되었다. 난생처음으로 직접 찾아온 것만으로도 이러다니.

'달라지고 있는 걸까?'

조금씩, 문을 열고 있는 것일까?

"한예라 씨."

"⋯⋯아, 네⋯⋯ 아! 응."

"운전, 직접 할 건가."

"응? 아. 내가 해야지. 이거 내 차인데. 내가 봐 둔 레스토랑은 걸어서 못 가."

물끄러미 무표정으로 바라보고 있기만 하던 우재의 시선이 무슨 뜻인지 알 것 같았다. 그래서 대답을 해 주자 그가 낮게 한숨을 쉬었다. 또 뭘 잘못했나. 속으로 생각을 하던 예라는 어느새 운전석 문 앞에서 저 멀리 밀려났다. 눈만 깜빡이던 예라는 그가 운전석에 탄 것을 보고서 서둘러서 조수석에 올라탔다.

"우재 씨가 운전하게?"

"⋯⋯."

"저기, 대답 좀."

"어디지?"

"응?"

"한예라 씨가 봐 뒀다는 레스토랑."

정말로, 본인이 운전을 할 모양인가 보다.

예라는 저도 모르게 허벅지를 꼬집었다. 너무 세게 꼬집었는지 허벅지가 저릿거리며 아파 왔다. 이것은 틀림없이 현실이라는 소리였다.

"그…… 아, 내비게이션 켤게."

재빨리 내비게이션을 켰다. 그에 맞춰서 우재는 시동을 걸었다. 예라가 입력해 준 지도를 바라보며 부드럽게 차를 출발시켰다. 두 번째로 그와 같은 자동차에 올라탔다. 한 번은 자신이 운전을 했지만, 오늘 운전석에 앉은 것은 우재였다.

어쩐지 예라는 이 현실이 믿기지 않았다. 괜한 기대를 했다가 실망을 할까 봐 별다른 생각은 하지 않으려고 했다. 하지만 자꾸 기대를 하게 된다. 단지, 한 번이라도 그가 직접 한예라를 보러 왔다는 것에.

"한예라 씨."

"아…… 응."

"그 갤러리, 당신의 그림만 있나?"

"아버지랑 같이 써. 아버지도 화가거든."

그 말을 끝으로 두 사람 사이에 오가는 대화가 끊겼다. 잠시 침묵이 이어졌다. 예라는 평상시와 다르게 조용했다. 그게 못내 신경이 쓰였다. 운전을 하며 힐끔 그녀를 바라보았다. 그녀는 반대편 창문을 바라보고 있었다. 창문에 비친 한예라와 눈이 마주쳤다. 우재는 아무렇지도 않게 다시 정면을 바라보며 차를 운전했다.

사실, 예라는 가슴이 두근거려서 진정시키느라 창문을 바라보고 있었다. 그러다 마주친 우재의 시선에 어쩔 줄 몰랐다. 그러나 티는 내지 않았다. 그의 마음을 모르니 섣불리 티를 낼 수가 없었다.

곧 예라가 찾아 놓은 레스토랑에 도착했다. 내리자마자 들어가려는데 예약자 성함을 물었다. 예라는 자연스럽게 자신의 이름을 댔다. 잠시 그 모습에 우재는 미간을 찌푸렸다. 언제 예약을 해 놨단 말인가.

'왜, 이렇게도 짜증이 나는 거지.'

이곳에 도착하기 전부터 슬금슬금 올라오는 짜증은 레스토랑에서 폭발을 할 지경이었다. 왜 이렇게 짜증이 나는지 모르겠다.

생각해 보니 자연스럽게 그녀가 차를 운전하겠다며 자신을 태우려고 했던 것과, 레스토랑을 찾아서 예약을 해 놓은 것.

이 두 가지가 권우재를 화나게 했다.

"저기, 우재 씨. 뭐 먹을래?"

"아무거나. 알아서 시켜."

"……저, A코스 두 개로 주세요."

그가 이유를 찾는 동안 무뚝뚝하게, 어떻게 들으면 싸늘하게 대답을 했다. 그녀는 결국 무난한 걸로 시켰고, 입을 꾹 닫은 채 생각에 잠긴 우재를 보며 남몰래 한숨을 쉬었다.

'그럼 그렇지.'

일이 잘 풀린다고 생각했는데, 다시 막혔다. 그녀의 입가가 씁쓸하게 풀어졌다.

열릴 듯 말 듯. 그야말로 딱 권우재를 향한 말이다. 그의 마음이 조금씩 열리나 싶다가도 다시 돌아가 버리니, 정말로 어떻게 하면 좋을지, 이제는 모르겠다. 알 수가 없었다.

그에 대한 건 종현에게서 들었다. 그가 청춘을 다 바쳐서 사랑했던 한 소녀, 그 소녀에게 받은 배신감으로 인해 사람을 사귀는 데 있어서 마음을 닫아 버리고 일에 빠졌다.

어떻게 보면 참 하찮은 것 같은데도 짝사랑을 해 보았기에 그 마음을 알 수 있었다. 입장을 바꿔서 생각을 해 보면, 누군가를 좋아하는 것이 쉽지 않을 것이다. 그 마음을 알기에, 조금 더 우재를 이해하려고 했다.

"우재 씨."

"……."

"오늘 우재 씨가 와서 깜짝 놀랐지 뭐야. 일은 안 바빠?"

"바빠."

"그렇구나. 그래도 와 줘서 고마워. 나중에 한번 전시회 열 때 와."

그게 아마 두 달 뒤겠지만. 그때도 이렇게 마주 보며 밥을 먹을 수 있을까?

살며시 서글픈 미소를 짓던 예라는 순식간에 표정을 바꿨다.

"근데 우재 씨."

"시끄럽군."

아직도 예라에 대해서 생각을 하고 있었다. 그녀의 존재가 제게 있어서 무슨 의미인지, 대체 이 감정은 무엇인지. 그 와중에 그녀의 목소리가 너무나도 선명하게 들려와서 집중이 되지 않았다.

집중을 하고 있으니 이따가 말을 하라는 의미로 나온 '시끄럽군.' 이란 말이지만, 그녀가 알 리 없었다. 우재의 대답에 입을 꾹 다물었다. 그녀가 조용해지자 잠시 혼자서 생각을 하려다 아차 싶었다. 왜 그런지는 모르겠지만 자신이 잘못했다는 것 정도는 알았다. 고개를 들자마자 빙긋 미소를 짓는 예라가 보였다.

'착각이었나.'

상처받은 것 같았는데.

"이번 주 일요일에, 수목원 가자."

"……수목원?"

"그래. 데이트하자!"

그녀가 밝게 웃었다. 어딘가 슬퍼 보이는 그 미소가 순식간에 그의 심장을 움켜잡고 거칠게 움직이게 만들었다.

두근, 두근.

어디선가 들려오는 심장 소리에 우재는 넋을 놓은 채 그녀를 바라보았다.

뭔가가 이상하다.

그는 이제 그녀의 상태가 보는 것과 다르게 어딘가 이상하다고 느꼈다. 어딘가 저도 모르게 이게 아니다 싶었다.

"그……."

"응?"

"……알았다."

"그럼 내가 데리러……."

"됐다."

남자의 프라이드를 아무렇지도 않게 뭉개는 그녀의 입을 재빨리 막았다. 그녀가 눈만 깜빡이기에 우재가 낮은 한숨을 내쉬다 픽 웃었다.

"내가 한예라 씨 집 앞으로 가지."

"……응? 우리 집……?"

"그래. 차도 몰고 갈 테니까."

"아…… 정말로 올 거야?"

"속고만 살았나."

그가 계산서를 들고 일어났다. 놀랐는지 커다랗게 뜬 눈으로 되묻는 그녀의 이마를 손가락으로 탁 튕기고서 먼저 계산을 하러 갔다. 이마를 슥슥 문지르던 예라는 살며시 미소를 지었다.

또 이렇게 롤러코스터를 탄 것처럼 왔다 갔다 기분이 바뀐다. 그의 차가운 태도는 천성적인 거라고 생각을 했다. 아니면 굳어진 습관 같은 거나. 알면서도 상처를 받는다. 그러다가 또 그가 이렇게 잘해 주면 금방 입가가 풀리고 히죽 웃게 된다.

그래도 조금씩 변해 간다. 거기에 희망을 걸기엔 너무 더딘 속도였지만, 그래도 아직은 시간이 있으니까, 그렇게 또 자신을 토닥인다.

"한예라 씨! 안 오나."

그의 목소리에 예라는 재빨리 입구를 향했다.

"응, 가."

남은 시간은, 약 한 달.

그사이에 권우재를 얻을 수 있을까.

"한예라 씨."

"왜?"

"하나 묻지."

"뭔데?"

그는 엘리베이터에서 내리자마자 뒤를 돌아보았다. 그의 뒤를 따라가던 예라도 자연스럽게 걸음을 멈췄다. 우재가 천천히 입을 열었다.

"나한테서 원하는 게 뭐지?"

지난번에도 했던 질문 같았다. 왜 갑자기 이런 질문을 또 하는 것일까.

"……말하면, 줄 거야?"

"들어 보고."

"지난번에도 그랬잖아. 확실히 주는 거 아니면 대답 안 할 거야."

그녀는 허무하다는 듯이 미소를 지으며 먼저 자신의 차를 향해 갔다. 그녀가 그에게 바라는 것은 하나였다. 권우재의 진심 어린 마음. 그거 하나였다.

6화

"네가 무슨 일로 나를 먼저 부르냐?"

멀리서 종현이 아는 척을 하며 들어왔다. 우재는 별다른 반응을 보이지 않았다. 언제나 그랬었기에 어깨를 으쓱이다 옆으로 와서 앉았다.

사실 종현은 뒤에 스케줄이 따로 있었지만 권우재에게 만나자고 하는 문자가 와서 잠시 스케줄을 미루고 나왔다. 1,000번 중에 한 번 우재가 먼저 보자고 할까 말까였다. 그 정도로 그가 먼저 만나자고 하는 게 드문 만큼 중요한 이야기가 틀림없었기에 나올 수밖에 없었다.

항상 보던 바(Bar)에서 만났다. 구석진 골목에 있지만 생각만큼 안 좋은 곳은 아니었다. 아늑하고 클래식한 분위기가 마음에 들어서 벌써 몇 년째 이곳에서만 보고 있었다.

"스케줄은?"

"미뤘으니까 걱정 마. 그나저나…… 무슨 일인데 그래?"

바텐더는 여자였다. 그러나 종현을 알아보면서도 인사만 할 뿐, 별다른 태도를 보이지 않았다. 그래서 연예인도 마음을 편안하게 가지고 올 수 있는 곳이라고 판단했다. 손님도 많은 편이 아니어서 더욱더 좋았다.

"한예라고."

누나의 이름이 나오자 종현은 움찔거렸다. 그러자 그런 종현을 눈을 가늘게 뜨고 수상하게 바라보는 우재의 시선이 보였다. 종현은 고개를 끄덕였다. 아, 깜짝이야. 갑자기 한예라 이름이 나올 게 뭐람.

"단지 친구 사이야?"

서늘한 그 말투에, 종현은 무슨 의도로 그가 질문을 한 건지 가만히 바라보았다. 우재는 더 이상 말을 할 것 같지 않았다. 본인이 원하는 대답을 듣기 전에는 절대로 먼저 입을 열지 않을 걸 아주 잘 알고 있었다.

종현은 곧바로 고개를 끄덕였다. 찔리는 것 하나도 없었다. 피가 이어진 쌍둥이 누나일 뿐이다. 엄마 배 속에서 둘이서 내내 함께했던 소중한 가족이다. 따지고 보면 누나이지만 그깟 5분 차이, 하면서 친구처럼 지내 온 것도 사실이다. 그러니 친구라고도 볼 수 있었다.

"친구 사이지 그럼 뭐야?"

"난, 누군가를 좋아하고 싶지 않다."

"……너, 아직도 그러는 거야?"

"……."

"세상에 그런 사람들만 있는 게 아니야."

"알고 있어."

그 말에 종현의 눈이 가늘어졌다. 알면서도 그런 말을 해?

사실 괘씸했다. 제 누나가 일방적으로 저 차가운 놈에게 반해서 짝사랑을 앓고 있었기에, 제 누나가 아파하는 꼴을 볼 수가 없어서 친구가 얄미웠다. 한편으로는 과거에 얽매여서 여전히 사람을 조심하고, 마음을 꾹 닫고, 일만 하는 우재가 안쓰러웠다.

둘 다 행복해지게 만들고 싶었다. 둘 다 행복해지려면, 두 사람이 만나야 한다는 생각을 했다.

예라가 먼저 소개를 해 달라고 할 때 안 된다고 하면서 결국 소개를 해 준 이유는 그거였다. 박종현은 일석이조를 노리고 있었다.

"왜 한예라를 나에게 소개해 준 거지?"

"응?"

"네 녀석이 어머니께 한예라를 소개했다고 들었다."

"그냥…… 내 친구들이 행복했으면 해서."

종현의 말이 진짜인지 가만히 바라보았다.

권우재는 본인을 잘 알고 있었다. 능력은 괜찮을지 몰라도 성격은 참 모났다고 생각한다. 본인 스스로도 잘못된 성격을 알기에 왜 하필 제게 한예라를 소개해 줬는지 종현의 의중이 궁금했다.

단지, 친구들이 행복했으면 한다, 라.

분명 예라를 바라보는 자신의 감정이 변했다. 그렇게 비호감이던 한예라가 자주 보다 보니 달라지기 시작했다. 얼마 전에는 손도 잡고 싶다는 생각을 하지 않았던가.

"조금은 생각이 달라졌나 봐?"

종현의 물음에 우재는 망설임 없이 고개를 끄덕였다.

"그렇군."

역시나, 하고 생각하자마자 곧 눈을 크게 떴다. 잘못 봤나. 눈을 비비기도 했다. 그런 종현을 이상하다는 듯이 바라보던 우재는 입을 천천히 열었다.

"왜 그러지?"

"……혹시, 예라한테 관심 생겼어?"

"그거 물어보려고 불렀다."

"그, 러니까 뭘?"

조금이라도 희망이 생긴 것 같았다. 종현은 잽싸게 우재에게 달라붙었다. 그러자 순식간에 험악하게 인상을 구긴 우재가 뒤로 물러났다. 어색한 미소를 지으며 우재만 바라보았다. 빨리 뒷이야기를 해 달라는 듯이.

괜히 얘기를 꺼냈나, 후회를 했지만 어찌되었든 말을 할 상대는 종현뿐이라 우재는 낮게 한숨을 쉬었다.

"난 확실히 그 여자를 좋아했었어."

"알아. ……그때는 미안하게 되었어."

"됐다. 박종현, 네가 의도한 것은 아니잖아."

"그렇긴 한데……."

딱딱하기만 했던 권우재가 인간미가 넘치는 모습으로 바뀔 때, 정말 많은 사람이 알 정도로 장지희를 좋아했었다. 권우재의 첫사랑이었다. 남자의 첫사랑이란 참 어떻게 보면 특별할지도 모른다. 그래서인지 우재는 그날의 배신으로 충격을 받아 마음의 문을 닫아 버렸다. 종현이 어렵게 열었던 문이 상처와 배신으로 인해 전보다 더욱더 굳게 닫혀 버렸다.

그걸, 한예라가 조금씩 열기 시작했다. 예라가 열기엔 그 문은 너무나도 굳게 닫혀 있었다. 그러나 점점 열려서, 지금은 빛 정도는 희미하게나마 새어 들어갈 수 있을 정도가 되었다. 그것만으로도 많은 발전을 한 것이나 다름없었다.

"연락이 안 되는 동안."

그 연락이 안 되는 동안이란, 예라가 우재와의 관계가 잘 풀리지 않아 답답한 나머지 그림에만 몰두했던, 그 시간을 말하고 있었다.

"진지하게 생각을 해 봤다."

"……."

"나는, 한예라를 대체 어떻게 하고 싶은 걸까."

"……그래서 내린 결론은?"

칵테일 잔을 내려놓으며 우재가 무표정으로 종현을 응시했다.

저 외모와 카리스마, 섹시함으로 배우가 되었다면 아마 종현은 항상 우재에게 졌을지도 모른다는 생각이 때때로 들곤 했었다. 제 친구가 경영을 해서 다행이라고 생각을 했다. 현재 최고의 배우란 타이틀을 달고 있는 종현은, 이 타이틀을 친구에게 빼앗겼더라면 억울해서 당장에라도 친구와 연을 끊었을지도 모른다.

"그 여자는 틀림없이 시끄럽고, 제멋대로고, 막무가내에다가 예의도 없어."

도대체, 누나, 너…… 어떻게 하고 다녔기에 권우재가 저러는 거야?

종현은 그저 어색한 미소만 지었다.

"내가 싫어하는 요소는 다 갖추고 있지."

"하…… 하하…… 그, 그렇긴 하네."

확실히 예라는 시도 때도 없이 떠들곤 했었다. 그게 처음에는 너무 시끄러웠다. 하지만 지금은 그럭저럭 들어 줄 만했다. 오히려 입을 다물면 무서웠다. 막 떠들던 사람이 갑자기 입을 다무니, 대체 무슨 일인가 싶었다.

"그런데 무시하려니 걸려."

"……."

"무시하기엔, 이미 늦었어."

그의 눈빛이 잠시 빛났다. 그 눈빛에 종현은 저도 모르게 침을 삼켰다. 예라에게 당장 도망가라고 하고 싶었다.

야생의 동물과 같은 권우재에게 걸리면 안 되는 거였다. 그는 무언가 하나를 잡으면 끈질기게 물고 늘어지는 습관이 있었다. 그렇기에 공부에서도 1등을 전혀 놓친 적이 없었고, 일에서도 마찬가지였다. 낙하산이라고 수군거리는 무리들을 단번에 입을 다물게 할 만큼 일에 전념한 결과로 지금의 위치에 올 수 있게 된 것이다.

집요함과 집착의 끝을 보여 주는 성격인 권우재에게 잡힌 한예라.

'이런 남자임을 알면서도 소개해 준 나는 뭐란 말인가.'

속으로 눈물을 삼키며 종현은 입을 열었다.

"그…… 그럼, 어떤데? 우리 누…… 아니, 예라를 보면."

말을 해야 하나. 우리, 쌍둥이라고. 그런데 예라가 말을 하지 말라고 했던 게 기억이 났다. 말을 하지 말라고 했으니 말을 하지 않아야 하는데…….

'그래도 말해야겠지.'

다 된 밥에 재가 뿌려지면 안 되니까.

어떤 의미인지는 모르나, 공부와 일에만 집착하고 관심을 가졌던 권우재가 세 번째로 관심을 가지고 집착하는 게 나타났다. 그게 바로 사람, 그것도 여자였다. 다시는 누군가를 좋아하지 않겠다며 여자는 거들떠도 안 보던 천하의 권우재가 말이다.

"말했잖아?"

"뭘……?"

"모르는 척, 무시하기엔 이미 늦었다고."

❖

일요일.

이젠 21일밖에 남지 않았다. 길면 긴 시간일 수 있지만 예라에게 있어서 그 시간은 결코 긴 시간이 아니었다. 오히려 짧게만 느껴졌다. 남자와 여자가 만나 서로에 대해 알고 호감을 느끼기에 3개월은 그렇게 짧은 시간은 아니다. 하지만 권우재가 보통 남자가 아니니 문제였다.

"휴."

오늘은 그녀가 말을 했던 수목원에 가는 날이다. 집 앞으로 데리러 온다고 했기에 여유롭게 준비를 하고 그가 오기를 기다리고 있었다. 약속 시간이 되기 10분 전, 그녀는 마지막으로 전신 거울을 바라보았다.

"오늘은 수다 좀 그만 떨어 볼까."

하지만 자꾸만 말을 걸게 된다. 말을 붙이고, 대화를 나누다 보면 뭔가 더 서로 가까워지지 않을까, 라는 생각에서였다.

마지막으로 체크를 하고서 거실로 나왔다. 거실 소파에 누운 채

TV를 보던 강한이 손뼉을 쳤다.

"우리 딸! 데이트 가는 거야? 너무 예쁘네."

"응. 오늘 데이트."

"딸. 잘하고 와. 저녁도 같이 먹고 오는 거야?"

"음. 글쎄, 그건 잘 모르겠어."

"왜, 이왕 가는 김에 같이 먹고 와. 아빠는 혼자 먹을 테니까."

아빠와 인사를 하고 나왔다. 아파트 아래로 내려오자마자 처음 보는 비싼 차 한 대가 있었다. 시동이 걸린 상태였다. 아는 사람을 방문한 모양이라 생각하고서 우재가 오기를 기다렸다. 그리고 5분 정도 지났을 때, 그 비싼 차가 클랙슨을 울렸다. 빵빵 소리에 그 차를 바라보았다.

대체 저 차는 뭔데? 그런 시선을 바라보다 차 안에서 나온 사람을 보고 잠시 멈췄다.

"지켜보는 것도 지겹군."

차 안에서 우재가 나왔다. 그 모습에 눈을 깜빡이던 예라가 활짝 웃었다.

"뭐야, 우재 씨였잖아?"

잠시 우재는 그대로 그녀만 바라보았다. 살랑거리는 노란색 원피스를 입고, 예쁘게 활짝 미소를 지으며 다가오는 모습은 치명적으로 아름다웠다. 꾸밈이라곤 하나도 없는 말갛고 밝은 얼굴은 우재를 그 자리에서 멈추게 만들었다.

그가 그대로 멈춰 버리자 의아한 예라가 그의 바로 앞에 멈췄다. 그녀가 손을 뻗어 그의 앞에 손을 획획 흔들었다. 그는 아무런 반응이 없었다. 멍한 권우재는 또 처음이어서 피식 웃음이 나왔다.

조금 뒤, 그가 그녀를 끌고 가 조수석에 앉혔다.

"왜 그래?"

"한예라."

"오. 이제 내 이름 막 부르기로 한 거야?"

"안전벨트 매."

"네, 네. 그러지요."

어깨를 으쓱이며 우재가 시키는 대로 했다. 우재는 그녀가 하는 행동을 빠짐없이 바라보았다.

그때와 같은 마음, 그러나 느낌이 다른…….

우재는 그녀와 시선이 마주치자 고개를 자연스럽게 돌렸다. 곧 말없이 차를 출발시켰다. 오늘따라 이상한 우재의 행동에 고개를 갸웃거리다 내비게이션을 켰다.

"우재 씨. 장소도 모르면서 막 출발하기는."

사실 그녀의 말이 맞았다. 어디로 가는지 모르면서 차를 막무가내로 출발시켰다.

그녀는 어쩐지 그가 실수를 한 것이 웃겨서 조용히 미소 지으며 그가 운전하는 모습을 바라보다 정면으로 고개를 돌렸다. 입이 근질거려 얼마 못 가서 다시 입을 열었다.

"근데 우재 씨. 오늘 그렇게 입고 오니까 학생 같네."

"몇 살로 보이는데."

오, 이제는 질문에 제대로 된 대답도 해 준다. 슬그머니 미소가 지어졌다.

"음…… 대학생으로 보여."

"서른넷이다."

"알아, 알아. 당신, 나랑 동갑이잖아. 그래도 젊어 보인다고."

"한예라."

"이제 진짜 이름으로만 부르기로 했나 보네."

우재가 이름으로만 부르면, 평소보다 더 두근거린다. 정중하게 예의를 따지는 건 거리감이 있어 보였다. 그래서 성 떼고 일부러 우재 씨라 불렀고, 나이도 같으니 그냥 반말을 쓰기로 한 것이다.

'생각해 보니, 정말…… 막무가내였네.'

그럼에도 그는 하지 말라고 화를 내지 않았다. 그것만으로도 좋았는데, 우재가 받아 주니 다른 것도 욕심이 나 버리고 만 것이다.

'이러다가 진짜 큰 기대를 할 텐데.'

희망고문. 그 잔인한 고문.

"그래."

……잠깐만.

'저 남자, 지금 그래, 라고 한 거야?'

놀란 눈으로 우재를 돌아보았다. 그는 무표정으로 앞만 보며 운전을 하고 있었다. 그 모습에 어쩐지 입이 말라 가는 기분이 들었다. 조금이나마 관심을 가져 주는 것 같았는데, 저렇게 무표정인 권우재를 보면 또 작아진다. 정말로 잔인하기 짝이 없는 고문이 아니던가. 희망고문은 그랬다.

예라는 속으로 쓴웃음을 삼켰다. 별 기대를 하지 말자, 하는데도 우재의 행동 하나하나에 의미를 부여한다. 큰일이다. 이러다간 정말 3개월이 지나기도 전에 애가 타서 고백을 했다가 차이고 엉엉 울게 생겼다.

"한예라, 하나 묻지."

"어…… 아? 응."

"박종현이랑은 친한가?"

"누구? 아, 종……현이, 응. 친하지."

가족이라는 건 언제 이야기를 해야 할까, 지금까지는 타이밍을 보느라 말을 하지 못했다. 지금 말을 해야 하는 게 좋을 것 같았다. 예라는 우재를 돌아보며 입을 열었다.

"저기, 사실 말이야……."

"단지, 친구?"

그가 더 빨랐다. 친구라는 물음에 예라는 잠시 망설였지만 고개를 끄덕였다. 그런 예라를 바라보는 우재의 눈빛이 깊어졌다.

"아, 그…… 사실, 친구라기보다……."

그녀의 말에 그는 신호에 따라 차를 멈추고 돌아보았다. 망설이는 모습에 불안감이 엄습했다.

아마도, 권우재는 한예라를 마음에 둔 것이겠지. 그의 시야에 그녀가 들어온 것부터 틀림없었다. 분명, 그때와 같은 감정이나 그때와는 사뭇 다른 느낌이다. 그녀의 배신감에 치를 떨며 다시는 누군가를 시야에 넣지 않고, 마음에 담지 않으리라 했지만 지금 만약 그녀가 저를 배신한다면…….

'그렇다면, 빼앗으면 되는 거야.'

억지로 저를 보게 만들면 된다.

음습한 마음이 저절로 올라왔다.

"종, 그러니까 내가 종현이, 누나야."

"누가."

어처구니가 없는 대답에 헛웃음을 지으며 곧바로 되물었다.

"나."

그녀는 웃기게도 자신이라는 대답을 내놓았다.

"그 녀석한테 누나가 있다는 건 처음 듣는다."

"배우 박나경, 이혼 소식 몰라?"

"……."

"어…… 어? 정말 몰라?"

"관심 없다."

연예인에게 관심이 없는 사람들은 정말 그 연예인이 누군지, 그 사람이 얼마나 떠들썩한 이슈가 되었는지 모른다. 정말 모르는 사람들은 그랬다. 그게 딱 권우재였다.

우재의 대답에 힘이 빠진 예라는 시트에 푹 기대었다. 그리고 저에게 자세한 대답을 요구하는 듯 인상을 팍 쓴 우재의 시선을 마주하며 짧게 웃었다. 그는 어느새 차를 길가에 세워둔 채 그녀의 답을 아예 대놓고 요구하고 있었다.

"왜 그렇게 나와 쫑 사이를 신경 쓰는지 모르겠지만……."

설마, 질투는 아닐 거야. 그걸 알기에 저절로 나오는 쓴웃음을 감추지 못했다. 그걸 예리하게 우재가 바라보고 있었다.

"나랑 쫑은 쌍둥이야."

"안 닮았어."

"이란성이니까 안 닮아 보여도 쌍둥이야."

"……."

"부모님이 이혼하셔서, 나는 아빠 따라가고 쫑은 엄마를 따라갔어. 그게 끝이야."

이상하게 두 사람이 가족이라는 데에서 안도감이 들었다. 우재는

132

물끄러미 예라를 바라보다 고개를 끄덕였다. 권우재의 대답은 그게 끝이었지만 예라는 어쩐지 그가 안도하는 것만 같다는 생각이 들었다. 왠지 그의 무표정에서 표정을 읽을 수 있을 것 같았다.

그건 아주 큰 자만심.

그러나 만약 정말 저에게만 조금이라도 감정을 보여 주는 거라면, 그런 거라면…….

'참 좋을 거야.'

예라는 다시 차를 출발시키는 우재를 잠깐 바라보다 정면으로 고개를 다시 돌렸다. 더 이상 기대하지 말자. 기대가 컸다간, 나중에 거절을 당했을 때 타격이 커서 다시 일어나지 못할지도 모른다.

가평에서 아름답기로 유명한 아침고요수목원은 처음 와 봤는데, 왜 유명한지 알 수 있을 정도로 너무 아름다웠다. 자연의 초록색이 이토록 아름다웠는지, 이곳에 와서야 깨달았다. 푸른 녹음이 서로 잘 어우러진 이곳은 마음이 저절로 평온해질 정도로, 참 예뻤다. 입구 앞에서 예라는 주변을 두리번거리며 넋을 놓았다. 그런 예라를 우재는 빤히 바라보았다.

"우재 씨! 빨리 와!"

예라가 먼저 안으로 들어갔다. 흥분한 것처럼 보이는 그녀가 앞서가는 걸 뒤에서 바라보던 우재는 픽 웃었다. 어린애도 아니고 어딜 봐서 이 풍경이 예쁜지 도통 알 수 없었다. 그저 식물들로 가득 찬 이곳이 뭐가 좋은지 알 수 없었지만 그럼에도 우재는 말없이 그녀를 따라갔다.

일주일에 두 번의 데이트. 그걸 한 번으로 줄이라고 그가 분명 말했지만 그녀는 귓등으로도 듣지 않았다. 그게 바로 한예라라고 생각하며 그러려니, 다시 말을 하지 않았다. 꼴도 보기 싫을 정도는 아니니 그냥 넘기려고 했었다. 그렇지 않으면 더 귀찮은 일이 생길 것 같았기 때문이다.

"저기. 지난번에 억지로 사진 찍자고 해서 미안해."

갑자기 그녀가 말을 걸었다. 그런 게 아닌데. 미안하다는 표정의 한예라는 어울리지 않았다. 남의 눈치나 보는 한예라도 어울리지 않았다. 그저 언제 그랬냐는 듯이 당당하고 뻔뻔하게 나가는 한예라가 가장 잘 어울린다.

그래서 권우재는 픽 웃었다.

"새삼."

"그럼 여기서 한 장 찍어도 돼?"

"오늘은 그 봉 같은 건 안 들고 왔군."

"난 사진 찍는 걸 좋아하는데 우재 씨는 아니니까."

맞는 말이긴 했다. 자신은 사진 찍는 걸 싫어했다. 그래도, 한 장 정도는 괜찮지 않을까 해서 그녀와 한 장 찍었다. 찍고 나서 잘 나왔다며 보여 주는 사진을 물끄러미 바라보았다. 한예라가 활짝 웃고 있었다. 맑고도 예쁘게 웃고 있는 그 모습에 저절로 미소가 지어졌다.

"어!"

"무슨 일이지?"

"방금, 우재 씨, 웃었어!"

"……."

"에이. 멋있었는데."

그녀의 말에 금방 원래의 무표정으로 돌아간 우재의 모습을 아까워한 예라는 핸드폰을 집어넣었다. 방금 찍은 사진을 가지고 싶었다. 다른 사람 말고, 제 사진 말고, 한예라만 다시 찍어서.

맑은 웃음을 밝게 짓고 있는 예라의 사진을 가지고 싶었다.

'그러니까, 집착이 시작되었다 이건가.'

자신은 무언가 하나에 흥미가 생기고 관심이 생기면 끊임없이 물고 늘어진다. 이번에 그 상대는 바로, 눈앞에 있는 여자. 우재는 핸드폰 카메라를 켜고 안 보이도록 허벅지 옆에 손을 내려놓았다. 그리고 예라를 불렀다.

"한예라."

그의 친근한 목소리에 좀 더 친한 사이처럼 느껴져서 부끄러웠다. 그래도 익숙해질 거라 생각하며 미소를 지우지 않은 채 뒤를 돌았다.

"왜?"

그 순간 찰칵 소리가 났다. 어라, 어디서 났지. 그는 태연하게 핸드폰을 다시 주머니에 집어넣었다. 순식간에 벌어진 일이어서 잘은 모르겠지만, 지금 권우재가 한예라를……

"어……?"

"가도록 하지."

"……어? 자, 잠깐만."

"빨리 와. 안 그러면."

"……."

"놓고 가 버린다."

그가 픽 웃으며 그녀에게 말을 했다. 그러곤 뒤를 돌아서 앞만 보고 걸었다. 멍하니 그의 뒷모습을 바라보던 예라는 허둥지둥 달렸다.

어디선가 봄바람이 부는 것만 같았다. 방금 권우재의 미소가 그랬다. 그의 미소는 그를 알게 되고 난 후, 처음 보는 미소였다. 차가운 권우재가 봄바람 같은 미소라니. 전혀 안 어울릴 것 같지만 근사했고, 가슴을 저절로 두근거리게 만들었다.

믿기지가 않았다. 현실이 아닌 것만 같았다. 분명, 현실이 아니겠지 싶지만 지금은 현실. 아니라고 생각해도 현실. 기대감을 가지지 않으려고 해도 저절로 기대하게 된다. 조금씩, 조금씩 권우재가 한예라에게 마음을 열고 있다고.

"가, 같이 가!"

그가 저를 왜 카메라로 찍었는지 모른다. 다만, 조금이라도 그가 제게 마음을 열어 주고 있다는 것은 확실히 알 수 있었다.

꿈이 아니다. 이것은 현실이다.

"얼른 안 오면 놓고 간다니까."

그의 목소리에 웃음이 섞인 것도 현실일 것이다.

우재는 예라가 보지 못하게 조용히 미소를 지으며 걸었다. 어느덧 달려서 저를 따라잡은 예라가 제 옆에 다시 서자, 그의 표정은 원래대로 다시 돌아갔다. 그러나 그의 검은빛이 도는 것 같은 눈빛만큼은 전과 달리 따듯함도 담겨 있었다.

"저기, 우재 씨."

"이름."

"응……?"

"부르든지."

"……."

"멍 때리지 마. 먼저 가 버릴 테니까."

툭. 그가 장난스럽게 이마를 치고 갔다. 연속으로 공격을 받은 것만 같았다. 예라는 정신을 차릴 수가 없었다.

'그러니까, 권우재가 지금…….'

자신의 이름을 불러도 된다고 했다.

"어, 어어! 같이 가! 우재 씨, 아니, 권우재. 우재야!"

부르라고 바로 부른다. 저런 면이 바로 한예라의 장점이겠지.

정신을 차리지 못하는 예라를 바라보던 우재는 조용히, 속으로 미소를 삼켰다. 아직까지는 감정을 날것 그대로 표출하는 건 익숙하지 않은 탓이었다. 그러나 마음속으로는 마음껏 미소를 짓고 있었다.

전부 다, 한 사람으로 인해서였다.

콧노래를 부르며 갤러리 안으로 들어온 예라는 유난히 기분이 좋아 보였다. 승희는 그런 상사의 모습에 덩달아 기분이 좋아지는 것만 같았다. 비타민처럼 톡톡 튀는 예라가 좋았다.

"안녕하세요, 관장님. 좋은 일 있으신가 봐요."

"아, 승희 씨. 좋은 아침!"

"주말에 좋은 일 있었어요?"

보통 월요일엔 축 처지는 예라였지만 오늘따라 유난히 기분이 한껏 고조되어 있어서 궁금했다. 승희의 물음에 예라는 씩 웃었다.

"조금, 진전이 있는 것 같아."

저녁까지 먹고 난 다음에 집에 들어갔다. 물론 집도 우재가 데려다주었다. 오가는 대화는 별로 없었다. 늘 그랬듯이 예라가 떠들면 우재는 그냥 듣는 정도였다. 우재가 정작 하는 말은 별로 없었다. 자기 필요할 때 외에는 입을 싹 닫는 편이기 때문이다.

그럼에도, 좋았다.

그럼에도, 행복했다.

전보다 조금씩 권우재에게 다가가고 있었고, 그도 마음의 문을 조금씩, 조금씩 열어 두고 있었다. 그래서 너무나도 좋았던 일요일이다. 그러니 월요일도 기분이 좋을 수밖에 없었다.

"다행이네요. 관장님 내내 우울해하셨잖아요."

"뭐…… 그랬지."

하지만 진전이 있다고 해도 정작 예라가 원하는 것까지 도달하기에는 아직 멀었다. 원하는 건 그의 마음이다. 하나씩, 하나씩, 조금씩 앞으로 나아가는 상황이 되자, 이제는 그의 마음이 간절히 가지고 싶어졌다.

그도 나를 좋아한다고 해 줬으면 좋겠다.

사랑까지는 바라지 않는다. 그저 조금이라도 호감이 생겼기를 바란다. 물론, 여태 보여 주었던 모습은 무조건적으로 자신에게 호감을 가지라고 종용하는 모습이었다. 하지만 그렇게라도 하지 않았더라면 지금만큼 그의 관심을 얻어 낼 수 없었을 것이다.

"여자가 봐도 관장님은 사랑스러우니까, 그분도 마음에 들어 하실 거예요."

"승희 씨. 자꾸 그런 칭찬을 해도 돌아가는 거 없어요."

"진짜예요."

"말만이라도 고마워요."

승희에게 손짓을 하고서 안으로 들어온 예라는 핸드폰을 꺼냈다. 물론, 그가 하루아침에 싹 다 바뀌었을 거라고는 생각을 하지 않는다. 다만, 그래도 혹시나 하는 기대감에 문자 메시지를 확인했다.

"후. 그럼 그렇지."

곧 그녀의 어깨가 축 처졌다. 문자 하나가 와 있었는데 그 문자는 종현에게서 온 문자였다. 종현의 스케줄로 인해 아버지 강한과의 식사가 미뤄져서 다시 날을 잡기로 했었다. 그것과 관련된 문자였다. 어쩐지 힘이 축 빠졌다. 그러나 주말, 수목원에 갔던 걸 생각하면 다시 미소가 지어졌다.

조금이나마, 권우재의 인간적인 면모를 본 것 같았다.

남은 시간은 얼마 안 남았다. 이제 20일.

"후……."

그렇게 긴 시간이 아니다. 시간은 생각보다 빠르게 흘러가니까.

"전화해 봐야지."

마음을 열기 시작했으니까, 그걸 파고들 것이다.

예라는 지금 큰 도박을 하고 있었다. 먼저, 우재의 입에서 예라를 좋아한다거나 관심이 생겼다고 하는 말을 듣고 싶은 것이다. 남은 20일 안에, 과연 할 수 있을까.

"내가 지금 전화를 걸었는데, 그가 투덜대지 않는다면……."

그러면, 할 수 있을 것 같았다.

권우재가 한예라를 받아들이기 시작했다는 증거니까.

— 네. 권우재입니다.

그는 누가 전화를 걸었는지 액정을 보면 알 텐데도 아는 척을 하지 않고 대답하는 것 같았다. 혹시나 싶었다. 내 번호를 저장하지 않았나?

'설마, 그런 거 아니야?'

망설이던 예라는 콧소리로 답했다.

"여보세요옹."

— ……

그러자 상대방은 대답을 하지 않았다. 아, 이건 아직은 하면 안 되는 장난이었나 보다. 그렇게 생각한 예라는 재빨리 입을 열었다.

"미안, 미안. 장난 좀 해 봤어."

— 발신자는 한예라인데 목소리가 달라서.

"응. 장난 좀 쳤어."

— 용건은?

이 남자는 꼭 용건이 없으면 말도 못 붙이게 하더라.

속으로 그렇게 투덜댔지만 그래도 자신의 번호를 저장이라도 해 놨구나 싶어서 안도의 한숨이 저절로 나왔다.

"그냥."

— ……

"왜, 왜. 그냥 전화하면 안 돼?"

— 할 말 있어?

"없어."

— 할 말은 직접 와서 해.

그는 그렇게 말을 하고 뚝 끊었다. 처음에는 이게 뭔가 싶어서 황당하다는 듯이 핸드폰을 노려보았다. 그러나 조금 뒤, 예라의 입 꼬리가 저절로 올라가 있었다.

"아, 뭐야. 권우재…… 왜 이렇게 귀여워?"

이 남자는, 표현을 하는 법을 잘 모른다. 그런 게 틀림없었다.

전화를 했다. 용건이 있느냐기에 없다고 했다. 그러나 남자는 할
말이 있느냐고 물었다. 할 말은 없다고 했다. 그런데도 할 말 있으
면 직접 와서 하라고 했다. 처음 만났을 때 같으면, 그냥 아무것도
아닌 말이다. 용건 없으면 전화도 하지 말라는 뜻으로 받아들였을
지도 모른다.

하지만 수목원에서 그의 마음이 조금 열린 것을 확인하고 나서,
지금.

"이게 바로 권우재식 초대라 이거지."

그녀는 곧 일어나서 나갈 준비를 했다.

할 말은 직접 와서 해.

그는 직접 오라고 했다. 까짓것, 가 주지. 그림이야 이미 많이
진행이 되어 있으니 여유가 조금 있었다. 그리고 무려 권우재가 오
라고 하지 않았던가.

사실 할 말 따위는 없었다. 아무런 이야기를 하지 않아도 그냥
같은 공간에서 그를 보기만 해도 좋았다. 그렇기에 그렇게도 보고
싶은 권우재를 보러 간다. 초대까지 해 주었으니까. 이제는 막무가
내로 그냥 찾아가는 것이 아니라, 그가 오라고 했기에 가는 것이다.

"아, 정말……."

권우재란 남자가 너무 좋다.

하지만 그는 저와 같은 감정이 아니라는 것에, 그를 향해 가는
발걸음이 조금은 무겁게 느껴지기도 했다.

7화

　얼굴을 보기만 해도 두근거리는 그 모습을 못 본 지, 20일이라
는 시간에서 7일이 **빠졌다**. 남은 건, 13일이라는 시간. 전시회가
코앞으로 다가와서 정신없이 준비를 하느라 예라는 우재를 보지 못
하고 있었다. 핸드폰을 확인할 시간도 없었다. 핸드폰에 배터리가
있는지 없는지도 모를 정도였다.

　유명하고 쟁쟁한 작가들과 함께 전시회를 열게 되었다. 전시회 장
소는 예라와 강한이 같이하는 갤러리가 아닌, 유명한 작가 중 한 사
람의 갤러리를 통해서 열게 되었다. 같이한다는 것만으로도 영광이
었기에 예라는 우재를 포기하고 전시회에 전념할 수밖에 없었다.

　"보고 싶다고."

　씩씩거리며 중얼거리던 예라는 붓을 멈췄다. 그러나 다시 그림을
그리기 시작했다. 얼른 끝내고 우재를 보는 편이 낫다고 생각했기

때문이다.

우재를 생각하며 피식 웃어 버렸다. 다급했던 마음이 차분하게 가라앉았다. 아까보다 안정적으로 채색을 해 나가던 중, 예라는 문득 밖이 시끄럽다고 느꼈다.

"······안 돼요. 지금은 바쁘셔서······!"

승희의 다급한 목소리가 들렸다. 예라가 아무래도 나가 봐야겠다고 생각하며 들고 있던 붓을 조심스럽게 내려놓고 막 고개를 들었을 때였다. 문이 벌컥 열리고 누군가가 모습을 드러냈다.

"어······."

"잘도 숨어 있었군."

"우재 씨······?"

문을 열고 들어온 사람은 우재였다. 조금 전까지만 해도 예라가 내내 생각하고 있던 사람이다.

"여긴 어떻게······."

"······후."

그가 낮게 한숨을 내쉬고선 예라의 앞으로 무섭게 다가왔다. 예라는 움찔거리기만 할 뿐, 움직이지 않았다. 그때, 우재가 예라의 팔목을 잡고 벌떡 일으켜 세웠다.

"핸드폰은?"

일주일 전에 비해 우재의 얼굴은 많이 날카로워졌다. 일주일 사이에 살도 빠진 것 같았다. 좀 더 인상이 날카로워진 우재가 무표정으로 차갑게 묻자, 저도 모르게 몸이 저절로 떨렸다. 그는 지금 화를 내고 있었다.

왜? 어째서? 왜 권우재가 화를 내지?

어리둥절한 표정으로 우재를 바라보았다. 일주일 만에 보는 얼굴이어서 그런지 화를 내는 표정도 반가웠다. 예라는 저도 모르게 활짝 미소를 지었다.

"진짜 권우재네!"

연락도 없는 예라가 걱정이 되기도 했고, 화가 나기도 했다. 지난번과 비슷한 상황이지만 다른 감정이 들었다. 물론 지난번에도 걱정이 되긴 했지만 이 정도는 아니었다. 대체 무슨 일이 있기에 하루 종일 떠들던 여자가 연락이 일주일째 안 되는 건가 싶었다.

그리고 무엇보다도, 그리웠다. 보고 싶었다.

"아, 핸드폰."

"……"

"배터리가…… 나갔나? 미안."

"……"

그는 아무런 말이 없었다. 그 모습이 이상하게 느껴져서 가만히 바라보다 그냥 웃었다. 그러자 그가 미소를 보였다. 그 모습이 놀라워서 눈을 동그랗게 떴다. 우재가 미소를 보였다! 그 사실 하나만으로도 예라는 충분히 기뻤다.

권우재가 정말로 점점 변하고 있었다. 이대로라면, 정말로 그가 저에게 마음을 활짝 열어 줄지도 모른다. 그런 기대감에 당장에라도 그에게 달려들어서 또 친한 척하고 싶었지만 그럴 수가 없었다. 그랬다간 열린 마음이 다시 닫히면 어쩌나 싶었다.

조바심이 났다. 사랑은 더 많이 좋아하는 쪽이 지는 거라고 했다. 지금 이 사랑에서 패자는 한예라였다. 먼저 사랑을 시작했고, 더 많이 좋아하고 있었다. 그를 생각하느라 며칠이고 잠도 못 이룬 적도 많았다.

"왜 그래?"

"언제 끝나지?"

"아, 아직 좀 남았어."

"지금이 며칠인지는 알아?"

"설마 내가 날짜도 모를까."

피식 웃으며 대답하는 그녀의 모습을 여전히 물끄러미 바라보았다. 아무래도 자신은 말을 하는 방식이 남들과 다른 것 같았다. 그녀는 자신이 왜 그 말을 꺼냈는지 의도를 전혀 알아차리지 못하고 있었다.

모든 것이 서투른 게 당연했다. 친하게 지내는 사람도 몇 없었다. 새로운 사람과 사귀는 게 많이 불편했고 꺼렸기에 항상 같은 사람하고만 교류를 했다. 그게 종현이었고, 종현은 우재가 돌려 말하거나 알아서 알아들으라는 듯이 꺼내는 말도 당연하게 알아듣곤 했었다. 그걸 아무리 남매라고 해도 알게 된 지 얼마 안 된 한예라가 자신의 화법을 알아들을 리는 없었다.

"밥은?"

그래서 다른 질문을 했다. 그러자 잠시 멍한 표정으로 저를 바라보는 예라의 모습에 의아함을 느꼈다. 왜 그런 표정으로 보는 거지? 그는 입 밖으로 그 말을 꺼내지는 않았다. 딱히 대답을 들으려고 하는 건 아니기에.

"그…… 아, 아직."

"그럼 같이 밥이나 먹지."

"하지만, 나…… 좀 지저분해서."

머쓱한 표정을 지어 보이는 예라의 뺨은 홍조를 띠고 있었다. 그 모습이 어쩐지 그녀에게 한 걸음 더 다가가고 싶게 만들었다.

'그러니까, 저걸 보고 사랑스럽다, 라고 하는 게 맞겠지.'

권우재는 한예라를 좋아한다.

이건 아무래도 정확히 들어맞는 모양이다. 확실해졌다. 나는 너를 좋아해, 라고. 어쩌면, 혹은, 사랑이란 걸 할지도 모르겠다. 어린 날, 10대의 사랑보다 농도가 짙어진, 그런 사랑을.

"괜찮아."

우재는 입을 열었다. 지금 모습도 충분히 사랑스러우니까.

"예쁘니까."

그는 아무렇지도 않게 그렇게 말했다. 대신 태연하지 못한 건 예라였다. 준비도 없이 그런 닭살 돋는 말을 들으니, 입이 쩍 벌어진 상태 그대로 굳어 버리고 말았다. 다른 사람도 아닌 권우재의 입에서 '예쁘다' 라는 말을 듣게 될 줄은 몰랐다.

"안 나오고 뭐 해?"

정작 그 말을 뱉은 남자는 태연했다. 그 말이 장난일지도 모른다. 장난에 속아서 괜히 두근거리고 있을지도 모른다. 예라는 얼굴에 손으로 부채질을 하며 재빨리 그의 뒤를 따랐다. 가다가 매고 있던 앞치마를 던져 놓고 다시 그의 뒤를 따랐다.

"마지막으로 먹은 밥은 언제지?"

"그…… 어제…… 점심?"

"……."

"아, 아하하……. 내가, 그림에 몰두하면 아무것도 모르거든."

"알고 있다."

"응. 지난번에 봤으니까."

오늘의 권우재는 일주일 전의 권우재보다 더 이상했다. 자꾸 질문을 한다. 안 하던 말도 한다. 그리고 갑작스럽게 찾아와서 밥을 먹자고 한다.

'오늘로써 13일밖에 남지 않았어.'

초조한 건 예라였지만, 왜 우재가 더 초조한 것처럼 보이는지 모르겠다.

"저기, 우재 씨."

"이름."

"……응?"

그가 그녀보다 앞서서 걸어가다 뒤를 돌았다.

"이름 부른다고 하지 않았었나."

우재와 알게 된 지 두 달 하고도 17일. 그사이에 예라는 최대한 빨리, 그리고 최대한 많이 우재에 대한 걸 파악하려고 노력했다. 그래서 알게 된 그는, 말로 표현하는 걸 잘하지 못한다. 말을 해도 알쏭달쏭하게 한다. 그걸 파악하려면 보통 사람들은 힘들 것 같았다.

그러나 예라는 그런 것들을 알고 있는 상태였다.

"아직은 익숙하지 않아서. 그래도 뭐, 우리 나이도 같은데 말이야."

"한예라."

"응?"

"……."

"뭐야. 우재 씨."

그는 계속해서 물끄러미 예라를 바라보았다. 어쩐지 그 시선에 가슴이 간질거리는 것만 같았다. 그 모습을 마주 보던 예라가 씩 웃었다.

"우재야."

"......!"

"권우재."

그렇게 부른 예라는 우재의 팔목을 잡아끌고 가기 시작했다. 예라의 얼굴은 이미 민망해서 붉어져 있었다. 그러나 우재를 데리고 앞서갔기 때문에, 그는 그녀의 표정을 보지 못했다.

"뭘 멍하니 있어. 갑자기 배고파졌어. 얼른 밥 먹으러 가자."

살랑거리는 바람. 약간은 더위도 느껴지는 어느 날.

'그렇군.'

그는, 드디어 사랑을 깨달았다.

◈

어느덧 협정의 마지막 날이 되었다. 예라와 만나기로 한 약속 장소에 먼저 나온 우재는 항상 그렇듯이 무표정을 짓고 있었다. 하지만 속으로는 그녀에게 할 말을 준비하고 있었다.

10대에 좋아했던 여자에게 받은 상처 때문에 자신이 그렇게 될 것 같아 두려웠었다. 거기다 저를 보는 여자들은 인간 권우재가 아닌, 권우재가 가진 것들에게만 관심을 가졌다. 그는 단지 온전히 '나 자신'을 봐 주기를 원했었다.

사실 그가 완전히 마음을 닫기까지는, 그런 주변 사람들의 시선도 한몫을 했다. 그의 배경, 그의 능력, 그의 외모 등, 외적인 것들로만 바라보는 그 시선에 질렸다. 그래서 자신의 내적인 모습을 봐 주는 사람이 나타나더라도 흥미를 가지지 못했었다. 완벽히 저 자신을 있는 그대로 봐 줄 사람이 있을 거라고는 생각도 못 했다.

"……그랬는데."

그의 입술에서 짧은 웃음이 비집고 나왔다.

저 멀리서 반짝거리는 미소를 지으며 다가오는 여자가 보였다. 우재는 제가 긴장을 했음을 알았다.

"아아, 입을 옷이 없어."

멍한 표정으로 옷장을 뒤적이던 예라는 절망적인 표정으로 바닥에 털썩 소리가 나도록 주저앉았다. 여기저기 널브러진 옷들은 눈에 보이지도 않았다.

오늘이 마지막 날이다. 전시회 준비를 하느라 제대로 만나지도 못했다. 조금 더 한예라라는 여자를 어필해야 하는데, 그러지 못했다. 일주일 전에 끝난 전시회는 성공이었다. 이제 끝났으니 우재를 만날까 했는데 이번에는 반대로 우재가 바빴다.

그래서 제대로 된 만남은 이 주일 만에 이루어졌다. 그리고 그게 하필 처음에 약속한 3개월의 끝이 되었다.

"어떻게 하지."

만날 시간은 점점 다가오고, 옷은 입지도 못했다. 이럴까 봐 화장도 미리 했는데 화장조차 마음에 들지 않아서 다시 해야 할 지경이다. 결국 예라는 울면서 가장 예쁜 원피스 하나를 골라 입었다. 항상 파스텔 톤의 얌전한 옷을 입었다면, 오늘은 화려하고 예쁜 원피스였다.

"시간이…… 시간이 없어."

오늘은 최대한 예쁘게 꾸미고 나갈 예정이다. 그리고 고백을 할 것이다. 나는 처음부터 당신을 사랑했다고. 그러니까 조금이라도 내게 호감이 생겼다면, 나와 계속 만나 달라고. 고백이란 건 꼭 남자가 할 필요가 없었다. 고백은, 더 많이 좋아하는 사람이 하는 것이다.

예라는 최대한 빨리 준비를 하고 집을 나섰다. 방은 엉망이었지만 정리는 나중이었다. 지금은 권우재를 만나는 게 더 급했다.

만나기로 한 장소는, 데이트하기 좋다는 공원 중 하나. 그곳을 정한 건 예라였다. 우재는 아무 말 없이 그렇게 하자고 했다.

"으아아아. 고백은 뭐라고 하지?"

꾸미느라 시간을 다 소비한 예라는 자신의 차에 황급히 올라타고 출발했다. 또 이렇게 급히 가다가 사고를 내면 안 되는데. 조마조마한 마음을 가지고 액셀을 밟았다. 예라는 또 차 사고를 내서 오늘 같은 날을 망칠 순 없기에 속도를 줄였다. 다행히 약속 시간에 딱 맞춰서 도착할 수 있었다.

"후, 후……."

공영 주차장에 차를 주차한 예라는 허겁지겁 달렸다. 그러다 멀리서 보이는 우뚝 선 한 남자의 모습에, 달리던 것을 멈추고 얌전히 걸었다. 오늘만큼은 요조숙녀처럼, 그가 싫어하는 모습을 보이지 않고 좋은 모습만 보이고 싶었다.

"우재 씨!"

무표정한 얼굴로 서 있던 그가 약간의 희미한 미소를 보였다. 그러나 너무나도 미미해서 그녀는 보지 못했다.

"미안. 좀 늦었지?"

"별로."

시간 약속을 어기는 사람이 제일 싫은 권우재는, 이제 한예라가 늦더라도 그렇게 싫어하지 않을 것 같았다. 오히려 원래 그 여자는 시간 약속을 잘 지키지 않아, 하고 넘어가며 그녀가 올 때까지 기다릴 것 같았다.

그렇게, 그의 사고방식이 하나 바뀌었다.

"오는데 차가 막혀서."

"운전, 하고 온 건가?"

"그럼. 늦어서 말이야."

"별로 안 늦었어."

오히려 시간에 딱, 정확히 맞췄지. 괜히 일찍 나온 건 우재였다.

"점심은?"

일부러 점심시간에 맞춰 한 시로 시간을 잡았다. 그래도 자신의 의도를 모르는 권우재가 밥을 먹고 왔으면 어쩌나 걱정했다. 일부러 근처 좋은 레스토랑에 예약까지 한 예라는 그의 대답을 조마조마한 마음으로 기다렸다.

예라를 만나기 전의 권우재는, 아마도 누군가를 만나면 배려 따윈 하지도 않고 그저 밥을 먹고 와서 먹었다고 할 것이다. 그의 점심시간은 아주 일정했다. 12시에서 1시 사이. 그 시간이 지나면 먹지 않는다.

"안 먹었어."

"아! 다행이다. 저기, 내가 예약을 해 놨거든. 여기 왔으면 그 레스토랑을 가 보라고 추천받아서. 사실 우재 씨가 밥 먹고 왔으면 어쩌나 했었어."

그런 권우재가, 그녀와 점심을 같이하고 싶어서 그냥 나왔다.

"그렇군."

그의 대답은 한결같이 단답형에다가 대화를 끝내려는 듯한 말투였다. 그러나 그는 원래 말을 그렇게 하는 사람이기에 그저 그러려니 하며 예라는 싱긋 미소를 지었다.

레스토랑에 도착해서 한예라라고 이름을 대자 자리를 안내받았다. 이제, 권우재는 더 이상 아무거나, 라고 말을 하지 않는다. 알아서 시켜, 라는 말도 하지 않는다. 무슨 생각을 하는지는 모르겠지만 진지하게 메뉴판을 보다가 한숨을 쉬었다.

"왜 그래?"

예라가 그렇게 물으면 우재는 이렇게 답했다.

"뭐가 뭔지 잘 모르겠다."

그러니까 알아서 시키라는 뜻이다. 그게 귀여워서 풉 웃어 버리고 예라는 자신과 같은 것을 하나 더 주문했다. 그리고 두 사람 사이에 내려앉은 침묵은 곧 깨졌다. 예라는 무슨 생각이든 항상 입밖에 내야만 했다.

"쫑 말이야. 이번에 가수 뮤직비디오 하나 촬영하는데, 거기서 양아치 재벌로 나온대."

"그렇군."

"안 어울리지?"

"잘 어울리는데."

"에엑? 우리 쫑이는 양아치와는 거리가 먼데?"

"그 호칭 말이야."

마음에 들지 않는다는 듯이 미간을 찌푸렸다. 그러자 예라가 왜? 하고 되물었다. 우재는 잠시 말이 없었다. 그사이에 주문을 한 음식들 중 수프가 먼저 나오고, 샐러드가 나왔다. 예라는 숟가락을 들어서 수프를 휘저었다. 우재는 아직도 대답을 하지 않았다. 우재가 대답을 한 것은, 그 침묵을 견디지 못해서 예라가 먼저 수프 접시를 비우고 샐러드를 먹을 때였다.

"한 번도 박종현에게서 네 존재에 대해서 들어 본 적이 없는데."

"아직도 의심하는 거야? 으음. 그냥, 부모님이 이혼하고 나서는 암묵적으로 우리에 대해서 제대로 모르는 사람과 처음 본 사람들에게는 딱히 설명을 하지 않아. 이야기하지도 않고. 그냥…… 그랬어. 매스컴에서 한참 떠들썩해서, 그 관심이 싫었거든."

한때는 정말 금슬 좋은 부부다, 잘 어울리는 한 쌍이다, 이런 소리를 많이 들었던 한강한과 박나경이다. 그러나 곧 부부 사이에 문제가 생겼고, 사랑을 받는 데 익숙해서, 그 사랑을 받지 못한다고 느낀 박나경이 먼저 이혼 서류를 준비해서 한강한에게 보여 주었다. 그들이 결혼을 약속하고 9년 뒤, 두 사람은 합의 이혼을 했다.

자식들의 미래를 생각해서 이름을 공개하지는 않았다. 매스컴에서는 종현과 나경이 가족인지는 모른다. 알더라도 입막음을 시켰을 것이다.

"아마 당신을 만났을 땐, 부모님이 이혼을 하고 난 뒤였을 거야. 부모님의 이혼을 쉽게 말하기가 힘들잖아."

"……그랬군."

"아, 우재 씨 배고프겠다. 얼른 먹어."

"……."

더 이상 예라는 그 이야기를 하고 싶지 않은지 말을 돌렸다. 우재는 예라가 말한 대로 식사를 시작했다. 두 사람의 식사는 항상 조용했다. 물론 간간히 예라가 입을 열어서 떠들었고, 우재는 그저 고개를 끄덕이거나 그렇군, 하고 짧게만 대답을 했다. 그러나 우재는 예라의 목소리를 듣는 것이 어느샌가 편안해졌다. 계속, 듣고 싶었다.

식사가 끝난 후, 두 사람은 후식으로 주는 커피를 마시고 나왔다. 그리고 길을 따라 걷다가 공원에 도착했다. 공원 입구에서 아이스크림을 팔고 있었다. 싸구려 아이스크림이 아니라, 외국인이 직접 파는, 고급스럽게 느껴지는 아이스크림이었다.

"우재 씨. 저런 거 안 먹어 봤지?"

"물론."

당연하다는 듯이 대답을 하자 어쩐지 딱 그게 권우재다워서 피식 웃어 버렸다. 우재를 벤치에 앉히고서 예라는 씩 웃었다.

"저거 사 올 테니까, 여기 꼼짝 말고 앉아 있어."

아이를 대하는 것만 같아서 우재의 인상이 일그러졌다. 그러자 뭐가 또 웃긴지 예라가 이번에는 소리를 내서 웃었다.

"아하하! 귀엽다니까. 얼른 사 올게."

"귀여운 건, 너다."

"……으응?"

"귀여운 건, 너라고."

지금 자신이 들은 말이 진짜 제대로 들은 게 맞을까.

예라는 두 눈을 깜빡였다. 그러다 얼굴이 확 달아올랐다. 그걸 본 우재의 눈이 크게 떠졌다. 우재의 반응을 확인한 예라는 허둥지둥 아이스크림을 사러 갔다. 빨개진 얼굴을 식히려고 주문을 한 뒤, 기다리면서 손부채질을 계속했다.

'이, 인격이 변하는 거야?'

권우재 같은, 권우재 아닌, 권우재가 저기에 있었다.

"Thank You."

외국인에게 간단히 감사 인사를 하고서 아이스크림 두 개를 양손에 하나씩 들고 온 예라는 고개를 팩 돌린 채 우재에게 내밀었다.

"받아."

"……."

"뭐 해? 안 받고."

슬그머니 앞으로 고개를 돌리려 했다. 그때, 덥석 자신의 손을 잡는 큼직한 손이 느껴졌다. 그리고 또 다른 손에 의해 예라의 고개가 천천히 앞으로 돌려졌다. 저를 올려다보는 그 진지한 두 개의 눈동자와 마주쳤을 때, 예라의 심장은 바닥으로 쿵 내려앉는 기분이 들었다.

"얼굴이 새빨갛게 익었네."

"……그……!"

"한예라."

"……."

"한예라."

"왜, 왜 부르는데."

긴장이 된다. 지금 그가 하는 행동은, 전혀 권우재답지 않은 행동들이다. 설마 그에게 쌍둥이가 있나? 지금 만나는 사람은 쌍둥이인가? 저는 이란성인데, 권우재는 일란성일지도 모른다. 권우재는 자신이 너무 싫어서, 쌍둥이를 보냈다든가…….

"일단, 앉아."

그는 그녀의 손목을 확 잡아당겼다. 그렇게 자신의 옆에 앉힌 후, 우재는 태연히 그녀가 사 온 아이스크림을 먹었다. 맛은 모르겠다. 다만 시원한 느낌이었다.

괜히 우재의 옆에 앉아서 열을 식히기 위해 예라는 애꿎은 아이스크림만 괴롭혔다.

뜨거운 여름이 다가오고 있었다. 그걸 증명하듯이 공기가 뜨거운 것만 같았다. 아니, 뜨거운 건 제 얼굴일지도 모른다. 확 타오른 얼굴은 가라앉지 않았다. 갑자기 권우재가 왜 그러지? 오로지 그 생각으로 인해 예라는 머리가 터져 버릴 것만 같았다.

'사람이 갑자기 변해도 좋지 않아.'

차라리 냉정하던 우재가 더 나을지도 모른다. 지금의 우재는, 심장에 해로운 존재였다.

"마지막으로 하나 묻지."

"……?"

"넌."

우재가 갑자기 말을 멈췄다. 갑자기 끊긴 말이 궁금해서 고개를 돌렸다. 나란히 앉기는 또 처음이어서 안 그래도 심장이 미친 듯이 뛰는데, 더 가까운 거리가 되자 예라는 다시 고개를 앞으로 돌렸다.

아, 심장아. 좀 조용히 해 다오. 심장은 터질 것처럼 운동을 하고 있었다. 이러다 밖으로 소리가 새어 나가는 것은 아닐까, 심히 걱정이 되었다.

"내게 원하는 게 뭐지?"

그 순간 차갑게 머리가 식었다. 아이스크림의 효과일까? 예라는 기름칠을 하지 않은 로봇처럼 고개를 삐거덕거리며 돌렸다. 그와 눈이 마주쳤다. 이러다 심장이 멎어 버릴지도 모른다.

"원하는 건……."

"말해."

"……말하면, 줄 거야?"

"말해."

그는 똑같은 말을 힘주어서 대답했다. 그의 낮은 목소리는 자신의 심장을 움켜잡고 탈탈 흔드는 것만 같았다. 정신이 없었다. 어지러운 것도 같았다. 그의 표정은 섹시함을 넘어선 기분이 들었다. 아찔한 표정을 짓는 그의 얼굴과 붉은 입술로 인해 예라는 시각 폭탄이 바로 이거구나 싶었다.

그는 지금, 그녀를 똑바로 바라보고 있었다. 마치, 맹수의 눈빛과도 같았다.

"……난 당신의……."

저절로 침이 삼켜졌다. 아이스크림은 서서히 녹고 있었다. 예라의 심장도, 뇌도 다 녹아 버리는 것만 같았다. 그의 눈빛에 옴짝달싹할 수 없게 되었다.

"마음을 원해."

그리고 드디어 말을 했다. 그는 그녀의 목소리에 아무런 미동도 없었다. 예라는 괜히 침만 꿀꺽 삼켰다. 잘못, 건드렸나……?

"당신의…… 온전한…… 마음을, 원해."

"그렇다면."

"……."

"내가 너에게 내 온전한 마음을 준다면, 너는 무엇을 줄 거지?"

기브 앤드 테이크. 가는 것이 있으면 오는 것도 있어야 하는 법. 그는 지금 그걸 말하고 있다. 누가 경영자 아니랄까 봐. 손해와 이득을 따지려고 하고 있었다.

그래도, 좋았다.

그는 지금 한예라의 요구를 들어주려고 하고 있었다.

'이건…… 정말 엄청난 발전이야.'

예라는 조금 여유가 생긴 표정을 지었다. 그는 거의 넘어왔다. 주도권은 이제 예라에게로 넘겨졌다. 예라는 빙긋 미소를 지었다.

이번에는 그가 그녀의 미소에 사로잡혔다. 가장 먼저 우재가 자각한 것이 바로 예라의 이 미소였다. 너무나도 예쁜 미소. 사랑스럽다, 라는 감정까지 느낀 미소였다.

"뭘…… 원해?"

그가 천천히 다가왔다. 무표정이지만 어쩐지 그 표정은 섹시함을 느끼게 해 주는 표정이다. 그는 곧 그녀의 귓가에 무언가를 속삭였다. 그 순간, 그대로 다시 예라의 얼굴은 붉게 타올랐다.

"어때?"

"그, 그게 무슨 말이야."

"……아. 당황했네."

"당연한 거 아니야? 당연히 당황할 수밖에……!"

그는 그녀에게 자신의 마음을 담아서 속삭였다.

한예라.

틀림없이 그건 자신의 이름 석 자였다.

"다시 묻지. 왜 내 마음을 원하지?"

"…….'"

"대답."

"난…… 당신을 사랑해."

그녀의 말에 그의 모든 것이 그대로 멈췄다.

"권우재를 사랑해."

그 말에 우재의 표정이 딱딱하게 굳었다.

"왜?"

"당신을 사랑하게 된 이유? 그건 몰라. 그냥, 처음 봤을 때부터
그랬어."

"……."

"대영식품 30주년 기념 파티에서, 당신을 처음 봤었어."

예라는 잠시 다 녹은 아이스크림을 먹은 뒤, 다시 입을 열었다.
열기가 몰려서 잠깐이라도 식히고 싶었다. 그러나 다 녹은 아이스
크림은 전혀 도움이 되지 않았다. 그녀는 앞을 본 채, 다시 말을 이
었다. 그는 묵묵히 그녀의 말을 들었다.

"처음에는 당신 얼굴 보고 연예인을 좋아하는 것처럼, 좋아하는
줄로만 알았어. 하지만 생각해 봐. 나, 쫑의 누나야. 코디인 척하고
촬영장도 많이 가 봤어. 연예인을 많이 접해 봤단 말이야. 당신보
다 잘생긴 연예인도 봤었어."

"……."

"그런데…… 이상하게도, 계속 당신만 생각이 났어. 그때 내가
본 건 근사하게 미소 짓는 권우재였어. 며칠을 그렇게 앓다가 나중
에는 몇 달 내내 머릿속에서 맴돌더라고."

"……."

"그래서 알았어, 나는 그 사람을 좋아하는구나. 몇 달 앓는 것은
결국 사랑한다는 거구나. 어느새 사랑이 되어 버린 거야. 그런데
당신이 선을 볼 준비를 한다잖아."

예라가 천천히 고개를 돌렸다. 우재는 여전히 묵묵히 그녀의 말을 들어 주고 있었다. 그녀는 빙긋 미소를 지었다. 그가 진지하게 자신의 이야기를 들어 주는 것이 기뻤다.

"이대로 당신을 다른 여자 손에 쥐여 주느니, 차라리 내가 쥐고 말지. 근데 죵은 반대를 했어. 그래도 안 되겠는 거야. 우겼어. 내가 못 살겠다고. 상사병에 걸려서 죽을 것 같다고."

"……."

"우재 씨."

"……그래."

"난 당신을 사랑해. 그래서…… 계속 만나고 싶어."

과연 당신은 알까? 내 마음이 터질 것 같다고. 떨려서, 이대로 떨다가 죽을 것 같다는 걸. 나를 원한다는 마음이, 당신도 나와 같은 마음이었으면, 해.

"……나와 계속 만나 줘요."

그녀의 말에 그는 침묵을 했다. 예라는 우재를 똑바로 바라보았다. 당장에라도 고개를 돌리고 싶었지만, 그럴 수가 없었다. 돌렸다간 그가 싫어, 하고 대답을 할지도 모른다. 그래도, 그가 저를 원한다는 말을 믿고서 견디고 있었다.

한참 뒤, 그는 낮게 한숨을 쉬었다. 저 한숨의 의미는 무엇일까. 심장이 덜컥 불안함에 가라앉았다.

"박종현에게 들었겠지. 내가 왜 사람을 피하는지."

"……응."

"실은, 무서운 거야. 또다시 그런 일이 생길까 봐. 사람들이 나 자신을 보지 않으려고 할까 봐."

"걱정 마. 나는 권우재 겉을 보고 좋아하는 거 아니니까."

"그럼, 왜 내가 싸늘히 대해도 덤벼들었지?"

"사랑하니까."

아주 가볍고 아주 정확한 대답이다. 우재가 피식 웃었다. 그 웃음에 마음이 가벼워졌다.

"지금 다 말하지."

"뭘?"

그는 바람에 흘러내린 그녀의 머리카락을 보고 귀 뒤로 넘겨 주었다. 다정한 손길에 흠칫 놀랐다. 너무 다정해서 하마터면 바보처럼 웃어 버릴 뻔했다. 우재는 말을 이었다.

"난 집요한 구석이 있어."

"그래?"

"그래. 무언가 하나 파고들면 끝장을 보지. 대표적인 예가 공부와 일."

"……음. 그런 것 같아. 맞아. 당신 정말 집요해."

그러니까 공부벌레에 일벌레가 되었겠지. 예라의 수긍에 우재가 살며시 미소를 지었다. 저 미소에 정신을 못 차리겠다. 이제 예라는 어떻게 되든 좋았다. 그는 지금 그녀가 여태 바랐던 꿈을 이루어 주려는 것만 같았다.

"그래. 집요하고 참으로 지독하지. 그러니 내 쪽에서 절대 질리는 일은 없어."

"……그래?"

"그건 사람의 경우도 마찬가지일 거야."

"……"

"집착도 심해. 소유권을 주장할지도 몰라. 그리고 또한 질투도 심하지. 그래서 한예라가 감당하지 못할 수도 있어."

두근. 두근. 무슨 심장 소리가 이렇게 큰지 모르겠다. 예라는 정신을 차릴 수가 없었다. 그토록 바랐던 말을 지금 들을 것만 같았다. 그토록 듣고 싶었던 말인데, 듣지 않고 도망치고 싶었다.

'이러다가 심장마비가 올지도 몰라.'

그녀는 그의 시선을 살그머니 피했다. 지금, 얼굴에 열이 잔뜩 오른 것이 느껴졌다.

"그래도 괜찮다면."

"……."

"나와 연애해."

그의 대답은 오만했고, 자기중심적이다. 그럼에도, 예라는 괜찮았다. 그는 그렇게밖에 말을 못 하니까.

예라의 고개가 천천히 들렸다. 우재는 처음 보는 표정을 짓고 있었다. 한예라가 알고 있는 한, 지금의 표정은 처음 본다. 그는…… 진지하게 부탁을 하고 있었다. 그가 한 말은 전혀 부탁하는 어조가 아님에도, 표정만큼은 그랬다.

"연애협정, 다시 해."

"……어, 떻게?"

수분을 충전하고 싶었다. 입안이 바짝 말라 가는 기분이 들었다. 긴장이 되었다. 그는 예라의 두 눈동자를 응시하다 다정하게 미소를 지었다. 그 모습에 예라는 눈물이 날 것만 같았다.

"기간이 정해지지 않은, 제대로 된 연애를 하기로."

8화

"쫑, 쫑!"

— ⋯⋯오, 한예라. 제발. 그렇게 강아지 부르듯이 부르지 말아줄래.

"들어 봐, 들어 봐, 들어 봐!"

권우재의 입에서 기한 없는 제대로 된 연애를 하자는 소리를 들었다. 오늘이야말로 기념일로 정해야 할지도 모른다. 아니, 이미 예라는 기념일로 저장을 했다. 학생 때나 하던 짓인데. 오늘 우리 1일. 안 쓰던 디데이 어플을 받아서 핸드폰에 저장을 해 뒀다. 정말 예라는 오늘을 잊지 못할 것 같았다.

얼떨떨한 표정으로 고개를 끄덕였다. 그는 피식 웃었다. 그녀의 표정을 보며 바보 같군, 짧게 말을 했다. 그리고 두 사람은 아무런 말도 없었다. 그러나 그것만으로도 충분했다. 예라는 지금 이 순간

기절하지 않은 게 용하다고 생각하고 있었을 뿐이었다.

— 뭔데.

시큰둥한 동생의 목소리에 예라는 크게 외쳤다.

"나, 고백받았어!"

— 뭐? 누구한테!

"누구겠어."

예라는 입이 찢어질 정도로 힘껏 웃으며 침대 위에 드러누웠다. 종현에게서는 대답이 없었다. 뭐야, 통화가 끊겼나. 확인을 해 보았지만 여전히 통화 중이었다.

"여보세요? 좋아, 자니?"

— ……너 지금 권우재의 이름을 대려는 건 아니겠지.

"아니긴 왜 아니겠어."

— 헐.

"후훗."

그러나 갑자기 종현에게서 아무런 목소리가 들려오지 않았다. 또 말문이 막혔나 봤더니 통화가 아예 끊겨져 있었다. 다시 걸어 보았지만 통화 중이라는 안내가 들렸다. 미간을 찌푸리던 예라는 핸드폰을 침대 위에 던졌다. 그러다 다시 싱글벙글 웃었다.

솔직히 기대는 안 했다. 그가 안 된다고 거절을 하면, 매달려 보려고 했다. 그럼에도 안 된다면 권우재는 포기해야겠다, 생각을 했을 뿐이다. 하지만 그는 예라의 걱정과는 다르게 자신을 받아 주었다. 먼저, 기간을 없애자고 했다.

세상에 이처럼 기쁜 일은 어디에도 없을 것이다. 짝사랑하는 상대가 저를 받아 주었다는 것은, 어쩌면 기적과도 같은 일이니까.

"아…… 정말 너무 좋아. 어떻게 하지."

얼어 버린 권우재의 마음을, 한예라가 계속해서 녹이고 있었다.

아까부터 울리는 전화에 결국 짧게 웃으며 우재는 핸드폰을 들었다. 이렇게 질기도록 전화를 하는 상대는 예라뿐이었다. 그러나 발신자는 예라의 쌍둥이 동생이라던 박종현. 이걸 받아 말아, 고민하던 우재는 한숨을 쉬다 받았다.

— 야!

고막이 터질 정도로 시끄러운 목소리에 미간이 저절로 찌푸려졌다. 괜히 받았군. 우재는 대충 통화하고 끊기로 했다. 듣고 싶은 목소리는 이게 아니었다. 같은 쌍둥이일지라도 종현의 목소리는 별로 듣고 싶지 않았다.

— 야, 권우재! 너, 인마, 너! 우리 예라……!

"친누나라며?"

— ……어? 그거, 한예라가 말했나?

"그래."

— 헤에. 아, 아무튼! 그거 뭐야! 너, 걔랑 정식으로 만나기로 했다며!

"어."

우재는 대충 대답을 했다.

— 너…… 진심이야?

"너한테 말했을 텐데. 그리고 박종현이 직접 말하지 않았던가. 이 여자다 싶으면 잡으라고."

— 크윽. 그랬긴 했지만…….

생각이 많은지 종현은 쉽게 대답을 해 오지 않았다. 조용히 서류를 뒤적이며 모니터를 바라보고 있는데 종현의 목소리가 다시 들려왔다.

— ……우리 누나, 잘 부탁해.

결국 종현이 꺼낸 말은 그 한마디였다. 그 말 외에는 꺼낼 말이 없었다. 종현의 말에 우재는 묵묵히 듣고만 있다가 대답을 했다.

"그래."

고작 그 말 한 마디였지만 우재의 진심이 담긴 말 한 마디였다. 그걸 아는지 모르는지 종현은 아무런 대답이 없었다.

종현과의 통화를 갈무리한 후, 핸드폰을 내려놓으려던 우재는 문자함에 문자 세 통이 와 있음을 보고서 곧바로 문자함을 열었다. 분명 그중 한 개는 한예라 틀림없을 것이다. 기대감에 문자함을 보았다. 역시나, 그녀의 문자가 있었다.

[오늘부터 2주간 전시회 때문에 손님들 맞이하느라 바빠서 연락이 좀 힘들 것 같아.]

그녀는 평소 재잘재잘 잘 떠드는 것과 다르게 문자로는 그 흔한 이모티콘 하나 없이 보내는 경향이 있었다. 왠지 아쉽다, 생각이 들 무렵, 우재는 저도 모르게 전화를 걸고 있었다. 바쁘다는 말이 맞는지, 평소 같으면 우재가 전화를 걸었다며 호들갑을 떠는 목소리가 들릴 텐데 아무 소리도 들리지 않았다.

아쉽다. 그 감정을 안고서 우재는 전화를 끊었다.

우재는 잠시 동안 멍하니 모니터만 바라보았다. 이내 그의 손은 자신의 오늘 스케줄이 적힌 종이로 향했다. 바쁜 일은 지나가서 다행히 여유가 있었다. 우재는 비서에게 전화를 했다.

"오늘, 강 사장하고 저녁 약속 취소해."

— 알겠습니다.

우재가 이런 식으로 약속을 취소하는 건, 그 약속보다 우선순위가 있다는 것이다. 군말 없이 비서는 전화를 끊었다. 우재는 잠시 책상 위를 손가락으로 두들기다 시간을 보았다. 오전 열한 시 반. 곧 점심이겠지만 바쁘다면 점심도 못 먹을 것이다.

그녀의 전시회가 시작되면 한 번쯤은 가려고 했었다. 언제 갈지 정하지를 못했을 뿐이다. 우재는 다시 비서에게 전화를 했다.

"꽃바구니 큰 거 하나만 강남 온새미로 갤러리에 보냈으면 하는군."

— 알겠습니다. 문구 같은 건 안 적으시나요?

"음."

잠시 생각하던 우재는 저절로 올라가는 입꼬리를 느끼지 못한 채 입을 열었다.

"아름다운 한예라에게."

— …….

"왜 그러지?"

— 아, 아닙니다.

비서는 당황했지만 아닌 척 알겠다고 하고서 통화를 끊었다. 비서가 왜 당황한지 이유를 모르는 우재는 그저 모니터에 나오는 시간만 바라보았다. 그리고 문자 한 통을 넣었다. 괜찮으면 저녁 식사 같이 하자고. 그녀에게서 답장은 바로 오지 않았지만 기다렸다.

그리고 두 시간 뒤, 그녀에게서 전화가 왔다.

— 우재 씨! 이거 뭐야? 응?

꽃바구니를 받은 모양이다. 들뜬 그녀의 목소리를 들으니 이제 왠지 모든 일이 잘 풀릴 것 같았다.

불과 몇 달 전 그녀를 처음 만났을 때만 해도, 분명 한예라란 여자는 귀찮았다. 전화 좀 그만했으면 좋겠고, 문자도 적당히 했으면 좋겠다. 하루에 한 통만 해도 되지 않던가, 싶던 날도 있는데 지금은 그렇지 않았다.

"문자 답은?"

— 아, 그게…….

예라가 곤란한지 잠시 말끝을 흐렸다. 안 되는구나. 그때 예라의 대답이 들려왔다.

— 응. 먹자.

"안 되는 거 아닌가?"

— 안 될 리가.

잠시 우재는 멈칫했지만 끝나는 시간을 대충 알게 되면 문자로 보내 달라고 하고서 통화를 끝냈다. 그녀가 바빠 보였기 때문이다.

전화를 끊고 나서 잠시 우재는 일을 하기 위해 다시 집중을 했다.

두 번째 하게 된 사랑이라는 감정에 우재는 기분이 좋아 보였다.

제대로 된 연애를 하자고 해도 딱히 달라지는 건 없어 보였다. 하지만 느낌은 달랐다. 정말 권우재하고 제대로 된 연애를 하고 있구나 하는 걸 느끼고 있었다.

지금까지 항상 연락을 하는 건 예라였다. 우재는 예라가 먼저 연락을 하면 답장을 해 주는 정도였다. 다만 이전 같으면 답장도 시간이 한참 지난 뒤에 오곤 했지만 요즘은 그렇지 않았다. 제가 바빠서 연락을 자주 못 할 정도지, 틈이 나서 연락을 하면 얼마 지나지 않아서 답장이 오곤 했다.

"좋아? 좋나?"

"그래! 좋다, 어쩔래!"

"어휴. 노처녀 겨우 면해 놓고서."

"쫑. 죽고 싶지?"

"예라 씨, 남자 친구 생겼어요?"

"네."

종현의 머리를 만져 주던 코디, 세희가 물었다. 예라가 싱글벙글 웃자 세희도 덩달아 웃었다. 자신이 담당한 연예인하고 쌍둥이라는 데 닮지 않았다. 다만 가끔 쌍둥이다, 남매다, 라고 느낄 때는 두 사람이 웃을 때였다. 활짝 웃을 땐 두 사람이 쌍둥이라는 것을 분명하게 보여 주고 있었다.

"세희 씨는 곧 결혼한다면서요? 얘한테서 들었는데."

"네. 세 달 뒤에 해요."

"우리 쫑, 아쉬워서 어쩌니?"

우재에게 가기 전, 잠깐 종현이 촬영하는 곳에 들렀다. 바쁜 며칠이 지나서 우재와 주말에 만날 수 있게 되었다. 우재를 보지 않으면 안 될 것 같아서 일은 큐레이터 승희와 다른 큐레이터들에게 맡겨 두고 나왔다. 어차피 중요한 손님은 4일 만에 다 왔다가 갔기 때문이다.

종현은 거울을 통해서 웃음이 끊이지 않는 예라를 바라보았다. 얼굴이 훨씬 보기 좋아졌다. 그렇게나 좋을까. 거울을 통해서 누나와 눈이 마주쳤다. 예라는 핸드폰을 바라보다가 종현과 눈이 마주치자, 동생 옆으로 와서 섰다.

"가야겠다."

"그렇게 좋냐? 어?"

"응. 사실은 아직도 안 믿기지만."

조금씩 우재가 변해서 기간이 없는 연애를 하게 되었다. 권우재가 조금씩 저를 받아 주기로 한 것이다.

서서히 그가 사랑이라는 감정을 깨닫고 한예라란 여자를 사랑해 주었으면 좋겠다.

예라는 곧 그가 저에게 가진 호감 정도의 감정을 더 크게 키울 수 있도록, 부담스럽지 않게 해야겠다는 생각이 들었다. 확실히 저는 권우재를 사랑하고 있었다. 그렇기 때문에 상처를 받아도 계속해서 그의 곁에서 떨어지지 않고 물고 늘어졌다. 그러나 아직 그는 그 정도가 아니라는 생각을 했다.

부담스럽다고 사랑이 되기 전에 떠나 버리면 안 된다. 사실 부담스럽게 표현을 하고 싶지도 않았다. 그녀는 지금 권우재가 먼저 '기간 없는 제대로 된 연애를 하자'라고 말을 한 것만으로도 기뻤다.

"아직도 꿈만 같아. 먼저 우재 씨가 그런 얘기를 꺼낼 거라고는 상상도 못 했어. 내가 먼저 얘기를 꺼내면, 그래, 하고 대답을 하는 정도만 생각했단 말이야."

"……야. 누나야. 내가 경고하는데."

"뭘?"

잠시 종현은 미간을 찌푸렸다. 적절한 단어가 생각이 나지 않았다. 이내 적당한 단어 하나를 찾아냈다.

"걔는 야생 짐승이야."

"……뭐?"

"권우재는 야생 짐승이야. 야생 동물도 아니고, 짐승이야. 그놈한테 한 번 잘못 걸리면 안 돼. 근데 너는 이미 그 녀석 시야에 들어갔고, 걸렸지."

예라의 알아듣지 못하는 표정에 종현은 답답했지만 그만하기로 했다. 이런 건 몸소 깨달아야겠지. 됐다, 아무것도 아니야. 종현의 말에 예라는 빨리 무슨 뜻인지 제대로 된 이야기를 해 달라고 재촉했지만 종현은 우재나 만나러 가라고 쫓아냈다.

예라가 가자마자 가만히 두 사람의 대화를 듣고 있던 세희가 종현에게 물었다.

"종현아. 그럼 예라 씨, 위험한 거 아니야?"

"곧 유부녀 될 사람이라 알아들었나 보네. 어휴. 몰라. 난 해 줄말 다 했어."

한 번 목표한 건 절대로 놔주지 않고 잊지도 않고 물고 늘어져서 그야말로 위험하기 짝이 없는 짐승이다. 적어도 박종현이 알고 있는 한, 권우재는 그랬다. 무섭도록 소유욕을 주장하기도 했다.

세상일에 딱히 관심이 없다가도, 뭔가에 관심이 생기면 끝까지 파고들고 절대로 놔주지 않는 우재가 제대로 예라를 바라보고 탐을 내기 시작했다. 아마도, 예라가 생각하는 것 이상으로 물고 절대로 놔주지 않을 테다.

"누나. 그 녀석은 절대로 예라를 놔주지 않고, 오히려 물고 빨고 아주 많이 예뻐해 줄 거야. 으으. 상상도 안 돼. 권우재가…… 윽. 절대로 미워하지 않을 거야. 다만……."

"뭐가 걱정이야? 결국에는 결륜하다는 거 아냐?"

"그런 것보다!"

"그런 것보다?"

잠시 미간을 찡그리던 종현은 한숨을 쉬었다.

"한예라가 문제야. 누나는 지금 내 친구가 자기 마음 받아 준 것만으로도 다행으로 여길 정도로 소심하고 원하는 것도 아주 소박해. 근데 우재가 바라는 건 그거 이상이니까……. 오히려 달아나는 건 이제 누나일지도 몰라."

아마도, 조만간 두 사람의 관계가 완전히 달라질지도 모른다는 예상을 했다. 쫓아다니던 것이 예라였다면, 이번에 쫓아다니는 건 우재일 것이다. 이젠 쫓고 달아나는 관계가 180도 변할 것이다.

"우재 씨! 우재야!"

분수대 앞에 걸터앉아 있던 예라는 우재를 발견하자마자 어린아이처럼 손을 휙휙 흔들었다. 그러자 예라를 알아보고 다가오던 우재가 멈췄다가 저도 모르게 미소를 지으며 그녀의 앞으로 다가갔다.

멀리서부터 누군지 바로 알아보았다. 다리를 쭉 뻗고서 핸드폰을 만지고 있던 한 여자가 갑자기 고개를 팍 들었다. 아마도, 그때 우재가 '너 보인다.' 라고 보낸 문자를 보았기 때문이겠지. 그리고 바로 일어나서 어린아이처럼 손을 흔들며 우재를 부르고 있었다.

정말 어린아이같이 해맑지만, 그런 예라의 미소에 순식간에 마음을 빼앗겼기에 우재는 저 모습이 보기 좋았다. 당장 달려가서 안아 주고 싶을 정도였다. 곧 그 마음을 깨닫고 정신을 차렸다. 저 여자를 꽉 안으면, 어떤 느낌일까. 그는 무심코 제 손을 내려다보았다.

"왔어?"

"언제부터 기다렸나."

"아, 얼마 안 됐어."

"무슨 일로 일찍 나왔지?"

"무슨 소리. 나, 원래 시간 약속은 잘 지키는 사람이거든?"

"그게 아닐 텐데."

"윽. 진짜야!"

예라가 먼저 걷자, 금방 그녀의 옆에서 걷기 시작했다. 우재는 재잘재잘 떠드는 그녀를 내려다보았다. 시끄러워서 짜증났던 목소리는 더 이상 시끄럽지도 않았고, 짜증나지도 않았다. 오히려 저 목소리가 멈춰 버리면 허전할 것도 같았다.

사람의 마음이 변하니, 주변에서 느끼는 모든 것들도 달라졌다. 단지 우재는 마음을 열고 한예라란 여자를 똑바로 바라보았을 뿐이다. 그런데 그 순간 많은 것이 달라졌다. 많은 것이 다르게 보였다. 우선, 한예라가 예뻐도 너무 예뻐 보였다.

"그날 내가 늦은 건, 권우재 씨 빨리 만나려고 하다가 박은 거란 말이야."

"그때."

"응?"

"안 다쳤나?"

"아, 그럼. 내가 먼저 들이박긴 했어도 보험 처리 해서 해결될 수 있을 정도로 간단한 사고였어."

지금 저 말도 참 예쁘게 들렸다. 그날이야 시간도 35분이나 늦었고, 별 감정도 없는 여자였기에 오히려 짜증도 났었다. 늦은 주제에 자신이 사고를 냈다고 밝히는 것이 쓸데없이 너무 당당했다. 저런 여자에게는 좋은 감정을 가질 수 없겠다 싶었다.

한예라에게 묻고 싶었다. 대체 어떻게 했기에 내가 이렇게 달라질 수 있나.

어느 날, 활짝 웃는 그녀의 미소가 예뻐 보였다. 다른 건 다 짜증나고 화도 났는데 그 미소만큼은 예쁘다고 느껴졌다. 그래서 그녀가 무엇을 해서 저를 짜증나게 해도 그 미소를 보면 아무 생각이 들지 않을 정도였다. 그것은 바쁘게 살던 중, 문득 고개를 들었을 때 보이는 맑은 하늘과도 같았다.

"왜 그래?"

자신을 빤히 바라보는 우재의 시선이 부끄러우면서도 좋았다. 저를 또렷하게 바라보고 있는 것만 같았다.

"우재 씨?"

"이제 그만 이름을 제대로 부르는 건 어때?"

"……부르고 있잖아."

"한예라."

"응."

"나처럼."

"……우재 씨처럼?"

"그 끝에 씨를 빼."

왜 갑자기 저런 요구를 하는 걸까. 예라는 어색하니 웃다가 입을 열었다.

"우재야."

"그래."

"……아, 이건 너무 친구 같잖아. 좀이 우재 씨를 부르는 거 같아. 나 그냥 그대로 할래. 친구 같은 거 싫단 말이야."

투덜거리는 모습에 피식 웃어 버렸다. 그러자 귀신같이 그 작은 소리도 놓치지 않은 예라가 고개를 번쩍 들었다.

갑자기 예라가 고개를 들자 놀란 우재가 움찔거리다 예라를 바라보았다. 서로의 시선이 마주쳤다. 그리고 곧 예라가 먼저 시선을 내렸다. 왜 그러나 싶어 그녀를 쳐다보니 그녀의 얼굴이 살짝 붉게 물들어 있었다.

3개월이라는 기간이 거의 다 되어 갈 때, 문득 생각을 했다. 저 시끄러운 여자가 없다면, 나중에는 또 다른 여자를 만나야 할 것이다. 그러면 어떤 여자를 만날까. 원하던 조용한 여자를 만나면, 계속 만날 수가 있을까?

……그러면 재미가 없겠지.

"맘대로 해."

"그래. 어차피 우재 씨도 맘대로 불렀잖아?"

갑작스럽게 고요함이 찾아든다면 어색할 것 같았다. 이상할 것 같기도 했다. 생각은 거기서부터 시작되었다. 그렇다면, 이대로 그녀를 보내서는 안 된다. 붙잡자. 왜? 그러다 그녀의 미소 속에서 사랑이란 감정을 찾았다.

"한예라."

"왜."

"지금, 이건……."

"얼른 타. 당신, 나랑 오늘 동물원 갈 거야."

그녀가 씩 웃으며 자신의 차를 가리켰다. 우재는 말없이 그녀를 바라보다 손목을 잡고 문을 열어서 먼저 조수석에 그녀를 태웠다. 예라가 운전석으로 움직이기 전에 재빨리 운전석에 앉은 우재는 낮게 한숨을 쉬었다. 그러자 예라가 버럭 외쳤다.

"왜! 운전은 꼭 남자가 하란 법 있어?"

"없어. 근데 넌 나를 뭐로 보는 거지?"

"권우재."

"……후."

거칠게 머리를 쓸어 넘긴 우재는 두 번째로 운전을 해 보는 예라의 차를 새삼 새롭다 느끼며 예라에게서 차 키를 건네받았다. 주지 않으려고 하는 걸 계속 노려보았더니 어쩔 수 없다는 듯이 핸드백 속에서 차 키를 꺼내 주었다. 시동을 건 후, 내비게이션을 켰다.

"입력해."

그의 명령 아닌 명령에 예라는 입을 쭉 내밀다 입력을 했다. 서울에 있는 모 동물원이다. 곧바로 차를 출발시켰다. 예라는 안전벨트를 매고 운전을 하는 우재를 바라보았다. 어쩜 저 남자는 운전을 해도 멋있는지 모르겠다.

운전을 하던 우재는 예라의 집요한 시선이 느껴지자 잠깐 눈을 돌렸다. 눈이 마주치자마자 그녀가 싱긋 미소를 지었다. 저 여자는 웃기만 하면 왜 다 예쁜지 모르겠다.

"다음부터 말없이 먼저 운전하려고 하지 마."

"왜? 난 이해를 못 하겠어."

"몰라?"

"그래. 몰라. 운전은 여자도 할 수 있잖아. 데이트 가는데 꼭 남자가 운전하라는 법이 있어? 위치는 내가 더 잘 아니까 내가 한다는 건데."

우재는 그 말에 말문이 막혔지만, 할 말은 해야겠기에 잠시 정차했던 차를 다시 출발시키며 말했다.

"한예라. 남자의 자존심이라는 게 있다."

"……어?"

"그러니까, 다음부터 이러지 마."

어쩐지 단호하면서도 부드럽게 타이르는 듯한 말투에 예라의 눈이 깜빡였다. 믿기지 않았다. 천하의 권우재가 저런 말까지 할 줄은 몰랐다. 자신이 무엇을 하든 신경도 안 쓸 것 같던 냉혈한이 이제는 저렇게 신경을 쓰는 말까지 한다. 그리고 오히려 귀엽기까지 했다.

예라는 잠시 입을 들썩이다 그저 웃었다. 편안하게 기대어 앉으며 앞을 보다가 운전대를 잡지 않고 있는 그의 오른쪽 손등 위에 제 손을 얹었다. 그는 별 반응이 없었다. 그때, 그가 고개를 돌렸다.

"한예라."

"왜."

그가 부르면 그녀는 대답을 한다. 패턴은 같았지만, 행동은 달랐다. 갑자기 우재가 손을 뒤집자 예라는 우재의 손바닥 위에 손을 얹는 꼴이 되었다. 당황한 예라가 손을 떼어 내려고 하자 순식간에 우재는 손을 잡았다. 그것도 깍지를 낀 채로.

"손을 잡으려면 제대로 잡아."

"그, 그게……."

"철판 깔던 한예라는 어디로 갔어?"

"……윽."

"하하. 한예라가 당황할 때도 있군."

그가 크게 웃고선 그녀의 손을 꽉 잡았다. 그러자 그녀의 몸이 움찔 떨렸다. 그게 또 마음에 드는지 연신 꽉 잡았다가 손을 놨다가 반복을 했다. 잠시 운전을 하기 위해 그가 먼저 그녀의 손을 놓자, 예라는 후다닥 자신의 허벅지 위에 손을 올려놓았다.

"넌 앞으로 각오하는 게 좋겠다."

한참 뒤, 우재가 말했다. 그의 목소리가 조금 낮아졌다. 무슨 말이냐는 듯이 예라가 고개를 돌리자, 그녀와 눈을 마주한 우재는 마저 말을 했다.

"난 한예라가 생각하는 것 이상으로 나쁜 놈이라 말이야."

모르는 척 외면을 하려고 했던 여자가 강제로 마음의 문을 열고 들어왔으니, 그 대가는 치러야 할 거다.

그는 속으로 중얼거렸다. 그녀가 치러야 하는 대가.

"난 꽤나 집요한 놈이거든."

질려도 날 버릴 수 없을 거다.

동물원에 가기 딱 좋은 날이다. 화창한 날씨에, 햇살도 그렇게 뜨겁지 않았다.

차에서 내린 예라는 우재의 손목을 잡고 이끌었다. 그러다 어느새 우재가 손을 잡고 예라와 나란히 걷는 꼴이 되었다. 처음에는 당황하던 예라가 결국 웃음을 터트렸다. 권우재와 손을 잡았다! 당장에라도 종현에게 문자를 하고 싶었지만 꾹 참고 그와 있는 시간은 온전히 그에게만 집중을 하기로 했다.

"우재 씨. 마지막으로 동물원 왔을 땐 언제야?"

"어릴 적."

"우와…… 진짜 오랜만이겠다. 참. 동물은? 좋아해?"

그 물음에 우재가 잠시 입장권을 사려고 줄을 서 있다가 뒤를 돌았다. 눈이 마주치자마자 예라는 그 시선에 새삼 심장이 두근거림을 느꼈다. 그는 쓸데없이 웃지 않았다. 그래서 그런지 지금도 무표정이었다.

우재는 예라의 질문에 물끄러미 그녀만 바라보았다. 잠시 고개를 돌린 건, 우재가 표를 살 때였다. 표를 사고 난 후, 예라를 바라보다 대답을 했다.

"별로."

깊게 생각하더니, 내놓은 답은 아주 짧다니. 어쩐지 지극히 권우재다웠다. 저절로 미소가 지어졌다.

오늘은 날도 좋고, 분위기도 좋았다. 거기다가 사랑하는 사람까지. 그래서 예라는 행복했다. 그가 계속해서 무표정을 지어도, 가끔 웃어 줄 것을 알기 때문이다.

"그래도."

입장을 해서 동물원까지 가는 코끼리 열차를 타려고 기다릴 때였다. 뒤에서 들려오는 소리에 뒤를 돌자마자 바로 그의 가슴팍이 보여서 한 발자국 뒤로 물러섰을 때였다. 그녀가 놀란 모습이 좋은지 그는 픽 웃었다. 어차피 무표정으로 다시 돌아갔지만 예라는 똑똑히 보았다. 그가 웃는 모습에, 저절로 미소가 지어졌다.

"새 같은 건 괜찮은 거 같아."

"새? 다른 것도 아니라 새? 왜?"

마침 코끼리 열차가 왔고, 차례대로 탑승을 했다. 나란히 앉자마자 우재가 그녀를 바라보았다. 그녀는 궁금한지 그가 대답을 하기 전에 참지 못하고 다시 입을 열었다.

"조류가 좋다는 거야? 음. 나는 새는 별로더라. 날아다니면 잡기
힘들잖아."

"당신, 새 닮았어."

"뭐어? 내가 새를 닮았다고? 어디가!"

그러다 문득 예라는 스쳐 지나가는 생각으로 인해 입을 꾹 다물
었다. 말없이 그저 바라보기만 하는 우재를 똑같이 바라보다 슬그
머니 고개를 돌렸다. 입꼬리가 너무 올라가서 그 바보 같은 모습을
숨기려고 고개를 숙였다.

그는 동물을 좋아하지 않는다고 했다. 그런데 새는 또 괜찮은 것
같다고 했다. 그리고 예라에게 너는 새를 닮았다고 했다. 그 말은
즉……

'내가, 괜찮다는 거야?'

시끄럽고, 짜증 나는 데다가 제멋대로라고 해 놓고서, 괜찮다고
한다. 그건 어쩌면 권우재에게 있어서 호감의 표시일지도 모른다.
혹은 그 이상.

"날 봐."

심장을 뚝 떼어 가는 것만 같은 낮은 목소리다. 그 저음의 목소
리에 예라는 밖을 보며 아무 데나 손가락으로 가리켰다.

"아. 아하, 아하하. 아하하! 날씨 너무 좋다! 바깥도 괜찮고."

"한예라."

"우재 씨도 봐 봐. 저기……"

"예라야."

순식간에 훅 치고 들어오는 그의 목소리에 귓가가 마비되는 것만

같았다. 머리도 멈춰 버린 것만 같았고, 심장도 마찬가지였다. 비록 다정하게 부르는 건 아니었지만, 나직이 부르는 그 목소리에다가 친근하게 불러 주는 이름에 예라는 입을 들썩이다 결국 꾹 닫았다.

지금 이것만으로도 행복한데…… 혹시나 그가 사랑한다고 하는 그런 말을 듣게 되면 심장마비가 오지 않을까 싶었다.

예라가 대답이 없자 그녀의 반응을 기다렸던 우재는 약간 아쉬웠다. 얼굴이 새빨개진 채로 저를 바라보면, 아마 더 좋을 것 같았다. 아니, 이미 그녀에게 반했기에 더 이상 어떻게 더 반하게 될지 알 수 없었다.

이상할 정도로 그녀가 좋았다. 그저 무관심했고 오히려 짜증 났던 여자에게 이렇게 마음이 확 열렸다. 저에게 무슨 짓을 했는지 가끔은 진지하게 물어보고 싶기도 했다.

"한예라. 이래도 안 봐?"

머뭇거리던 예라가 고개를 들었다. 그녀의 두 뺨이 보기 좋게 물들어 있었다. 그 모습에 우재의 사고가 정지한 순간 열차가 멈췄다. 리프트를 타고 동물원으로 가야 한다고 해서 내린 우재를 따라 예라도 열차에서 내렸다. 내리자마자 우재는 곧바로 예라의 손을 잡았다.

"분하면 너도 이름 불러."

"……우재 씨. 여기서 물어볼 건 아닌데. 나, 하나 물어보고 싶은 게 있어."

"어. 말해."

"저거 먼저 타고."

그러든지. 속으로만 대답을 한 우재는 대답 대신 고개를 끄덕였다. 주말이라 가족 단위로도 많이 왔기에 사람이 붐볐다. 기다렸다가 리프트에 타자마자 예라는 바로 입을 열었다.

"난…… 솔직히 지금 많이 행복해. 현실이 아닌 것도 같고."

"그래."

"우재 씨가 왜 나한테 기간 없는 연애를 하자고 했는지 몰라. 하지만 말이야. 혹시라도, 음."

앞을 바라보던 예라가 잠시 말을 멈추고 웃었다. 무슨 생각을 하는지, 저 작은 머리통에 대체 무슨 생각들이 들었는지 모르겠다. 우재는 그녀의 머릿속을 들여다보고 싶었다. 혼자서 생각하고 삼키는 것 같은데, 다시는 그러지 말고 솔직하게 매번 하던 것처럼 재잘재잘 다 떠들라고 해야겠다.

경고를 줘야겠다. 두 번 다시 혼자서 생각하고 갈무리하는 것은 그만두도록. 솔직하게 말을 하는 것이 한예라의 매력이라는 것도 알려 줘야겠다.

"혹시라도 내가 싫거나……."

"없어."

"응……?"

"그럴 일, 없다."

"하지만……."

"내가 한예라한테 확실하게 말을 해 두지 않아서 잘 모르는가 본데."

그는 답답한지 셔츠 단추를 하나 더 풀었다. 이로써 단추는 두 개나 풀어졌다. 원래 하나를 풀고 왔고, 지금 풀어서 두 개가 풀어지자 그의 쇄골이 보일 것 같았다. 그 섹시함에 아찔한 기분이 들어서 고개를 슬그머니 돌렸다. 그러나 그의 한쪽 손이 그녀의 턱을 잡고 고개를 다시 돌리게 했다. 아예 고정을 시키려는 것처럼 손에 힘이 들어가 있었다.

자신의 턱이 아프지 않은 것을 보면 우재가 그다지 힘을 준 것 같지 않았다. 그 손을 치우려면 언제든지 치우라는 듯이 우재는 선택권을 주고 있었다. 예라가 눈을 아래로 감았다가 위로 치켜뜨자 우재와 시선이 마주쳤다.

"확실하게, 한 번만 말하지."

그 순간은, 시간이 멈춰 버리는 것만 같았다.

"처음 봤을 때라면 몰라. 지난 세 달 동안, 너는 내 관심을 끌기 위해 몸부림을 쳤지."

"……그래. 그건 사실이야. 내가 당신을 먼저 좋아했으니까."

갑작스러운 고백을 하는 와중에도 그는 얼굴색 하나 변하지 않았다. 이래야 권우재지. 새삼스러울 것도 없었다. 그때, 그의 다른 손이 그녀의 뺨에 닿았다. 두근거리는 심장 소리가 그의 손을 통해서 왠지 그에게 전해질 것만 같았다.

"그런데 정말로 넌 내 시야 안에 들어왔어."

"……그……."

"그 순간부터, 넌 나에게서 벗어나지 못해. 오히려 깊숙한 곳에 점점 더 박혀 들 뿐이야. 넌 절대로 벗어날 수 없어."

소유욕 짙은 그 대답에 몸이 움찔 떨렸다. 두려우면서도 두근거리게 만드는, 그의 지독한 목소리에 잠식될 것만 같았다.

"넌 내게 벗어나기엔, 너무 늦었어."

그가 빙긋 미소를 지었다. 그 미소는, 짙은 농도를 띠고 있었다.

9화

무슨 정신으로 동물들을 보고 다녔는지 모르겠다. 오로지 그의 말이 머릿속에 남아서 자꾸만 맴돌고 있었다. 그러나 정작 그런 말을 한 장본인은 아무렇지도 않게 동물 감상을 하고 있었다. 동물을 별로 안 좋아한다는 사람치고는 꽤나 흥미를 가지고 돌아보고 있었다.

이번에는 조류들이 있는 곳으로 왔다. 조류는 어디에 있냐고 하기에 얼굴이 빨개진 예라는 먼저 앞서서 그를 안내했다. 몇 번 와 본 사람으로서 대강 위치는 기억하고 있었기 때문이다. 마치 가이드처럼 안내를 한 예라는 곧 조류가 있는 건물 안으로 들어왔다.

"여기야."

새들이 한꺼번에 울어서 그런지 꽤나 시끄러웠다. 시끄러운 걸 싫어하는 게 맞는지 곧바로 우재의 미간이 일그러졌다. 잘생긴 남자가 인상을 찌푸리며 정말 싫어하는 티를 내는 모습이 묘하게 분위기가 있으면서도 미안해져서 아무래도 빨리 데리고 나가야 할 것 같았다.

예라는 우재의 손목을 잡았다. 그러자 그는 손을 잡았다. 꼭 이런 식이다. 예라가 손목을 잡으면 우재는 곧바로 손을 잡는다. 그것도 그냥 손을 잡는 것이 아니라 꼭 깍지를 꼈다.

"흐음."

"거 봐. 안 닮았지?"

"닮은 것도 같은데."

그는 어깨를 으쓱였다. 그의 대답에 예라는 고개를 가로로 저었다.

"안…… 안 닮았어."

우재의 손을 놓고 가려던 예라는 손을 놓을 수가 없었다. 그가 꼭 잡고 있었기 때문이다. 예라가 천천히 뒤를 돌았다. 남자는 다른 곳을 바라보고 있었다. 그가 바라보고 있는 새는 화려하고 아름다운 새였다. 작으면서도 날갯짓을 세차게 해서 건너편으로 날아가 버리는 새 한 마리. 그는 가만히 그 새를 바라보다 천천히 고개를 돌렸다.

눈이, 마주쳤다.

가끔 이렇게 지긋이 자신을 바라보면, 어떻게 하면 좋을지 알 수 없게 되어 버린다. 그의 진지한 눈빛이 좋으면서도, 그 눈빛을 바로 마주 보고 있자면 가슴이 너무 두근거려서 자꾸만 피하게 된다.

"한예라."

"……오, 왜."

"그만 나가지."

"그, 그래."

우재는 그녀의 손을 잡고 이끌었다. 우재에게 이끌려 밖으로 나온 예라는 가만히 그에게 끌려가다가 다른 동물들에게 정신이 팔렸다. 그래서 가다가 어느새 우재의 손을 놓고 동물을 멍하니 바라보기만 했다.

'아, 사랑스러워.'

동물이 참 좋았다. 특히나 좋은 것은 작은 동물이 아니라 덩치 큰 동물이 더 귀여웠다. 어쨌든, 동물이라는 건 몇 시간이고 바라보고 있다 보면 시간 가는 줄 모르고 바라보게 된다.

그건 지금도 마찬가지다. 길을 걸어가다가 그만 커다란 호랑이에게 한눈이 팔렸다. 스르륵 우재의 손을 놔 버린 예라는 홀린 것처럼 호랑이 앞에 섰다. 느릿하게 움직이는 짐승의 왕을 바라보던 예라는 입꼬리가 슬쩍 올라가고 있었다.

그 모습을 옆에서 비스듬히 보던 우재의 표정은 썩 좋지 않았다. 오히려 마음에 들지 않는다는 듯이 호랑이를 노려보고 있었다. 당장에라도 호랑이를 어떻게 해 보려는 눈빛이다.

"한예라."

"……."

"한예라."

"……."

두 번이나 불렀음에도 그녀는 대답을 하지 않았다. 그저 호랑이를 따라서 몸만 움직일 뿐이다. 왔다 갔다 하는 그녀의 어깨를 세게 잡았다. 그제야 흠칫 놀라며 고개를 든 예라는 우재를 볼 수 있었다. 그는 정말 마음에 들지 않다는 눈빛을 하고 있었다. 무언가 싫다는 듯한 그 눈빛에 처음에는 제가 싫으냐고 물어볼 뻔했다. 그러나 턱으로 호랑이를 가리키며 입을 열었다.

"저 녀석, 계속 볼 건가?"

"……어?"

"마음에 안 들어."

"……설마, 호랑이?"

"그래."

그는 그녀의 대답을 듣지 않은 채 그대로 그녀의 손목을 잡고 이끌었다. 호랑이 우리 앞에서 어떻게든 그녀를 벗어나게 한 우재는 동물원 안에 있는 카페로 들어갔다. 아무 데나 그녀를 앉힌 그는 주문을 한 후 돌아왔다.

어쩐지, 평소 같은 행동이 아니었다. 예라는 몇 번이고 눈을 깜빡였다. 그는 비스듬히 앉은 채, 팔짱까지 끼고서 창밖을 바라보고 있었다. 마음에 들지 않는다는 표정은 여전했다. 대체 뭐가 마음에 안 드는 것일까, 도통 그의 행동의 이유를 찾지 못한 예라는 그가 커피를 가져와도 여전히 앞만 바라보고 있었다. 빨대를 문 채 우재를 바라보던 예라는 천천히 입을 열었다.

"왜 그래?"

"뭐가."

"아까부터 삐친 표정을 짓고."

"그럴 리가."

"아냐. 틀림없어. 아까부터 왜 그래?"

"……."

잠시 입을 다문 우재는 슬쩍 예라를 바라보았다. 그는 시원한 커피를 단번에 들이켠 후, 컵을 내려놓고서 예라를 바라보다 테이블 위에 올려진 그녀의 손을 살며시 잡았다. 그리고 순식간에 힘을 주었다. 갑작스러운 힘에 몸이 움찔 떨렸다.

"난 호랑이만 바라보는 네 모습이 마음에 들지 않다."

"……어…… 그래?"

"그게 무슨 의미인지 알아?"

"그, 글쎄."

어색하게 웃던 예라는 잠시 그의 말을 생각해 보았다. 잠시 생각을 하던 예라는 이유를 알 수 없어서 정말 모르겠다는 표정을 지었다. 결국 낮게 한숨을 쉬던 우재가 거칠게 앞머리를 쓸어 올렸다. 그 모습이 또 지독하게 섹시해서 넋을 잃고 바라보았다. 카페에 있던 사람들의 시선도 다 우재를 향했다.

"넌 나와 협정을 했어."

"……그, 랬지."

"그럼 넌 내 거다."

"어, 어?"

카페에서 갑자기 무슨 말을 하는지 모르겠다. 그 낮은 목소리가 너무나도 노골적이어서 예라의 몸이 움찔 떨렸다. 그리고 곧 알았다. 그가 갑자기 왜 호랑이 우리 앞에서 저를 끌고 갔는지, 바로 답이 나왔다.

질투.

그는 질투를 했다.

사람도 아닌 동물에게 질투를 했다.

"……당신, 설마…… 질투한 거야?"

"그래."

"그, 그러니까 호랑이한테…… 질투를……?"

"애초에."

그가 낮게 한숨을 쉬자 몸이 움찔 떨렸다.

"말했잖아."

그리고 곧 그는 부드럽게 미소를 지었다. 순식간에 그의 표정이 바뀌자 예라의 심장이 멋대로 두근거렸다.

"나는 내 거라고 생각하면 끝도 없이 집착해."

"……."

"경고했잖아?"

그리고 곧 그는 손가락을 움직여서 손가락 끝으로 그녀의 손등을 살살 쓰다듬었다. 그러자 그녀는 몸이 또 저절로 움찔거림을 느꼈다. 지금의 움직임은 너무나도 에로틱했다. 그의 눈에는 짙은 무언가가 있었다. 예라는 그의 눈동자에서 시선을 뗄 수가 없었다. 너무나도 강렬해서 도저히 눈을 떼면 안 될 것 같았다.

"당신은……."

"그래."

뭐든 말해 보라는 듯이 그는 그녀를 바라보았다. 뭐든 다 대답해 주도록 하지.

무표정한 그는 왠지 그녀의 말은 뭐든 들어 주려고 하는 것처럼 보였다. 잠시 눈을 깜빡이던 예라는 잠시 망설이다 고개를 저었다.

'당신은 나를 좋아하는 거야? 그래서 소유욕을 가지는 거야?'

하지만 어떤 대답이 나올지 두려워서 예라는 입을 다물어 버렸다. 궁금한 것을 굳이 전부 다 해소할 필요는 없었다. 궁금한 것은 그냥 마음에 둬야 할 것 같았다. 그저 가지고 싶은 거라서 소유욕을 가질 수도 있었다. 좋아해서 그런 게 아닐 수도.

그저 호감만이라면…… 호감에 그친다면, 많이 슬플 것이다.

"뭔데. 뭐든 말해."

"……아니. 이제 쉬었으면 다시 나가자."

"……."

"왜? 안 갈 거야?"

"질투 따위를 하게 될 테니까."

그는 이제 당당하게 말을 했다. 어깨를 으쓱이는 그 모습에 예라는 할 말을 잃었다. 그리고 조금 뒤, 그녀는 쿡쿡 웃었다. 밉살맞은 웃음소리에 우재는 고개를 들었다. 마저 남은 커피를 마시던 그녀는 일어나서 우재의 앞에 섰다.

"가자. 응? 구경하면 재미있잖아."

"별로."

"에이. 빤히 쳐다보지 않을게."

"그게 문제가 아닐 텐데."

"그럼?"

"한예라가 나만 봐야 하거든."

그의 질투는 실로 어마어마했다. 다른 것을 바라보면 안 된다고 하고 있었다. 어린애 같은 대답이지만 어쩐지 오로지 한 사람만 바라보는 것만 같아서 좋았다. 비록 그게 완전한 사랑이라는 감정이 아니라서 조금은 섭섭했지만…….

"그, 그래도…… 동물원 왔으니 보고 가자. 응?"

그녀는 나름대로 애교를 부려 보았다. 평소 안 하던 행동을 나름 연애를 한답시고 했더니 통하지 않았는지 그는 무표정 그대로였다. 하나도 변하지 않는 표정에 예라는 뭔가 아쉬웠다. 그러나 어색한 공기만 흘러가는 것 같아서 곧 후회했다. 다시는 이러지 말아야지.

"……따라와."

그가 잔뜩 내려앉은 목소리로 그녀의 팔목을 잡고 이끌었다. 어딘가로 급하게 그녀를 끌고 가던 그는 어떤 동물 앞에 섰다. 곧 그는 마른세수를 했다. 좋아하는 동물이 눈앞에 있지만 예라의 시선은 우재에게로 향해 있었다.

그는 그녀의 시선을 느꼈는데도 모른 척 다른 곳을 보았다.

"우재 씨?"

"……."

"우재 씨. 왜 그래, 갑자기?"

"……."

그가 아무런 말도 하지 않자 장난을 치고 싶었던 예라는 고개를 숙여서 그를 바라보았다. 그러자 그의 얼굴이 돌아갔다.

'뭐야…… 이 남자. 진짜 의외로 귀엽잖아?'

무슨 속인지는 모르겠으나 그는 그녀의 얼굴을 제대로 보지 못했다. 혹시나, 그 애교가 통한 건가 싶었다. 한참을 그렇게 바라보자, 그는 결국 낮게 한숨을 쉬었다.

"다시는 그러지 마."

그의 단호한 말에 예라는 고개를 갸웃거렸다. 왜? 그러자 그는 드디어 그녀를 제대로 보았다. 그리고 조금 뒤, 그의 팔이 서서히 올라왔다. 이내 턱, 그녀의 머리 위에 커다란 손을 얹었다.

"······응?"

"아직은 다 말해 주고 싶지 않군."

"그게 뭐야······."

"실컷 동물이나 봐."

정말 알 수 없다는 생각이 들었다. 계속 물어서 답을 얻어 내고 싶었지만 예라는 더 이상 묻지 않기로 했다. 이번 건 물어봤자 대답이 돌아오지 않을 것 같았다. 아직은 말을 해 주고 싶지 않다고 하는 것을 보면 분명 나중에 말을 해 줄 것이다.

'그나저나······.'

오늘은 꽤나 권우재답지 않은 모습을 많이 봤다. 어색하긴 해도 새롭고, 소유욕을 주장하는 그는 어딘가 꽤나 섹시해 보였다. 그의 감정이 뭐라고 해도 좋으니, 이대로 쭉 이어져도 좋다는 생각이 들었다.

"저기, 우재 씨."

"왜."

"우재야."

"······."

"우재야아."

"그만."

뭐야. 내 애교도 꽤 통하잖아?

그녀는 어깨를 으쓱였다. 이내 다른 동물을 보기 위해서 다른 곳으로 향했다. 그의 시선은 자연스럽게 그녀에게로 향해졌다.

그녀는 항상 원피스를 즐겨 입었다. 몸에 적당히 맞는 원피스를 입기도 했고, 몸에 딱 달라붙는 원피스를 입기도 했다. 원피스는 그녀에게 정말 잘 어울렸다. 그게 귀엽기도 하고 예쁘기도 해서 자꾸만 바라보게 된다.

그래서 그녀를 바라보다 보면 그녀는 미소를 짓는다. 그 미소는 우재가 그녀를 보고 반하게 된 미소였다. 그래서 계속해서 바라보게 되고, 바라보다 보면, 점점 더 다가가게 되고, 알 수 없는 욕망이 들끓는다.

"한예라."

"왜 자꾸 불러."

"이리 와."

그녀의 팔목을 잡고 이끌었다. 그가 잡은 손목 쪽이 뜨거운 것 같았다. 아니, 뜨거운 건 그의 손인가. 예라는 눈을 깜빡이다 고개를 들어서 그의 뒷모습을 바라보았다.

날이 좋아서 데이트를 하기 딱 좋은 날.

예라는 그 생각에 희미하게 뺨이 물들었다. 이렇게 별로 좋아하지 않는 동물원을, 자신을 위해서 와 준 우재가 좋았다.

"있잖아, 우재 씨."

"……."

그는 대답하지 않았다. 대신 걸음을 멈췄다. 지금 보니 그는 일부러 거칠게 그녀를 끌고 다니기는 하지만, 동물을 좋아하는 그녀에게 여기 있는 동물들을 다 보게 하려는 것 같았다.

거칠면서도 세심한 행동에 예라는 눈을 깜빡이다 결국 키득거리며 웃어 버렸다. 정말로, 솔직하지 못한 사람이라니까. 반면 그 점이 귀여웠다. 원래 이런 남자였나.

'이 남자를 놓친 과거의 그 여자는 바보야.'

이렇게나 다정하고 배려심도 깊은 남자인데, 왜 박종현 따위를 좋아한다고 했는지 모르겠다.

"우재 씨. 나도 슬슬 당신을 이름으로 불러 볼까?"

"해 봐."

"우재야."

"……"

"근데 우재야. 나는 아르마딜로는 별로…… 사막의 짐승 같아서."

그러자 그가 말없이 그녀를 데리고 다른 곳으로 향했다. 이번에는 토끼들이 있는 곳으로 향했다. 토끼의 냄새가 강했다. 그의 미간은 곧바로 일그러졌지만 토끼에 넋을 잃은 그녀를 보며 남몰래 조용히 낮게 한숨을 쉬었다.

"저기, 있잖아."

"그래."

스테이크를 먹던 예라가 말을 걸었다. 말없이 먹기만 하던 우재가 대답을 했다.

항상 두 사람의 식사 자리는 조용했다. 주로 말을 꺼내는 건 예라였고, 우재는 그저 그녀의 말에 대답을 해 주는 정도였다.

오늘도 마찬가지로 예라가 먼저 입을 열었다. 그래서 우재는 예라의 말에 대답을 해 주었다. 예라는 그것만으로도 괜찮았다. 무시하지 않는 것만으로도 어딘가 싶었다.

"묻어 두려고 했는데, 진짜 궁금해서."

"뭐든 말해."

"이건 뭐, 식사 중에 할 이야기는 아닌데 말이야."

우재는 고개를 끄덕였다. 그 말에 예라는 입을 들썩이다 잠시 와인으로 입을 축였다. 목이 말랐다. 아무리 뻔뻔한 한예라라도 이런 말을 아무렇지도 않게 할 수 없었다.

아까부터 말을 하려고 했었지만, 그래도 그냥 넘어가려고 했다. 그러나 제대로 듣지 않으면 이대로 가다가 계속해서 오해를 할 것 같았다. 계속해서 괜한 기대를 가지면, 나중에 받을 상처는 감당이 되지 않을 것이다.

"아까 동물원에서 말이야. 그…… 당신이 한 행동 말인데."

"그래."

그는 아무렇지도 않게 스테이크를 먹고 있었다. 괜히 긴장이 되는 쪽은 예라였다.

'아, 정말…….'

예라는 다시 와인을 한 모금 더 마셨다. 잠시 그 행동을 바라보던 우재는 피식 웃었다. 대체 무슨 말을 하려고 저렇게 안절부절못하는 건가 싶었다.

"저기. 혹시 날 좋아해?"

그녀는 망설이다 거침없이 물었다. 그러자 다시 스테이크 조각을 입에 넣으려던 우재의 손이 멈췄다. 잠시 멈춰 있던 그 손은 다시 움직였다. 아무렇지도 않게 한 조각을 먹던 우재는 긴장을 하고 있는 그녀를 바라보다 와인을 한 모금 마셨다. 그녀는 그가 말을 할 때까지 움직이지 않을 생각인지 그대로 가만히 있었다.

"아마도."

"……."

"그럴지도 모르겠다."

"……에? 그럴지도 모르겠다, 라니."

예라가 실망스럽다는 표정을 지었다. 우재는 식기를 내려놓고서 아예 관찰을 하듯이 그녀를 바라보았다. 그러자 그 시선이 민망해 시선을 내렸던 예라는 다시 고개를 올려 시선을 다시 그를 향한 채 말을 이었다.

"그게 뭐야. 자기 마음인데 확실하게 몰라?"

그녀의 말에 잠시 생각에 잠겼다. 한참 후, 그는 와인 한 모금을 마신 뒤에야 입을 열었다.

"그저 너를 가지고 싶다고 생각했다."

"……난 물건이 아니야."

"알아. 하지만 그렇게 생각했지. 그런 생각이 들 무렵, 그저 소유욕일까 생각했어."

분명 그랬었다. 저 여자를 온전히 가져야겠다, 라고 생각을 했을 때였다. 그때 생각이 난 것은 그녀가 짓던 미소였다. 어떤 상황이어도 밝게 웃는 그 모습이 떠올랐다. 이상할 정도로 잔상이 가득 남아서, 그래서 이건 뭔가 싶었다.

그리고 드는 생각.

그 여자의 미소는 예쁘다. 그리고 사랑스럽다.

그 생각이 들었다. 그래서 그냥 단순한 소유욕은 아니었다는 걸 알았다. 그렇다면 결론적으로 이건 무슨 감정일까.

'사랑이라고 깨달았지.'

하지만 사랑을 바탕으로 한 그의 마음속에는 이미 그가 가진 집요한 소유욕과, 집착과 질투, 욕망이 짙게 깔려 있었다.

"단순한 소유욕치고는 한예라가 예뻐 보였고, 사랑스러워 보였지."

"……윽."

결국 예라는 그 말을 더 이상 듣고 있을 수가 없어서 우재의 입을 막아 버렸다. 그러자 우재가 잠시 무표정으로 예라를 바라보았다. 예라는 빨개진 얼굴을 한 채 우재를 노려보고 있었다.

그렇게까지 자세히 말을 하지 않아도 되는데, 왜 그렇게까지 말을 하나 몰라.

속으로 중얼거리던 예라는 곧 더욱더 빨개진 얼굴로 화들짝 놀란 채 손을 떼어 냈다. 무언가 부드러운 게 손바닥에 정확히 닿았다가 떨어졌다. 그것은 틀림없이…….

"이봐, 한예라."

"……오, 왜."

예라는 턱을 괸 채 고개를 돌렸다. 더 이상 우재를 똑바로 바라볼 수가 없었다. 계속해서 바라보면 더욱더 사랑에 빠질 것 같았다. 이 이상 빠졌다간, 심장에 무리일 것 같았다.

"이런 게 사랑인가?"

그러자 예라는 테이블 위로 엎어졌다.

"대답은?"

"……그…….."

망설이던 예라는 천천히 고개를 들었다. 그는 무표정이지만 또렷하게 예라를 바라보고 있었다.

'아, 오늘의 데이트는 정말…….'

……성공이다.

아마 이대로 집에 가면 잠도 안 올 것 같았다. 너무 행복했으니까.

"……그런 걸…… 사랑이라고 해."

맙소사. 정말로 권우재는 한예라를 사랑하고 있단 말인가?

그는 예라의 기어들어 가는 목소리에 대답을 했다. 목소리에는 즐거운 기운이 가득 차 있었다.

"그렇다면."

그는 슬며시 입꼬리를 올렸다. 본인도 모르는 미소였다. 아마 지금 자기는 미소를 짓고 있다는 것도 모르고 있을 것이다.

"나는 사랑을 하고 있나 보군."

예라는 우재를 똑바로 바라보지 못했다. 빨개진 얼굴을 하면서도 행복하다는 듯이 미소를 짓고 있었다. 우재는 그런 예라를 가만히 바라보았다. 그는 희미하게 미소를 짓고 있었지만 눈빛만큼은 빛나고 있었다.

그의 눈빛이 무언가의 감정으로 인해 짙어지고 있었다.

"그러니까 말이야. 나를 사랑한다고 했어."

— ……응…… 근데, 야…….

"나 진짜 행복해서 죽을 것 같아."

— ……네가 행복해서 죽어도…… 상관은 없는데…….

"응?"

— 나까진 죽이지 말아 줘어어어…….

기어들어 가는 목소리에 예라는 멋쩍게 웃었다. 지금 시간은 밤 12시가 막 넘은 시간이다. 누군가에게는 아직 잠들지 않는 시간일 수도 있지만, 다른 누군가는 깊이 잠이 든 시간일지도 모른다.

거기다가 촬영으로 인해 거의 밤을 새운 종현에게 지금은 꿀잠을 잘 수 있는 시간일지도 모른다. 그걸 예라는 깨웠고, 누나라고 받긴 받았지만 정말 단잠을 자고 있었는지 얼른 끊어 버리고 싶어 하는 기색이 역력했다.

커플의 전화 따위……. 중얼거리던 종현은 결국 잠을 이기지 못했는지 나중에 다시 해, 중얼거리고서 전화를 끊어 버렸다.

"에이, 뭐야."

예라는 평소 저보다 먼저 전화를 끊는 사람을 좋아하지 않았지만 입이 쫙 올라가라 웃고 있었다. 그녀는 행복하다는 듯이 웃으며 침대 위에 드러누웠다.

싱글벙글 웃으며 예라는 갤러리 안으로 들어섰다. 그러자 앉아서 무언가를 정리하던 승희가 고개를 들어 예라를 바라보다 벌떡 일어났다.

"관장님, 안녕하세요. 오늘은 더 좋아 보이시네요."

"안녕, 승희 씨. 좋은 아침이에요."

"어제 좋은 일 있으셨나 봐요."

승희의 말에 예라는 곧바로 고개를 끄덕였다. 물론이지. 속으로 대답을 했을 뿐, 겉으로는 고개를 끄덕이고 있었다. 정말로 행복해 보이는 그 표정에 승희는 궁금해져서 냉큼 물었다.

"무슨 일인데요?"

"무슨 일이냐면 말이죠."

예라는 기쁜 표정으로 사랑 고백 비슷한 걸 간접적으로 받은 것을 말하려고 했다. 그때 갤러리 문이 열리고 첫 손님이 들어왔다. 예라는 승희와 함께 친절하게 인사를 한 후, 다시 승희에게 몸을 돌렸다.

"어제, 고백 비슷한 걸 받았거든요."

"에? 우와! 정말요?"

"응. 너무 티 나나?"

"많이요. 그래도 관장님, 처음으로 보는 행복해 보이는 표정이네요."

승희의 말에 예라는 부끄럽다는 듯이 조용히 미소를 지었다. 그때 처음으로 들어온 손님이 예라와 승희를 바라보았다. 조용한 갤러리에 목소리가 너무 컸나 싶어서 예라는 멋쩍게 미소를 지으며 처음으로 온 손님에게 다가갔다.

그 손님은 젊은 층은 아니고, 나이가 있는 우아한 귀족 부인 느낌이 나는 중년 부인이었다. 중요한 전시회가 끝나서 한가하니까 손님을 일일이 상대해 줄 수도 있는데 너무 들떠서 본분을 잊었다.

"죄송합니다. 제가 어제 너무 기쁜 일이 있어서……."

"아닙니다. 들어 보니, 아가씨한테 좋은 일이 있던 것 같던데……."

"어휴, 죄송해요. 목소리가 너무 컸죠? 사실은, 애인이 어제 저한테 사랑 고백을…… 아하하. 너무 주책이었죠? 꿈에도 그리던 일이어서 그만……."

그렇게 말을 하던 예라는 중년 부인을 보았다. 조용히 미소를 짓는 모습과 전체적인 분위기가 누군가를 떠올리게 만들었다. 잠시 예라는 중년 부인을 바라보다 고개를 갸웃거렸다. 그러자 다정하게 미소를 짓던 중년 부인이 입을 열었다.

"왜 그러나요?"

"아, 죄송해요. 초면인데 너무 빤히 바라봤네요. 그게…… 여사님하고 누구하고 닮은 것 같아서요."

"그래요? 누구를 닮았을까나."

"음. 제가 착각한 것 같아요. 죄송해요."

예라는 어색하니 미소를 지었다. 잘 관람하라는 말을 남기고서 다시 승희가 있는 쪽으로 왔다. 계속 자신을 쳐다보는 중년 부인의 시선을 느끼며 승희의 옆에 앉아서 같이 일을 하고 있다가 문득 생각난 얼굴에 천천히 고개를 돌려 그 중년 부인에게로 향했다.

'어…… 잠깐만.'

무표정이지만 가끔 미소를 지을 때 보여 주는 다정함이 닮아 있었다. 물론 중년 부인 쪽은 항상 미소를 짓고 있었다. 그러나 보여 주는 미소는 틀림없이 닮아 있었다.

'저 여사님을 보면…… 우재 씨가 떠올라.'

예라가 벌떡 일어났다. 의자가 드르륵 밀리는 소리가 갤러리 안을 가득 채우자 중년 부인이 예라를 돌아보았다. 예라는 황급히 중년 부인의 앞으로 허둥지둥 달려갔다.

"으아…… 저, 혹시……."

"무슨 일이시죠?"

"그……."

"……."

"혹시, 우재 씨의⋯⋯."

그러자 중년 부인이 부드럽게 미소를 지었다.

"호호. 이제야 알아봤나요?"

"아⋯⋯ 이런, 죄송해요. 제가 그⋯⋯. 아하하. 처, 처음 뵙겠습니다. 한예라라고 합니다. 아, 잠시만요."

예라는 황급히 승희가 건네주는 명함을 받아서 정중하게 중년 부인, 우재의 어머니인 강 여사에게 내밀었다. 명함을 받은 강 여사는 명함을 바라보다 고개를 끄덕였다. 자신을 물끄러미 바라보는 강 여사를 보고 자신과 이야기를 나누길 원한다는 걸 알아차린 눈치 빠른 예라는 승희와 몇 마디 말을 나누더니 강 여사에게 다시 돌아왔다.

"어, 음⋯⋯ 어머니⋯⋯ 이렇게 불러도 될까요?"

"편한 대로 해요."

"어머니. 그럼 요 앞에 커피가 맛있는 카페가 있는데 같이 가실래요?"

"그래요. 그럼."

역시나, 미소를 짓는 모습이 닮아 있었다.

예라는 강 여사와 함께 갤러리 바로 앞에 있는 카페로 향했다. 젊은 사람이 하는 개인 카페인데, 커피가 꽤 맛있었다. 함께 카페로 들어가서 자리를 잡았다. 예라는 자주 카페를 이용했기에 카페 주인과도 아는 사이였다. 강 여사의 커피 취향을 물어 주문을 한 뒤 돌아와서 강 여사의 앞에 앉았다.

"정말 우재 씨하고 닮았어요. 웃는 부분이, 너무 다정하거든요."

"다정이라⋯⋯. 우리 아들이 다정하다는 말은 아가씨에게서 처음 듣네요."

"에이, 정말 다정해요. 제가 먼저 뵈었어야 했는데……. 참. 말 편하게 하세요."

"으음. 그래도 될까?"

배우인 어머니 박나경과는 다른 느낌이 들었다. 나경은 항상 화려한 느낌이다. 여배우여서 그럴 수도 있지만, 원래 성격이 활발해서 화려한 스타일을 좋아하는 것 같았다.

반면 강 여사는 단아한 분위기에다가 우아한 느낌을 주고 있었다. 분위기는 분명 안 닮았는데, 두 사람이 모자(母子) 관계라는 것은 확실히 알 수 있었다.

"한번 만나고 싶었어. 아들이 누군가를 만난다고 한 적은 처음이어서……. 어떤 아가씨일까, 나랑 남편과 같이 생각했었거든. 우리 아들은 대체 어떤 아가씨를 좋아하는 걸까."

"그랬군요."

"이렇게 발랄한 아가씨라니. 거기다 본사에 걸린 그림을 그렸다기에 나도 모르게…… 연락도 없이 찾아왔네. 놀라게 했다면 미안해요."

"아, 아니에요. 놀라기는 했는데, 괜찮아요."

"지금도…… 우리 아들 만나고 있는 거 맞죠?"

예라는 그 질문에 미소를 지으며 고개를 끄덕였다. 불그스름하게 물든 뺨은 영락없는 사랑에 빠진 소녀였다.

"거기다…… 아까 듣자 하니, 우리 아들이 아가씨에게……."

"아, 아하하…… 하하……. 그게……."

민망해서 뺨만 긁적였다. 정말, 사랑에 빠져서 어쩔 줄 모르는

10대 소녀 같은 모습을 보이고 말았다. 30대에 10대 같은 모습이라니. 예라는 커피를 한 모금 마신 뒤, 긴장을 풀기 위해 입을 열었다.

"어머니. 다음에 식사해요. 우재 씨도 같이요."

"그럴까?"

"그래요. 제가 날짜 잡을게요! 어머니 앞에서 이런 말을 하기가 그렇지만, 우재 씨는 절대로 잡으려고 하지 않을 것 같아요. 그래도 제가 정하면 따라 주는 게 얼마나 고마운지……."

예라의 말에 강 여사가 미소를 지었다. 재잘재잘 무언가를 연달아 이야기하는 그 모습에 흐뭇하게 미소를 짓고 있다가 테이블 위에 있는 그녀의 두 손을 감쌌다. 잠시 떠들던 예라가 말을 멈췄다.

"우리 아들, 좋게 봐 줘서 고맙단다."

오로지 일만 하는 아들이 걱정되었다. 부모의 행복은 무엇보다도 자식이 좋은 배우자를 만나서 행복하게 사는 것이다. 하나밖에 없는 아들이 그러기를 얼마나 바랐던가. 그러나 일만 하고, 여자는 만나지 않는 아들이 너무나도 걱정이 되었다.

아무리 선을 보라고 해도 만나지 않더니, 친구의 소개라고 하니 곧바로 말을 들었다. 그저 부모의 등쌀에 못 이겨서 만나는 줄로만 알았는데…….

"다음에, 꼭 식사 한번 해요."

예라가 마음에 들었다. 이제야 안심이 된 강 여사는 안도의 마음을 가졌다.

10화

갤러리 문을 일찍 닫고 나선 예라는 익숙하게 차를 몰고 어딘가로 향했다. 30분을 걸려 도착한 곳은 우재의 회사였다. 멀리서 보이는 회사에 예라는 싱글벙글 웃음을 지우지 못했다.

매일 하루하루가 즐거워지는 기분이 들었다. 어제보다 다른 새로운 기분.

예라는 회사 주차장도 이제는 자연스럽게 쓰고 있었다. 경비도 이제 아는 얼굴인 데다가 예라가 회사에서도 거의 공식적으로 우재의 애인이라고 소문이 나 있어서 그녀가 마음대로 드나들어도 별말은 없었다.

물론 외부인이 마음대로 왔다 갔다 하면 보기에도 안 좋겠지만 그녀는 항상 밝은 표정으로 인사를 꼬박꼬박 하고 보이는 사람들과 짧게나마 이야기를 나눈다. 처음에는 그걸 안 좋게 생각하는 사람

도 있었지만, 그녀의 페이스에 말려들다 어느새 좋은 인상을 가지
게 되었다.

"이 영화를 좋아해야 하는데."

오늘, 우재의 퇴근 후에 간단한 식사 후 영화 한 편을 보기로 했
다. 예라는 당연하다는 듯이 영화 예매를 했다. 그가 좋아하는 영
화는 딱히 없었지만, 그는 시끄러운 것을 좋아하지 않았다. 그렇기
에 시끄러운 액션은 피해서 예매를 했다.

곧 10층에 도착했다. 우재가 있을 이사실 앞에 도착했다. 비서에
게 인사를 한 예라는 안으로 들어가지 않고 기다렸다. 이제는 제멋
대로인 모습을 보이고 싶지 않고 좀 더 좋은 모습을 보이고 싶었다.

특히 우재의 어머니 강 여사를 만나고 나서는 조금 생각이 달라
졌다. 우재에게 잘 어울리는 여자가 되고 싶었다.

"저…… 들어가 보셔도 되는데."

"괜찮아요. 오늘부터 기다리려고 해요."

우재에게 방해가 되지 않도록 조용히 말을 했다. 그녀에게 커피
를 건넨 뒤, 할 일을 하는 비서를 보고 예라도 핸드폰을 꺼내서 최
신 뉴스 등을 살폈다. 우재가 나온 건 그로부터 30분 뒤였다.

"퇴근하세요."

그리고 지나치려다 소파에 앉아 있던 예라를 발견하고 곧바로 멈
췄다. 우재는 무표정을 짓고 있었다. 그러나 눈이 깜빡이는 걸로 봐
서는 당황한 것 같았다. 예라는 벌떡 일어나서 우재의 앞에 섰다.

"끝났어?"

"……한예라?"

"당신 일찍 보려고 미리 왔어."

그녀가 어깨를 으쓱이며 대답을 했다. 예라의 모습을 마치 홀린 것처럼 바라보던 우재는 천천히 그녀의 앞으로 다가가서 아무런 말도 하지 않고 그녀의 손을 잡아끌었다. 예라는 허둥지둥 비서에게 인사를 하고서 그의 뒤를 따랐다. 그는 저를 힐끔 바라보는 그녀와 눈이 마주치자마자 입을 열었다.

"뭐 타고 왔지?"

"아, 나? 당연히 내 차 타고 왔지. 영화 한 편 보기로 했잖아. 내가 예매해 놨어."

"……."

"왜 그래?"

"한예라. 너 말이야."

무언가 답답한지 우재가 낮게 한숨을 쉬었다. 그 모습에 예라의 몸이 움찔 떨렸다. 무언가 잘못을 한 건가 싶었다. 예라는 우재의 눈치를 살폈다. 그에게 잘 보이고 싶었는데, 잘못한 게 있다면 바로 고치고 싶었다. 전처럼 제멋대로 할 순 없었다.

"내가 말하지 않았나."

"……무엇을……."

"남자의 자존심을 생각하라고 했을 텐데."

남자의 자존심.

그 말에 예라는 우재가 무엇을 말하는지 처음에는 알아차리지 못했다. 그러나 생각해 보니 보통 데이트에서 남자가 해야 할 일을 예라가 죄다 했다. 여태 그랬다. 그는 그게 마음에 들지 않았나 보다.

이제 뭐든 해 주고 싶은 건 우재였다. 그러나 그런 일을 오히려 예라가 다 해 주니, 그저 받기만 하는 것 같아 불만이다.

"네가 하던 건, 앞으로 내가 한다."

"어…… 하지만……."

"네 차에 타라고 할 생각이겠지?"

"그……."

예라는 입을 들썩이다 다물었다. 이내 결국 고개를 끄덕였다. 예라의 대답에 그럴 줄 알았다는 듯이 우재는 낮게 한숨을 쉬었다. 잘못한 일은 없는데 무언가 크게 잘못을 한 기분이 들었다. 그래서 잠시 움츠러들어 있다가 지하 주차장에 도착하자마자 예라는 크게 마음을 먹은 표정을 짓고서 우재를 잡아 이끌었다.

방심한 사이에 그녀에게 이끌린 그는 얼떨떨한 표정이 되었다. 그리고 곧 도착한 그녀의 차 앞에서 다시 무표정을 보였다. 예라는 그 표정을 보지 않으려고 고개를 돌리며 운전석 문을 열었다. 문이 열리자마자 일은 순식간에 일어났다.

"……에……?"

우재는 차 키를 뽑고서 예라를 밀어 낸 뒤, 운전석에 올라탄 후에 예라가 다치지 않도록 조심스럽게 문을 닫았다. 어처구니가 없다는 듯이 우재를 바라보던 예라는 어쩔 수 없이 조수석에 올라타 우재를 바라보았다. 그는 그녀의 시선을 모른 척하고 시동을 걸었다.

"저기, 우재 씨."

"……."

"야아. 우재야."

"할 말, 있나?"

그가 고개를 돌려서 그녀를 바라보았다. 저렇게 항상 두 눈을 마주할 때면 몸이 저절로 굳어서 움직일 수 없는 것만 같았다.

"그리고 그거 참 좋군."

"……뭐가……."

"이름 불러. 한예라."

"……."

"영화관은 어딘데."

예라는 말없이 내비게이션만 눌렀다. 여기서 그렇게 멀지 않은 영화관이다. 우재는 힐끔 예라를 바라보다 차를 출발시켰다.

"한예라."

"그만 불러."

"삐쳤나."

"……누가?"

"이런 건 항상 네가 할 필요는 없는데."

"그건 알지만, 그래도……."

이렇게 제가 하지 않으면 우재가 해야 한다. 만약 우재가 이런, 데이트 준비를 하는 걸 귀찮아한다면 어떨까. 그 생각에 저절로 몸이 움직였다. 먼저 좋아해서 지속적으로 귀찮게 군 것은 자신이다. 이제야 겨우 우재가 자신의 마음을 받아 주었는데.

그 생각을 하니, 어느새 자신이 모든 준비를 하고 있었다. 그것은 전혀 귀찮지 않았다. 오히려 데이트란 생각에 기분이 좋아져서 기쁘게 준비를 할 수 있었다. 그러면서 권우재 생각도 한 번 더 할 수 있어 좋았다.

우재가 싫어하지 않았으면 좋겠다. 이제 더 이상 그를 귀찮게 할 수는 없었다. 겨우 열어 준 마음인데, 그걸 제 스스로 실수를 해서 닫히게 만들어서는 안 되었다.

"내일."

"……응?"

"내일 저녁 같이하지."

"으응."

내일은 뭐 먹을까. 근처 간단하게 일식집을……

"내가 가고 싶은 데 갈 거니까 넌 아무것도 하지 마."

우재의 단호한 말에 예라의 머릿속이 잠시 멈췄다. 이내 어색하게 웃으며 고개를 끄덕였다.

영화관에 도착해서 표를 받은 후, 잠시 앞에서 기다렸다. 영화 끝나고 나서 저녁을 먹기엔 시간이 늦을 것 같았다. 10시쯤 될 것 같은데, 저녁을 이 근방에서 먹기엔 늦은 시간까지 여는 삼겹살집밖엔 기억이 나지 않았다.

"저기, 우재 씨."

그러자 그가 혀를 차는 소리가 들렸다. 쯧. 또 뭘 잘못했나? 살그머니 고개를 올려 그를 보았다. 그는 여전히 앞만 보고 있었다.

"있잖아. 영화 끝나고 뭐 먹을래?"

우재는 할 말이 있어 보였지만 말을 하지 않았다. 그가 말을 해주기를 기다리던 예라는 그가 말을 하지 않아서 먼저 말을 꺼냈다. 그러자 우재의 고개가 돌아갔다. 예라를 바라보던 우재는 눈을 가늘게 떴다.

'마음에 안 들어.'

이름을 부르라고 해도 장난칠 때만 부르지, 평소에는 부르지도 않는다. 오히려 그게 거리감이 느껴졌다.

한 번 마음이 개방되고 나니, 거침없이, 속절없이 빠져들고 있었다. 그렇기에 조금 더 가까워지고 싶었다. 그래서 그녀의 이름을 서슴없이 불렀었다. 그러나 그녀는 그렇지 않았다. 친구처럼 느껴진다며 끝내 거절을 했다. 장난할 때처럼 부르면 얼마나 좋을까.

거기다 그녀는 자신의 눈치를 너무 봤다. 초반에는 눈치고 뭐고 아무것도 없었는데, 왜 요즘에는 그럴까. 당당한 한예라가 좋았다. 오늘, 회사에 왔음에도 얌전히 기다리는 것도 마음에 들지 않았다. 재잘재잘 떠드는 그녀가 좋았는데, 이제는 필요한 말 이외에는 재잘재잘 떠들지도 않았다.

'왜 그러지.'

그는 눈을 가늘게 뜬 채 그녀를 관찰하듯이 바라보았다.

그 시선이 어쩐지 부끄럽기도 한 예라는 시선을 아래로 내렸다. 그러나 견딜 수 없어서 고개를 벌떡 들었다.

"으앗."

그리고 우재의 코와 자신의 코가 스쳤음을 알아차렸을 때는 아예 일어나 버렸다.

"우, 우재 씨."

"한예라. 앉아."

"으, 응."

두근거리는 마음을 진정시키기 위해 애를 쓰며 자리에 앉았다. 옆에서 느껴지는 노골적인 시선에 정말로 견딜 수가 없었다. 고개를 팩 돌려서 우재를 똑바로 바라보았다.

"할 말 있어?"

"별로."

"그런데 왜 시선이……."

"그냥."

그가 어깨를 으쓱였다.

"보고 싶어서 본 것도 안 되나?"

"……윽."

"한예라."

"왜, 왜."

그가 무심하게 부르는 저 목소리에도 자꾸만 심장이 떨렸다. 예라는 주체할 수 없는 심장박동에 대화가 끝나면 화장실이라도 가야겠다는 생각을 했다. 그때, 귀에 말도 안 되는 말이 들려왔다.

"떠들어 봐."

느릿하게 눈을 감았다가 떴다. 지금 무슨 말을 들은 걸까. 제 귓가에 들린 말이 한국말이 맞는 건가. 아니면 떠들라는 말에는 자신이 아는 뜻 외에 새로운 뜻이 있던가. 예라는 고장 난 기계처럼 천천히 고개를 돌렸다. 여전히 저만 지긋이 바라보는 우재의 시선에, 결국 입을 들썩이다 한숨을 쉬었다.

"……안 되겠어."

"뭘?"

"평소에는…… 당신의 말에 담긴 의도를 알아들었어도, 지금 그 말은 좀처럼 알아들을 수가 없어."

"……평소에 내 말의 뜻을 알아들었다고?"

"응. 좋아하니까 관심을 가지면 쉽게 알아들을 수 있……. 어휴. 나, 뭐래니."

예라의 두 뺨이 불그스름하게 물들었다. 지금 한 말이 부끄러워서 견딜 수가 없었다. 두 뺨을 감싼 채 벌떡 일어나서 화장실, 이라고만 말을 한 채 그대로 화장실까지 달려갔다. 아무 칸이나 들어가서 벽에 기대었다.

"생각 좀 하고 내뱉자. 생각 좀 하고……."

항상 그냥 하고 싶은 말을 해서 문제였다. 그런 저를 받아 준 우재에게 또 고마움을 느낀다. 이런 제멋대로인 여자임에도 사랑하는 것 같다고 해 주었다. 확실하게 단언한 것이 아니어도 좋았다. 그 정도라도 예라는 뛸 듯이 기뻤으니까.

화장실에서 떨리는 마음을 진정시킨 후, 예라는 손을 씻기 위해 세면대 앞에 섰다. 아직도 두 뺨은 상기되어 있었다. 어떻게 보면 술 한잔 걸친 사람 같았다. 손을 씻고 나오자마자 바로 앞에 서 있는 우재를 보고 놀라 그대로 멈췄다.

"하나 문제를 내지."

그의 뜬금없는 말에 예라가 눈만 멀뚱히 떴다. 한 발자국, 우재가 성큼 다가왔다. 예라는 그대로 그에게 사로잡힌 것처럼 서 있었다.

"내가 하는 행동에 담긴 의도를…… 맞춰 보도록 해."

우재의 저음에 예라의 몸이 움찔거렸다. 곧 우재의 손이 뻗어졌다. 처음에는 정수리에 얹어진 그의 손바닥은 천천히 머릿결을 타고 내려왔다. 마치 머리카락을 애무하는 것만 같았다. 그 생각에 예라의 얼굴이 아까보다 더 타올랐다.

그의 손은 곧 그녀의 한쪽 뺨을 감싸고 엄지로 그녀의 귓불을 슥 쓰다듬었다. 그 손길은 다정하다 못해 온몸이 녹아내릴 것만 같았다. 예라는 다리에 힘이 풀릴 것 같아 힘을 주었다. 서 있는 것만으로도 견디기 힘들었다.

그가 고개를 숙였다. 한 손으로 그녀의 머리카락을 귀 뒤로 넘겼다. 이내 더 고개를 숙여서 귓가에 속삭였다.

"어떤 건지…… 알겠나?"

그리고 우재는 아무런 일도 없다는 듯이 제자리로 돌아갔다. 괜히 예라의 얼굴만이 잘 익어서 터질 것처럼 변했다.

그의 행동에 담긴 의도는 알겠는데 입 밖으로 내뱉을 수가 없었다. 예라는 그저 얼굴만 빨개진 채, 제 손을 잡고 이끄는 우재의 뒤를 따랐다. 위험해. 정말로 위험해. 오로지 그 생각 하나만 들었다.

어디선가, 경고음이 들리는 것만 같았다.

❖

일이 어쩌다 이렇게 되었을까.

예라는 속으로 눈물을 흘렸다. 이러려던 건 아니었는데.

"정말, 괜찮아?"

"그래."

한 번도 MSG가 듬뿍 들어간 인스턴트 라면을 먹어 본 적 없다는 고급 입맛인 권우재의 말에 경악을 하면서도 그 맛있는 라면을 먹어 본 적 없다 하는 우재가 안타까웠다. 그래서 저도 모르게 MSG의 세계로 이끌자고 다짐하며 '그럼 내가 끓여 줄게!' 했다. 우재는 그러겠다고 했다. 그렇게 늦은 저녁 겸 야식으로 라면을 먹기로 했다.

그리고 지금 우재의 집으로 가고 있었다. 편의점에서 라면을 사서 품에 안고 조수석에 올라탄 예라는 정신이 들었다. 아까, 영화

관에서 위험하다는 신호를 감지했음에도 또 금방 잊어버리고 이렇게 졸래졸래 따라가다니.

"근데 신기하다. 어떻게 한 번도 안 먹어 봐? 나는 자주 먹는데."

"······."

"작업하다가 밥하기 귀찮으면 컵라면 많이 먹어. 좋이 만날 구박하는데, 어쩔 수 없잖아. 한 번 그림에 집중을 하게 되면 주변이고 뭐고 안 보인단 말이야. 음. 그 점은 아빠랑 비슷하려나."

그가 고개를 잠깐 돌려서 그녀를 바라보았다. 다시 아무 생각 없이 재잘재잘 떠들기 시작한 그녀가 반가웠다. 오늘따라 얌전한 그녀가 마음에 들지 않아서 아무래도 말을 해 줄 생각이었던 참이다.

"아빠는 방랑벽이 있지만 그래도 주변을 보지 않을 정도로 그림을 그리진 않아. 근데 나는 방랑벽이 없는 대신, 그림에 한 번 빠져들면 일주일이고 이 주일이고 절대로 주변을 신경 쓰지 않는 편이야."

"그거 참 안 좋은 버릇이군."

"그렇지? 그렇다고 하도 소리를 들어서······ 어라."

"······."

"어, 아니. 아니야. 참. 집에 김치는 있어?"

"그건 있을 거다."

김치라도 있어서 다행이다. 김치를 넣으면 좀 더 맛있어진다고 설명을 했다. 그는 대답을 하지 않았지만 고개를 끄덕임으로써 듣고 있음을 표현했다.

그의 입가에는 조금 미소가 지어져 있었지만 그녀는 그 미소를 보지 못했다.

곧 우재의 오피스텔에 도착했다. 비싸 보이는 집이다. 예라는 차에서 내리자마자 얼떨떨한 기분으로 엘리베이터를 기다리다 우재를 힐끔 보았다. 그는 숫자판을 바라보고 있었다. 잘생긴 얼굴에 섹시함이 더해졌단 말이야. 속으로 중얼거리던 예라는 그가 갑자기 손을 잡아 오자 화들짝 놀랐다.

"왜 그렇게 놀라지?"

"아, 그게, 권우재 생각을 하고 있었…….

"…….

"아…… 그, 그게…….

"……홋."

그가 나직이 웃었다. 어쩐지 즐거워 보이는 것도 같았다. 처음 보는 그 표정에 예라는 어쩐지 가슴 한 곳이 간질거리는 느낌을 받았다. 그리고 한편으로는 얼굴이 새빨개졌다.

'나란 여자는, 진짜…….'

속으로 담고 있던 말을 밖으로 죄다 꺼내 버리다니. 솔직해도 너무 솔직했다.

"내 생각을 하고 있었다, 이건가?"

"……그, 그래! 생각하면 뭐 어때서!"

"무슨 생각이었는데 얼굴이 빨개지는지."

우재는 마치 혼잣말을 하는 것처럼 중얼거렸지만 예라에게 들릴 정도로 목소리가 컸다. 이미 다 들은 예라는 입을 꾹 다물고 대답하지 않았다. 우재는 즐겁다는 듯이 그런 그녀를 지켜봤다.

예라를 데리고 집 안으로 들어섰다. 어쩐지 집이 크고 새 집 같아서 예라는 구두를 벗고 들어서는 게 조심스러웠다. 거실을 둘러보다 부엌으로 들어섰다. 아일랜드식으로 된 부엌이다. 예라는 들고 있던 라면을 내려놓고 부엌을 살피다 냄비를 꺼냈다.

"아, 이거다."

"⋯⋯."

"우재 씨는 앉아 있어. 금방 되니까."

"⋯⋯."

"왜?"

우재는 그녀의 옆에 섰다. 구경하려고, 라는 짧은 대답이 돌아오자 예라는 고개를 끄덕인 채 냄비에 물을 채웠다. 두 개 끓일 정도의 물을 맞춘 후, 가스레인지 위에 냄비를 올리고 불을 켰다. 라면 봉지를 가져와서 라면을 뜯고 있을 때조차 우재는 예라의 옆에 있었다.

"이거, 사람들이 열띤 토론을 했었어. 라면을 끓일 때, 스프가 먼저냐 면이 먼저냐. 근데 어떤 사람이 댓글로 물이 먼저라잖아. 맞는 말이긴 한데. 아하하. 나는 근데 스프가 먼저라 생각해. 먼저 스프가 좀 끓여진 뒤에 면을 넣으면 더 맛있어 보이거든."

"⋯⋯."

"왜?"

"넌 시끄러운 게 딱이야."

저건 또 무슨 의미로 하는 말일까. 눈을 가늘게 뜬 채 우재를 바라보던 예라는 고개를 끄덕였다. 내가 조용하면 이상하다는 뜻이구나.

"나보고 시끄러운 여자라며. 그래서 이제 조용히 있어 주려고 했지."

"그럴 필요는 없어."

"헤에. 진짜?"

"그래."

"……어…… 진짜?"

"재잘재잘 떠드는 네 목소리, 꽤 듣기 좋으니까."

그는 이제 냉장고에 기댄 채, 비스듬히 서서 그녀를 바라보고 있었다. 또 저 시선이다. 온몸을 사로잡을 것만 같은 뜨거운 시선. 예라는 고개를 숙였다. 더 이상 버틸 자신이 없었다. 마침 물이 끓어서 면을 넣은 후, 냉장고에서 김치를 꺼내서 그것도 잘라 넣었다. 맛있는 냄새가 풍겼다.

"우재 씨. 앉아 있어."

그녀의 말에 그는 순순히 식탁 의자를 빼서 앉았다. 말 잘 듣는 그 모습이 귀여워서 남몰래 웃어 버렸다.

라면을 끓인 냄비를 먼저 식탁에 올려 둔 후, 접시 두 개와 숟가락, 젓가락을 두 개씩 식탁에 내려놓았다. 너무 내 집처럼 사용했나 싶다가도 집주인이 아무런 말도 하지 않고 있으니 괜찮다고 생각했다.

"어때?"

"괜찮군."

"다행이다. 내가 요리를 잘하는 건 아닌데 못하는 것도 아니거든. 예전에, 엄마가 못 해 줘서 종종 도시락 싸 준 적도 있었어."

도시락이란 말에 고개가 저절로 들렸다. 그녀가 싼 도시락. 또 보고 싶었고 먹고 싶었다. 그러나 우재는 말을 하지 않았다. 어쩐지 어린아이가 된 기분이 들었다. 그깟 도시락이 뭐라고, 질투 비슷한 감정을 느끼나 싶었다.

"그때 어린 나이치곤 잘해서 칭찬받았는데, 고등학교 때도 해 줬는데 그땐 '너 이거밖에 못 해?' 이런 소리나 들었다니까. 그래도 결국 싹 다 비우고 빈 통만 가져왔으면서."

"……."

"아. 피크닉 갈래? 공원 같은 데 가자. 도시락 싸 갈게."

그러자 그 말에 우재는 다시 고개를 들었다. 말없이 라면만 먹어도 결국 다 듣고 있었다는 걸 알기에 예라는 흐뭇하게 미소를 지었다. 그녀의 미소를 바라보던 우재는 곧바로 고개를 끄덕였다.

"와. 진짜? 공원 같은 데는 안 좋아할 줄 알았는데."

"별로."

"근데 왜?"

"네가 가자고 하니까."

그렇구나. 가기 싫어도 가자고 하면 가 주는구나. 나를 생각해 주는구나. 이제 그는 그렇게 변했구나.

예라는 지금이 무척 행복했다. 지금 이 이상은 더 바랄 게 없었다. 그가 확실하게 사랑한다고 말을 해 주지 않아도 좋았다.

"근데 이 넓은 데서 혼자 사는 거야?"

어느새 먹었던 라면의 흔적을 다 치우고 그가 꺼내 준 맥주를 들던 예라가 주변을 슥 둘러보았다. 아무리 봐도 혼자 사는 것 같은데, 이 큰 곳에 혼자 살기엔 쓸쓸해 보였다. 예라의 집은 이보다 더 작았지만 강한이 없으면 쓸쓸했다. 혼자 지내는 것보다 둘 이상 지내는 것에 익숙해져서 그럴지도 모른다.

그러나 우재는 그렇지 않았다. 항상 혼자였다. 경영자의 후계로 태어나 홀로 지내 왔다. 가족과도 살갑게 지내지 않고 거리감을 두었다. 그렇게 살아온 우재에게는 사람의 곁에 있는 것이 익숙하지 않았고, 사람과 지내는 것이 거북했다.

그런 우재에게 무작정 다가왔던 것은 예라 하나였다.

'아니지. 그 전에…… 그 녀석이 있었지.'

생각을 해 보면 쉽게 답이 나왔을 것이다. 그러나 질투란 것에 눈이 멀어서 답이 쉽게 나오지 않았다. 비록 생김새는 비슷하지 않더라도 하는 행동은 같았다. 싫다는데도 자꾸만 다가와서 결국에는 마음을 열 수밖에 없게 만들었다.

"그래. 혼자지."

문득 정신을 차려 보면 항상 그녀가 곁에 있었다. 만나고 나서 지내 온 삼 개월간, 적어도 우재는 혼자가 아니었다.

"아니. 이제는 한예라가 집에 있군."

"뭐야. 나는 오늘 하루 놀러 온 건데. 우재 씨는 늘 혼자니까 쓸쓸하겠다. 이렇게 큰 집에 혼자라니."

"별로."

"내가 자주 와 줘야겠다. 권우재 외롭지 않게. 그치?"

그녀가 턱을 괸 채 빙긋 웃었다. 참으로 예뻤다.

우재는 저도 모르게 손을 뻗었다. 그의 손은 그녀의 턱에 닿아 어느새 한쪽 뺨을 감쌌다. 잠시 들고 있던 맥주를 탁 놓은 예라는 시선을 올려서 우재를 바라보았다.

두 사람의 시선이 얽혔다. 서로를 향한 시선은 올곧았다. 똑바로 서로를 바라보던 시선이 끊어진 것은 우재가 먼저였다.

'위험하군.'

이대로 있다간, 그녀를 어떻게 해 버릴지도 모르겠다. 그의 마음 속 깊이 내재된 검은 무언가가 그의 이성을 누르고 나오려고 하고 있었다.

"그런 점은 박종현과 똑같군."

"응? 어떤 게?"

"제멋대로인 점. 시끄러운 점. 막무가내로 사람 질리게 하는 점."

"으. 그, 그렇긴 하지. 하지만…… 나한테는 시간이 없었잖아. 3 개월 안에 당신을 유혹해야 하는데."

"……유혹?"

겨우 돌렸던 시선이 다시 한예라에게 닿았다. 그녀는 새빨개진 얼굴로 맥주만 꿀꺽 마시고 있었다.

마치, 잘 익은 과일 같았다.

우재는 저도 모르게 침을 삼켰다. 홀린 것처럼 그녀만 바라보던 그가 천천히 일어나서 예라의 앞에 섰다.

맥주 캔을 내려놓은 예라는 천천히 시선을 돌렸다. 우재가 자신의 앞에 오자 고개를 팩 돌려 버렸다. 괜히 물만 벌컥 마셨을 때였다.

"한예라."

"이, 일단 저리 좀 가 봐. 너무 가까운 것 같……."

순식간에 그가 밀고 들어왔다. 그의 고개가 숙여졌다. 입술이 닿을 것 같은 거리가 되었다. 그는 아슬아슬한 이 거리를 지켰다. 조금 더 가까이 다가오는 것 같은 마음이 들어 우재를 밀어 내려고 손을 뻗었을 때, 팔목이 그대로 잡혔다.

"나한테 아직 안 한 말이 있을 텐데."

예라의 시선이 아래로 내려갔다. 팔목을 잡은 우재의 손바닥이

매우 뜨겁다고 느껴졌다. 라면은 그냥 사 먹으라고 할 걸 그랬다. 직접 끓여 주려고 이 늑대의 소굴에 들어오는 게 아니었다. 아니, 라면만 먹고 나갈 걸 그랬다. 맥주 한 잔 하겠냐는 그의 물음에 거절을 했어야 했다. 이 늦은 밤, 이 남자의 집에 들어오는 게 아니었다.

"고개 들어."

명령조의 목소리가 들렸다. 그 낮은 목소리는 섹시하게 잠겨 있었다. 욕망에 억눌린 것 같은 그 목소리를 거부할 수 없었다. 고개를 들자 어둡게 가라앉은 그의 눈동자와 마주쳤다.

거부할 수 없는 유혹이다.

우재가 천천히 다가왔다. 그대로 자신을 삼켜 버릴 것 같은 시선이어서 눈을 감아 버릴 수밖에 없었다. 부드러우면서도 뜨거운 무언가가 입술에 닿았다. 말캉한 무언가가 입술을 스치고 지나갔다. 그 감촉이 떨리면서도 좋아서 스스로 입을 열었다. 그리고 그가 들어왔다.

순식간에 안으로 들어온 그는 그녀를 찾았다. 그를 밀어 내던 그녀의 손은 어느새 그의 셔츠를 움켜잡았다. 그는 한 손으로 그녀의 뒤통수를 감싸 안았다.

"흐읍……."

순식간에 그녀를 빨아들일 것처럼 입안을 돌아다녔다. 달콤하게 느껴지는 입안을 좀 더 맛보고 싶었다. 그대로 그녀를 잡아 일으킨 후 몸을 밀착시켰다.

예라는 그에게 닿은 몸이 뜨거워서 어지러웠다. 단단한 팔이 허리에 둘러지는 것이 느껴졌다. 그녀는 저도 모르게 팔을 뻗어서 그

222

의 목에 두 팔을 감았다.

쿵. 예라가 벽으로 밀쳐졌다. 그가 바짝 다시 다가왔다. 닿은 몸은 여전히 뜨거웠다. 좀 더 무언가를……. 잠시 거칠어진 숨으로 인해 입술이 떨어졌다.

"미치겠군."

그가 입맛을 다시는 것처럼 제 입술을 낼름 혀로 핥았다. 그 모습은 시각적 폭탄이나 다름이 없었다. 평소 뭐든 관심 없어 보이던 무표정이 지금은 다른 표정을 가지고 있었다. 섹시한 저 표정에 예라는 벽에 기댄 채 숨을 골랐다.

"한예라."

그는 그저 그녀의 이름만 불렀다. 그리고 엄지로 그녀의 입술을 훑었다. 멍하니 넋을 잃은 듯 바라보던 예라는 그대로 다리에 힘이 풀려서 주저앉았다. 그 모습에 피식 웃던 우재는 그녀의 앞에 눈높이를 맞추며 앉았다.

"귀엽군."

"……으…….."

"이대로 잡아먹어 버리고 싶은데."

그 노골적인 대답에 예라의 눈이 크게 떠졌다. 그는 쓰게 미소를 지으며 그녀의 머리를 슥슥 쓰다듬었다. 이내 그대로 그녀를 안아 들었다.

"어, 어디로…….."

"걱정 마. 지금은 안 잡아먹을 거니까."

소중히 잘 키워서, 나중에 홀랑 먹어 버릴 거니까.

그는 굳이 그 말은 하지 않았다.

"위험하니까 날 유혹하는 건 그만둬."

"······안 했어. 안 했다고! 그러니까 아까 말한 건, 그러니까······!"

"예쁜 짓도 안 해도 돼."

"그, 그러니까······ 흐아······ 이제 난 모르겠어······."

예라는 소파에 앉자마자 다리 사이에 고개를 파묻었다. 아까의 그 진한 키스는 정말 그다음의 진도를 부르는 키스였다. 먼저 정신을 차리지 않았다면 잘못하다가 넘어가서 그에게 제 처음을 줘 버렸을지도 모른다.

물론, 그와 사랑을 나누기 싫다는 건 아니다. 다만 처음이니까, 그래서 떨리고 또 무서웠다. 처음 겪는 경험이 무서웠을 뿐이다.

"자고 가."

그리고 그의 목소리에 고개를 팍 들었다.

내가······ 잘못 들은 거 아니지?

그녀의 표정을 보니 어떤 오해를 하는지 알 것 같았다. 우재는 픽 웃으며 방으로 향했다.

"내가, 한예라를 품에 안은 채 자고 싶어졌어. 얌전히 잠만 잘 거니까."

침대 위에서 하는 남자의 말은 죄다 믿으면 안 된다고 들은 것 같은데. 그러나 예라는 그 정도라면 괜찮지 않을까, 하고 넘어가 버렸다.

"그럼······ 갈아입을 옷 좀······."

"날 믿는 거야?"

그가 뒤를 돌았다. 그의 눈빛은 아직 위험해 보였지만 그를 믿었다. 고개를 끄덕이자 무슨 생각을 하는지 알 수 없는 표정으로 예라를 바라보다 말없이 방으로 들어갔다. 예라는 들어가도 되나 하고 이러지도 저러지도 못한 채 망설이다 들어와, 하는 소리가 들리자마자 우재의 방으로 들어갔다.

우재의 방 안은 그의 성격처럼 깔끔했고, 군더더기 없이 단정했다. 다만 뭔가 허전한 기분도 들었다.

"내 옷밖에 없어."

"와…… 진짜 커 보인다."

예라는 화장실에서 옷을 갈아입었다. 그러나 나갈 수가 없었다. 그가 준 티셔츠는 너무 커서 흘러내리지 않게 하려고 아래를 모아서 묶어야만 했고, 바지는 분명 반바지인데 예라가 입으니 긴 바지처럼 보였다. 거울에 비친 제 모습을 바라보다 허허 웃어 버리고 말았다.

"진짜…… 이게 뭐야."

우스꽝스러운 모습에 웃다가 밖으로 나왔다. 방에서 기다리고 있던 그는 그녀가 들어오자마자 돌처럼 굳어 버렸다. 다른 사람이 봤어도 우재가 굳어 버렸다는 것을 단번에 알 수 있을 정도였다.

"우재 씨? ……우재야? 왜 그래?"

"……이리 와."

"아, 응."

우재에게 다가간 그 순간, 그가 끌어당겼다. 그의 품에 안기자마자 중얼거리는 소리가 들렸다.

"후…… 위험해."

11화

　처음으로 좋아한 여자였다. 같이 지내고 싶었다. 항상 보고 싶었고, 곁에 둬야지만 안심이 되었다. 그토록 소중했던 그녀는 굉장히 귀여웠다. 언제나 남자들에게 인기가 많았다. 그녀를 말없이 지켜보던 그는, 질투가 났다.

　그녀는 제 친구와 친한 친구였기에 자연스럽게 친해질 수 있었다.

　정말로 사랑했다. 그녀를 짝사랑한 끝에 그녀와 사귀게 되었다. 그러나 그녀는 제 친구를 좋아했다. 그걸 알면서도 놓아줄 수 없었다. 끝내 그녀를 가져야만 했다. 놓을 수 없었다. 계속해서 붙잡고 또 붙잡았다.

　그때 그는 알았다. 자신의 안에는 무시무시한 집착과 소유욕, 질투가 강하게 남아 있다는 것을. 절대로 놔줄 수 없기에 자신이 아닌 제 친구를 좋아해도, 그냥 모른 척 넘어갔다. 중요한 건 그녀가 자신의 옆에 있기만 해도 되니까.

그러나 그녀는 나중에 그렇게 말을 했다.

나는…… 너의 집착이 지긋지긋해!

집착이 지긋지긋하다고 했다.

무서워…… 무섭다고! 넌 나를 좋아하는 게 아니라, 그냥 가지고 싶은 소유욕에 불과해. 그게 너무 무섭다고!

결국 그녀를 놔줄 수밖에 없었다.

그가 마음의 문을 닫은 진짜 이유는 그거였다. 비정상적인 감정으로 누군가를 좋아할 바에는, 차라리 아무도 좋아하지 않는 편이 나았다.

그렇게, 나를 무서워할 바에는, 아무에게도 내 마음을 주는 일 없도록 하겠어.

'꿈인가……'

눈이 번쩍 뜨였다. 그러자 곧 눈으로 들어오는 햇살로 인해 미간이 찌푸려졌다. 그러다 묵직한 느낌이 들어서 고개를 돌리니 그곳에는 마치 아이처럼 잠이 든 여자가 있었다. 새근새근 잘 자는 그녀의 모습에 우재의 입가가 자연스럽게 풀렸다.

팔을 뻗어서 조심스럽게 흘러내린 예라의 머리카락을 뒤로 넘겼다. 곤히 잠이 든 그녀는 자신의 옷을 입은 채였다. 너무나도 자연스럽게 녹아든 모습이다. 그래서 그런지 계속해서 보게 된다. 사랑스러워서 손을 대기 전에 소중하게 대해 주고 싶은데, 한편으로는 그녀를 온전히 가지고 싶다는 생각이 들었다.

"으음……."

뒤척이는 모습에 잠이 깼나 싶었지만 몸을 틀었을 뿐 깨지는 않았다. 허공에 팔을 멈췄던 우재는 다시 팔을 내렸다. 이번에는 예라의 뺨 위에 손바닥을 얹었다. 부드러운 느낌에 자꾸만 어루만지게 된다. 서서히 팔을 내려서 그녀의 팔 위에 손을 얹었을 때, 우재는 상체를 일으켰다. 이러다간 자는 사람을 덮쳐 버릴 것 같았다.

'이런 나를 무서워하면 안 되니까.'

자신의 이러한 본성을 알게 되면, 예라는 어떤 반응을 보일까.

"우재야……?"

제 입으로 집착이 강하다고 말을 하긴 했지만, 그녀는 아직 자신의 본성을 제대로 모르고 있었다. 잘 알게 된다면, 과거의 그 여자처럼 예라도 무서워하고 두려워할지도 모른다.

"일어났나."

우재는 조금 더 가까이 다가갔다. 예라는 아직 비몽사몽인지 눈앞에 보이는 우재를 보며 꿈이라고 생각하고 있나 보다. 그녀는 눈을 비비며 우재를 바라보다 어린아이처럼 배시시 웃었다. 그 미소에, 우재는 그녀를 향해 몸이 기우는 것을 느꼈다.

"읍……!"

그대로 그녀의 입술을 훔쳤다. 덕분에 잠에서 깬 예라는 그제야 현실임을 알아차렸다. 깜짝 놀라 그를 밀어 내리고 했지만 오히려 달라붙게 되어 어쩔 줄 몰라 하다가 등 뒤에 손을 둘렀다. 그러자 키스가 조금 부드러워졌다.

한참의 키스 후, 공기가 뜨거워졌을 때, 우재가 먼저 입술을 떼어 냈다. 마지막으로 쪽 소리가 나게 입을 맞추고서 흐트러진 머리를 정리해 주었다.

"잘 잤나."

"……아, 아침부터 무슨……!"

"예쁘군."

"……너무 솔직해도 문제야."

"일어나. 씻고 나갈 준비해야지."

그 말에 정신을 차린 예라는 벽에 있는 시계를 보았다. 자신은 괜찮아도 우재가 지각할 것 같았다. 분명 그는 먼저 깨어 있던 것 같은데, 왜 깨우지 않았을까?

예라는 후다닥 씻고 나왔다. 밖으로 나오자 금방 준비를 마친 우재가 있었다. 예라는 어제 입었던 옷을 들고 방으로 가서 갈아입고 나왔다. 어제와 같은 옷이어서 민망했지만, 아무렇지도 않게 우재와 함께 집을 나섰다.

"저기, 우재 씨."

"또다시 돌아갔군."

"음…… 하지만…… 어색하잖아."

"아니. 전혀."

저렇게 원하니 예라는 어쩔 수 없다는 듯이 웃어 버렸다. 불러 달라는데, 비싼 것도 아니고 불러 줘야지.

"오케이. 그렇게 해 줄게."

그러자 우재가 고개를 돌렸다. 우재는 어디 해 보라는 듯이 팔짱까지 끼고 예라를 내려다보았다. 저렇게 또 대놓고 말을 하라고 하니, 부담스러워서 고개를 돌려 버렸다. 그러자 예라의 턱을 감싼 채 고개를 돌리게 한 우재는 그녀의 두 눈을 똑바로 바라보았다.

그러자 예라의 시선이 살며시 옆으로 돌아갔다.

그때 마침 엘리베이터가 지하 주차장에 도착했다. 예라는 이때다 싶어서 우재를 밀쳐 내고 자신의 차로 달려갔다. 우재는 아쉽다는 듯이 입맛을 다셨다.

"자, 빨리 앉으라고!"

그 틈을 타서 예라는 운전석에 앉기를 성공했다. 어차피 예라의 차라 본인이 타고 돌아가야 하는 건 당연하니 예라가 운전해도 되는데 말이다.

"그렇게 운전하고 싶었나."

"그럼, 물론이지! 난 너에게 해 주고 싶은 게 많단 말이야."

어쩐지 남자와 여자가 해야 할 대사가 바뀐 것 같은데. 그렇게 말을 하고 난 뒤 예라는 깨달았다. 아, 역시 생각하고 나서 말을 할 걸 그랬다. 예라는 부끄러운 나머지 우재가 타자마자 곧바로 차를 출발시켰다. 평소 조심스러운 운전과는 다르게 과격한 운전이 이어졌다.

"한예라."

그리고 그는 운전대 위에 올린 예라의 손을 살며시 잡았다. 예라는 살며시 미간을 찌푸리다 그 손을 떼어 냈다.

"저기요. 나 운전하거든요."

"알아."

"이러다…… 사고 나면 책임질 거야?"

"그걸 원한다면."

"어휴. 이럴 때 보면 어린아이 같아."

그러면서도 좋아 예라는 미소를 지우지 못했다. 그걸 눈치챈 우재는 가만히 그녀의 손을 붙잡고 있었다.

한예라를 온전히 가지고 싶었다.

"맞다. 나, 일주일 동안 제주도 가야 할 것 같아."

그녀가 꺼낸 이야기에 우재가 천천히 고개를 들었다. 그는 불필요한 말은 절대 하지 않았지만 표정으로는 죄다 말을 하고 있었다. '왜?'라는 물음이 표정에 드러나자, 예라는 짧게 웃어 버렸다. 그는 말이 없는 대신 표정으로 말하기 때문에, 말을 많이 하는 사람이었다면 예라보다 훨씬 많이 말을 할 것이다.

"쫑이 제주도로 촬영 가거든. 따라가는 거긴 한데, 제주도를 주제로 전시회 열자고 하는 이야기도 나와서. 제주도, 정말 아름답거든."

"······일주일이나?"

우재가 마음에 들지 않는다는 듯이 잔뜩 미간을 찌푸렸다. 어느새 그의 회사 앞에 도착해서 그 근처에 차를 세웠다. 왠지 어제와 같은 옷을 입고 있는 예라를 보면, 회사 사람들 가운데 그녀를 기억하는 사람들이 어떻게 볼지 민망했다.

"꼭 일주일?"

그가 되물었다. 예라는 그 질문에 짧게 웃었다.

"에이. 되도록 빨리 올게."

그리고 그녀는 빙긋 웃으며 차 밖에서 아쉬움에 어쩐지 발걸음을 떼지 못하는 우재의 손목을 잡고 뒤를 돌게 만들었다. 눈이 마주치자 예라는 입을 열었다.

"자기야! 오늘도 일 열심히 해."

그러곤 멍하니 서 있는 우재의 손을 놓고서 차를 출발시켰다. 우재가 정신을 차린 것은, 회사 사람 중 두 사람이 같이 출근을 하다가 우재를 알아보고 인사를 했을 때였다.

"안녕하세요, 이사님!"

정신을 차린 우재는 괜히 헛기침을 하며 회사로 들어갔다.

정말, 종잡을 수 없는 여자다.

'그러니 하루 빨리……'

……잡아먹어야겠다.

❖

"야. 누나. 권우재한테는 뭐라고 말했어?"

"그냥 뭐, 제주도 간다고 했지. 빨리 그림 그리고 다시 돌아온다고 했어."

"과연. 그러다 쫓아오는 거 아닌가 몰라."

비행기 표는 종현의 소속사에서 같이 티켓팅을 해 주었기 때문에 둘은 비즈니스석에 앉아서 편안하게 가고 있었다.

두 사람의 사이가 날로 좋아진다는 것을 안 종현은 이제 농담까지 했다. 그 농담이 기분 나쁘지 않고 오히려 재미있기도 했다. 그만큼 자신과 우재의 사이가 좋아 보인다는 증거라는 생각에 저절로 미소가 지어졌다.

"권우재가 순순히 보내 주다니."

"어쩔 수 없잖아? 일이니까. 비즈니스."

"하지만 '그' 권우재인데?"

"어?"

"음…… 아냐, 아냐. 별거 아니야."

"뭐야. 너 지금 수상해."

갑자기 하려던 말을 멈춘 종현이 수상했다. 그러나 종현은 더 이상 말을 하지 않으려는 것인지 입을 다물고 그저 실실 웃었다. 분명 뭔가 있을 텐데 물어도 대답을 하지 않으려는 모습에 입을 닫을 수밖에 없었다.

예라는 편안하게 기대어서 한숨을 쉬며 구름만 넘실대는 창밖을 바라보았다. 어느새 종현이 하려던 말 따위는 신경 쓰지 않고서 밖만 바라보게 되었다. 구름 위를 떠 있는 기분이란. 예라는 얼른 창밖의 풍경을 한 장 찍었다. 비행기에서 내리자마자 우재에게 보내 줄 생각이었다.

"야. 누나야."

"왜."

어차피 친구처럼 자랐기에 이제 와서 종현에게 존댓말을 요구할 생각은 없었다. 어차피 5분 차이인데 뭐.

"권우재가…… 잘해 주냐?"

"그럼. 내가 누군데."

"와, 진짜. 놀랐다니까. 그 천하의 권우재가 너 같은 시끄러운 애한테 넘어갈 줄이야."

"야. 내가 뭐, 고래고래 소리 지르고 그렇게 시끄럽게 한 줄 알아? 조용할 때 적당히 떠들어 줬다고. 시끄럽다고 하기보다는 무료하지 않게 해 주었지."

"뭐래. 우재는 무료한 게 더 낫거든?"

그래도 종현은 예라가 신기해 보였다. 천하의 권우재가 넘어간 여자가 어쩌다 보니 제 누나가 되었다. 3개월 안에 우재가 변할 거라는 생각은 전혀 하지도 못했다. 어쩌다가 우재가 저런 말괄량이 같은 여자에게 넘어갔을까.

물론, 제가 생각해도 한예라는 분명 같이 있으면 즐거운 여자이긴 했다. 가족이라는 것을 떠나서도 간혹, 잘난 예라에게 질투하는 여자들만 있었을 뿐, 이상하게 예라를 미워하는 사람들은 많지 않았다.

"어떻게 꼬셨어?"

그 말에 예라는 미간을 일그러뜨리며 팔꿈치로 종현의 어깨를 팍 찔렀다. 그러자 종현이 아프다며 난리를 쳤다. 예라는 픽 웃으며 종현의 머리를 두 손으로 잔뜩 헝클어 주었다.

"맞고 싶지?"

"그렇잖아! 어떻게 우재가 그래?"

"야, 행복을 빌어 주질 못할망정!"

그렇게 옥신각신 말다툼을 하는 사이, 어느새 제주도에 도착했다. 내려서 짐을 가지고 종현의 매니저 대현이 렌트한 차로 이미 예약을 해 둔 호텔로 향했다. 종현은 종현대로 일을 할 거고, 예라는 예라대로 돌아다니면서 그림에 대한 풍경 사진을 얻어야 하기에 각자 다니기로 했다.

예라는 혼자 룸을 쓰기로 했다. 점심은 같이 먹기로 해서 짐을 내려놓고서 곧바로 밖으로 나왔다.

"아. 권우재다."

예라가 잠깐 화장실에 간 사이, 예라의 핸드폰 액정에 뜨는 이름에 종현은 놀란 표정을 지었다. 그러자 종현의 매니저 대현도 덩달아 놀랐다. 종현과 친한 친구니 대현도 우재에 대해서 알고 있었다. 볼 때마다 저런 철옹성 같은 남자를 무너뜨릴 여자는 누구일까 궁금했었다.

"어어, 종현아. 네가 받아도 되는 거야?"

"당연히 안 돼지!"

그러곤 목소리를 바꿔서 전화를 받았다.

"여보세요옹."

그러자 우재가 곧바로 적의를 드러내는 목소리로 말했다.

— 넌 뭐야. 한예라 바꿔.

"싫어, 싫어."

원래 목소리로 바꾸자, 우재의 목소리가 더 사납고 거칠어졌다.

— 넌 뭐냐고 물었다. 한예라 어디 있어.

"……야. 진짜 너무한다. 넌 친구 목소리도 못 알아듣냐?"

— 넌 뭔데.

정말로 제가 누군지 못 알아챈 모양이다. 종현은 순간 회의감이 들었다. 중학교 때부터 알고 지냈는데, 지금 이 나이가 되었어도 친구는 자신의 목소리도 알아듣지 못한 모양이다. 정말 너무하네. 그때 화장실에서 예라가 돌아왔다.

"와앗! 그거 내 핸드폰! 야, 박종현!"

"어어, 야, 야! 아얏!"

종현의 귀를 세게 잡아당긴 예라는 재빨리 핸드폰을 낚아챘다. 그리고 발신자 확인을 하자마자 밝게 웃어 보였다.

"우재 씨잖아? 뭐야, 무슨 일이야?"

— 일이 있어야 하나.

"음. 그런 건 아닌데. 아하하. 아, 그렇구나. 점심시간이구나."

— 제주도인가?

"응. 아까 전에 내렸어. 내가 보내 준 사진 본 거구나?"

통화를 하는 예라는 정말로 즐거워 보였다. 종현은 턱을 괸 채 멍하니 예라를 바라보았다. 저렇게 사람이 바뀌는구나 정말로 연애를 하나 보구나, 생각을 할 무렵, 밝아진 예라의 표정에 저절로 미소가 지어졌다.

한 배에서 태어난, 소중한 존재였다. 그런 누나가 행복해지기를 바라고 있었다. 막상 행복해지는 모습을 보니 장난을 치고 싶었다. 그렇기에 심술궂게 장난을 쳤지만 행복한 모습을 보니 좋았다.

"밥 맛있게 먹어. 아, 나중에 사진 한 장 더 보내 줄게."

— 그래.

예라는 씩 웃으며 기분 좋게 통화를 끝냈다. 종현은 예라가 자신의 옆에 앉는 것을 보고서 생글거리다 물었다.

"좋아? 좋냐고."

"좋다! 어쩔래? 좋아서 승천할 것 같다. 왜!"

과격한 말에도 종현은 싱글거리며 웃었다.

"뭐, 중개비 같은 건 없나?"

"그건 뭔데."

"따지고 보면 내 소개잖아?"

"웃기고 있네."

어깨를 으쓱인 예라는 마침 나온 음식들을 먹기 시작했다. 말없이 먹기 시작한 예라에게는 더 이상 누구도 말을 걸지 않았다. 사실 예라는 밥을 먹을 땐 말은 안 하고 그저 음식을 먹는 것에 집중을 하는 편이었다. 우재와 식사할 때 예라가 말을 꺼낸 건, 우재와의 사이가 좀 더 가까워졌으면 해서였다.

밥을 먹은 후, 종현은 매니저와 함께 일을 하러 갔다. 예라는 셀카봉을 들고서 제주도의 풍경을 보러 향했다. 걷는 동안 예쁜 풍경이 보이면 핸드폰으로 사진을 찍어서 남겼다. 핸드폰으로 사진을 찍은 건 우재에게 이따가 보내 줄 예정이다.

예라는 좋은 배경에서 자신의 사진도 찍었다. 이내 곧바로 우재에게 풍경 사진과 자신의 사진을 보냈다.

"아, 보고 싶다."

권우재, 보고 싶다.

"전화는 언제 해도 되려나."

핸드폰으로 시간을 확인하던 예라는 저녁때쯤 전화하면 되겠다는 생각이 들었다. 일을 하러 왔지만, 괜히 왔나 싶기도 했다. 얼른 돌아가야지. 벌써부터 너무 보고 싶어졌다.

예라와 통화를 하고 난 우재는 강 여사가 좋아하는 음식을 대접하려 예약해 둔 한식집으로 향했다.

"오셨어요."

"그래. 하나밖에 없는 아들인데, 내가 꼭 먼저 연락해야 하니?"

"바빠서 그랬습니다. 죄송합니다."

"됐다."

아쉬워하는 강 여사의 표정에도 우재의 표정은 변함이 없었다.

아들을 살피던 강 여사는 신기했다. 저런 무표정한 아들이 직접 사랑 고백을 했다니. 강 여사는 믿기지 않았다. 하나 아직도 잘 만나고 있다고 말한 그 아가씨가 거짓말을 했다고 생각하진 않는다. 강 여사는 예라에 대한 이야기를 꺼내서 우재의 반응을 살펴보기로 했다. 아무리 무표정이고 표정을 잘 감춘다고 해도, 어찌되었든 저는 권우재의 엄마가 아니던가.

"얘. 우재야. 네가 요즘 만나는 아가씨 말인데."

"네."

"진지하게 만나고 있는 거지?"

"네."

"혹시, 결혼 생각도 있는 거니?"

"······."

그 말에 우재는 대답하지 않았다. 문득 결혼이라는 단어가 그의 머릿속에 채워졌다. 한 번도 예라와 만나며 생각해 본 적이 없는 단어였다. 그런데 강 여사가 꺼낸 결혼이란 단어가 순식간에 머릿속에 박혔다.

'결혼, 결혼이라.'

살면서 한 번도 생각을 해 본 적이 없었다. 자신의 본능을 알게 되면, 여자들은 다가왔다가 전부 다 도망갈 것이 틀림없다고 생각해 왔기 때문이다.

과거에 좋아했던 여자, 장지희는 분명 종현을 좋아했다. 그러면서 종현의 마음을 얻을 수가 없어 우재의 고백을 받아 주었다. 아무것도 모르고, 좋아하는 여자가 고백을 받아 주었으니 우재는 기뻤다. 어느새 자신의 본능을 그대로 장지희에게 보여 주게 되었고 그녀는 자신에게 질려 버렸다.

지독한 집착과 소유욕, 그리고 심한 질투는 여린 여자를 달아나 게 만들었다. 조금이라도 다른 남자들과 이야기를 하면 싫었다. 그 걸 그대로 드러냈다. 결국 사실을 고백하며 그녀는 떠났다.

누군가를 좋아하게 되면, 이상할 정도로 집착하게 되고, 소유욕 도 강해지고, 질투도 심해지는 걸 알기에 자제하려고 했다. 한예라 는, 그런 제 앞에 스스로 뛰어든 여자였다.

'그러니 있는 힘껏 사랑해 줘야지.'

결혼이란 단어가 강하게 가슴으로 들어왔다.

'결혼을 하면, 온전히 가질 수 있겠지.'

조용히 생각에 빠진 우재를 바라보는 강 여사의 눈이 가늘어졌 다. 제 아들이지만 간혹 섬뜩할 때가 있었다. 무언가 강렬히 원할 때 내는 눈빛이다. 무언가를 원할 때, 아무리 말려도 우재는 꼭 원 하는 걸 가져야만 했다.

설령, 그게 사람이라도.

"아들."

"……."

"그 아가씨, 한 번 만나 봤단다."

"……."

"괜찮더구나. 예뻤어. 그날 듣기로, 네가 먼저 사랑한다고 했다 고 하더구나."

말은 다르지만, 엄연히 따지자면 그녀를 잡은 건 저였다. 좋아한 다고 말을 하진 않았지만, 분명 자신은 사랑을 하고 있는 거겠지. 단지 사랑이라는 감정에다가 옵션으로 무언가가 더 붙었을 뿐이다.

"잘은 모르겠지만."

"……."

"그녀는 나에게 사랑을 알려 주었습니다."

어쩐지 아들의 말이 낯부끄러웠다. 진지하게 사랑이란 단어를 읊고 있는 우재의 모습이 신기하기도 했다.

다만, 걱정이 되는 건 권 씨 집안의 남자들 내력인 것 같은 애정을 넘어선 감정이 있는 것이다. 집착과 소유욕, 질투도 심했다. 강여사는 자신의 남편이자 우재의 아버지를 떠올리며 보이지 않게 한숨을 쉬었다.

"네가, 네 아빠랑 똑같아서 걱정이 되는구나. 그렇지만…… 예라 씨도 널 많이 사랑하는 것 같아서 다행이라는 생각도 했어."

"언제 따로 만났습니까."

"갤러리 한다고 하기에 관람 겸 찾아갔을 뿐이야."

그 말에 우재는 고개만 끄덕였다.

잠시 말이 없는 식사가 이어졌다. 원래 둘 다 말이 없는 사람들이다. 조용히 밥을 먹던 우재는 핸드폰에 메시지가 왔다는 진동을 느꼈다. 잠시 젓가락을 내려놓고 핸드폰을 확인했다.

강 여사는 회사 일로 인한 메시지인 줄 알고 그러려니 넘겼다. 그러나 우재가 자신이 한 번도 본 적 없는 환한 미소를 보이자, 강여사는 놀라서 모든 행동을 멈췄다.

[우재 씨! 이것 봐라, 이것 봐!]

예라가 보낸 메시지에는 제주도의 풍경 사진 여러 장과, 마지막으로 그녀 혼자서 찍은 사진이 첨부되어 있었다. 다른 사진은 대충봤지만, 제주도 풍경과 함께 찍은 예라의 사진은 한참 동안 멍하니바라보기만 했다. 그리고 곧 우재는 그 사진을 저장했다.

"그 아가씨지?"

확신한 어조로 강 여사가 물었다. 우재는 그저 고개만 끄덕였다. 그러나 강 여사는 아들의 표정을 보고 알아차렸다. 정말로 마음에 들어 하는구나, 하고. 그의 입꼬리가 저절로 올라가 있는 모습을 보자 자신도 흐뭇했다.

"밥 한 끼 먹자고 해. 예라하고도 얘기했었는데, 네가 좀 먼저 나서서 날 잡고 제대로 인사시켜. 네 아버지, 많이 궁금해하시니까."

"그렇게 하겠습니다."

조용한 식사가 끝나고, 우재는 어머니를 배웅했다. 다시 회사로 돌아가는 길, 핸드폰을 꺼내서 혹시나 또 온 메시지가 없나 확인을 했다. 진동이 울리지 않아서 없을 거라 생각은 했지만 역시나 오지 않은 것을 보니 씁쓸했다. 바쁜 모양이다. 조금은 아쉬운 마음을 담아, 예라에게 사진의 답례로 메시지를 보냈다.

"흐음."

"역시, 대단하지? 타고난 배우라니까."

예라는 오늘의 볼일을 끝내고 종현이 촬영하는 곳으로 갔다. 바닷가에서 하는 촬영이었기에 바다도 볼 겸 가서 구경하는데, 역시 배우는 아무나 하는 게 아니라고 느꼈다. 어머니의 외모를 받은 그녀는 끼도 있었지만 종현만큼은 아니었다. 오히려 아버지의 재능을 이어받아서 그림에 더 소질이 있었다.

예라는 종현의 모습을 바라보다 흐뭇하게 미소를 지었다. 저게 내 동생이라 이 말이지.

곧 촬영을 중단하고 쉬는 시간이 되었다. 예라는 코디에게 헤어 스타일링을 받고 있는 종현에게 다가갔다. 박수 치는 소리에 고개를 들어 자신을 쳐다본 종현은 씩 웃었다.

"왔어?"

"오냐. 간만에 오니까 좋더라."

"이번에 하는 전시회, 제주도가 주제지?"

"응. 근데 그릴 게 많으니까 그것도 난감하고. 내가 그릴 건 얼마 안 되지만."

곧 다시 몸을 돌린 예라는 종현을 바라보다 씩 웃으며 사진 한 장을 요청했다. 흔쾌히 고개를 끄덕인 종현은 아예 포즈까지 취했다.

"근데 누구한테 보내게?"

"뭐…… 엄마야 자주 보니까 아빠한테 보내야지."

"뭐야. 아빠, 또 집에 없어? 밥 같이 먹자더니."

"음. 이번에는 절 순회 갔어."

"아주…… 가지가지네. 그건 너나 나나 안 닮은 것 같아서 다행이고."

"그렇긴 하지."

예라는 고개를 끄덕였다. 그건 정말로 맞는 말이었다. 둘 중 하나라도 방랑벽이 있었더라면 아마도 나경은 기절을 했을지도 모른다.

그때 어디선가 찰칵 소리가 난 것 같았다. 누군가가 사진을 찍은 것 같은 기분에 예라는 휙 돌아보았다. 민감한 예라는 금방 알아차렸다. 종현은 그런 예라를 보고 물었다.

"왜 그래?"

"누군가가 우리를 찍었어."

"뭐, 괜찮아. 너랑 나랑은 형제잖아?"

"……남매거든!"

종현을 향해 발길질을 한 예라는 제자리로 돌아가서 앉았다. 그러다 벌떡 일어나서 주변을 다시 두리번거렸다. 그러나 기자 같은 사람은 보이지 않았다. 미간을 찌푸린 채 앉아서 주변을 두리번거리던 예라의 표정이 갑자기 바뀌었다. 핸드폰에 찍힌 이름으로 인해서였다. 그녀는 밝아진 표정으로 곧바로 핸드폰을 들었다.

"안녕, 자기."

그러자 순식간에 종현이 달려왔다.

"뭐야, 뭐야, 뭐야. 야, 한예라. 뭐야. 어?"

"아, 좀. 시끄러워. 내가 애교 좀 부리겠다는데!"

— 옆에, 박종현이 있나 보군.

"응. 뭐…… 구경 좀 하고 있어. 뭐 해?"

— 방금 그 호칭 말이야.

"왜? 좋아?"

— 별로.

"뭐어? 내가 애교 좀 부리겠다는데!"

옆에서 종현이 키득거리며 비웃었다. 괜히 종현의 정강이를 팍 차 준 예라는 밀어 버리기까지 했다. 그리고 몸을 휙 돌려서 우재와 통화를 했다.

어느새 우재가 먼저 전화를 해 주기에 이르렀다. 우재가 먼저 통화를 한다는 것은 애초에 생각조차 할 수 없었다. 아니, 그 전에 자신의 연락을 받아 주는 것조차 생각을 할 수 없었다. 그렇기에 이렇게 우재가 틈만 나면 전화해 주는 게 반가웠다.

— 그거.

"응."

— 괜찮으니까.

"엑? 정말로?"

— 그래. 그러니까 일주일은 좀.

"길다는 거구나? 알았어. 사실 나도 좀 길다고 생각했어."

미리 간단한 스케치라도 해 놓고 가려고 했지만, 아무래도 안 되겠다. 비록 정확히 말을 하지는 않았지만, 그는 그녀에게 일주일은 기니까 얼른 돌아오라는 말을 했다. 그 말에 예라는 그러겠다고 대답을 할 수밖에 없었다. 보고 싶으니까 돌아가야지.

"이야. 대단해."

촬영을 들어가려고 했지만 예라를 보던 종현은 도저히 촬영을 할 수가 없었다. 통화가 끝날 때까지 그 통화 내용을 듣던 그는 결국 한숨을 쉬었다. 예라가 전화를 끊자마자 박수를 치며 그녀에게 다가갔다. 그녀는 아무렇지도 않게 핸드폰을 무릎 위에 두었다.

"빨리하고 나는 돌아가겠어."

"얼씨구."

"그나저나……."

다시 예라가 예리하게 눈을 빛냈다. 주변을 훑어보던 예라는 종현에게 손짓을 했다. 그녀에게 다가간 종현이 귀를 기울였다.

"누가 쳐다보는 기분이 들어."

"팬일지도 몰라."

"숨어 있어?"

"가끔 그러더라."

"무섭네. 너도 참, 힘들겠다."

종현의 등을 토닥였다. 곧 다시 촬영을 들어간 종현을 보던 예라는 바다를 바라보다 사진을 찍었다. 정말 좋은 곳이구나.

예라는 제 사진도 찍고 방금 찍은 사진들을 우재에게 보냈다. 그리고 우재가 일을 할 시간이라 답장을 바로 하지 못할 것을 알기에 사진을 보내놓고 느긋이 종현을 바라보았다. 오늘은 잡지 촬영을 하고 있다. 아마도 내일은 맛집을 돌면서 종현이 음식 먹는 사진을 찍을 예정이라고 하는데 맛집을 간다면 예라도 따라갈 생각이었다.

'잘 봐 뒀다가 나중에 우재랑 같이 와야지.'

좋은 곳은 반드시 우재와 오고 싶다는 생각이 들었다. 같이 여행 가고 싶다. 제주도가 아니라도 가까운 바다라도 좋으니 함께 가고 싶다.

"그나저나, 예라 씨는 배우 할 생각 없어? 모델도 괜찮은데."

대현이 물었다. 예라는 핸드폰으로 메시지를 확인하다가 고개를 들었다. 무슨 말이냐는 듯이 바라보다 곧 그 말을 알아듣고서 피식 웃었다. 대현의 어깨를 장난스럽게 툭 치고선 대답을 해 주었다.

"에이. 나만 보면 그 소리예요? 안 해요, 안 해. 그리고 난 지금 화가거든요?"

"정말 아까워서 그래."

"어휴. 그런 건 싫어요. 그런데 아마, 어머니의 성화에 종이 안 했으면 내가 하게 되었을지도 몰라요. 솔직히 종이한테 미안하지만 그래도 다행이라고 생각해요. 이기적이지만."

그런 예라를, 한 남자가 멀리서 숨은 채 손에는 카메라를 들고 지켜보고 있었다. 가까이에서 다정해 보이는 사진들은 잘 찍혔다. 이제 남은 것은, 이 사진을 가지고 잘 요리를 해서 세상에 보이는 것이다.

남자가 비웃었다. 저렇게 다정하게 대하는 여자를 잘도 숨기고 있다니. 역시, 스캔들 안 나는 배우는 없었다. 박종현은 잘생긴 데다가 잘나가는 배우, 그리고 성격도 좋아서 여자들이 제일 좋아하는 배우였는데 어째서인지 사생활이 지나치게 깨끗했다. 그래서 대부분의 기자들은 박종현의 스캔들을 잡아내기만 한다면, 그야말로 대박을 칠 거라고 예상하고 있었다.

그리고 그 대박 사건을 자신이 잡은 것이다.

"그럼 그렇지."

기자는 히죽 웃었다. 이내 조심스럽게 움직여서 그 자리에서 도망가기 시작했다. 자신의 기사로 어떤 폭풍이 몰아칠지 그는 예상하지 못했다.

12화

3박 4일 후, 예라는 빠르게 볼일을 본 후에 먼저 비행기를 타게 되었다. 꺼림칙한 기분은 남았지만, 그래도 빨리 돌아갈 수 있게 되어서 기뻤다.

기분 좋게 집에 도착한 후, 침대에 드러누웠다. 그러다 비행기 안에서 설정해 둔 휴대폰의 비행기 모드를 풀지 않았다는 것을 기억하고서 그것을 풀자마자 바로 기다렸다는 듯이 핸드폰이 울렸다. 발신자는 종현이었다. 얘는 왜 또 전화람. 기분 좋게 웃으며 다리를 쭉 뻗고 전화를 받았다.

"왜, 또? 누나가 보고 싶어졌어?"

— 지금 장난할 때가 아니야!

"어, 어……?"

— 너, 아직 인터넷 같은 거 안 했지? 어?

"나 지금 비행기 모드 껐는데…… 왜?"

갑자기 종현이 낮게 한숨을 쉬었다. 대체 무슨 일이기에 그러는지 궁금했다. 종현은 다시 다급하게 말을 이었다.

— 일단, 너랑 나랑 스캔들이 났어.

"오, 누구랑?"

그러자 종현이 깊게 한숨을 내쉬는 소리가 들렸다. 갑자기 전화를 해서 스캔들 났다고 하더니, 한숨이라니. 예라는 종현이 장난을 하는 건가 싶었다. 키득거리며 별로인 애랑 스캔들이 났냐고 물었다. 그러자 조금 뒤, 종현이 버럭 외쳤다.

— 너랑 나라고!

"……그러니까, 나는 누구랑, 너는 누구랑?"

— 너랑 나라고, 몇 번을 말해!

"아…… 하하…… 아하하…… 설마, 설마……."

그러니까, 설마…….

"……너랑 나랑?"

— 그래, 이 바보야! 이제야 알아듣다니.

와, 맙소사.

예라는 이마를 짚었다. 이런 곤란한 일이. 그러나 정말 웃음만 나왔다. 가족끼리 난 스캔들이라니.

생각을 해 보니, 세상에 알려진 건 그저 종현이 부모님의 이혼 전에 누나와 같이 살았다는 것이었다. 그러나 쌍둥이라는 것은 사람들은 잘 모르는 사실이다. 예라는 따지자면 일반인이기 때문에 세상에 밝혀지는 걸 꺼려서 공개하지 않았다.

그렇다고, 아무리 세상에 알려지지 않았다고 해도 남매가 스캔들이라니.

"외하하하하하!"

예라가 호탕하게 웃었다. 그러자 종현은 당황한 것 같았다.

— 야, 야! 지금 웃을 때가…… 푸, 푸하하!

결국 종현도 웃긴지 웃어 버렸다. 한참 동안 서로 웃음소리만 들은 채 있다가 배가 아플 때쯤 웃음을 멈추고 서로 한숨을 쉬었다.

— 일단, 누나. 어차피 회사에서 다 막을 테니까.

"아, 뭐…… 그냥 밝혀도 돼. 이제 와서 밝힌다는 게 웃기지만."

— 엉? 그래도 돼?

"뭐…… 딱히 나쁠 건 없잖아? 아, 진짜 웃긴다. 너도 참 그렇기도 하겠고. 첫 스캔들이 하필 친누나라니."

예라가 다시 낄낄 웃었다. 그러나 금방 멈췄다. 하도 웃었더니 배가 땅겨서 아파 왔다. 캑캑거리며 웃음을 멈춘 예라는 종현의 알았다는 대답을 들으며 통화를 끝냈다.

그리고 얼마 지나지 않아서 또 전화가 왔다. 발신자를 보니 엄마, 박나경이다. 나경이 왜 전화를 했는지 알 것 같았다. 예라는 다시 웃겨서 그런지 키득거리며 웃으며 전화를 받았다.

"네에."

— 예, 예라야! 너, 너랑 종현이가……!

"으하하하! 아, 다시 웃겨. 엄마, 나 배 아파……."

— 넌 이게 웃을 일이니!

"그럼, 웃지 안 웃어?"

예라는 아까부터 전화를 걸어오는 사람이 신경이 쓰였다. 종현과 통화를 할 때도 지금도 전화 오는 사람을 대충 짐작할 수 있었다.

아마도 우재도 그 소식을 들었겠지. 과연 우재는 어떻게 반응을 할까? 그 생각에 잠시 통화를 하고 있다는 것도 잊고 있었다. 얼마 후, 나경의 외침에 정신이 들었다.

— 얘, 듣고 있니!

"아…… 아아, 응. 듣고 있어. 근데, 엄마. 나 방금 종이랑 통화했으니까."

— 어떻게 하기로 했니?

"엄마는 내가 부끄러워?"

문득 딸이 묻는 말에 나경은 대답이 없었다. 그러나 조금 뒤, 한숨 소리가 들리더니 대답이 들려왔다.

— 나는 예라 네가 부끄러웠던 적은 없구나. 방랑벽만 없으면 돼. 그 인간처럼 말이야.

"아하하. 그래서 나, 이제 언론에 노출하기로 했어."

— ……하지만, 예라야.

"뭐…… 딱히 안 될 건 없잖아?"

언론에 노출되는 건 싫었다. 자신의 힘으로 훌륭한 화가가 되고 싶었다. 만약 언론에 노출된다면, 분명 언론의 힘으로 인해 화가가 될 것이기에 그것을 피하고 싶었다. 그래서 일반인인 저는 철저히 감춘 채 살아가기로 했다.

하지만 지금, 어쩔 수 없는 일이고 알려지더라도 딱히 상관은 없었다. 이미 충분히 예라는 이름을 알리는 화가가 되었기 때문이다. 무명 시절도 견디고 혼자서 해낸 일이다. 그렇기에 이제는 괜찮다는 생각에 종현에게 오케이 한 것이다.

"그래도 엄마. 내가 걱정이 된 거구나?"

— 그럼, 걱정하지 안 하니? 그나저나, 다행이구나.

"엄마, 바쁠 텐데 전화 줘서 고마워. 조만간 밥 먹자."

— 그래. 시간 정해서 연락하마.

"응. 들어가."

전화를 끊고 나자마자 또 예라의 전화가 울렸다. 낮게 한숨을 쉰 예라는 액정을 바라보았다.

"오늘따라, 나 정말 인기 폭발이네."

그러나 곧 표정이 싹 바뀌었다. 아마도 틈틈이 연락을 했을 우재의 전화였기 때문이다. 반가운 마음에 씩 웃으며 얼른 받으려다가 잠시 멈칫했다. 조금 더 애가 타게 한 다음에 전화를 받으면 과연 그가 어떤 반응을 보일지 기대되었기 때문이다.

그러나 너무 애를 태운 모양이다. 끊긴 전화는 두 번 다시 울리지 않았다. 멍하니 핸드폰을 바라보던 예라는 바로 전화를 걸었다. 똑같이 애를 태울 작정인지 그는 전화를 받지 않았다. 어쩐지 아쉬워져서 다시 걸려다가 말았다. 바빠서 다시 전화를 못 거는 거구나 싶었다.

"하아. 그래도 역시 집이 편하다니까."

절 순회를 떠난 아버지 강한이 없으니 혼자 사는 집 같았다. 조금은 쓸쓸하지만 그래도 혼자 있는 시간도 필요했다.

편안하게 누워 있다가 눈이 저절로 감겨져서 잠이 들던 예라가 벌떡 일어났다. 누군가 찾아왔다. 벨 소리에 화들짝 놀라서 핸드폰으로 시간을 확인하니 고작 15분밖에 지나지 않았다.

"아아. 대체 누구야? 이 시간에."

오후 네 시였다. 이 시간에 대체 누가 온단 말인가. 예라는 투덜거리며 인터폰을 확인하고는 곧 그대로 멈췄다.

"어……?"

15분간 너무 깊이 잠들어서 헛것을 보는 것인지 아니면, 너무 보고 싶어서 헛것을 본 것인지 알 수 없었다.

"뭐야…… 진짜야?"

얼굴을 꼬집어 보았다. 아야. 진짜네. 예라는 눈을 깜빡이다 문을 열어 주러 현관문으로 향했다. 생글생글 웃으며 문을 열자 문이 거칠게 열리며 예라는 벽으로 밀쳐졌다. 화가 난 것처럼 보이는 우재가 집 안으로 들어왔다.

"우재…… 씨……?"

예라는 우재의 가슴팍을 조금 밀었다. 그러나 금방 손목이 붙잡혔다. 어쩐지 긴장이 된 그녀는 고개를 살며시 들어서 우재를 바라보았다. 그는 강렬한 눈빛으로 그녀를 바라보고 있었다. 예라는 다시 한 번 우재의 어깨를 밀어 냈지만 우재는 밀려나지 않았다. 오히려 좀 더 가까이 예라에게 밀착했다.

옴짝달싹할 수 없게 된 예라는 그를 밀어 내리던 것을 포기하고 고개를 들었다. 그때 예라의 뒤통수를 감싼 우재는 그대로 그녀의 입술에 입을 맞췄다. 거침없이 입술을 삼킨 그는 그대로 그녀의 몸을 돌려 어딘가로 그녀를 이끌었다.

"으음……!"

그에게서 빠져나오려다가 오히려 빠져들었다. 그가 주는 격렬함 속에 녹아 있는 달콤함에 결국 목에 팔을 둘렀다. 그러자 거침없었던 키스가 조금씩 부드러워졌다. 곧 예라는 어딘가에 내려졌다. 숨이 차올라서 잠시 입술이 떨어졌다.

'여긴…….'

자신의 방에 있는 침대였다. 더듬거리며 침대를 확인한 예라는 고개를 앞으로 돌렸다. 우재는 여전히 무표정을 짓고 있었다. 우재는 물끄러미 예라를 바라보다 손을 뻗어 그녀를 침대 위에 눕혔다. 힘없이 그가 밀어 버린 대로 침대에 눕혀진 예라는 손을 뻗어 우재의 두 뺨을 감쌌다. 그는 그녀가 이끄는 대로 순순히 고개를 숙였다.

"갑자기 뭐야?"

타액으로 번들거리는 입술을 닦아 주었다. 우재의 다정한 행동에 예라는 눈을 깜빡였다. 이내 벽에 달린 시계를 확인했다. 아직 이 남자의 퇴근 시간은 아닐 텐데.

"어딜 보는 거지."

우재가 예라의 턱을 잡고서 자신을 보게 돌렸다.

"내가 여기에 있는데."

"아…… 그 전에, 우재 씨. 대체 지금 여기서 뭐 하는 거야? 당신, 아직 회사에 있을 시간 아니야?"

"그딴 건 중요하지 않아."

"그딴 거라니……."

"무슨 말이야, 그거."

그거라니? 예라가 되물었다. 그러자 우재는 주머니에서 핸드폰을 꺼내서 무언가를 보여 줬다. 예라는 우재를 팍 밀어 버리고서 핸드폰을 빼앗았다. 우재가 보여 주고자 한 것은 기사 하나였다.

「세기의 배우 박종현, 그와의 첫 스캔들! 그녀는 누구?」

멍하니 기사를 바라보던 예라는 핸드폰을 침대 위에 툭 놓고는 이내 배를 잡고 웃어 버렸다.

"아하하, 아하하하!"

그녀에게 밀려 난 우재는 침대 위에 앉아서 그저 그녀를 바라보았다. 그녀가 하는 행동을 모조리 바라보던 우재는 갑자기 웃기 시작한 그녀의 옆에 찰싹 달라붙었다. 어쩐지 덩치 큰 짐승이 옆에 앉아 붙어 있는 것만 같았다. 예라는 웃던 것을 멈추고서 우재의 머리를 슥슥 쓰다듬었다. 그는 그녀의 어깨에 고개를 기대었다.

"뭐야, 이런 하찮은 거 가지고."

"제주도에서 뭘 했기에 이런 기사가 난 거지?"

"음. 내 생각에는, 아마 쫑 촬영할 때 구경 좀 했는데 그때 찍힌 것 같아."

우재에게 핸드폰을 돌려주었다. 그러자 우재가 예라의 팔을 잡아당겼다. 순식간에 몸을 비틀거리며 중심을 잃은 그녀는 우재의 품에 안겼다. 그는 그녀를 꽉 끌어안았다.

"너를 보내는 게 아니었다."

"거, 걱정 마⋯⋯. 나랑 쫑이랑 친남매라는 거 말하기로 했으니까."

"그게 더 싫어."

"응?"

고개를 들어 우재를 바라보았다. 그는 다정한 손길로 그녀를 어루만지고 있었다. 그 손길이 좋아서 눈을 감고 그대로 기대어 있다가 다시 눈을 떴다. 어쩐지 부끄러운 기분이 들었지만 정말 연인 같은 분위기여서 예라는 이대로 멈춘 채 가만히 있고 싶었다.

"언론에 네가 드러나면, 넌 이제 박종현과 항상 붙어 다니게 되는 거야."

그렇긴 했다. 이제 박종현 이란성 쌍둥이 누나 한예라, 라는 말이 자연스럽게 따라다닐 것이다. 화가 한예라가 아닌, 박종현의 쌍둥이 누나, 라는 게 공식이 될 것이다. 그렇기에 예라는 언론에 나오는 것이 꺼려졌던 것이다.

그러나 이제는 어쩔 수 없는 상황이다. 친동생과 스캔들이 났으니, 누가 가만히 있을까 싶다. 예라는 그래서 허락을 한 것이다.

"널 바라보는 남자들이 많을 거다."

아니, 내가 생각하고 있던 이유가 아니었단 말이야?

예라는 우재에게서 잠시 떨어진 채 그를 가만히 바라보았다. 그러나 우재는 금방 다가와서 예라의 배에 팔을 둘렀다. 뭔가, 덩치 큰 짐승 같은데 귀여웠다. 예라는 결국 웃어 버렸다. 아, 정말, 어쩔 수 없다니까. 그의 머리를 슥슥 쓰다듬자 그는 무언가 마음에 들지 않는다는 듯이 미간을 일그러뜨렸다.

예라가 우재의 미간을 펴 주려고 손을 뻗었을 무렵, 예라의 핸드폰 벨소리가 울렸다. 예라는 우재를 밀어 내고 핸드폰 액정을 보았다. 발신자는 종현의 매니저였다. 예라는 곧바로 전화를 받았다.

"아, 대현 씨!"

— 하하. 제 전화를 기다린 것 같네요, 예라 씨.

"그럼요. 어떻게 되었어요?"

그때 우재가 예라의 귓불을 깨물었다. 예라가 움찔 떨며 고개를 돌렸다.

— 종현이가 따로 기자회견을 하기로 했어요.

"기자회견요?"

그러자 우재가 이번에는 제가 깨문 귓불을 핥았다.

"윽."

예라는 저도 모르게 움찔거리며 소리를 냈다. 그러자 반대편에서 소리가 들렸다.

— 왜 그러세요?

"아, 아니요…… 키우는 개가, 삐쳤나 봐요."

예라의 대답에 우재가 이를 드러냈다. 이번에는 뺨에 멋대로 혀를 놀리며 입을 맞췄다. 개라고 했으니, 그에 걸맞은 행동을 해 주지. 그는 저를 신경 쓰지 않고 통화하는 예라에게 심술이 난 상태였다.

— 예라 씨, 개 키우세요?

"아, 네. 아버지가 자주 집을 비워서, 외로워서."

예라는 우재를 밀어 내고서 그의 머리를 쓰다듬었다. 그러자 신기하게도 그의 행동이 멈췄다. 아무래도 통화는 빨리 끝내는 게 좋을 것 같았다.

"아무튼, 기자회견 하면 조용해지겠죠?"

— 아마, 그럴 거예요. 자세한 건 다시 연락드릴게요. 최대한 빨리 이 일을 해결해야 할 것 같아요. 아무튼, 기자도 헛다리 참 잘 짚은 것 같아요.

"그러게요. 아하하! 아, 잠깐…… 아얏."

— 개가 주인을 참 좋아하나 봐요.

"그, 그러네요. 아무튼 나중에 다시……."

예라는 먼저 통화를 끝냈다. 핸드폰을 대충 던져 놓고서 고개를 팩 들었을 때, 우재는 그녀를 침대 위로 쓰러트렸다.

"내가 장난인 것 같아?"

우재는 예라의 팔을 누르고 그녀의 머리 옆에 고정시켰다. 예라
는 제 팔목을 잡은 우재의 손에 힘이 잔뜩 들어간 것을 느꼈다.

이건, 정말 장난이 아니구나.

예라는 고개를 다시 들어서 우재를 바라보았다. 그의 눈이 어쩐
지 깊어져 있었다. 어쩐지 그 눈빛에 욕망이 번뜩이는 것도 같았
다. 예라는 잠시 그의 눈을 바라보다 고개를 팍 저었다. 아, 방금
저 눈에 넘어갈 뻔했다.

그는 예라가 고개를 젓지 못하게 이마로 그녀의 이마를 눌렀다.
예라는 시선을 돌렸다. 또다시 그 눈을 바라보면, 정말 넘어갈 것
만 같았다. 그러나 우재가 어쩐지 조용해서 눈을 천천히 위로 떴
다. 그러자 곧바로 우재와 시선이 마주쳤다.

"귀여운 짓하다니."

권우재답지 않은 말에 몸이 움찔 떨렸다.

그가 천천히 오른쪽 팔을 떨어뜨렸다. 그의 시선에 옴짝달싹할
수 없게 된 예라는 그가 한쪽 팔을 놔 주었음에도 움직이지 못하게
되었다. 오로지 우재의 얼굴만 바라보았다.

그의 손등이 그녀의 뺨을 부드럽게 스치고 지나가 곧 그녀의 목
으로 내려왔다. 쇄골로 내려온 그의 손은 그녀의 쇄골을 어루만졌
고 그의 입술은 그대로 그녀의 입술을 빨아들였다. 그의 손은 은밀
하니 그녀의 몸을 스치고 지나갔다.

곧 그의 손이 점점 아래로 내려가자 정신을 차린 예라가 몸을 비
틀었다. 그러자 다시 우재의 손이 놔 버린 그녀의 손목을 잡았다.

"너를 어떻게 할까."

마치 짐승이 먹이를 먹기 전에 입맛을 다시는 것만 같았다. 아무리 귀여운 모습이 있더라도 본능은 전혀 달랐다. 어느 날 느꼈던 그의 본능, 그는 틀림없이 사나운 짐승일 거라고 생각했다. 그렇기에 조심해야겠다, 생각하면서도 그의 마음을 얻기 위해서 무작정 들이댔던 것이다.

'생각해 보면, 내가 우재의 눈에 든 게 참 신기해.'

그때, 물컹한 무언가가 입술에 닿았다. 저도 모르게 저절로 입을 벌렸다. 그러자 그 물컹한 건 입안으로 들어왔다. 정신을 차리자마자 그대로 깊게 입맞춤 당했다. 혀를 옭아매는 느낌에 눈을 크게 떴지만, 눈을 감고 있는 그를 보며 저도 모르게 눈을 감았다.

부드러운 입맞춤은 서서히 거칠어졌다. 폭풍이 몰아치는 기분이 들었다. 예라는 그의 등에 팔을 둘렀다. 천천히 손을 내린 그는 그녀의 가슴 위에 손을 얹어 손바닥으로 가슴을 괴롭히다 그대로 움켜잡았다.

"읏……!"

그녀의 몸이 튀어 올랐다가 다시 가라앉았다. 그는 그사이 등허리에 손을 집어넣고 마음대로 만졌다.

"자, 잠깐……."

"미치는 줄 알았다."

"으흣……."

그대로 다시 그녀의 입술을 삼켰다. 삼켜도, 삼켜도, 부족한 것 같았다. 오히려 갈증이 더 강해진 것 같았다. 원하는 것을 얻지 못했기 때문이다.

그가 원하는 것은, 단 하나.

"넌…… 정말 나를 미치게 해."

그의 음성이 거칠었다. 뜨거운 공기에 눈을 살며시 뜬 예라는 우재의 시선에 마치 발가벗겨진 것만 같은 부끄러운 기분이 들었다. 그만큼 그의 시선은 노골적이었다.

질투, 그리고 욕망. 그의 눈에 지금 녹아든 감정이다.

갑자기 그를 찾는 비서의 긴급한 목소리에 확인을 해 보니, 종현과 스캔들이 난 상대가 예라라고 했다. 예라와 종현이 이란성 쌍둥이라는 사실을 우재는 이미 잘 알고 있었지만 일반인들은 잘 알지 못했기에 그것은 그들에게 사실로 받아들여졌다.

그 사실을 알면서도, 질투가 났다. 사진을 보면 두 사람은 정말 다정해 보였다. 부모의 이혼으로 떨어질 수밖에 없어서 그들이 더 다정하게 지내 왔다는 사실은 잘 알고 있었다. 그러나 질투를 멈출 수 없었다.

내게만 다정해야 해. 나만 바라봐야 해. 나에게만…… 눈빛을 빛내야 해.

……너는 내 거니까.

"넌 나만 봐야 해."

소유욕 어린 목소리에 눈을 깜빡였다. 숨을 거칠게 내쉬면서 예라는 우재를 똑바로 바라보려고 했다.

"그 눈빛. 내게만 향해야 해."

아, 저 남자. 한계인가 보구나.

"넌 나를 좋아한다고 했다."

"틀렸어, 자기."

살랑거리는 목소리에 이번에는 반대로 우재가 굳었다.

예라는 어쩐지 기분이 참 좋았다. 지금 당장 그가 저를 덮친다고 해도 기꺼이 받아들일 수 있을 것 같았다.

"난 당신을 사랑하는걸."

후홋. 그렇게 웃는 그녀는 틀림없이 저를 유혹하는 요부였다.

정말, 저렇게 사랑스러워서…….

그리고 다시 그의 눈에 질투가 일어났다. 이런 그녀가 이제 세상에 드러나게 된다. 남자들은 그녀를 바라보게 될 것이다. 그 생각만으로도 미칠 것 같았다.

"너……."

"있잖아, 당신. 내가 가지고 싶은 거야?"

"젠장. 어디서 그런 걸 배워서……."

당장 안아 버릴 것 같으면서도 그러지 않는 그를 보며 이 남자가 저를 먼저 생각하고 있구나. 표현은 안 해도 저를 사랑하고 있긴 하는구나 싶었다.

물론, 질투가 조금 심한 것 같지만.

"좋아."

"……뭐가."

"내가 가지고 싶다며. 자, 줄 때 가지는 게 좋을걸."

"한예라. 그 말……."

"취소 안 할게. 자."

그렇게 말을 한 예라가 먼저 두 팔을 쫙 펼쳐 이내 그의 목에 매달렸다. 그러나 그는 아무런 반응도 보이지 않았다. 예라는 의아해서 우재를 살폈다. 그리고 한순간의 일이었다. 그가 으르렁거리듯이 거친 숨을 내쉬며 그녀의 양팔을 잡고 그대로 침대 위에 쓰러졌다. 예라가 뭔가 말을 하기도 전에 입술이 무자비하게 닿았다.

예라는 우재의 팔에 잡힌 제 팔을 빼내었다. 그는 키스하며 그녀의 몸을 구석구석 어루만지는 데 바빠서 그녀의 손을 놔 버렸다. 예라는 몸을 비틀며 그가 제 옷을 벗기는 걸 도왔다. 그는 군데군데 그녀의 몸을 만지며 입을 맞추기에 바빴다.

어느 순간 두 사람은 서로 아무것도 입지 않은 몸이 되었다. 그는 그녀의 몸을 거칠게 탐했지만 그 손길은 부드러웠다.

서로가 하나가 되기 위해 서로의 몸을 손끝에 익혔다. 그리고 모든 준비가 되었을 때, 그는 그녀의 안으로 들어갔다.

태양이 서서히 사라질 때, 두 사람은 서로 하나가 되었다.

쾅쾅쾅.

어디선가 두들기는 소리가 들렸다. 귀가 예민한 우재가 먼저 눈을 떴다. 그는 자신의 품에서 이불을 덮은 채 잘 자고 있는 예라를 보며 피식 웃었다. 가만히 바라보고 있다가 고개를 숙여서 미간에 입을 맞췄다. 흘러내리는 머리카락도 자는 데 불편함이 없게 넘겨주고서 시끄러운 소리의 근원지를 없애야겠다는 생각에 벌떡 일어났다.

바닥에 아무 데나 떨어진 속옷을 입고서 옷도 대충 걸쳤다. 곤히 잠을 자고 있는 그녀에게 방해가 되지 않게 소음은 없애야겠다. 분명, 절 순회를 떠났다고 했으니 예라의 아버지는 아닐 것이다. 그렇다면, 누구인가.

우재는 현관문 앞에 서서 인터폰을 보았다. 낯익은 얼굴이 있었다. 낮게 한숨을 쉬던 우재는 현관문을 열었다. 그러자 문이 벌컥 열리고 종현이 들어왔다.

"누나, 야! 너 괜찮······?"

"너의 누나는 잔다."

"······뭐, 뭐야. 이거, 분명 한예라네 집인데······?"

"자니까 그 입 다물어."

낮고 음울하게 울리는 말에 종현은 두 손으로 입을 가리고서 고개를 끄덕였다.

그나저나, 이놈이 왜 여기에 있나.

종현은 잠시 우재를 바라보았다. 항상 칼같이 옷매무새를 가다듬던 녀석인데, 오늘따라 대충 차려입은 것만 같았다. 셔츠도 풀어져 있었다. 그러다 잠시 가슴팍 부분에 보이는 키스마크에 종현이 화들짝 놀랐다.

"너, 너······!"

"조용히······ 하라고 했다."

"뭐야······ 이거, 좀 소리인데······?"

예라가 편한 옷차림으로 나왔다. 나시 티에 반바지를 입고 나온 예라는 하품을 한 채 으르렁거리는 우재와 돌이 되어 버린 종현을 보았다. 그리고 곧 종현은 예라를 보고 그대로 주저앉았다.

"두, 둘이······!"

나시 티를 입고 나온 예라의 팔과 다리에 우재가 남긴 키스마크가 고스란히 시야에 들어왔다. 종현은 사색이 된 채 예라의 팔을 붙들고 이내 탈탈 흔들었다.

"너, 너, 너······!"

"떨어져."

그런 종현을 소파로 던지다시피 밀어 버린 우재는 예라에게 자신이 걸치고 있던 셔츠를 덮어 주었다.

"위에라도 걸치고 오지."

"……어? 아, 그……. 아, 근데 우재 씨. 안 갔네?"

"내가 가길 바랐던 거야?"

"에이, 그럴 리가. 갔으면 아쉬워할 뻔했지."

알콩달콩한 두 사람을 보며 종현은 제 몸을 두 팔로 감싸며 부르르 떨었다.

"그나저나, 좀. 어쩐 일이야?"

커다란 우재의 셔츠를 걸친 예라의 모습은 우재에게 너무 자극적이었다. 너무 사랑스러워서 종현만 없었더라면 당장 다시 덮쳤을지도 모른다.

"그…… 기자회견 얘기하고, 물론 웃긴 했지만 누나 상태 좀 보려고 했더니……."

"그랬군. 기자회견, 한 거야?"

"내가 필요 없었던 거였어!"

"그래. 방해꾼이다. 집이나 가."

예라의 뒤에서 두 팔로 그녀의 배를 감싼 우재는 예라의 정수리 위에 턱을 얹었다. 소유권을 주장하는 우재의 모습에 종현은 코웃음이 나왔다. 여자는 미생물을 보듯이 봤던 주제에, 언제 봤다고 제 누나에게 소유권을 주장하는 건지 모르겠다.

그래도 잘 어울리는 저 모습은 질투가 날 정도로 예뻤다. 그리고 과거의 일은 이제 잊고 행복해지려 하는 우재의 모습에 마음이 놓였다. 이제, 너도 행복을 찾으려고 하는구나. 하지만 분명 천하의 권우재도 두려워하는 것이 있었다. 자신의 지나친 소유욕과 집착으로 인해 상대방이 두려워하는 것, 바로 그것이다.

틀림없이, 분명.

"방해된다. 돌아가."

"야…… 여기 우리 누나 집이거든!"

"그래서 기자회견은?"

"뭐…… 안 믿기에 어릴 적 사진까지 동원해야 했어."

"그래. 잘된 거로군."

"그나저나, 누나. 너…… 앞으로 갤러리가 좀 몰릴 텐데."

예라가 진짜 친누나라는 사실을 알게 되면 그림을 보러 오는 것이 아니라 한예라란 여자를 보러 올 것이다. 아마 찾아와서 종현과 닮은 곳이 있는지 살펴볼 것이다. 게다가 종현이 언제 들를지 모르니까 죽치고 앉아 있을지도 모른다.

예라의 갤러리는 아버지 강한과 이야기를 해서 무료로 하기로 결정했다. 그림을 보고, 마음에 조금이라도 감동이 있었더라면 돈을 내는 기부 형식으로 갤러리를 운영하고 있었다. 그렇기에 종현의 어린 팬들은 분명 무작정 찾아올 것이다. 그리고 종현에게 남기는 메시지로 갤러리가 더러워질지도 모른다.

"적당히 쫓아내야지. 요즘 어린 학생들이 무섭기는 하지만."

"말만 해. 언제든지 도와주지."

"말만이라도 고마워, 자기."

예라의 말에 우재는 또 그게 좋아서 피식 웃었다. 다만 종현만이 팔에 오소소 소름이 돋았는지 팔을 연신 어루만졌다.

"웩. 누나. 나, 토할 것 같아."

몇 번 하다 보니 자기 소리는 잘 나오는 것 같았다. 예라는 피식 웃으며 종현의 머리를 두 손으로 벅벅 헝클어뜨렸다. 그러자 반응을 한 우재가 먼저 예라의 손을 떼어 내기도 전에, 종현이 질색을 하며 예라의 두 손을 떼어 내었다.

"야! 나 조금 있다가 촬영 있단 말이야!"

"오호. 그래? 그럼 조금만 더?"

"그리고…… 그 뒤에 있는 위험한 눈을 한 짐승이 무서워서."

"엉?"

예라가 뒤를 돌아보았다. 그러자 예라를 감싸고 있는 우재의 팔에 힘이 들어갔다. 그리고 그는 입 모양으로 말을 했다.

'꺼져.'

그걸 알아들은 종현은 사색이 된 표정으로 벌떡 일어났다. 이내 고개를 절레절레 저으며 예라의 어깨를 토닥였다. 그러나 그것도 얼마 못 갔다. 우재가 탁 소리 나게 종현의 팔을 떨어뜨렸다.

"난 갈래."

"응?"

"그리고 누나가 불쌍해진다. 짐승의 희생양. 아니…… 짐승의…… 애완동물?"

"야아. 비유가 그게 뭐야? 우재 씨가 조금 짐승이긴 해도 비유가 참."

종현은 신발을 신고 문을 열었다. 이내 손을 흔들거리며 나갔다. 종현을 배웅 나가려 하는데 우재가 예라에게서 떨어지지 않았다. 어쩔 수 없이 예라는 그와 함께 현관문에서 종현을 배웅해야 했다. 물론 손을 흔든 건 예라뿐이다.

"우재 씨. 몇 시지?"

"저녁 여덟 시."

"배고프겠다. 뭐라도 해 줄게. 앉아 있어."

"싫어."

"어어……?"

우재는 한시라도 떨어지고 싶지 않은지 달라붙은 채였다. 예라는 하는 수 없이 우재를 데리고 요리를 시작했다. 그는 냉장고에 있는 재료를 꺼내 달라고 하면 조용히 떨어져서 가져다 주고서 다시 달라붙었다. 예라는 어쩐지 그게 주인에게 놀아 달라고 땡깡 부리는 반려견 같았다.

우재가 이런 모습을 보일 줄은 몰랐다. 아마도 소유욕 같은 것일 테다. 그걸 느꼈지만 예라는 아무렇지도 않게 그가 하고 싶은 대로 놔두었다. 누군가를 이렇게 소유하고 싶어 하고 원하는 이런 권우재의 모습을 저만 볼 수 있다는 것이 참 좋았다.

"뭐 하는 거지?"

진짜 뭐 하는 건지 물어보는 게 아니라, 무엇을 만드는지 물어보는 것이겠지.

예라는 고개를 끄덕이며 대답해 주었다.

"엉. 김치찌개. 지금 만들 수 있는 게 그것뿐이거든. 괜찮지?"

"그래."

"음. 어라. 밥이 없네. 밥 좀 해 줄래?"

예라의 말에 우재는 말없이 밥을 만들기 시작했다. 쌀을 씻은 후, 쌀을 불렸다. 그 후 밥을 안친 후 다시 예라에게 돌아와서 이번에는 가스레인지를 끈 예라가 뒤를 돌자마자 그대로 입을 맞췄다.

가벼운 입맞춤이 아닌 딥 키스를 한 우재는 예라의 등을 쓰다듬었다. 이내 한참 뒤에야 입술을 떼어 냈다.

"밥 될 때까지 한 번 더."

그는 그렇게 말을 했다. 무표정이었지만 눈빛만큼은 감정이 녹아 있었다. 한 사람을 강렬히 원하는 그 눈빛에 예라는 꼴깍 침을 삼켰다.

"싫어?"

그가 입꼬리를 살며시 올리며 웃었다. 그건 정말 섹시하게 보였다. 예라는 결국 동의의 의미로 그의 가슴팍에 고개를 댔다. 그걸 동의의 뜻으로 알아들은 우재는 조용히 미소를 지으며 그녀를 안아 들었다. 침대로 이동을 하면서도 연신 입을 맞췄다.

"근데, 우재야. 밥은 안 먹어?"

또 유혹하는 말투와 눈빛이다. 그것에 홀라당 넘어간 우재는 그녀를 침대에 내려놓고서 나시 티를 벗겼다.

"네가 먼저다."

"음."

스스로 유혹해 놓고서도 부끄러운지 그녀는 몸을 움찔거리며 떨었다. 그러나 저를 바라보는 우재의 눈빛이 너무나도 다정해서 결국 팔에 힘을 뺐다. 그는 예라가 스스로 저를 받아들일 때까지 기다리려 했었다. 그리고 그녀는 스스로 힘을 뺐다.

"아직은……."

……말하지 못하지만, 언젠간 말을 해 주지. 사랑한다, 고.

13화

"이사님. 오셨습니다."

"들여보내세요."

우재는 들어오라는 명령을 했음에도 절대로 모니터에서 시선을 떼지 않았다. 한 남자가 곧 안으로 들어섰다. 우재는 사람이 들어왔음에도 고개를 들지 않았다. 그의 행동은 항상 한결같았다. 안으로 들어온 남자가 오히려 민망해서 먼저 말을 걸었다.

"저…… 권우재 이사님? 나를 불렀다고…….."

그 말에 우재가 마지막으로 엔터를 탁 쳤다. 그 소리에 남자가 움찔거렸다. 곧 우재가 천천히 일어섰다.

남자는, 우재와 눈이 마주치자마자 움찔거리다 웃었다.

"권우재 이사님이 먼저 만나자고 할 줄이야."

우재가 승승장구할 때 몇 번 찾아왔던 기자였다. 그러나 우재는 그런 것에 관심은 전혀 없었다. 그렇기에 모두 다 거절을 했다. 지금 먼저 부른 기자도 마찬가지였다. 몇 번이나 거절을 했는데도 찾아와서 결국 싸늘히 축객령을 내렸었다.

그런데 우재가 먼저 불렀다. 남자는 우재의 초대가 반가웠다. 어떤 이유인지는 모르겠지만, 권우재가 이렇게 직접 초대를 한 기자는 자신이 처음일 것이다. 그것만으로도 반가웠다.

"앉으십시오."

우재의 말에 여전히 싸늘하군 싶다가도 먼저 부른 걸 보면 뭐라도 좋은 기삿거리가 있을 것 같았다.

곧 비서가 커피 두 잔을 가져왔다. 비서가 가져온 커피를 먼저 마신 우재가 소리도 내지 않고 잔을 내려놓자 남자도 커피를 한 모금 마셨다. 그리고 그는 고개를 들어 우재를 똑바로 바라보았다. 우재는 뼛속까지 얼려 버릴 정도로 차가운 시선을 보냈지만 남자는 당당함을 잃지 않았다.

예라도 저렇게 당당했었다. 제가 싫어하는 것을 알면서도 끊임없이 말을 하고 귀찮게 했다. 하지 말라고 했지만 연락을 했다. 무시해도 항상 메시지는 기본 10번 이상 했다. 전화도 가끔 했었다. 정말 뻔뻔한 여자였는데, 어느새 그 시끄러움이 없으면 안 될 정도로 생활이 변했다.

'그런 그녀와 그녀의 동생을 엮었지.'

우재가 부른 기자는, 제주도에서 예라와 종현의 사진을 찍어서 기사로 만든 장본인이다. 쌍둥이 남매라는 것이 밝혀졌다지만, 제게서 질투심을 불러낸 기자가 마음에 안 들었다. 그리고 나중에라도 예라를 이용해 기사를 하나 쓸 것 같았다.

'그렇게 하기 전에, 미리 손을 써 둬야겠지.'

우재는 가만히 그 기자를 노려보았다.

"왜, 그러시는지……."

"사과는 했나."

"사과, 라니……."

"당신이 잘못 쓴 기사 말입니다."

"그게 무슨……."

잠시 기자는 생각을 했다. 자신이 잘못 쓴 기사가 뭐 있더라. 잠시 생각을 하던 기자는 엊그제 잘못 썼던 기사를 떠올렸다.

그렇지. 기사 하나를 잘못 썼었다. 처음으로 박종현의 스캔들을 낼 수 있을 것 같아서 냉큼 사진을 찍어다가 기사를 썼다. 초반, 기사는 대박이 났었다. 그러나 곧 박종현의 소속사에서 연락이 왔다.

'그 기사, 당장 내리십시오. 뭐, 우리 쪽에서도 내리겠지만. 그 기사, 완전 엉터리요.'

'엉터리라니……! 난 틀림없이 박종현의 연애 사진을……!'

'이봐요, 기자 양반. 그 사람은 박종현의 쌍둥이 누나요. 친누나란 말입니다.'

종현에게 친누나가 있다는 말은 들어 본 적도 없어서 거짓말인 줄 알았다. 그런데 몇 시간 뒤, 박종현은 곧바로 기자회견을 열었다. 정말 급했던 모양이다. 그 기자회견에서 그는 처음으로 알려지지 않았던 쌍둥이 누나에 대한 설명을 했다. 실제로 종현의 어머니인 박나경은 이혼 경력이 있었다.

그럼에도 믿지 못하는 기자들을 향해 종현은 미리 준비를 해 온 자신의 어릴 적 앨범에다 예전 주민등록등본까지 보여 주었다. 그래서 자신의 실수를 알았다. 그것 때문에 회사에서도 해고당할 뻔했다.

"그, 그게 무슨⋯⋯."

"두 번 다시⋯⋯ 그 두 사람은 건드리지 않는 게 좋을 겁니다."

"대체⋯⋯ 그 두 사람과 무슨 관계기에⋯⋯!"

기자의 말에 우재는 어느새 들고 있던 잔을 탁 소리 나게 내려놓았다. 기자는 긴장을 했다. 대체 무슨 관계라서⋯⋯? 그리고 조금 뒤, 우재가 입을 뗴었다.

"하나는 내 동창."

우재가 동창이라 칭하는 것은 즉, 친구라는 뜻이다. 잠시 기자는 멈칫했다. 권우재의 주변에 친한 사람 가운데 박종현이 있었던가?

'아, 그랬던 것도 같다.'

젠장. 기자는 아주 잘못 건드렸다는 것을 알았다. 건드려선 안 되는 쪽은 박종현이 아니라 권우재였다. 기자들 사이에서도 잘 알려진 남자였다. 그는 건드리면 있는 힘을 다 동원해서라도 바닥에 내려앉게 만든다는, 그런 남자였다.

절대로 인터뷰에는 응하지 않고, 필요한 말 외에는 절대로 하지 않는다고 한다. 만약 인터뷰에 응한다고 해도 제대로 된 대답은 없을 것이다. 무엇보다도 그는 필요한 사람 외에는 절대 곁에 두지 않고 무조건 공적인 태도를 보이며 사적으로 대하는 사람은 얼마 없다고 한다.

가족, 그리고 친구.

그에게 있어서 친구라고 잘 알려진 사람은 종현이다. 그걸 잊어 버리다니.

"그리고 그 여자는."

우재가 입을 열었다. 기자는 온몸이 긴장되었다.

"내 여자다."

"……!"

"그러니 두 번 다시 건드릴 생각은 안 했으면 좋겠군."

그의 반말은 아주 자연스러웠다. 그는 곧 기자를 바라보며 마지막으로 입을 열었다.

"다시는 얼굴 보지 않았으면 좋겠군요."

우재가 미소를 지었다. 그러나 그 미소는 차가운 냉소였다. 결국 기자는 아무런 말도 못 한 채 이사실에서 나와야만 했다. 두 번 다시 권우재와 마주치는 일은 없었으면 했다.

"누가…… 둘이 남매일 줄 알았나!"

그리고 특히 그 여자가 권우재와 관련 있는 여자였다면 절대로 엮지 않고 내버려 뒀을 것이다. 다른 놈이 걸리도록!

❖

"세, 세상에…… 관장님. 이게 다 뭐, 뭐예요?"

"그러게요, 승희 씨. 아…… 도망가 버리고 싶네."

종현의 팬들은 연령층이 다양했다. 지금 갤러리에 몰려든 인파는 다양한 연령의 여성 팬들이었다. 우글우글 몰려드는 여자들을 바라보던 예라와 승희는 질린 표정이 되었다. 물론 종현이 혹시나 들르나 감시하러 온 사람들도 있지만, 제대로 감상을 하기 위해 온 사람들도 있었다. 전자가 후자를 방해하고 있었다.

"이거…… 대책을 세워야 할 것 같은데요."

"……그러게요. 이래선 순수한 관람객분들도 그냥 가게 생겼어
요."

예라는 오늘은 글렀다고 생각했다. 박종현의 힘이 이 정도였군
싶었다. 언론에 한예라에 대해서, 그리고 갤러리 온새미로에 대해
서 드러나니 이렇게 사람이 몰리게 되었다.

일단, 점심 전까지는 문을 열고 그 후 문을 닫았다. 임시 휴업으
로 정하고서 일단 갤러리 안의 정리부터 했다. 간단하게 청소 후,
점심을 시킨 후에야 숨을 돌릴 수 있었다. 축 늘어진 두 사람은 배
달 음식이 오기 전까지 늘어진 채로 가만히 앉아 있었다.

"저기, 승희 씨."

"네에……."

힘이 없는 대답에 예라는 짧게 웃었다. 문득 예라는 대충 던져
놓은 핸드폰을 찾고 다시 늘어졌다. 부재중 전화 한 통과 다섯 통
의 메시지가 온 게 보였다. 부재중 통화 한 통과 메시지 두 통은
종현과 그의 매니저 대현이 보낸 것이었다. 그리고 나머지는 전부
우재에게서 온 연락이다.

[갤러리는 어떻지?]

[걱정된다.]

[점심은 먹고서 하는 건가?]

세 통 모두 애정이 담겨 있었다. 잠시 그 메시지를 바라보던 예
라는 흐뭇한 미소를 지으며 통화 버튼을 눌렀다. 마침 주문을 한
초밥이 배달 왔다는 소리가 들렸다. 초밥은 승희가 받으러 갔다.
그사이 우재가 전화를 받았다.

— 한예라. 괜찮은가?

"아, 미안, 미안. 정신이 없었어. 지금 임시 휴업 한 상태야. 진짜 관람하는 분들에게 미안해서 그냥 오늘은 일단 문을 닫고 방법 좀 생각해 보려고."

— 그렇군.

"점심은?"

— 아직. 너는?

"지금 시켰지. 승희 씨가 가지러 갔어. 아, 왔다. 초밥 먹으려고. 우재 씨는?"

— 적당히 먹겠지.

우재는 짧게 대답을 해도 이야기를 잘 들어 주고 있었다. 예라는 그의 성격을 알기에 그러려니 넘겼다. 이건 연애를 해도 달라지지 않는 부분이다. 다만, 달라진 점은, 한 번 말을 할 때마다 너무 적나라하게 솔직하다는 것이다. 특히나 애정 표현 부분에서는 그런 것 같았다. 그래서 부끄러운 것은 전부 제 몫이었지만 그래도, 좋았다.

"그러지 말고 맛있는 거 먹어."

— 오늘 저녁은.

"어…… 승희 씨랑 내일 대책을 세워 보고, 안 되면 늦게까지 남아서 얘기를 할 수밖에 없어. 오늘은 음, 무리인 것 같아."

— ……그렇군.

아쉬워하는 것만 같이 우재는 뜸을 들이고 대답을 했다. 그게 또 귀엽게 느껴졌다. 물론 섣불리 귀여워했다간 당하고 말지만, 그래도 지금만큼은 귀여웠다. 저녁에 만나지 못해서 아쉬워하는 권우재라니.

예라는 승희를 바라보다 잠시만, 대답을 해 주고서 통화 부분을 가리고서 승희를 바라보았다. 이미 승희는 초밥을 먹기 위한 세팅을 전부 끝낸 후였다.

"왜요?"

"혹시, 오늘 저녁에 우재 씨도 오라 하면 안 될까? 그래도 경영하는 사람이니까 뭔가 도움을 줄 수도 있을 것 같아서."

"하긴…… 그렇긴 해요. 관장님과 저, 둘만으로는 안 되는 부분에 도움 주실 것 같아요."

오케이. 예라는 그렇게 대답을 하고 다시 우재를 불렀다.

"우재야. 있잖아. 저녁에 일 끝나고 심심하면 우리 갤러리에 놀러 와."

— 그래.

그가 쿡쿡거리며 웃는 소리가 들렸다. 왜 웃었을까 생각을 해 보니 제가 이름을 불러 줘서, 그래서 기뻐서 그런 것인가 싶었다. 어쩐지 그의 웃음소리가 마음을 울리는 기분이 들었다. 예라는 희미하게 웃으며 다시 우재를 불렀다.

"우재야, 우재야."

— 흠. 적당히 부르는 게 좋을 텐데.

"우재야, 자기야. 나 이제 밥 먹을게. 이따 봐. 안녕!"

예라는 우재의 대답을 듣기도 전에 전화를 끊었다. 예라가 나무 젓가락을 반으로 가르고 초밥을 간장에 찍어 먹으려 할 때, 승희가 움직이지 않아서 고개를 들었다.

"왜 그래요?"

승희가 입을 쩍 벌리며 저를 바라보기에, 예라는 먹여 달라는 것인 줄 알고 먹으려던 초밥을 내려놓고 새로운 초밥 하나를 들어서 간장을 적당히 찍은 후, 승희의 입속에 넣어 주었다. 그러자 승희가 초밥을 오물오물 먹다가 눈을 크게 뜨며 정신을 차렸다. 그리고 입에 있는 초밥을 삼킨 후에 입을 열었다.

"과, 관장님."

"응?"

그녀는 본격적으로 식사를 하고 있었다. 스트레스를 받아서 그런지 지금 먹는 초밥이 정말로 꿀맛이었다. 맛있게 초밥을 잘 먹는 예라를 보던 승희가 짧게 웃음을 터트렸다.

"관장님도 참. 정말 알콩달콩 예쁜 커플이 되셨네요."

"에? 아, 아하하. 그런 거였어요?"

"정말 닭살이었어요."

"그나저나…… 우리 진짜 어쩌지."

잠시 젓가락을 입에 물던 예라가 낮게 한숨을 쉬었다. 미리 사 놓은 콜라를 한 입 마시고 예라는 종이컵을 내려놓았다. 덩달아 콜라를 마시던 승희도 한숨을 쉬었다.

"그렇다고 갑자기 입장료를 받을 수도 없잖아요. 그건 관장님 철학에 어긋나는 거니까요."

"그렇지요. 으음."

예라는 다시 초밥을 먹는 데 집중을 했다. 그녀가 입을 다무니, 승희도 입을 다물고 초밥을 먹는 데 집중을 했다. 초밥은 정말 맛있었다. 가격이 좀 있어서 자주는 아니지만 그래도 종종 시켜 먹는 곳이었다. 문득 예라는 먹다가도 우재가 생각이 났다. 예라는 핸드

폰으로 우재에게 메시지를 보냈다. 초밥, 좋아해? 그러자 잠시 후,
바로 답장이 돌아왔다.

[좋아해.]

보통 그래, 라고 대답을 했을 텐데 이번에는 다르게 대답을 해
왔다. 어쩐지 그게 예라에게 고백을 하는 것만 같았다.

'이 남자, 설마 이런 식으로, 간접적으로 고백을 하는 건가?'

예라는 눈을 깜빡였다. 물어볼까? 무엇을 좋아하는 건가. 하지만
물어볼 용기가 나지 않았다. 그는 어쨌든 사랑일지도 모른다는 대
답을 했다. 하지만 여자는 사랑에 대한 확신을 받고 싶어 한다. 그
건 예라도 마찬가지였다.

그에게서 사랑에 대한 확신을 받고 싶어.

그러나 요구를 할 수가 없었다. 그가 할 수 있을 때까지 계속해
서 기다릴 생각이다.

"후…… 승희 씨. 미안해요."

"으응? 뭐가요?"

"괜히 나 때문에 승희 씨까지 이렇게 되어 버렸네요."

"괜찮아요. 그나저나 관장님이 많이 힘들겠어요."

"딱히……."

감추려고 했던 사실도 아니었고, 그렇다고 당당히 자랑을 할 일
도 아니었다. 그렇기에 그저 그냥 가만히 있었을 뿐이다. 그런데
이렇게 종현과 남매라는 게 알려지자마자 팬들에게 시달릴 줄은 몰
랐다.

예라는 초밥을 먹다가 문득 밖에서 들려오는 목소리에 잠시 먹
던 것을 멈췄다. 하도 소란스러운 소리여서 승희도 젓가락을 내려

놓고서 밖에서 들려오는 소리에 귀를 기울였다. 이내 잠시 후, 예라가 먼저 일어났다. 그녀는 콜라 한 모금을 더 마신 후에 룸을 나섰다. 승희는 예라 혼자서는 무리라 생각해서 그 뒤를 따랐다.

"하아……."

이게 뭔가. 정말이지, 곤란하다.

예라는 흘러내리는 앞머리를 대충 쓸어 올렸다. 가끔 표정이 종현을 닮았다.

밖에서는 종현의 팬들이 혹시나 종현이 왔을까 봐 안을 기웃거리며 갤러리를 괴롭히고 있었다. 결국 예라는 문을 열고 나갔다. 그러자 어린 팬들이 몰려들었다.

"동작 그만!"

예라가 버럭 외쳤다. 그 순간, 일제히 행동이 멈췄다. 교복을 입은 학생들도 보였고, 대학생도 보였다. 심지어 성인 팬들도 보였다. 가만히 바라보던 예라는 다시 한숨을 쉬었다. 일단 소리를 질렀는데, 어떻게 해야 하면 좋을지 모르겠다. 결국 머리를 헝클어뜨리며 고개를 똑바로 들고 당당히 서서 팬들을 둘러보았다.

"쫑…… 아니, 박종현 팬들이죠? 근데 어쩌나. 쫑…… 아, 모르겠다. 쫑이 갤러리에 들르는 건 일 년에 한 번 올까 말까예요. 종현이가 이런 거 안 좋아하는 거, 팬들이면 알 텐데 왜들 이러시나. 그리고…… 여러분 때문에 갤러리에 오던 '진짜' 손님들이 다시는 안 올 것 같네요."

"언니, 진짜 종현 오빠 쌍둥이 맞아요? 하나도 안 닮았는데."

"쌍둥이 맞다니까! 그리고 내 말 듣고 있어요? 그리고 앞으로 박종현 있나 없나 찾아오는 팬들, 제대로 쫓아낼 테니 알아서들 해요. 난 여러분들 SNS의 힘, 하나도 안 무서우니까. 애초 종이랑 쌍둥이라는 거 알려지기 전부터 난 이 갤러리를 충분히 운영해 왔어요. 그러니까!"

마지막 예라의 외침에 모두가 움찔거렸다. 예라는 씩 웃었다.

"이런 거 뭐, 벌써 거기 핸드폰으로 뭐 하는 거 보면 이미 한예라 성질 더럽다 등 쓰고 있겠죠. 하지만 여러분들 오기 전에 난 온화했어요. 그걸, 내 갤러리 손님들은 충분히 알고. 그러니까 그만 오세요. 여러분들이 뭐, 백날 와 봤자 여러분들이 이러면 평생 박종현은 안 올걸요."

예라는 이내 마지막으로 한마디를 덧붙였다.

"난 심한 말 안 했다고 생각해요. 조용히 살고 있었는데, 나를 괴롭힌 건 여러분들이잖아요? 이제 그만 돌아가서 각자 할 일 하세요."

탁. 소리가 나도록 문을 닫아 버린 예라는 그대로 뒤도 안 돌아보고 안으로 다시 들어갔다. 밖에서 뭐라고 하는 소리가 들렸지만 승희는 예라가 걱정이 되어서 밖을 잠시 바라보다 안으로 들어갔다. 예라는 태연하게 의자에 다시 기대어 앉아서 마저 초밥을 먹었다. 승희는 괜찮으냐고 물어보려다 후련한 것 같은 얼굴에 결국 웃어 버렸다.

"정말…… 관장님 성격에 못 당하겠어요."

"그런가요? 나는 다만 하고 싶은 말을 했을 뿐이에요."

"하긴. 그런데…… 이걸로 조용해질까요?"

"아마, 생각이 있는 사람들은 그만 물러가겠죠. 그러나 생각이 없으면 계속해서 오겠지요."

그럴 경우에는 어떻게 해야 할지 생각해야만 했다. 절대로 입장권을 팔지 않고, 무료로 갤러리를 운영하는 방안으로.

물론 이 덕분에 예라의 갤러리는 좀 더 유명해졌다. 아는 사람들만 알았고, 입소문으로 통해 들었던 갤러리 온새미로는 어느새 박종현의 쌍둥이 누나 한예라가 운영하는 갤러리 온새미로라는 이름으로 알려졌다. 그러나 결국 예라가 원하지 않은 일이 벌어졌다.

"하긴. 근데 관장님 말이 맞아요. 종현 씨는 보통 갤러리로 찾아오진 않잖아요? 아주 가끔만 찾아오고."

"그렇죠. 난 거짓말 안 했어요. 아하하. 아, 좀 더 톡 쏴 버리는 건데."

예라는 낄낄거리며 웃다가 티슈로 입가를 닦았다. 예라는 지금 만족스러운 상태였다.

혹시나 싶어서 검색을 해 보던 우재는 떠도는 새로운 기사 하나에 미간을 찌푸렸다. 예라가 팬들에게 함부로 소리를 지르고 욕을 했다는 소리다. 하지만 예라가 그럴 사람이 아니라는 것을 알기에 우재는 기자들에게 전화를 걸려다 멈췄다.

'아무리 기사에서 이렇게 떠들어도……'

절대로 눈 하나 깜빡할 사람은 아니었다. 적어도 제가 아는 한예라는 그랬다. 우재는 그냥 놔두기로 했다. 이걸 가만히 놔두는 것도 싫지만, 그렇다고 기사를 무작정 내려 버리기에는 또 저 사실을 인정하는 것 같았다.

"후……."

우재는 시간을 바라보았다. 퇴근까지는 한 시간이 남았지만 아무래도 예라를 보러 가야 할 것 같았다. 잠시 우재는 고민을 했지만 컴퓨터 전원을 꺼 버렸다. 곧바로 예라의 갤러리로 향했다.

40분 뒤, 예라의 갤러리에 도착해 주차를 한 후, 갤러리를 바라보았다. 문은 엉망이었다. 오늘은 갑자기 휴업을 한 건 아까의 통화로 인해 이유를 알았다. 다만, 갤러리 주변이 이렇게 더러운 것을 보니 걱정이 되었다.

"후."

우재는 예라에게 전화를 걸었다. 조금 뒤 예라가 전화를 받았다.

— 우재 씨?

"그래."

— 어쩐 일이야? 어라, 벌써 퇴근이야?

"그래. 지금 갤러리 앞인데."

— 뭐어? 진짜! 조금만 기다려.

예라가 또 말없이 뚝 전화를 끊어 버렸다. 그래도 괜찮았다. 곧 달려 나올 예라를 알기에. 그리고 우재의 예상대로 예라는 달려 나왔다. 잠시 문 앞에서 멈췄지만 곧 문을 열고 나와서 우재의 품에 덥썩 안겼다. 그녀의 행동을 전혀 예상하지 못했던지라 우재는 그대로 굳어 버렸다. 그러나 곧 예라의 등을 쓰다듬었다.

"이렇게 일찍 왔다니."

"네가 걱정되어서."

"아…… 뭐."

어깨를 으쓱이던 예라는 우재의 손을 잡고 안으로 이끌었다. 주변을 둘러보다 이제 더 이상 갤러리를 괴롭힐 손님이 없어 보여서 문을 잠그지 않았다. 우재를 갤러리 안을 지나 안에 마련된 룸으로 데려갔다. 그곳에서 승희가 열심히 대책을 생각하고 있었다.

"아, 안녕하세요."

"네."

"저녁은 안 먹었지? 일단 저녁 먹고 올까요?"

"그거 괜찮네요."

"우리 뭐 먹지. 승희 씨. 뭐 먹을까요? 우재 씨는?"

우재는 그저 그녀가 원하는 것을 먹을 생각으로 대답을 하지 않았다. 승희는 고기가 먹고 싶다고 했다. 소주 한잔, 어때요? 그 말에 피식 웃으며 고개를 끄덕였다. 갤러리 문만 앞만 정리하고 가기로 했다. 우재는 그저 그녀의 곁에서 가만히 있었다.

"우재 씨. 기사 보고 온 거야?"

"음."

"뭐…… 어차피 그런 허접한 인터넷 기사 따위는 안 보니까. 그냥 한번 궁금해서 봤거든. 분명 기사 올라왔겠지, 하고. 근데 자세한 건 안 봤어. 댓글 같은 것도 안 보고."

그럼 다행이지만, 만약 그걸 진짜 보고 상처를 입었는데도 안 그런 척하는 거라면…… 용서 못 한다.

"정말인가."

예라의 표정을 물끄러미 바라보던 우재가 손을 올려 그녀의 뺨 위에 얹었다. 슥슥 쓰다듬기에 잠시 눈을 감았다가 떴다. 눈앞의 남자가 저를 걱정하고 있었다. 표정이 일그러진 게 보였다. 그게 또 걱정이 되어서 달려온 모양이다.

'진짜…… 의외로 참 귀엽다니까.'

예라는 빙긋 웃었다. 그러다 우재와 눈이 마주쳤다. 우재가 예라의 손을 잡아 왔다. 따듯한 온기에 예라는 후훗 웃어 버렸다.

우재는 술을 한 모금도 마시지 않아서 술에 취한 그녀를 차로 데려다주려고 했다. 그러다 뺨이 발그스름하게 물든 그녀를 보니, 혼자 두고 싶지 않았다.

물론, 욕망이 가득 찬 눈으로 그녀를 바라보았지만, 무턱대고 제욕망을 좇아 그녀를 안으려는 마음은 없었다. 마음 같아서는 그랬지만, 그렇게 하지 않을 것이다. 그녀가 저를 원하면, 그때야 그녀를 또 안아 줄 것이다.

"어…… 근데……."

소주 한 병하고도 몇 잔을 더 마신 그녀는 세상이 빙글빙글 돌아 보였다. 그래도 막 도착한 곳이 자신의 집 앞이 아니라는 것은 알수 있었다. 희미하게 눈을 뜬 예라는 눈을 비볐다. 그리고 쪽 입을 맞추는 소리가 났다. 순식간에 말캉한 무언가가 입술을 스치고 지나갔다. 예라의 눈이 깜빡였다.

"우재야…… 여기 너네 집 아니야……?"

귀엽게 말하는 예라를 넋을 놓고 바라보던 우재는 홀린 듯 그녀의 얼굴 가까이로 다가갔다. 서서히 잠이 깨던 예라는 눈을 뜨자마자 훅 밀치고 들어오는 우재의 향기에 취할 것 같았다. 그는 그녀의 아랫입술을 부드럽게 물고 늘어졌다. 그녀의 입이 천천히 열리자, 그의 혀가 미끄러지듯이 안으로 들어왔다. 그녀를 찾아 헤매던그는 그녀가 제 혀끝에 닿자, 그대로 빨았다. 조수석의 머리맡을잡으며 그녀를 압박했다.

"으음…… 응……."

부드러운 그녀의 목소리에 미칠 것만 같았다.

그녀를 그저 품고 잠이 들면 푹 잘 수 있었고, 잠이란 것에 사로 잡힐 것만 같았다. 그냥, 그녀와 그렇게 있기만 해도 좋았다. 그래 서 품에 안고 자기만 하려고 했다. 그러나 저는 그저 사랑에 길을 헤매는 수컷이다. 그러니 사랑하는 그녀를 두고 가만히 잠만 잘 리 가 없었다.

"우, 우재 씨……."

한 손은 우재의 팔에, 다른 한 손은 등에 둘렀다. 어느새 두 사 람은 찰싹 달라붙었다. 한참 동안 각도를 틀고 또 틀어서 긴 입맞 춤으로 예라가 호흡 곤란이 될 때까지 그녀를 몰아붙였다.

"당신, 이러려고 나를 당신 집에 데리고 왔지……?"

예라가 열기에 들뜬 얼굴로 물었다.

곤란하다. 이러다 정말 덮칠 것 같았다.

우재는 마른세수를 하다가 말없이 다시 시동을 걸었다. 예라는 눈을 비비다 우재의 팔목을 잡았다. 예라는 우재의 몸이 뜨겁다는 것을 느끼고 흠칫 놀랐다. 고개를 들어 우재를 바라보았지만 그는 그저 앞만 바라보았다.

"저기, 우재 씨. 갑자기 어디 가는 거야?"

"……한예라의 집."

"에? 갑자기 우리 집은 왜?"

"……."

그는 아무런 대답도 하지 않았다. 그런 우재가 답답해서 예라는 우재의 팔을 잡아당겼다. 그리고 민망함을 무릅쓰고 칭얼거렸다.

"자기야. 응? 말 좀 해 봐. 왜 갑자기 우리 집 가는데? 응?"

"……그만하는 게 좋을 거다."

"어, 어? 왜?"

그러자 갑자기 잘만 가던 우재가 차를 급정거시켰다. 끼익 소리
가 남과 동시에 우재가 강한 힘으로 예라의 어깨를 움켜잡았다. 그
는 입만 뻐끔거리는 그녀를 똑바로 바라보았다. 그는 어깨를 움켜
쥔 한 손을 떼어 검지로 그녀의 턱을 올렸다.

"날 자극하지 않는 게 좋아."

"……"

"내가 널 마음대로 덮쳐 버릴지도."

그 말에 예라의 얼굴이 새빨갛게 변했다.

예라는 붕어처럼 입을 뻐끔거렸다. 이내 우재를 툭 밀어 내고서
두 손으로 얼굴을 감쌌다. 진짜…… 대체 뭐라는 거야. 매년 발정
기라는 거야? 그러나 예라는 그렇게 말을 하지 못했다. 그런 말을
했다간, 정말 그렇다는 소리를 들으면 평정심을 유지하지 못할 것
같았다,

예라는 어떤 표정으로 어떻게 반응을 해야 할지 알 수 없었다.
그러나 그가 원하는 게 그거라면 기꺼이 줘도 될 것 같았다. 그토
록 자신을 원하는 그였으니까.

"하나만…… 하나만 말해 줘."

"……뭔데."

"나를…… 좋아해……?"

"……"

"대답 안 해 줘……?"

"……"

그에게서 돌아오는 대답은 없었다. 당장 고개를 들어서 그를 보고 싶었지만 볼 수가 없었다. 정말, 어떤 얼굴로 그를 봐야 할지 모르겠다.

그러나 대답이 없어도 너무 없었다. 결국 예라는 천천히 손을 내렸다. 분명 천천히 손을 내렸는데, 순식간에 손목이 잡혀서 허벅지 위에 손이 고정되었다. 강렬한 눈빛으로, 온몸으로 고백을 하는 우재를 보자마자 고개를 돌려 버렸다. 그러자 그의 얼굴이 불쑥 다가왔다.

"흠."

"아, 알았으니 얼굴은 뒤로……."

손목을 비틀어서 빼낸 뒤 우재의 얼굴을 두 손으로 밀어 냈다. 그러자 이번에는 허공에서 손목이 잡혔다.

'아, 싫다. 이런 상황…….'

너무 부끄럽기도 하고, 좋기도 하고. 어쩔 줄 모르던 예라는 고개를 팍 들어서 우재를 똑바로 바라보았다.

그래, 어차피 물러서지 못할 상황이니까 똑바로 마주 봐 주겠다!

그러나 눈은 질끈 감은 채였다. 예라의 모습이 귀여워서 우재는 한참을 혼자서 숨죽여 웃었다. 그러다 결국 참지 못하고 쿡쿡거리며 웃었다. 결국 예라는 실눈을 뜨고 한참 동안 웃고 있는 우재를 얄밉다는 듯이 바라보았다. 덕분에 술이 확 깬 기분이 들었다.

"너어……!"

"귀여워서."

"……윽."

예라의 머리를 쓰다듬던 우재는 입을 가볍게 맞췄다. 그리고 다시 차를 돌려서 자신의 집을 향해 운전했다.

"응? 뭐야? 다시 돌아가?"

"그래. 지금은 참을 수 있을 것 같아서."

"뭐…… 응……?"

"그냥, 안고 자고 싶었을 뿐이야."

야한 말은 아닌데 야한 말이 된 것 같다. 예라는 눈을 깜빡이다 얼굴을 붉힌 채 우재의 한쪽 손을 잡았다. 그러자 우재가 기분 좋게 웃는 모습이 보였다.

"참."

"응?"

아직 하지 못한 말이 있는지 우재가 입을 열었다. 곧 우재의 오피스텔 지하 주차장에 들어섰다. 예라가 차에서 내리자마자 뒤를 돌아보며 한 마디를 했다.

"아마도."

"아마도?"

"아니."

"……"

엘리베이터가 도착했다. 예라는 우재를 빤히 바라보았다. 그러나 그는 오히려 예라를 빤히 바라보았다. 대체 무슨 말을 하려는 건지 모르겠다. 예라는 눈을 깜빡이다 우재가 대답을 해 줄 때까지 기다리고 있었다.

우재는 집에 도착해도 아무런 말도 하지 않았다. 예라는 뭔가 아쉬운 마음이 들었다.

예라는 우재에게서 빌린 옷을 익숙하게 찾아 입었다. 그나마 작

은 반팔 티와 트래이닝 바지였다. 지난번 우재가 입으라고 준 옷이
었다. 간단히 세안 후 밖으로 나오자 우재는 보이지 않았다. 아무
래도 방에 들어가 있는 모양이다.

"우재 씨?"

방으로 들어가자 침대 위에 앉아 있는 우재가 보였다. 어쩐지 첫
날밤을 치르는 새색시가 된 기분이 들었다. 예라는 어쩐지 부끄러
워서 쉽게 들어가지 못했다. 머뭇거리는 그녀를 본 우재가 씩 웃으
며 제 옆자리를 팡팡 두들겼다.

"이리 와."

"하지만……."

"어서."

명령조의 말에 예라는 망설이다 천천히 걸어갔다. 말 잘 듣는 아
이처럼 우재가 두들긴 곳에 앉았다. 그녀가 제 옆으로 오자 우재는
천천히 누웠다.

"아, 잘 거면…… 불 끄고 올게."

"아니."

우재는 그대로 그녀를 눕히고서 자신이 일어나서 불을 끄러 향
했다. 그리고 불이 꺼지자마자 캄캄해져서 예라는 눈을 깜빡였다.
우재가 자신의 옆에 앉자마자 움찔 몸을 떨렸다. 그녀의 등을 바라
보던 우재는 손을 뻗어서 어깨 위에 손을 얹었다. 그러자 움찔 다
시 떨던 예라는 천천히 몸을 틀어 우재를 바라보았다. 그는 강렬한
눈빛으로 그녀를 바라보고 있었다.

"드디어 얼굴을 보여 주는군."

"……다음부터는 같이 안 잘 거야."

"왜지?"

"……심장 떨려서 못 살겠다고!"

고개를 팍 숙였으면서도 예라는 우재의 품에 안겼다. 말과 몸이 따로 노는 그녀의 행동에 귀여워서 우재는 결국 하하 소리를 내서 웃어 버렸다. 곧 그녀를 제대로 안아서 제 품에 꽉 안기게 했다. 이 내 그녀의 귓가에 그토록 그녀가 듣고 싶었던 말 한 마디를 했다.

"사랑해."

"……어?"

예라가 고개를 들었다. 그러자 그가 다정하게 미소를 지었다.

"이렇게 말하는 거, 맞나."

그는, 살아생전 처음으로 다정함과 사랑하는 여자를 향한 마음을 가득 담아서 사랑 고백을 했다.

14화

오늘은 특별한 날이어서 한껏 치장을 한 예라는 거울을 이리저
리 보았다. 화장도 평소와는 달리 티가 나지 않을 정도만 했다. 그
러나 뭔가 마음에 들지 않아 침대 위에 걸터앉았다. 머리를 다시
매만지는 등 한참 그녀가 거울을 보며 여러 가지를 수정할 무렵,
누군가가 왔다는 것을 알리는 벨소리가 들렸다.

"네에!"

예라는 아쉬운 마음에 거울을 더 들여 보다가 방을 나섰다. 인터
폰으로 누구인지 확인한 다음 문을 열어 주었다.

"정말 데리러 왔네."

우재였다. 그는 잠시 문을 열고 나온 그녀의 모습으로 인해 돌처
럼 굳었다. 굳어 버린 우재를 바라보던 예라는 고개를 갸웃거렸다.
왜 가만히 있지? 예라는 다시 방으로 가서 핸드백을 들고 왔다. 그

녀가 우재의 앞에 서자, 그가 갑자기 움직여 예라를 품에 안아 버렸다.

"저기…… 우재 씨?"

"……오늘, 너무 예쁘군."

"에…… 아……."

예라의 두 뺨이 보기 좋게 물들었다. 우재는 그녀의 뺨을 슥슥 어루만지다가 뺨에 가볍게 입을 맞추고서 말없이 손을 잡고 이끌었다. 하루하루 다정해져 가는 그의 행동에 예라는 너무 기뻤다. 그리고 또한 행복했다.

이런 우재의 변화는 바라지 않았다. 그렇기에 그의 변화가 무서울 정도였다.

무서운데, 그럼에도 행복하다.

그의 변화는 정말로 예상하지도 못했던 일이기에 간혹 이 모든 것이 꿈일 것 같아서 무서웠다. 첫눈에 반해서 그를 원했다. 그래서 그저 자신의 마음을 받아 준 것만으로도, 아니, 3개월의 기간을 없애 준 것만으로도 고마웠다.

그것만으로도 고마운 일이었다. 그리고 그것만으로도 만족했다. 그러나 그는 얼마 전에 사랑한다는 말까지 해 주었다.

'이러다 정말 심장마비로 죽을지도 몰라.'

예라는 그에 대한 욕심은 있었으면서도 그저 마음속 깊이 숨기고 표현하거나 내색하지 않았다. 그 이상 바랐다간, 정말 꿈이 되어서 다 사라져 버릴 것만 같았기 때문이다. 그 꿈에서 그냥 영원히 잠이 들고 싶다. 그러니…….

"우재 씨. 여기, 내 화장품 묻었어."

예라는 물티슈를 꺼내서 그의 셔츠 깃에 묻은 화장품을 닦아 주었다. 시동을 걸기 전, 그녀의 손길에 우재는 그대로 멈췄다. 우재는 예라를 가만히 바라보았다. 제 부모님을 뵌다고 예쁘게 꾸민 모양이다.

정말, 아름다워.

"자, 됐다."

예라가 빙긋 웃으며 우재를 바라보았다. 그 순간, 그는 참지 못하고 그녀를 시트에 눕히고 입을 맞췄다. 점점 거칠어지는 입맞춤을 말리고 싶었지만 말릴 수가 없었다. 그는 말로 표현을 하는 것이 아니라 행동으로 표현을 하는 편이었다. 물론, 말로 할 때면 정말로 솔직하고 노골적으로 말을 해서 절대로 움직이지 못하게 만들어 버리지만, 그래도 그것도 좋았다.

"하아, 하아……."

"정말, 미칠 것 같아."

우재가 뜨거운 숨을 내뱉었다. 그는 그녀의 어깨에 고개를 파묻었다. 그는 정말로 못 참겠다는 모습이다. 그게 또 재미있기도 하고 귀엽기도 해서 우재의 머리를 쓰다듬어 주었다. 그러자 그가 고개를 들었다.

"사랑해."

"으, 으으……!"

한 번 말을 하고 나니 두 번째, 세 번째 말을 하는 건 쉬웠나 보다.

그날 이후, 그는 이렇게 갑작스럽게 고백을 해 왔다. 두 번째로 뜬금없이 사랑 고백을 했을 때 갑자기 뭐냐고 물었더니 그냥 하고 싶다고 했다. 그리고 아마 지금도, 하고 싶어서 했을 것이다.

정말…… 심장마비로 죽을 것 같다.

예라는 괜히 지워진 립스틱을 다시 바르며 딴짓을 했다. 그러자 우재는 그런 그녀를 바라보다 피식 웃으며 차 시동을 걸었다. 예라는 차가 부드럽게 출발을 하자마자 힐끔 우재를 바라보았다. 그러다 다시 거울로 고개를 돌렸다.

"우재 씨."

"왜 그러지?"

"그냥…… 뭐랄까, 우재 씨가 많이 달라졌다 싶어서."

"그런가."

확실히 바뀐 것도 같았다. 전보다 좀 더 그녀에게 하고 싶은 말이 많았다. 즉, 말이 많아졌다. 물론 그건 예라에게만 한정되어 있을 뿐이다.

"응. 그래서 가끔……."

……무섭지만. 정말로 꿈이면 안 되니까. 첫눈에 반한 뒤, 계속해서 짝사랑을 하던 때로 돌아가고 싶지 않았다.

"가끔?"

"아, 아니야. 그냥. 아하하."

예라는 그저 웃어 넘겼다. 이런 것을 말해 봤자 한심하게 비칠 뿐이다. 예라는 더 이상 말을 하지 않았고 앞을 보았다. 미리 사 온 다과 세트를 품에 안고 그저 가만히 있었다. 우재는 예라가 하다가 도중에 그만둔 말이 마음에 걸렸지만 더 이상 말을 걸지는 않았다. 나중에라도 말을 해 주기를 기다려야겠다.

"음, 그래도 지난번에 어머님은 뵈었는데……."

예라가 조금 뒤에 다시 입을 열었다. 아무래도 긴장이 된 나머지, 말을 계속해서 꺼내야 할 것 같았다.

"어땠나."

"음……."

갤러리에서 강 여사를 보았던 걸 떠올리던 예라는 피식 웃었다.

"굉장히 우아한 여사님이셨지. 거기다 우재 씨랑 닮아서 곧 알아차렸고."

조금 뒤, 약속 장소인 한식 전문점 산들채에 도착했다. 주차를 한 후, 예라가 먼저 내리니 곧 우재가 내려서 예라의 손을 잡고 이끌었다. 이제 부모님을 뵙게 되니 손을 놔야 하는데, 따뜻한 온기를 주는 이 손을 그녀는 어쩐지 놓고 싶지 않았다.

아직 안 오신 모양이다. 조금은 다행이다 싶었다. 조금 더 그의 손을 오랫동안 잡을 수 있게 되어서 좋았다. 이런 마음이 들다니 어쩐지 놀라웠다. 변한 건 우재뿐이 아니라 저도 많이 변해 버린 모양이다.

"우리가 빨리 도착한 모양이야. 그건 그렇고 이거…… 마음에 드실까."

"뭐든 괜찮아."

그리고 대화가 끊겼다. 그럼에도 어색하지 않았다. 정말 신기한 일이었다. 그리고 조금 뒤, 문이 열리고 두 사람이 기다리던 사람이 들어왔다.

우재의 부모님, 권성우와 강숙희는 문을 열자마자 일어서서 인사를 하는 예라를 발견했다. 반면 우재는 예라가 일으켜서 마지못해 일어나는 모습을 보였다.

"어머님, 오랜만이에요. 아버님, 처음 뵙겠습니다. 한예라라고
합니다."

예라가 먼저 인사를 하자 놀라던 그의 아버지는 곧 껄껄 웃으며
먼저 손을 내민 예라의 손을 맞잡았다. 잠시 우재의 눈썹이 꿈틀거
렸지만 그것을 발견한 건 오로지 강 여사뿐이었다. 그저 아들이 질
투하는 모습이 신기해서 가만히 바라보기만 했다.

"어서 앉아요. 저 녀석도 앉고 싶어 하는가 본데."

"아, 아하하. 우재 씨도 참……."

"녀석, 오랜만인데 아비는 쳐다보지도 않냐?"

"간만입니다."

우재가 하는 말은 그게 다였다. 예라는 괜히 우재의 허리를 팔꿈
치로 두 번 찔렀다. 그러자 우재는 예라를 돌아보다 다시 말을 했
다.

"오랜만입니다."

예라는 어색하게 웃다가 그의 아버지인 성우에게 말을 걸었다.

"아버님도 한식 좋아하신다 해서 이곳으로 예약을 했는데……
입에 맞았으면 해요. 어머님하고 입맛이 같으신 걸 보면 괜찮을 것
도 같은데……."

"허허. 괜찮을 겁니다."

"참, 말 편하게 하세요."

강 여사는 이미 예라가 마음에 들었기에 더 친해지고 싶었다. 그
녀는 이미 예라를 미래의 며느리로 생각하고 있었다.

하나뿐인 아들에게 정말 잘 어울리는 여자였다. 들어 보니 종현
의 쌍둥이 누나라던데, 몇 번 본 종현과는 닮지 않았다. 역시 이란

성이라 그런 모양이다. 사실 종현에게 소개를 받을 땐 마음에 걸렸었다. 예라의 부모님은 이혼을 하지 않았던가. 하나 그런 건 상관없이 아들의 마음을 열어 줄 수만 있다면 괜찮을 것 같았다.

"아버님. 우재 씨가 누굴 닮아서 잘생겼나 했더니 아버님을 닮았나 봐요."

"하하. 그런가."

"그럼요. 아, 그나저나 아버님과 어머님이 한식을 좋아하시는 이유를 알 것 같아요."

예라는 우재를 만났을 때와 똑같이 재잘재잘 떠들고 있었다. 그것도 사람을 기분 좋게 하는 말만 하고 있었다. 그래서 우재도 넘어갔었다. 처음에만 시끄럽다고 생각했지, 지금은 오히려 그녀의 목소리가 없으면 심심했다.

저 목소리는 나에게만 들려줘야 한다.

그러나 지금 그녀는 자신의 부모님에게 그 목소리를 들려주고 있었다. 당장에라도 떠드는 걸 멈추게 하고 싶었다. 저에게만 떠들게 하고 싶었다. 그는 마음속에서부터 그 마음이 부글부글 끓어오르는 것을 느꼈다.

"그나저나……."

잠시 강 여사가 말을 멈추고 아까부터 아무런 말도 하지 않는 아들을 바라보았다. 그는 입을 꾹 다문 채, 묵묵히 밥을 먹고 젓가락을 내려놓았다. 표정이 좋지 않아 보이는 아들의 모습이 왜 그런지 강 여사는 그 이유를 알 수 없어서 걱정되었다. 그러다 잠시 묘한 흐름을 느꼈다.

무슨 생각을 하는지 알 수 없는 표정을 짓고 있던 우재가 틈틈이

예라를 바라보았다. 아주 미세한 시선이었지만 우재를 바라보기만
하면 금방 그 시선을 알아차릴 수 있었다. 그래서 강 여사는 알았
다. 아, 제 아들이 질투를 하고 있구나, 하고. 마치 놀아 주지 않아
서 삐친 것만 같기도 했다.

"예라야."

"네?"

"우재가 자기도 좀 봐 달라고 하는구나."

"……에?"

예라는 하던 말을 멈추고 우재를 바라보았다. 우재는 아무렇지도
않게 후식으로 나온 수정과를 마시고 있었다. 예라는 알아듣기 힘
들다는 듯이 강 여사를 바라보았다. 그러나 후훗 웃을 뿐, 강 여사
는 모른 척하고 있었다.

우재는 다시 얘기를 하기 시작한 예라를 바라보다 낮게 한숨을
쉬었다. 그제야 예라가 똑바로 우재를 바라봤다. 우재는 정면을 보
고 있었지만 슬그머니 그녀의 손을 잡았다. 움찔거리며 놀란 예라
가 고개를 숙였다.

"참. 두 사람 말이지."

아버지 성우의 목소리에 예라와 우재는 동시에 성우를 바라보았
다. 그는 두 사람을 가만히 바라보았다. 제 아내의 말만 들어서는
잘 몰랐지만 이렇게 직접 보니 잘 어울린다는 것이 한눈에 보였다.
아무래도 두 사람 나이를 생각하면 바로 결혼을 시켜야 할 것 같았
다. 우재도 아예 생각이 없는 것은 아닌 것 같다고 한다.

"그래, 두 사람. 서로 마음도 잘 맞고, 그런 것 같구나."

"그, 렇죠. 아하하."

예라는 우재의 아버지가 무슨 이야기를 할지 몰라서 일단 장단을 맞추기로 하였다.

"두 사람, 가볍게 만나는 것도 아니고."

"물론 아니죠."

"그렇다면 말이야."

예라의 대답이 마음에 드는 표정이다. 제 아버지가 무슨 말을 할지 어쩐지 예상이 된 우재는 말릴까 하다가 예라의 대답이 궁금해서 그냥 입을 꾹 다물고 맞잡은 손에 힘만 주었다.

"결혼은 언제쯤 할 생각인가?"

"……네?"

"둘이 잘 어울리는데, 결혼 생각은 아직 없는 건가?"

성우가 아쉬워하는 얼굴이 보였다. 예라는 그저 어색하게 웃다가 손을 저었다.

"아직 생각을 안 해 봐서요."

"그래? 그렇구나. 아쉽구나."

"죄송해요. 아직은 연애만 하고 싶어서요."

그리고 어색하게 내려앉는 공기를 무마하기 위해서 다시 말을 꺼냈다. 잠시 분위기가 나아졌다. 그러나 우재의 분위기만큼은 나아지지 못했다.

"한예라, 너……."

예라가 보조석에 앉자마자 우재가 입을 열었다. 그러나 우재는 더 이상 말을 하지 못했다. 예라가 입을 다문 채 생각에 잠겨 있는 것처럼 보였다. 농담으로 받아쳐도 되었을 말을 아직 생각이 없다고 하니, 정말인지 물어보고 싶었다.

물론, 우재도 지금 당장 결혼을 할 생각은 아니었다. 최근 그녀와 함께 잠이 드는 시간이 많아지고, 거기다 강 여사가 꺼낸 결혼이란 단어가 자꾸만 머릿속을 맴돌면서 결혼에 대한 생각을 하게 만들었다. 그래서 우재는 진지하게 한번 예라에게 말을 꺼내 볼 생각이었다.

'그런데 아직은 생각이 없다, 라.'

당분간은 연애만 할 생각이라고?

'아니. 그럴 생각 없어.'

갑자기 천하의 권우재에게 오기가 생겼다. 반드시 한예라에게서 결혼하고 싶다는 생각을 하게 만들고 싶었다. 아직은, 생각을 안 해 봤다고 하는 한예라의 의중도 알고 싶었다.

왜? 어째서? 왜 아니라는 거지?

우재는 아직도 말이 없는 예라를 바라보았다. 분명, 먼저 좋아한다고 하던 사람은 예라였다. 자신이 내색을 하지 않았어도 좋아한다고 했기에 분명 말을 하면 받아 줄 거라는 생각은 잠깐 했었다.

"한예라."

"……."

"한예라."

"……어? 아, 응."

"무슨 생각하는데 불러도 대답을 안 해?"

예라는 우재를 바라보다 시선을 피했다. 아까 전, 대답을 제대로 하지 못한 것이 마음에 걸렸다. 그래서 똑바로 시선을 마주할 수가 없었다.

예라가 교묘하게 시선을 피하자 우재의 미간이 꿈틀거렸다. 항상 밝게 웃고 언제나 사람의 눈을 똑바로 보고 말을 하는 편이었다. 아무리 밀어 내도 항상 그런 태도였다. 그러나 지금은 두 눈을 피하고 있었다. 눈조차 마주하려 하지 않았다.

"으, 으응……."

"결혼 이야기가 싫었던 건가."

"어? 아, 그게……."

싫은 건 아니었다. 다만…….

'다만…….'

다시 예라의 입이 다물어지고 고개가 숙여졌다. 우재는 지금 이 상황이 답답했다. 그녀의 마음을 알고 싶었고, 지금 하는 생각도 모조리 싹 다 알고 싶어졌다.

하기 싫으면 억지로라도 결혼을 해야겠다는 생각도 들었다.

"그게 싫은 게 아니면, 뭐가 싫은 거지?"

"……아니, 그게 아니라……."

"말해. 입을 다물고 있으면 아무것도 몰라."

"결혼이 아직 너무 빠르다 이거야."

"어째서?"

"어째서라니……."

잠깐, 어쩐지 이 대화…….

머뭇거리던 예라가 질문을 했다.

"설마, 우재 씨…… 나랑 결혼하고 싶은 거야?"

그러나 금방 우재의 미간이 일그러졌다. 물론, 제 아버지가 섣불리 이야기를 꺼낸 건 사실이다. 그러나 이렇게 말수가 줄어들 만큼 별로인 이야기였나.

"설마가 아니야."

"……아, 정말……?"

"그래."

"그, 그렇구나. 하지만 나는……."

다시 예라가 입을 다물었다. 우재는 더 이상 예라에게 말을 걸지 않았다. 더 이상 말을 해 봤자 대답은 돌아오지 않을 것이다.

그는 기분이 나빠졌다. 어째서 자신이 이렇게 안달복달하는 건지 모르겠다. 하지만 그녀를 온전히 제 것으로 하려면 그녀의 이름에 다른 명칭을 새겨야 한다. 권우재의 아내란 그 명칭을 새겨야지만 완전히 제 것이 된다.

그렇게 되면 이 마음이 가라앉을까. 그녀를 향한 이 검은 마음이 가라앉을까.

"들어가."

"아, 응. 고마워."

우재는 별다른 말을 하지 않고 그대로 차를 돌렸다. 예라는 갤러리 앞에서 멍하니 우재가 가는 길을 바라보았다. 그러나 그는 일말의 망설임도 없이 그대로 차를 몰고 사라졌다. 시야에서 우재가 탄 차가 보이지 않게 되자 예라는 낮게 한숨을 쉬었다.

"하아……."

아무래도 감정적으로 지친 것 같았다. 오늘따라 동생인 종현이 보고 싶었다. 예라는 낮게 한숨을 쉬다가 갤러리 안으로 들어섰다. 전보다는 없었지만 그래도 사람이 많은 편이었다. 예라는 갤러리를 깨끗하게 하는 편이어서 종현에게 남기는 방명록은 못 남기게 했다. 그래도 편지나 선물 같은 건 보관해 두기로 했다. 그 정도는 허락해도 될 것 같았다.

갤러리 안으로 들어가자마자 예라는 핸드폰을 꺼냈다. 승희에게 간단히 인사를 하고 안으로 들어가서 소파에 편안하게 기대어 앉았다. 익숙한 단축번호 0번을 눌렀다. 신호음이 쭉 이어졌다. 아무래도 바빠서 전화를 안 받는 모양이다. 예라는 두 번 전화를 건 이후 받지 않자 핸드폰을 툭 던졌다.

"오늘 진짜 피곤하네."

소파에 아예 누워 버렸다. 곧 예라는 눈을 감았다.

결혼, 결혼이라.

단 한 번도 생각을 해 본 적이 없었다. 그토록 좋아하는 우재가 상대임에도 한 번도 생각을 해 본 적이 없었다. 지금의 상황만 해도 정말 꿈만 같은 상황이니까.

"하지만 말이야."

지금은 나타나지 않았지만, 혹시나 제 아버지처럼 방랑벽이 생기면 어쩌나 싶었다. 지금이야 정착해서 살지만, 시간이 지나고 나면 모른다. 아버지 강한은 젊을 때부터 방랑벽이 있던 건 아니었다. 작품 활동을 하기 시작하면서 생겼다고 한다. 처음에는 그저 이곳저곳 다니면서 그림을 그렸지만, 어느새 그건 습관이 되었다.

"결혼은 무서운 거라고."

제대로 아내가 될 수 있을지 모르기에 섣불리 대답을 할 수 없었다.

"그건 그렇고, 나랑 결혼하고 싶다는 생각을 했다니."

그 권우재가?

"기쁜 이야기이긴 한데……."

예라는 다시 눈을 감고 생각을 해 보았다. 막연하게 느껴졌던 자신의 미래였다.

눈을 감고 그린 미래는 간단했다. 같은 집에서 살고 있는 모습이다. 평일에는 우재를 먼저 회사에 보낸 후, 저는 느긋하니 집안일을 하다가 갤러리로 출근을 한다. 저녁은 간단히 만나서 먹든가 집에서 먹는다. 주말은 항상 같이 있는다. 눈을 뜨면 항상 곁에 있는 사람.

"아아…… 뭐, 그것도 괜찮겠다."

그가 원하는데, 해 줄까?

"……아니, 아니야. 그런 마음으로 하는 건 결혼이 아니야."

결혼은, 나도 마음을 먹어야 하는 건데.

'하고 싶긴 한가?'

예라는 아마 그럴 거라고 생각을 한다. 미래를 생각하면 저절로 함께 지내는 게 떠오르니까. 그러나 그것뿐이다. 자신이 없었다. 아마도 예라가 우재와 결혼을 하게 되는 건, 자신이 생겼을 때일 것이다.

그러나 언제 생길지는 잘 모르겠다. 아직은 알 수 없으니…….

"그건 그렇고. 화가 난 것 같은데."

예라는 감고 있던 눈을 떴다. 벨소리가 들렸기 때문이다. 손을 뻗어서 핸드폰을 잡았다. 발신자를 보니 종현이다. 부재중인 걸 보고 전화를 준 모양이다.

"여어."

— 나 촬영 중이어서. 지금은 쉬는 시간이고. 왜?

"아니, 뭐…… 그냥. 박종현이 뭐 하나 궁금해서."

— 싱겁기는. 무슨 일 있었어? 우재네 부모님은 잘 만났고?

"그럼. 내가 누구냐. 천하의 한예라다."

세상에서 둘도 없는 자신의 짝이다. 태어나기 전부터 한 배에 있었고, 세상의 빛을 본 것도 함께였다. 그래서 이런, 아무런 의미 없는 이야기를 하더라도 기운이 났다. 그건 종현도 마찬가지였는지 지금의 자리에 올라서기 전, 힘들 때마다 항상 예라를 찾았다.

"야. 이 누님이 하나 묻는다. 대답이나 해."

— 뭔데? 말해. 간만에 누님 대접해 준다.

"어쭈. ……너 말이야. 내가 결혼하면 어떨 것 같아?"

그러자 종현에게서 대답이 없었다. 예라는 자신의 얼굴로 통화 종료 버튼을 누른 줄 알았다. 그러나 귀를 떼어 내 핸드폰을 확인해 보니 아직도 통화 중이었다.

"뭐야, 쫑. 대답을 해, 대답을."

— 누나…… 청혼 받았어? 설마! 그 권우재가? 설마!

"설마를 두 번까지 할 필요는 없잖아? 그리고 청혼은 안 받았어. 그럴 생각이 있다고만 들었지."

— ……허어. 대박.

종현은 믿기지 않은지 자꾸만 대박 소리를 했다. 과연 세상 사람들은 알까. 서른넷의 카리스마 있는 상남자 배우 박종현이 사실은 이런 아이 같은 모습도 있다는 것을. 은근슬쩍 녹음을 해서 협박용으로 쓰려다가 말았다. 이런 모습은 누나인 저만 알고 있는 것도 좋다고 생각했다.

"그래서 어떨 것 같으냐니까."

— 음.

종현은 쉽게 입을 열지 못했다. 나름대로 생각을 해 보는 모양이다. 종현이 뜸을 들이는 시간이 길어짐에 따라 예라의 마음은 점점 더 무거워졌다. 지친 표정으로 예라는 눈을 감았다. 우재와 처음으로 싸운 것 같은데, 얼른 가서 우재의 기분을 풀어 주고 싶기도 하고, 자신의 이야기를 솔직하니 말을 하고 싶다.

'그러면, 권우재는 기다리겠다고 하겠지.'

안 어울리지만, 분명 우재는 그렇게 대답을 할 것 같았다. 권우재는 어느새 그렇게 변했다. 처음에 보았던 차가운 무표정은 사라지고, 틈만 나면 미소를 짓고 다정하게 대해 주고 그리고 무엇보다도 뜨겁게 애정표현을 할 줄 아는 남자가 되었다. 거기다 결혼까지 생각하고 있다니.

— ……안 어울려.

종현이 겨우 내놓은 대답에 예라의 가슴이 욱신거렸다. 그렇게 나와 안 어울리나……?

— 천하의 '그' 권우재가 새신랑? ……웰. 차라리 연속으로 드라마와 영화 촬영을 하겠어…….

그러나 곧 이어지는 종현의 말에, 예라는 큰 소리로 웃어 버렸다. 이렇듯, 항상 종현은 자신의 편이 되어 준다. 무슨 일인지 몰라도 항상 이렇게 내 편이 되어 주는 사람이 있다니. 예라는 한참 동안 웃다가 종현이 바쁘다는 말에 웃음을 그쳤다.

"나중에 만나. 자세히 얘기해 줄게."

— 흐응. 알았어. 뭐, 또 통화해. 급한 일 있으면 문자라도 남기고.

"응. 촬영 힘내."

종현과 통화 후, 한결 가슴이 나아지는 것을 느꼈다. 예라는 멀
뚱히 천장을 바라보다 상체를 일으켰다. 그러나 얼마 있다 못해 다
시 누웠다.

"후……."

내일, 우재의 마음을 풀어 줘야겠다.

우재는 간만에 그녀와 함께 아닌 혼자 잠을 청했다. 그러나 눈을
감았다가 다시 떴다. 몸은 피곤한데 정신은 멀쩡했다. 잠이 오지
않았다. 품에 그녀가 있던 것은 얼마 되지 않았는데 그 온기가 없
다고 지금 이렇게 잠을 못 이루고 있다니.

코웃음이 나왔다. 혼자서 지낸 지 10년이 넘었는데도 고작 그 짧
은 시간 안에 그 온기에 길들여진 모양이다.

"대단한 여자야."

어느새 자신을 이렇게 저 없이는 잠도 못 자게 만들어 놓았다.

이렇게나 권우재가 한 여자에게 푹 빠질 줄은 몰랐다. 절대로 생
각해 본 적 없는 결혼까지 생각하지 않았던가. 대단한 발전이다.

그냥, 아침에 눈을 뜨면 항상 그녀가 제 품에 안겨 있으면 좋겠
다는 생각에서 출발했다. 그 상상만으로도 웃음이 나왔다. 제발 웃
고 다니라는 소리를 듣던 권우재가 저절로 웃고 있었다. 그 웃음은
전부 한예라 덕분이었다.

항상 함께 있으려면, 진짜 권우재의 한예라가 되려면 결혼을 해
야만 했다. 그런데 그녀는 아직이라고 했다. 아직은 연애를 좀 더
하고 싶다고 했다.

"아직이라."

그렇다면, 언제 그 때가 되는 거지?

우재는 제가 결혼을 원하고 있다는 것을 알아차렸다. 그 이유는 간단했다. 권우재의 아내 한예라가 되는 거니까. 애인이 아닌 남편. 그 상상만으로도 당장 그녀를 찾아가고 싶어진다. 그런데 그럴 수가 없었다. 그녀는 여전히 그가 애인의 자리에 머무르기를 바라니까.

내가 어쩌다 이렇게 되었지.

우재는 픽 웃으며 눈을 감았다. 내일, 예라와 다시 이야기를 해볼 생각이었다.

오지 않는 잠을 겨우 청해 잠들었을 때, 우재는 꿈속을 헤매고 있었다. 안개 속을 걷던 그는 안개를 벗어나기 위해서 걷고 또 걸었지만 끝은 보이지 않았다. 그러나 곧 신기하게도 안개가 점점 사라졌다.

그리고 그런 우재의 앞에 한 남자가 스쳐 지나갔다. 그건, 몇 년 전의 자신이었다. 우재는 과거의 자신을 저도 모르게 따라갔다. 곧 과거의 저는 멈췄다. 우재도 덩달아 멈췄다. 과거의 저는 이런 눈을 했었구나, 싶었다. 누군가를 향한 다정한 눈빛. 저 눈빛은 대체 누굴 향해서일까. 우재는 상대방을 향해 고개를 들었다.

한 여자였다. 누구인지는 기억이 나지 않았다. 다만, 저 여자를 왜 다정하게 바라보는지, 과거의 자신이 이해가지 않았다. 저 여자는, 다른 사람을 바라보고 있었다. 그런 여자를, 저는 또 뭐가 좋다고 바라보고 있는지 모르겠다.

눈빛은 질투에 검정빛으로 물들어 가고 있으면서.

그 여자는 제 친구를 바라보고 있었다. 그걸 모르는 척 여자에게 사귀자는 말을 했고 여자는 머뭇거리다 제 마음을 받아 주었다. 과거의 일. 그러나 여자는 마음 한 자락도 저에게 내어주지 않았다.

그날 이후부터 집착을 하기 시작했다. 절대로 제 친구를 보지 못하게 했고, 잦은 연락을 하고 집착하며 소유욕을 보였다.

너의 집착이 너무 무서워……!

결국 그녀는 진실을 밝혔다. 나는 너를 좋아하지 않아. 네 친구가 좋아서, 그래서 다가가기 쉽게 네 마음을 받아 준 거라고.

네가 너무 무서워……!

비명을 지르듯이 들리는 목소리에 상체를 벌떡 일으켰다.

"헉, 헉……."

우재는 거친 숨을 내뱉었다. 후두둑. 식은땀이 이불 위에 투툭 떨어졌다. 우재는 새벽이 밝아 오는 걸 바라보다 한숨을 푹 쉬었다. 거칠게 머리를 쓸어 올린 그는 다시 침대에 누웠다. 멍하니 천장을 바라보다 눈을 감아 버렸다.

이전에는 한 번도 그 여자의 꿈을 꾼 적이 없었다. 그러나 한예라를 만나고, 그녀에 대한 사랑을 깨닫고 나니 그 여자의 꿈을 꿀 때가 있었다.

한예라도, 나의 집착이 무서워서 떠날 것 같아서.

우재가 가장 두려워하는 것은 오로지 하나였다. 제가 하는 사랑의 방식이, 사랑을 하면 할수록 무섭도록 집착하고 소유하려 드는 자신의 방식이 두려워서 그녀가 떠날까 봐, 그것이 무서웠다.

그녀는 결혼에 대해 긍정적인 반응을 보이지 않았다. 그렇기에 악몽인 그 여자의 꿈을 꾸게 된 걸지도 모른다.

"아무래도…… 많이 힘들었나 보군."

그녀가 머뭇거린 모습이 아무래도 견디기 힘들었던 모양이다. 당연히 수긍할 거라고 생각했었다. 그건 아마도 아주 큰 자만이었다. 어째서 당연히 그녀도 결혼을 생각하고 있을 거라고 생각을 했었는지 모르겠다.

우재는 고개를 돌려 새벽이 다가오는 하늘을 바라보았다. 그 하늘을 바라보며 우재는 다시 눈을 감았다.

'혹시라도……'

너도 나를 싫어한다면.

너도 나를…… 무서워한다면…….

그런 생각에 우재의 눈이 번쩍 떠졌다. 자신의 집착과 소유욕이 무서워서 결혼을 속박이라고 생각해서, 그래서 결혼은 생각이 없다고 한 건가.

"……안 돼."

그의 눈빛이 음험하게 빛났다.

"이대로 너를 놔줄 생각은 없으니까."

먼저 다가온 건 너였다. 끝내 외면하려고 했던 나를 돌려세운 것은 너였다. 어떻게든 나를 돌아보게 하려고 내 시야 안에 다가와서 자리를 차지한 것도 너였으니, 너는 이런 나를 책임져야만 한다.

"안 그래, 예라야?"

그는 다정다감한 표정으로 미소를 지었다.

그녀가 본 적 없는, 위험한 미소였다.

아, 어떻게 하지.

예라는 핸드폰을 마치 보물 모셔 두듯이 만지지도 못하고 그저 바라만 보고 있었다. 자신은 연락이 오기를 기다리는 것보다는 답답해서 먼저 하는 편이었다. 그래서 우재에게도 먼저 연락을 하곤 했는데 지금만큼은 할 수 없었다.

내일 만나서 이야기를 하려고 했는데 지금 말을 하고 싶었다. 싸운 것 같아서 마음이 불편했다. 우재하고는 싸움이라고는 하나 없이 지내고 싶었다. 그렇기에 예라는 당장 풀고 싶었는데 그럴 수가 없었다.

그렇게 고민을 하다가 보니 벌써 자정이 넘어가고 있었다.

"으아아아……"

침대 위를 괴로워하며 굴러다니던 예라는 멍하니 천장을 바라보았다.

결혼, 결혼이라.

예라는 눈을 깜빡였다. 생각하지도 못했던 단어를 들으니 정신이 없었다. 그래서 제대로 이야기를 하지도 못한 채 하루가 저물었다.

"결혼……"

어느새 좋아하는 얼굴을 감추지 못한 채 헤벌쭉 웃고 있었다. 그러나 예라는 알아차리지 못했다. 자신의 얼굴이 그토록 히죽거리며 웃을 수 있다는 것은 전혀 몰랐다.

"그나저나, 의외란 말이야."

권우재가 결혼을 생각하고 있었다니. 그만큼 내가 좋다는 거야?

"맙소사."

예라는 두 손으로 얼굴을 가렸다. 붉어진 얼굴은 틀림없이 좋아하는 기색을 보이고 있었다. 아무리 생각해도 상상이 되질 않는다. 우재와 결혼을 한 한예라라니.

"그⋯⋯."

매일 한집에서 살라는 건가? 그러면 심장마비로 죽지 않을까? 눈을 뜨면 권우재, 눈을 감아도 권우재. 지금처럼 혼자가 아니라, 곁에는 항상 우재가 있다는 것이다. 사랑하는 사람이 항상 곁에 있다면, 정말로 심장마비로 행복한 채 눈을 감을지도⋯⋯.

"그래도⋯⋯ 그건 좋겠다."

사랑하는 사람과 24시간 같이 있을 수도 있다는 것이다. 아니, 24시간만이 아니라 48시간이다. 주말은 내내 같이 붙어 다닐 수 있다.

"아, 좋아⋯⋯."

예라는 다시 웃었다. 아무래도 정말 좋았다. 얼른 날이 밝아 왔으면 좋겠다. 당장에라도 우재에게 가서 제대로 마주하고 얘기를 하고 싶었지만 자정이 넘었으니 기다리기로 했다.

15화

눈앞에 간만에 부모님이 함께 있었다. 그러나 예라는 이것이 꿈이라는 것을 알고 있었다. 아마 앞으로도 함께 있을 수 없다는 것은 그래도 5분 일찍 태어난 예라가 종현보다 훨씬 먼저 알고 있었다.

그래서 부모님이 이혼한다고 했을 때, 종현을 데려가는 나경에게 아무런 말도 하지 않고 그럼 나는 아빠를 따라갈게, 하고 대답을 했을지도 모른다.

두 사람은 함께 있지만, 표정은 그다지 좋지 않았다.

항상, 아버지는 어머니에게 죄인이었다. 방랑벽이 있는 아버지는 어머니를 사랑함에도 머무를 수가 없다고 했다. 아버지는 완벽한 예술인이다. 예로부터 예술인은 특이하다고 했는데, 아버지는 방랑벽이 있었다. 돌아다니면서 자연을 눈에 담고, 그 자연을 그림으로 그려 냈다. 덕분에 아버지 한강한은 유명한 화가였지만, 남편으로서는 꽝이었다.

'미안해, 여보. 내가……'

'이젠 지겨워요! 당신은 한 가족의 가장이라고요!'

'알아. 하지만 아직……'

'당신 자식보다는 산이 좋다는 거잖아요!'

그런 두 사람을 지켜보는 건, 예라와 종현이다. 그래도 5분 일찍 태어났다고, 항상 누나 노릇을 했었다. 예라는 항상 소리를 내서 울지 못하는 종현을 꼭 안아 주었다.

'누나…… 누나아…… 왜 엄마랑 아빠는 만날 싸워……?'

예라는 그저 동생을 안아 주었다. 그럴 수밖에 없었다. 자신이 할 수 있는 것은 그게 다였다.

"……으아악! 지각이다!"

눈을 번쩍 뜨자마자 보이는 시간은 8시 30분. 예라는 벌떡 일어나서 주변을 두리번거리다 화들짝 놀라며 순식간에 씻고 나와서 준비를 시작했다. 핸드폰이나 파우치 등을 쓸어 담듯이 가방 속에 집어넣었다.

대충 쓸어 담고 난 후, 주차장에 세워 둔 제 차를 탔다. 낮게 한숨을 쉬며 젖은 머리를 대충 정리했다. 머리도 말리지 못하고 간신히 나온 참이다. 다행히도 물은 뚝뚝 떨어지지 않았다. 예라는 곧 핸드폰을 찾아 꺼냈다.

'역시…… 아무런 연락도 없네.'

최근 점점 우재가 먼저 연락을 할 때가 많아졌다. 대답을 하지 않으면 몇 번이고 연락을 했었다. 연락을 받을 때까지, 끊임없이 연락을 했다.

그런데 오늘은 아무런 연락이 없었다. 핸드폰을 멍하니 바라보고 있을 무렵, 한숨이 저절로 나오는 것이 느껴졌다. 먼저 연락을 할까, 하다가 막상 그렇게 생각하니 손이 굳어 버렸다. 먼저 말을 걸어서 풀려고 했는데 또 막상 먼저 하기엔 민망했다.

"아니, 뭐…… 민망할 것도 없긴 한데."

아무래도 먼저 연락을 해야겠다. 그러다 먼저 부모님이 보고 싶어졌다. 꿈에서 두 사람의 싸움을 직접 봐서 그런가.

"음."

먼저, 절 순회를 잘하고 있는지 강한에게 연락을 해 봤다. 그러나 전원이 꺼져 있다는 목소리를 받았다.

"그럼 그렇지."

피식 웃고선 이번에는 나경에게 전화를 했다. 의외로 나경은 곧바로 전화를 받았다.

— 어머, 얘. 쉬는 타임인 줄 어떻게 알았니?

"오. 타이밍 죽이네. 그래서 엄마. 어디야? 지금 시간 돼?"

— 촬영 중이었지. 올래, 그럼? 시간 낼게.

"응? 그럴 수 있어?"

— 그러지, 뭐. 장소는 문자로 찍어 줄게.

예라는 일단 갤러리로 들어갔다. 차를 세운 후, 한 시간 정도 갤러리에 있다가 승희와 그리고 아르바이트인 다른 큐레이터 세라에게 맡겨 놓고서 다시 차에 올라탔다. 운전을 하는 동안 예라는 아직도 망설이고 있었다. 우재에게 전화를 할까 말까. 이 얄량한 자존심으로는 기다리는 것이 쉽게 되지 않았다.

그래서 예라는 먼저 굽히기로 하고 전화를 걸었다. 그러나 그는 받지 않았다. 아마 회의 중이거나 바쁜 모양이다.

"에이, 아쉽다."

전화는 그만 걸고 운전에 집중을 하기로 했다.

나경이 이번에 맡은 건 사극 드라마였다. 야외 세트장을 이용해서, 그곳까지 가려면 차라리 차로 가는 편이 나아서 차를 몰고 가는 중이었다. 금방 갈 수 없는 거리라 약 한 시간 정도를 달려서 도착한 촬영장은 촬영이 한창 진행 중이었다.

예라는 자주 본 나경의 매니저에게 인사를 하고 옆에서 나경의 촬영하는 모습을 바라보았다. 중년 배우라고는 하지만 확실히 한때 연예계에서 한 획을 그었던 배우답게 주연이 아니더라도 빛나는 배우였다.

"역시 엄마는 배우네요."

"그 피를 이어받은 예라 씨도 마찬가진데."

"에이. 저는 아니에요. 연기엔 소질이 없어요."

예라는 손사래를 치며 부정을 하고 다시 나경을 바라보았다.

항상 사랑을 받고 싶어 했던 어머니였다. 그렇기에 더욱더 그 상황을 견디지 못해서 이혼을 요구한 것이다.

"어머, 언제 왔니?"

나경이 무거운 의복을 입은 대로 예라에게 다가왔다. 예라는 일어나서 나경을 맞이했다.

"역시 엄마는 변하지 않네."

"여기까지 오고. 뭔 일 있니?"

"음. 뭐······."

예라는 아무것도 아니라는 듯이 어깨를 으쓱였다. 여기서 말을
할 건 아니었다. 그러자 나경은 자신의 딸의 얼굴을 가만히 바라보
다 예라의 한 손을 자신의 두 손으로 잡았다.

"그래. 자리 옮길까? 이 앞에 찻집이 있는데."

"응. 잠깐만 시간 내 줘."

"어차피 딸 오면 시간 내 주기로 했어."

예라는 나경과 함께 한옥 앞에 있는 작은 전통 찻집으로 향했다.
나경과는 간단히 대화를 나눴다. 지금 찍는 드라마 이야기가 주였
다. 찻집에 도착하자마자 나경은 앉으면서 예라를 바라보다가 물었
다.

"그 망할 놈은?"

여전히 집에 없겠지. 그렇게 말을 하는 것 같았다. 예라는 어색
하게 웃으며 나경의 취향인 홍차와 자스민차 하나를 같이 주문했
다. 주문을 한 후에 잠시 대화는 오가지 않았다. 예라가 먼저 말을
하려고 할 때, 어디선가 핸드폰 진동 소리가 들렸다. 예라는 자신
의 핸드폰이라는 것을 알아차렸다. 어질러진 가방 속을 뒤적이다
겨우 찾은 핸드폰의 액정을 바라보았다.

"······뭐야."

이제야 시간이 난 건가? 아니면······.

"왜? 누군데 그러니? 안 받아? 아, 설마 방랑벽 가진 그 인간 아
냐?"

"워, 워. 엄마. 그래도 여배운데 말투는 곱게 써야지."

"그래서 누군데 그러니?"

"……음. 잠시만."

예라는 양해를 구하고 핸드폰을 들고 나왔다. 잠시 심호흡을 한 예라는 전화를 받으려고 했다. 그러기도 전에 전화는 끊겼다. 어떻게 할까 생각하다 이번에는 자신이 전화를 걸려고 했으나 바로 다시 전화가 걸려 왔다. 어쩔 수 없다는 듯이 피식 웃으며 전화를 받았다.

"네에."

— 왜 전화를 안 받아?

"응? 지금 받았는걸."

— 어디야.

"여기? 여긴 왜?"

그러자 낮게 으르렁거리며 경고하듯이 그의 목소리가 들렸다.

— 지금 보고 싶으니까.

그러니 그런 건 묻지 말라는 듯이 강렬히 대답해 왔다. 보고 싶어서 화가 난 듯싶었다. 어쩐지 오싹거리는 느낌이 들었다.

"그…… 아, 아하하. 우, 우리 저녁에 만날래?"

— 당연한 거 아닌가.

"그, 그렇지? 그럼 어…… 아, 나 엄마 만나러 왔거든."

왜 이렇게 어색한지 모르겠다. 싸우고 난 뒤여서 그런지도 모르겠다. 예라는 멋쩍다는 듯이 웃다가 입을 다물었다. 그냥 목소리만 들어도 이렇게 좋다니. 이런 목소리를 만날 들으면서 사는 것이 바로 결혼이다. 그런 결혼을 하게 된다면…….

"이따가 다시 연락할게."

— 한 시간 뒤다.

"응……?"

그리고 그는 뚝 끊었다. 항상 예라가 먼저 전화를 끊었는데, 오늘은 우재가 처음으로 전화를 먼저 끊었다. 눈을 깜빡이던 예라는 혹시 우재가 정말로 화가 난 건가 싶었다. 아직도 풀리지 않은 건가?

'결혼하자고 내가 먼저 하면 풀리려나.'

그런 생각을 하던 예라는 엄마를 너무 기다리게 했다는 생각에 후다닥 들어갔다. 이미 홍차를 절반 정도 마신 나경이 예라를 쨰려보다 입을 열었다.

"그래. 무슨 일이니?"

"음…… 엄마 시간이 없으니 본론부터 말을 해야겠네."

예라는 식어 버린 차를 한 모금 마시며 바로 말을 이었다.

"엄마. 내가 청혼을 받은 건 아닌데, 결혼 생각을 하고 있다는 말을 들었어."

그 말을 듣는 순간, 나경은 입에 들어 있던 차를 뿜어낼 뻔했다. 겨우 목구멍 뒤로 넘긴 나경은 잔을 탁 소리 나게 내려놓았다.

"뭐……?"

왠지 민망했다. 멋쩍게 웃은 예라는 그저 아무런 말도 하지 않았다. 다만, 계속해서 웃고 있었을 뿐이다.

"우재가 그러든?"

"뭐……."

"그런 기쁜 일을 가지고 왜 죽상이니?"

그러자 금방 예라의 어깨가 축 늘어졌다. 뭔가 불안하다는 듯이 웃고 있었다. 예라는 결국 자신의 대답을 기다리는 나경에게 전부

털어놓았다.

예라는 숨김없이 전부 말했다. 두 사람의 결혼이 끝나 가는 것을 보며 두려움을 가졌고 아버지를 보고 자신에게도 방랑벽이 있지 않을까, 무서운 것까지. 초반부의 이야기를 들으며 나경의 표정은 사색에 질려 있었다. 그리고 그녀의 말을 다 들은 후 낮게 한숨을 쉬었다.

"확실히……."

운을 떼기 시작한 나경은 예라를 바라보다 짧게 웃었다.

"네가 네 아빠를 따라 그림을 시작했을 때, 얼마나 걱정했는지 아니?"

"……그랬구나."

예라가 어느 날부터 강한의 그림에 관심을 가지기 시작하더니 결국 그 뒤를 잇겠다는 듯이 본격적으로 미술을 하기 시작했다. 그때부터 나경은 혹시나 자신의 아빠를 닮아서 방랑벽이 있는 것은 아닌지. 어느 날 훌쩍 떠나서 한동안 오지도 않고, 연락도 안 되는 그 상태가 되는 것은 아닐지 걱정이 되었다.

하루하루 제 딸이 미술을 할 때마다 제발 그만두라고 말리고 싶었다. 그런데 또 엄마의 마음으로 보자 하면, 자신의 딸이 하고 싶어 하는 걸 막을 수도 없었다. 저 또한 배우가 되겠다고 해서 집안에서 얼마나 반대를 했던가.

"그럼에도, 너는 그저 한자리에서 그리는 것을 주로 즐겼지. 네 아빠와는 다르게 말이야."

그렇게 말을 하며 나경은 피식 웃었다. 예라는 나경의 말을 멍하니 듣고만 있었다. 엄마의 말에 조금씩 굳어 있던 마음이 풀어지는 것만 같았다.

"그리고 말이야. 네 나이, 벌써 서른넷이다."

"내 나이도 기억하는 거야?"

"당연한 거 아니니? 자식 나이도 기억 못 할 정도로 막돼먹은 엄마 아니다? 너, 이 엄마를 평소에 그렇게 본 거니?"

도도한 표정을 짓는 나경은 틀림없이 배우였다. 예라는 피식 웃으며 고개를 가로로 저었다. 그럴 리가. 좀 더 마음이 편안하게 놓이는 것이 느껴졌다. 예라는 어머니를 바라보았다. 정말, 운전을 해서라도 만나러 와서 다행이라고 생각했다.

잠시 예라는 남은 차를 마셨다.

"그건 그렇고."

나경의 목소리에 고개를 들었다.

"우재가 너에게 잘해 주는 거 맞지?"

"그럼."

"하지만 좀…… 차가운 남자 아니니?"

"뭐…… 딱히 그렇지도 않던데."

아까 전의 통화가 생각이 난 나머지 예라의 두 뺨이 붉게 물들었다. 그 모습을 바라보던 나경은 연애하던 그때가 떠올랐다. 그러다 곧 씁쓸한 미소가 지어졌다. 이제는 돌아오지 못할 시절이다. 그 남자가 자연이 아닌 저를 선택하지 않은 한, 절대로 돌아오지 않을 때.

"좋을 때다."

예라는 나경의 말에 괜히 턱을 괸 채, 고개를 돌렸다. 그래서 어머니의 씁쓸한 표정을 보지 못했다.

"나중에 셋이서 밥이나 먹자."

"응? 아, 응……."

"그 인간은 어차피 부르려고 해도 부를 수가 없으니까 빼 버려."

예라는 어서 빨리 강한에게 말을 해야 할 것 같았다. 어머니 나경이야 예전부터 종현의 친구니 종종 보았기에 우재를 알지만 강한은 한 번도 우재를 본 적이 없었다. 되도록 두 사람에게 우재를 소개해 주고 싶었다.

왜 아무런 연락도 없는 거지?

아침부터 메시지로 항상 기쁨을 주던 예라였다. 덕분에 더욱더 보고 싶어 하는 마음을 키우게 만들지 않았던가. 그러나 오늘은 없었다. 아무것도 없었다. 그렇게 다툼을 하고 난 뒤여서 그런지 정말 아무것도 없었다.

아침부터 먼저 연락을 하기는 처음이다. 그래서 우재는 머뭇거렸다. 뭐라고 해야 하지? 일단 예라가 뭐라고 했는지 기억을 해 냈다. 그렇게 보낼까 하다가 처음이어서 자꾸만 전송 버튼을 누르지 못했다.

그러다 보니 벌써 출근 시간이 되었고 결국 보내지 못해서 한숨만 늘었다. 덕분에 일에는 집중이 되지 않았다.

"결혼이 하기 싫다는 건가."

자꾸만 그런 결론이 나온다.

"아, 그렇다면."

우재는 먼저 한 가지 생각을 했다. 그렇다면, 먼저 구속해 버리면 된다. 달아나지 못하도록 자신의 곁에 묶어 두면 된다.

그는 반지를 사야겠다고 생각했다. 내 것이라는 증표를 먼저 주면 된다.

우재의 머릿속에는 어느새 그 생각만 가득 찼다. 반지, 반지를 사자. 그녀는 그렇다면 그걸 받고 나서 또 싫다는 표정을 지을까. 아니면, 혹은, 반대라면…….

"……뭐야."

우웅. 진동 소리가 들렸다. 누군데 자신의 생각을 방해하나 싶어서 쳐다보지 않았다. 그리고 한참 뒤, 반지를 사러 가려고 일어났을 무렵, 혹시나 핸드폰을 확인했을 때, 그는 당혹스러운 기분이 들었다.

"이건……."

아까 전, 진동이 울렸을 때 확인을 할 것을 그랬다. 아까 전의 전화는 바로 그렇게나 기다리던 예라의 전화였다. 그러나 저는 받지 않았다. 우재는 그 자리에서 굳어 버렸지만 금방 다시 전화를 걸었다.

"……젠장."

보고 싶었다. 목소리가 듣고 싶었다.

다시 걸었을 때, 그녀의 목소리가 들렸다. 그제야 안심하는 제 심장이 느껴졌다. 화가 나서 자신의 전화를 받지 않을까 겁이 났다. 더 이상 나를 보지 않을까 봐 무서워서, 당장에라도 예라에게 달려가고 있었다.

그는 금방 갤러리에 도착했는데 간신히 전화 통화가 된 그녀는 어머니를 만나러 촬영장으로 가 있다고 했다. 아쉬운 마음을 뒤로 한 채 발걸음을 돌렸다. 저녁에 만나기로 했으니, 그걸로 됐다고 여기기로 했다.

사실 제 마음은 그게 아닌데.

차를 몰고 다시 갤러리로 돌아온 예라는 차를 주차한 뒤, 잠시 생각에 잠겼다. 그러다 곧 나와서 그녀는 주얼리숍으로 향했다. 이내 들어가서 반지를 보여 달라고 했다. 직원이 사이즈를 묻기에 그 남자의 사이즈를 몰라서 잠시 난감해 있다가 평소 맞잡았던 손을 떠올리며 대충 짐작이 되는 사이즈를 말했다.

예라는 반지를 받고 카드를 내밀었다. 그리고 주얼리숍을 나오면서 낮게 한숨을 쉬었다.

"이거, 너무 충동적인 거 아닌가 몰라."

좋아, 나랑 결혼해!

이렇게 외치며 반지를 내밀려고 했다. 그러나 생각을 해 보니 너무 생각이 없는 거 아닌가 싶었다. 하지만 이미 다시 가서 반지를 무르기에는 아까웠다. 얼마 걷지 못해 멈춘 예라는 반지 케이스를 잠깐 열어서 빛나는 반지를 바라보았다.

"그래, 뭐……."

결혼, 하고 싶다는데.

"그 천하의 권우재가 하고 싶다는데."

그만큼 날 좋아한다는 거 아닌가.

그렇게 납득을 한 예라는 빙긋 웃으며 반지를 핸드백 깊숙이 집어넣었다. 이따가 전해 줘야겠다. 청혼을 하는 건 무리인 것 같고, 아무래도 그냥 말없이 건네줘야겠다. 반지의 의미는 알아서 해석하라고 놔둬야지.

기분 좋게 걷기 시작했다. 그렇게 걷다가 정신을 차려보니 우재네 회사 앞까지 택시를 타고 도착했다. 곧 퇴근 시간이다. 그래도 먼저 가서 얼른 얼굴을 보고 싶었다. 기어코 권우재의 웃는 얼굴을 봐야 할 것 같았다. 그래서 예라는 우재의 회사 안으로 들어갔다. 익숙하게 들어가서 비서에게도 인사를 한 후 노크를 했다.

"이사님. 손님 오셨습니다."

들어오라는 목소리에 예라는 새삼 긴장이 되는 것이 느껴졌다. 처음 만났던 날처럼 긴장이 되었다.

종현에게서 오케이 허락을 받고 난 후, 그를 만나러 가기 위해 액셀을 밟고 또 밟고 했던 기억이 난다. 피식 웃다가 안에서 들어오라는 소리가 들리자 비서에게 고맙다고 인사를 하고서 들어갔다. 들어가자마자 역시나 항상 보던 모습이 보였다.

일을 하느라 고개를 들지 않고 있는 모습은 늘 그랬듯이 근사했다. 예라는 새삼 두근거리는 마음을 감춘 채 소파에 털썩 앉았다. 일을 하는 데 방해할 생각은 없었다.

손님이라는 사람이 들어왔는데 아무런 말도 들리지 않자, 우재는 들고 있던 만년필을 내려놓고 고개를 들었다. 그러자 저를 뚫어져라 바라보는 예라와 시선이 마주쳤다. 우재는 당황한 모습을 그대로 보여 주었다. 의자를 덜컥거리며 밀어 낸 채 벌떡 일어났다.

곧 그는 비틀거리며 예라의 바로 앞에 다가섰다. 이내 손을 뻗어서 그 존재를 확인하려는 듯이 얼굴을 더듬거렸다. 뭔가 애틋한 마음에 예라는 피식 웃다가 옆자리를 팡팡 두들겼다.

"앉아 봐. 아, 혹시 일은 아직 안 끝났어?"

"……아니. 끝났어."

설령 일이 아직 남았더라도, 그딴 건 내일 처리하면 되니까.

우재는 그건 말하지 않았다. 대신 예라가 시킨 대로 그녀의 옆에 앉았다. 못 본 지 단 하루가 지났을 뿐인데, 이렇게나 보고 싶은 마음이라니. 우재는 제 마음에 놀랐다. 그리고 그녀가 언제든지 말을 꺼낼 때까지 기다리기로 했다. 더 이상 그녀의 마음에 부담을 주지 말아야겠다.

"정말이지?"

예라가 우재를 향해 고개를 돌렸다. 서로 나란히 앉은 상태기 때문에 어깨와 어깨가 닿을 정도의 거리였고, 그래서 얼굴도 참 가까이에 있었다. 그 가까운 거리에 긴장을 한 예라였지만 티는 내지 않았다.

"한예라."

"아, 내가 우재 씨한테 줄 게 있는데."

"……나한테?"

"그래."

예라는 대답을 하지 않았어도 우재가 기대된다는 눈빛을 하고 있다는 걸 알아차렸다.

'이것 봐. 은근 귀엽다니까.'

조용히 미소를 지으며 예라는 가방을 무릎 위에 두고서 이곳저곳 뒤졌다. 곧 가방 깊숙이 들어가 있는 반지 케이스를 찾았다. 잠시 가방 안을 바라보던 예라는 고개를 들어 우재를 보았다. 어느새 저도 궁금한지 예라와 같이 가방 안을 지켜보고 있었다. 예라는 우재의 뺨에 쪽 입을 맞췄다.

"안 돼. 고개 돌려."

"……."

"안 돌려…… 읍!"

고개를 돌리지 않고 넋이 나간 것 같기에 장난을 쳤을 뿐인데 그
대로 입막음을 당했다. 우재에게 꼼짝없이 자신을 내어준 예라는
처음엔 당황했지만 곧 그의 목에 팔을 둘렀다. 그 반응에 우재는
조금 더 깊게 그녀에게 키스를 하며 그대로 소파 위에 눕혔다.

"웃, 잠깐. 우재 씨, 여기 회사……."

그러나 그의 눈빛은 전혀 그런 것은 상관없다는 듯이 눈빛을 빛
내고 있었다. 예라를 향한 시선은 전혀 돌리지 않으면서 그녀의 위
로 올라왔다. 눈을 깜빡이던 예라는 우재의 뒤통수를 감싸고서 휙
당겼다. 순식간에 우재의 얼굴이 바로 코앞에 도착했다. 그녀의 돌
발 행동에 당황한 우재는 예라가 하는 행동을 그저 가만히 바라보
았다.

그러나 예라는 우재가 기대한 것과는 달리 굳어 버린 우재를 툭
밀고서 상체를 일으켰다. 입 주변에 묻은 타액을 티슈로 닦으며 번
진 립스틱을 정리했다. 그 자리 그대로 굳어 버린 우재의 손을 잡
으며 다시 자신의 옆자리에 앉혔다. 이내 예라는 일어나서 건너편
으로 갔다. 그러자 우재의 미간이 꿈틀거렸다.

"내 옆으로 와."

"그건 안 되겠는데. 위험해서 말이야."

"……."

"당신 눈빛이 너무 위험해서 안 되겠어. 방금도 정말 잡아먹힐
뻔했잖아."

그렇게 당당히 말을 하는 것과는 달리, 예라의 두 뺨은 불그스름

하게 물들어 있었다. 한 입 베어 먹고 싶다는 생각이 들어 잠시 침을 꿀꺽 삼킨 우재는 그녀가 가방을 뒤적이는 것을 보았다.

줄 게 있다고 했지, 참.

그걸 받고 나서, 당장 그녀의 두 뺨을 베어 먹고, 그리고…… 다른 것도 먹어 버리리라.

그가 음울한 이빨을 드러낼 무렵이다.

"자."

정신을 차린 우재는 그녀가 건넨 것을 바라보았다. 벨벳 상자 속에는 작은 무언가가 들어 있었다. 우재는 지금 자신이 본 게 맞는지 확인을 해 보기 위해서 눈을 크게 떴다. 손을 뻗어서 제 눈앞으로 바짝 대었다.

천천히, 고개를 들었다. 이건 대체…….

그러자 긴장한 표정이 가득 한 예라가 눈을 질끈 감았다가 뜨며 외쳤다.

"이거, 내가 고른 건데, 왜 샀냐면!"

결국 끝까지 뱉지 못하고 입을 들썩이던 예라는 결국 먼저 꺼내려던 말은 하지 못하고 반지만 건네준 셈이 되었다.

"아니, 이게 아닌데……."

"……."

"……결혼해 줘."

"예라야."

그 다정한 목소리에 결국 예라는 머뭇거리다 천천히 고개를 들었다. 그러자 어느새 코앞으로 온 우재가 제 말에 답하듯이 고개를 숙여 예라의 입을 맞췄다. 소파에 편안하게 기댈수록 그가 바짝 다가왔다. 뒤에는 소파, 앞에는 권우재. 그의 팔에 갇힌 예라는 천천히 눈을 감았다.

아까와는 달리 부드러운 키스가 이어졌다. 얼굴 곳곳에 입을 맞추다 그는 아랫입술과 윗입술을 번갈아 가며 물고 늘어졌다. 살짝 핥는 느낌에 간지러워 입을 살며시 열고 그를 맞이했다. 천천히 다가오던 그는 안으로 곧 들어왔다.

"으음……."

부드러운 입맞춤, 그리고 달콤한 느낌.

그의 손길이 상체를 돌아다녔다. 곳곳이 그의 손길이 닿았다. 그 부드럽고 다정한 느낌은 이루 말을 할 수 없을 정도였다.

그는 천천히 그녀의 몸을 뜨겁게 만들었다. 그러나 그녀의 말대로 이곳은 회사였다. 자신은 괜찮지만 그녀는 괜찮지 않은 모양이다.

"……배고픈가?"

"으응……?"

그게 무슨 말이냐는 듯이 열기에 눈이 눌린 예라가 물었다. 우재는 입술을 짧게 훔치고 난 후, 일어나서 그녀를 일으켜 세웠다.

"가자."

"어……? 갑자기 어딜?"

그러나 그는 대답을 하지 않았다. 어느새 비서는 퇴근을 해서 아무도 없었다. 우재는 회사에서 나오자마자 급하게 차를 몰고 한 곳에 도착했다. 그곳이 어딘지 알아차린 예라는 우재의 옷깃을 다급하게 잡아당겼다.

"자, 잠깐. 여기 가자는 거였어? 우재 씨!"

그곳은 호텔이다.

"사랑해."

그리고 기습 공격을 했다. 예라는 호텔에 이어서 연달아 받은 우재의 사랑한다는 고백에 눈을 깜빡한 채 넋을 놓아 버렸다. 그사이 급한 손짓으로 체크인을 한 우재는 그녀를 잡아 이끌었다. 그리고 그녀에게 속삭였다.

"이건 잘 받겠어."

"……."

"한예라, 네 반지는 조만간 아주 예쁜 걸로 주도록 하지."

멍청하게 또 한예라에게 당했군.

그건 곧 프러포즈를 한다는 소리였다.

예라가 정신을 차린 건 그 소리를 들었을 때였고, 어느새 체크인 한 룸에 들어와 있었다.

"미치는 줄 알았어."

예라가 걸친 가디건을 벗긴 후, 소파를 향해 던졌다. 앗 하는 사이에 벗겨진 가디건을 멍하니 바라보던 예라는 어느새 자신의 허리에 한쪽 팔을 두르고 바짝 끌어당기는 우재의 품에 푹 안겼다.

"그대로 날 안 보려고 하는 줄 알았어."

"으응? 내가 왜……?"

그는 대답하지 않았다. 대신 꽉 끌어안을 뿐이다. 어쩐지 그가 불안해하는 것 같아서 예라는 우재의 등을 토닥여 주었다. 한동안 그렇게 있던 우재는 순식간에 그녀를 데리고 침대로 향했다. 이내 그녀를 침대에 눕혔다.

"하루밖에 안 되었는데……."

그녀의 머리카락을 한 움큼 쥐었다가 스르륵 흩어 놓았다. 침대 위에 얌전히 누워 있는 그녀를 바라보니 몸이 뜨거워지는 것만 같았다.

아, 사랑스러운 여자.

예라는 우재의 눈빛을 바라보다 짧게 웃음을 터트렸다. 약간 다퉜는데, 그 이유가 결혼에 대한 거였고, 그걸 풀기 위해 저는 반지를 사서 냅다 결혼을 하자고 했고…….

"웃지 마."

"왜? 정들어서?"

"아니. 부드럽게 못해."

"……!"

야한 말에 놀라 있던 것도 잠시, 제 위에 순식간에 올라탄 우재를 바라보다 어쩔 수 없다는 듯이 웃어 버렸다. 그리고 자신이 택한 건, 그의 등에 팔을 두르는 거였다.

정말, 어쩔 수 없다니까.

이 남자가 한예라로 인해 이렇게 뜨거운 남자가 되었으니까, 이 정도는 봐줘도 될 것 같았다.

❖

지잉, 지잉.

어디선가 들려오는 진동 소리에 먼저 눈을 뜬 것은 우재였다. 예라가 자는 데 방해가 될까 봐 진동의 근원을 찾았다. 예라의 핸드폰이다. 가방 속에서 예라의 핸드폰을 꺼낸 우재는 발신자를 바라보았다, 혹시나 중요한 사람이면 예라를 받으라고 깨울 생각이었다.

[종☆]

발신자를 물끄러미 무표정으로 바라보던 우재는 예라의 머리에 자신의 팔 대신 베개를 놓아주고서 핸드폰을 들고 화장실로 들어왔다.

'스케줄 없나.'

인기 배우라더니, 시도 때도 없이 전화를 하는 종현이 마음에 들지 않았다. 쯧. 혀를 차고서 우재는 망설이다 전화를 받았다. 이런 거 무시하면 되는데, 혹시 지난번 스캔들 일로 혹시 중요한 일인가 싶었다.

— 여어. 한예라! 일어났냐.

시간을 보니 아침 7시 30분이다. 그러다 생각을 해 보니, 주말, 토요일이라는 생각에 좀 더 있다가 가도 되겠다 싶었다. 그사이 종현이 다시 말을 걸었다.

— 야아. 자냐? 어? 전화를 받았으면서? 너 어디야? 아빠가 너 집에 없다고 혹시 나랑 있냐고 전화하던데.

"나랑 있다."

— ······너 뭐야?

"박종현."

— 허, 허······ 허······ 서, 설마, 너······. 너, 궈, 권우재냐!

화장실 안을 울릴 것 같은 큰 통화 소리에 한숨을 쉬며 우재는 소리를 줄였다. 그러자 소리를 지르는 종현의 목소리가 순식간에 작아졌다. 곧 픽 웃으며 뭐라고 하는지 모르겠는데도 계속 말을 하는 종현에게 대꾸를 했다.

"네 누나, 자니까 끊어."

— 너, 너네 집이냐!

"아니."

— 그럼 어딘데!

"알 바 아니잖아? 예라 일어나면 박종현, 네놈 말은 전해 주도록 하지."

그러곤 뚝 끊었다. 다시 전화가 오는 것이 보였다. 혀를 차며 거부를 한 뒤, 무음으로 바꿨다. 밖으로 나가자마자 곤히 잠이 든 예라가 보였다.

가만히 예라를 응시하던 우재는 그녀의 머리를 살며시 쓰다듬었다. 그의 손길을 무의식중에 느낀 예라가 그의 품으로 이동했다. 예라의 옆에 누운 우재는 그녀를 끌어당겨서 품에 안았다. 꿀잠을 자는지 눈을 뜰 생각을 하지 않았다. 살며시 이마에 입을 맞춘 우재는 눈을 깜빡이다 예라를 가만히 바라보았다.

아마도, 이 여자를 놓쳤더라면 과연 제 인생에 오로지 '권우재'를 사랑해 줄 여자를 만날 수 있었을까?

그런 의문이 들었다. 무작정 좋다고 들이대고, 제가 싫다고 거절을 하고 차갑게 대하고, 무시를 해도 다시 다가오는 여자는 아마 한예라뿐이라 생각한다. 이 여자가 자신의 곁에 다가온 것은 아무리 생각해도……

"다행이다."

내가 사랑하게 된 여자가 너라서.

"그래."

다시, 새롭게 정해야 할 게 생겼다.

"결혼을 하자고 했지."

그가 낮게 중얼거렸다. 그녀는 정말 깊은 잠에 빠졌는지 그의 낮고도 선명한 목소리에도 눈을 뜨지 않았다. 우재는 피식 웃으며 머리를 살살 쓰다듬었다.

"새로운 협정을 해야겠군."

그는 잠시 손을 떼어 낸 후, 한동안 머리를 괸 채 그녀만 바라보았다.

결혼을 하면, 앞으로 이런 나날이 계속 되겠지.

그의 입꼬리가 올라갔다. 그리고 그는 그녀가 깨어나기 전까지 단 한 번도 시선을 떼지 않았다. 그사이, 베개를 빼고 자신의 팔을 베게 만들었을 뿐, 그 이외는 하지 않았다.

16화

우재는 또다시 고민에 빠졌다. 살면서 한 번도 안 해 본 고민을, 예라를 만나고 나서, 그리고 사랑을 하고 나서는 고민의 연속이라는 생각이 들었다.

이번 고민은, 그와 친한 친구인 종현이 본다면 입을 쩍 벌릴 만한 고민이었다. 그 정도로 권우재 하면 전혀 연관이 되지 않을 정도인, 그런 고민이다.

바로, 프러포즈.

"후."

거칠게 앞머리를 쓸어 올릴 정도로 그는 지금 많이 답답했다.

프러포즈는 결혼하자고 고백을 하는 거 아닌가?

그는 그렇게 생각을 하고 있었다. 그런데 평소 자신이 하던 무뚝뚝한 말로 하기엔 뭔가 아쉬웠다. 좀 더 그럴싸한 말로 고백을 해 주고 싶었다. 문득 이런 생각이 들자마자 우재는 피식 웃어 버렸다. 이런 고민을 하는 제 자신이 낯설었다.

잠시 그는 핸드폰에서 사진 한 장을 바라보았다. 억지로 튤립 축제인지 뭔지에 갔던 날, 꽃을 바라보는 그녀가 문득 너무 예쁘게 느껴져서 한 장 찍었었다. 그때는 왜 그랬는지는 모르겠지만, 지금 와서 보면 사진 찍기를 잘했다고 생각이 들었다.

"음."

아무래도 주변에 도움을 요청해야 하나 싶었지만 관두기로 했다. 안 그래도 지금 제 모습은 장본인인 저 자신도 낯선데, 다른 사람들이 자신을 보면 그야말로 아무런 말도 못 한 채, 큰 도움이 되지 않을 것 같았다.

우재는 결국 책상을 손가락으로 두들기다 손바닥으로 책상을 탁 쳤다. 그러다 문득 들어온 반지를 빤히 바라보았다.

"결혼해 줘, 라."

그녀는 그렇게 말했다. 그러곤 본인이 한 말에 얼굴이 새빨개진 채, 결국 어쩔 줄 몰라 했다. 그 모습은 그의 눈빛을 짙게 만들었다. 그 모습은 아무에게도 보여 주고 싶지 않았다. 그렇게나 사랑스럽다니.

그래서 그때 곧바로 그녀를 덮칠 뻔했다. 회사라서 말리던 예라가 생각이 났다.

예라를 만나게 된 건 어쩌면 행운일지도 모른다.

그녀는 자신의 소유욕이나 집착에도 무서워하지 않는다. 달아나지 않고, 그대로 받아 준다. 그런 자신을 끌어안아 준다.

"더 욕심내도 되나."

그녀에게 그렇게 물어보고 싶었다. 그러나 관두기로 했다. 그러다가 기겁을 하고 진짜 도망가면 안 되니까.

적당히, 그녀를 서서히 자신의 품 안으로 밀어 넣으면 된다.

우재는 점심시간을 이용해서 밖으로 나와 반지를 사러 주얼리숍으로 향했다. 그러나 곧 그는 생각을 바꿨다.

"팔찌 좀 보여 주십시오."

반지는 예라가 준 것이 있으니, 팔찌를 하나 사야겠다. 예라의 얇은 손목에 어울리는 팔찌를 하나 사서, 그 팔에 채워 둬야지만 마음이 놓일 것 같았다.

"여자 친구에게 선물하실 건가 봐요."

직원이 그렇게 묻자, 우재는 고개를 끄덕였다. 무표정이지만 그의 입가에 희미한 미소가 지어졌다. 누가 봐도 사랑에 빠진 남자였다.

예라에게 가장 어울릴 것 같은 팔찌를 골랐다. 포장까지 한 뒤 넣어 준 걸 받고서 계산을 마쳤다. 우재는 밖으로 나와서 팔찌가 든 쇼핑백을 바라보았다.

"이건 됐고."

이제 문제는, 어떻게 말을 하냐였다.

우재는 다시 고민에 빠졌다. 뭐라고 말을 해야 그 여자가 감동을 받을까. 그러나 아무것도 떠오르지 않았다. 정말, 종현에게 물어나 볼까 하다가 녀석이라면 두고두고 생각날 때마다 놀릴 것 같아서 그만두기로 했다. 종현에게 놀림 당하는 것만큼 끔찍한 일은 없었으니까.

다시 회사로 돌아가기 전에 우재는 간단하게 점심을 해결했다.

회사로 돌아가자마자 우재는 커피를 마시며 잠깐 밖을 바라보았다. 이내 그녀의 갤러리 근처에 위치한 레스토랑을 찾아봤다. 그러다 잠시 자신의 행동을 의식한 우재는 멈췄다.

"하. 하하……."

낯선 자신의 모습이 이상하지만 딱히 싫지는 않았다.

그녀를 만난 지 벌써 6개월. 1년 중 절반이 지나가고 있었다. 여태 살아온 시간보다 그녀를 만난 시간은 지극히도 짧은데, 그사이에 참 많이 변했구나 싶었다.

과연 그녀는 알고 있을까.

자신이 이런 생각을 한다는 걸.

지금 당장 예라가 보고 싶었다. 문득 그런 생각이 들어서, 우재는 핸드폰을 잡고 곧바로 전화를 걸었다. 최근 그림 한 점을 다시 그리고 있는 예라가 과연 받을지 의문이었지만, 그래도 목소리라도 듣고 싶어서 전화를 걸었다.

첫 번째는 받지 않았다. 그러나 두 번째로 걸자마자 신호음이 얼마 가지 않아서 금방 받았다.

— 오, 자기야! 점심시간이야?

항상 밝은 목소리. 아마, 이 목소리를 듣지 못한다면 어떻게 될지, 상상이 되지 않는다.

"그래."

살가운 성격도 아니고, 말수가 많은 편도 아니어서 점심 먹었냐는 쉬운 말도 쉽게 물어볼 수가 없었다. 자신의 겉만 보고 다가왔던 여자들은 답답하다며 결국 물러났지만, 이 여자는 그럼에도 항상 먼저 알아차리고 알아서 대답을 해 준다.

— 승희 씨가 밥은 먹고 하라면서 방금 먹고 왔어. 메밀국수 먹었는데, 우재 씨는?

"그냥, 밥."

— 헤에. 대충 때운 거 아니지?

"아니."

— 뭐, 그래. 참. 이따 저녁에 어디서 볼 거야?

한 번 그림을 그리기 시작하면 곡기도 끊을 정도로 주변을 돌아보지 않는 예라의 습관이 조금 바뀌었다. 우재만 바뀐 것이 아니라 예라도 바뀌었다. 걱정하는 사람들을 돌아보며 예라는 아무래도 조금씩 주변에 귀를 기울이며 그림을 그려야겠다고 했다. 할 땐 집중을 하면서, 주변 사람들이 걱정하지 않도록 조심해야겠다는 생각을 하며 그녀는 조금씩 고쳐 나가기로 한 것이다.

아마 그래서 지금 전화를 받을 수 있었나 보다.

"예약해 놨어."

— 에엑? 어디로!

예라는 지금 자신이 예약을 하지 못해서 분한 것 같았다. 우재의 눈이 잠시 깊어졌다. 새로운 협정에 추가할 내용을 머릿속에 입력했다.

"저녁 8시. 이탈리안 레스토랑 로르소 폴라레 (l' orso polare)."

— 그거…… 어디서 많이 들어 본 것 같은데.

"8시에 그 앞에서 봐."

— 설마, 우리 갤러리 앞에 있는 데야?

우재는 따로 대답하지 않았다. 그저 피식 웃었을 뿐이다. 그 대답에 예라는 윽 소리를 냈다. 그리고 잠시 침묵이 이어졌다. 아무런 말도 하지 않던 예라가 먼저 다시 입을 열었다.

— 나는 가끔씩 우재 씨가 잘해 주면 겁나.

"……뭐?"

갑자기 들려오는 목소리에 순간 쿵, 무언가가 내려앉는 것만 같았다. 우재는 저도 모르게 인상을 쓰며 잘 들리는 예라의 목소리를 더 잘 들으려고 했다. 잠시 망설이던 예라는 조금 낮아진 우재의 목소리에 얼른 대답을 했다.

— 그러니까, 가끔 꿈일까 무서워서.

"……."

— 나 혼자서 우재 씨 좋아할 때 했던 상상이 요즘 이루어지고 있단 말이야.

아, 지금 이 말을 하는 한예라를 지금 당장 보고 싶었다. 분명 당당하고 도도한 데다가 제멋대로인 이 여자는, 가끔 이런 말을 할 때마다 얼굴이 붉어지며 수줍은 표정이 되곤 했다. 그 표정이 권우재의 안에 있는 무언가를 툭 건드려서 불이 화르륵 피어오르게 만들곤 한다.

지금도 마찬가지였다. 그 사랑스러운 표정을, 당장에라도 가득 안아 버리고 싶은 모습을 이 눈으로 보고 싶지만 지금 가기엔 저도 일이 있었기에 우재는 그저 초조하다는 듯이 책상 위를 손가락으로 툭툭 두들겼다.

— 내가, 왜 결혼은 처음에 별로라 생각했는지 얘기 안 했잖아?

"……그래."

— 그거 오늘 얘기해 줄게. 그, 내가 준 반지 잘 끼고 있지?

예라의 목소리는 불안함으로 가득 차 있었다. 우재는 피식 웃으며 대꾸했다.

"물론."

— 와. 다행이다.

뺄 리가 없지. 절대로. 그러니까, 너도 내가 줄 팔찌…… 항상 차고 다녀야 해.

그것은 나름 구속의 의미를 지녔다. 저와 연결이 되지 않는, 수갑. 내 것이라는 증표. 우재의 눈빛이 짧게 빛났다.

"한예라."

— 응?

"이따 봐."

— 에이. 벌써 끊어?

아쉽다는 듯이 말을 하는 예라의 표정도 궁금했다. 두 뺨이 붉게 물들어 있을지, 아니면 항상 그랬듯이 뻔뻔한 표정일지. 뭐든 다 좋았다. 지금의 권우재에게 있어서 한예라는 어떤 표정을 짓더라도 다 좋았다.

우재는 예라의 대답에 조용히 미소를 지었다. 아무리 생각해도, 이렇게 사랑스러운 여자가 자신의 옆에 있으면서 또 사랑해 준다는 것이 신기하면서도 불안했다.

"불안한 건 나도 마찬가지."

문득 들려오는 우재의 목소리에 예라는 잠깐 대답을 멈추고 그의 목소리만 들었다. 우재는 예라가 준 반지를 바라보다 다시 말을 이었다.

"넌 사랑스러워."

— ……그런 이야기는 갑작스럽게 하지 말아 줘.

"그리고 예뻐."

— 그, 그만.

"미칠 것처럼."

마지막으로 덧붙인 말에 예라는 답이 없었다. 우재의 미소가 조금 더 진해졌다.

결혼이라는 단어를 일찍 자각하고, 그래서 그렇게 하기로 일찌감치 마음을 먹어서 다행이라는 생각이 들었다. 아니, 그 무엇보다도 우선…… 그녀가 내민 어처구니없는 연애협정이라는 걸 받아들여서 다행이다.

그 협정에 응한 자기 자신에게 칭찬을 해 주고 싶었다.

"널 지나가는 남자들이 어떤 눈으로 보는지 알아?"

— 그런 거…… 모르거든. 근데 자기 눈은 알아.

또 그녀가 도발을 해 왔다.

감히, 겁도 없이.

우재는 당장에라도 예라에게 가고 싶은 마음을 다시 꾹 눌러 앉혔다. 제 안에서 그녀를 갈망하는 짐승을 잠시 잠재웠다. 짐승을 깨우는 건, 이따 밤에.

그리고 다시 그녀의 목소리가 들려왔다.

— 뭔지는 이따 말해 줄래.

그리고 그녀는 안녕, 장난스럽게 인사를 하며 통화를 먼저 끝냈다. 멍하니 모니터에 비춰지는 자신의 모습을 바라보던 우재는 픽 웃었다.

"정말……."

어디서 이런 여자가 나왔는지.

예라가 꼬리를 살랑살랑 흔들며 유혹하고 있는 것만 같았다. 당해 낼래야 당해 낼 수 없는 여자. 사랑스러워서 미칠 것 같은 여자.

그는 오늘도 하나 깨달았다.

아, 이래서 사람들이 결혼을 하나 보다, 하고.

통화를 끝낸 예라는 이미 얼굴이 새빨개져서 터질 것 같은 얼굴을 하고 있었다. 얼굴이 보이지 않아서 그렇지, 막상 얼굴이 눈앞에 보이면 제대로 말을 하지도 못할 것 같았다. 틀림없이, 분명. 그래도 하고 싶은 말을 다 해야 직성이 풀리기에, 하려던 말은 전부 다 했다.

만족스러운 얼굴이지만 빨개진 얼굴로 예라는 핸드폰을 내려놓고 그리다 만 그림을 바라보았다.

밑그림은 완성이 되었다. 한 남자가 한참 풍성한 나무를 올려보고 있었다. 남자의 옆모습은 온화한 미소를 짓고 있어서 전체적으로 인상이 부드러워 보였지만 그 남자는 어디선가 많이 본, 익숙한 남자였다.

이번에 새로 갤러리에 걸어 놓을 그림이다. 갤러리에 그림을 걸 때, 혼자 걸 때는 그리고 싶은 그림을, 아버지 강한과 같이 걸 때는 가끔씩 주제를 정해 놓고 그림을 그릴 때가 있었다.

"아무리 봐도 참……."

그 남자의 잘생김과, 야생적인 모습은 그림으로 도저히 표현할 수가 없었지만 어설프게나마 그 남자를 그려 보았다.

만약, 우재가 저를 거절했더라면 아마 이렇게 그림을 그려 놓고 평생 혼자 보다가 결국에는 그림을 찢어 버렸을지도 모른다.

"……."

가만히 그림을 바라보던 예라는 애틋한 손길로 그림 속 남자의 외곽을 더듬었다. 우재를 모델로 그린 그림이라 아마도 그가 와서 이 그림을 보면 놀랄지도 모른다. 저답지 않게 그려 놔서 놀라려나. 아니면, 멋대로 그렸다고 화를 내려나.

우재의 허락 없이 그린 그림이다. 어찌 되었든 좋은 반응은 나오지 않을 거라는 생각을 해 보았다.

원래 보통 사람을 주제로 그림을 그릴 땐, 초상권이 있기 때문에 한 번 물어보고 그린다. 연예인을 그릴 때도 어떻게든 연락을 해서 그린다. 그럴 땐 보통 종현이 먼저 연락을 해서 오케이 하면 예라와 직접 연결을 해서 연락을 한다.

그러나 우재는 그냥 그렸다. 생각 없이 스케치를 하고 난 뒤에 완성된 밑그림을 보니, 어느새 우재가 그림 속에 있었다.

"자신은 없지만."

정말 자신이 없다는 듯이 미소를 지었다. 그것은 곧 결혼이었다.

은연중에 부모에게서 안 좋은 것도 닮았을 것이다. 부모의 습관이라든지, 그런 것들을 닮았을지도 모른다. 그럼에도, 자신이 없음에도 그가 원하니까 하고 싶었다.

천하의 권우재가, 자신을 무시하고 딱 잘라 내려고 했던 그 권우재가, 이렇게나 달라져서 결혼 생각을 하고 있다는데, 누가 거절하겠는가.

"그래도, 칫. 내가 먼저 예약하려고 했는데."

역시나 아쉬웠다. 항상 맛있는 음식점은 자신이 찾아서 예약을 하거나 안내를 하곤 했었다. 영화도 재미있어 보이거나 관심이 가면 평점이나 후기, 리뷰 등을 충분히 찾아본 뒤에 예매를 했다.

그건 예라의 즐거움 중 하나였다. 아무것에도 관심이 없어 보이는 우재를 위해, 우재의 관심을 끌기 위해서 찾는 즐거움이 있었다. 또한 여러 가지를 찾으면서 우재를 다시 한 번 더 생각을 하게 되었다. 그게 참 좋았다.

"그걸 이제 우재 씨가 하다니."

왠지 분하기도 했지만 그래도 그가 레스토랑 예약도 하는 걸 생각하면, 참…… 권우재 많이 달라졌다 싶었다.

예라는 그림을 바라보다가 본격적으로 그림을 완성하기 위해 도구들을 꺼냈다. 간단히 물감으로 채색을 할 예정이지만, 그렇다고 소홀히 하지는 않을 것이다. 이건, 권우재니까.

예라는 먼저 알람을 맞춰 놓고 그림에게 집중을 했다. 완성하는 데 시간이 걸리겠지만, 그래도 꼭 완성해서 갤러리의 하이라이트 장소에 걸어 놓을 예정이다.

그녀는 어느새 그림에 집중을 했다. 시간 가는 줄 모르고 그림을 보고 고민을 하고, 또 붓을 들어서 천천히 색을 만들어 냈다. 강한의 단점은 방랑벽이고, 예라의 단점은 집중을 하면 곡기도 끊어 버리고, 잠도 잊어버린 채 몰두한다는 점이다.

그래도 요즘 예라는 사랑하는 사람을 위해 조금씩 고쳐 나가는 중이다. 문득 다른 생각에 하던 일을 멈췄다.

"……만약 아빠가 이랬더라면……."

아마도, 예라의 가족이 두 개로 갈라질 리는 없었다. 그러나 이미 지나간 일. 탓해 봤자, 자꾸만 곱씹어 봤자 좋을 건 없었다. 예라는 쓰게 웃으며 고개를 가로저었다. 그리고 조금 뒤, 예라가 설정을 해 놓은 알람이 울렸다.

"벌써 시간이 이렇게 되었구나."

항상 그림을 그리고 나면 어째서인지 지저분해졌다. 차분한 모습으로 예술을 할 사람은, 아마 예술인 가운데 아무도 없을 것이다.

예라는 앞치마를 벗어 두고서 미리 가져온 옷을 꺼냈다. 그리고 화실 안에 마련해 놓은 욕실로 가서 씻고 나왔다. 충분히 머리를 말리고, 화장도 다시 하고, 꺼내 놓은 예쁜 원피스로 갈아입은 후, 마지막으로 머리를 말렸다.

"좋아."

우재가 갤러리 앞으로 온다고 했다. 그렇기에 여유롭게 준비를 할 수 있었다.

어디 부족한 곳은 없는지 살펴보다가 곧 들려오는 노크 소리에 대답을 했다. 노크를 한 사람은 승희였다. 우재가 왔다고 했다. 예라는 알겠다고 대답을 하고서 핸드백을 들고 나갔다.

"왔……!"

문을 열자마자 무언가가 휙 저를 끌어당기더니, 넓은 가슴팍에 얼굴이 부딪쳤다. 고개를 들자마자 늘 그랬듯이 무표정을 한 우재가 보였다.

"우재야!"

반가워서 우재의 허리를 꽉 끌어안으며 고개를 다시 들었다. 그러자 우재가 그대로 고개를 숙여서 그녀의 이마, 그리고 콧등, 양쪽 뺨, 입술까지 내려와서 입을 맞추고서야 입을 열었다.

"샤워했어?"

"아, 응. 그림만 그리고 나면 잿빛이 되어 버려서. 화실 안에 욕실 만들어 놨거든. 아빠의 아이디어였는데, 진짜 잘한 것 같아."

승희에게 인사를 하고서 밖으로 나오자마자 우재가 세워 놓은 차가 보였다. 예라는 우재가 문을 열어 주기를 기다린 뒤, 조수석에 올라탔다. 우재가 운전석에 앉자마자 바로 말을 걸었다.

"근데 로르소 폴라레는 어떻게 알았어?"

"그냥."

"참. 지금 그리는 그림, 다 완성하면 보러 와."

"그래."

"꼭이야. 알겠지?"

"꼭 갈게."

그는 간단하면서도 그렇게 하겠다는 답을 내놓았다. 우재의 대답이 마음에 들었는지 예라는 싱글벙글 웃고 있었다. 그 웃는 모습을 보고 있던 우재는 조용히 미소를 지으며 차를 출발했다. 어차피 이 근방이라서 걸어가도 되지만, 집에 갈 때 차를 끌고 가야 했기에 그냥 차를 가지고 가는 걸 택했다.

곧 이탈리안 레스토랑 로르소 폴라레에 도착했다. 유명한 곳이고 규모도 어느 정도 있는지라 주차장도 있었다. 차를 주차한 뒤, 예약을 한 이름을 대고 안내받은 곳에 앉았다. 창가 자리로 해 달라고 했는데, 다행히도 창가 자리가 남아 있었는지 그곳으로 안내받을 수 있었다.

"와 본 적 있어?"

우재의 물음에 예라는 고개를 가로로 저었다.

"아니. 오늘이 처음이야. 우재 씨는…… 안 와 봤겠지?"

"그래. 너랑 온 게 처음이야."

"헤에. 아무튼, 우재 씨. 그러면 여기는 어떻게 찾은 거야?

저 물음에 대한 대답을 꼭 들어야 하나 보다. 우재는 어쩔 수 없다는 듯이 픽 웃으며 오히려 질문을 다시 했다.

"꼭 알고 싶어?"

"응. 꼭."

예라는 조금씩 그의 말투나 목소리가 부드러워져 가는 걸 느꼈다. 전보다도 조금 더 부드러워진 것 같았다. 이제 그는 보통 평범한 남자로 보였다. 물론, 얼굴은 평범하지 않았지만. 저 남자가 자신을 사랑해 준다는 사실이 참 기뻤다. 덧붙여서 저 남자가 자신과 결혼을 할 거라고 마음을 먹은 것까지 생각한다면, 지금 당장 식장에 들어가도 될 것 같았다.

조금씩, 조금씩. 그와 함께라면, 잘할 수 있을 거라는 생각이 들기 시작했다. 자신감이 없었지만, 지금은 자신감이 조금씩 자라나고 있었다.

"검색."

"……검색? 인터넷?"

그는 대답을 하지 않고 예라의 몫까지 멋대로 주문을 했다. 뭐든 먹어도 상관은 없었기에 굳이 그에게 따지지는 않았지만, 방금 들은 말은 꼭 다시 물어야만 했다.

"정말로, 검색?"

"그래. 인터넷 검색."

"와……."

감탄만 하던 예라는 곧 조용히 박수를 쳤다. 왜 그러느냐는 듯이 바라보는 시선에 정신을 차리고서 헛기침을 하며 손을 아래로 내렸다.

주문을 한 음식이 차례차례 나오는 동안 두 사람은 대화를 하지 않았다. 처음부터 느꼈던 거지만, 어색한 침묵이 아니었다. 이상하게 그랬다. 조금은 편안한 느낌이 드는 침묵이기도 했다. 그래서 어쩌면 예라는 용기를 내서 우재에게 제멋대로 행동을 하며 다가갈 수 있었던 것일지도 모른다.

두 사람이 식사를 하면서 나눈 대화는 간단했다. 예라가 먼저, 이건 맛있다, 먹어 봐라, 하는 이야기를 하면 우재는 그저 고개를 끄덕이며 그녀가 접시에 준 음식을 먹었을 뿐이다. 그러다 우재는 말없이 잘라진 스테이크 한 조각을 예라의 접시 위에 올려놨다. 예라는 그게 권우재식 답례라는 걸 알고 귀여워서 속으로 웃었다.

식사가 끝난 후, 후식으로 주는 커피가 나오기를 기다리고 있을 때였다. 우재가 입을 열었다.

"팔 내밀어 봐."

그 말에 예라는 오른쪽, 왼쪽을 번갈아 보다 왼쪽 손을 내밀었다. 그러곤 잠시 커피를 한 모금 마실 때 주섬주섬, 무언가를 꺼내던 우재가 제 팔목에 무언가를 얹은 기분이 들었다. 그리고 무언가가 팔을 압박했다.

그리고 그건…….

"예상대로."

"……."

"잘 어울리는군."

우재는 만족스럽다는 듯이 미소를 지었다. 그리고 종업원이 곧 무언가를 우재에게 건넸다. 예쁜 꽃들이 어우러진 꽃다발이다. 우재는 그 꽃다발을 예라에게 내밀었다. 갑작스럽게 팔에 채워진 팔찌와, 갑자기 안겨진 꽃다발에 정신을 차릴 수가 없었다. 멍한 표정으로 꽃과 팔찌를 바라보던 예라가 천천히 고개를 들었다. 우재는 예라와 눈이 마주치자마자 입을 천천히 열었다.

"팔찌. 그건 수갑."

"……응?"

뜬금없는 말에 예라의 눈이 깜빡였다. 그제야 현실로 돌아오는 기분이 들었다. 우재의 표정은 한없이 진지했다. 그래서 진담이라는 것을 알면서도 그가 귀엽게 느껴졌다.

'수갑이라니.'

그래서 어디다 묶어 두려고? 그게 궁금해서 예라는 물어보았다. 왠지, 말을 해서는 안 될 것 같은데 너무 궁금해서 그만 말을 했다.

"수갑이면, 나를 어디다 묶어 둘 건데?"

그 질문에 우재의 눈빛이 잠시 어둠으로 깊어졌다. 마치, 사냥 직전의 짐승 같아서 잠시 오싹거렸다. 예라는 아무래도 이 질문은 잘못 꺼냈다는 생각을 했지만 이미 엎질러진 물, 그의 대답을 기다렸다.

그는 천천히 입을 열었다. 느릿하게 입을 여는 그의 눈빛은 오로지 그녀에게로만 향해 있었다. 당장에라도 달려들 것처럼 사나워 보였다. 우재의 무언의 대답을 한 몸에 받던 예라는 왠지 그의 눈빛이 너무나도 섹시해 보여서 제대로 바라볼 수가 없었다. 슬그머니 시선을 내리자, 그제야 그의 대답이 들려왔다.

"내 옆."

"……."

"평생 내 곁에 묶어 둘 예정."

저 말은…….

예라는 고개를 천천히 들었다. 그의 눈빛은 여전했다. 눈빛으로 제 온몸을 훑어 내리는 것만 같았다.

당장에라도 너를 원해.

그렇게 말을 하고 있는 것만 같은 시선이어서 자신이 시선을 피하고 싶어도 그 시선을 묶는 그로 인해 결국 입을 들썩이다 무언가 말을 하려고 했을 때였다.

"좀 더 그럴싸한 말을 하고 싶었는데."

"……으, 으응."

우재는 낮게 한숨을 쉬었다. 본인의 뜻대로 되지 않고, 마음에 들지 않아서 그는 잠시 미간을 찌푸리며 테이블을 툭툭 손가락으로 쳤다. 조금 뒤, 다시 말을 이었다.

"그냥, 내가 하고 싶은 말은 하나."

"……."

"결혼해서……."

두근두근. 심장이 갑자기 거세게 뛰기 시작했다.

"내 아내가 되어 줘."

분명 어떠한 수식어도 들어가지 않았고, 그저 있는 그대로 말을 했을 뿐이다. 그럼에도, 예라에게 있어서 지금 우재가 한 말은 어떠한 프러포즈보다도 훨씬 멋있게 느껴졌다. 오롯이 그의 진심이 담긴 말이었기 때문에 더욱더 그랬다.

예라는 눈을 깜빡이다 고개를 숙였다. 팔찌와 꽃다발. 그리고 직접 찾아서 예약을 한 레스토랑. 그 무엇보다도 이 세 가지가 그녀의 가슴을 툭 치고 눈가도 툭툭 건드렸다. 잠깐 울컥한 감정이 든 예라는 꾹 참고서 자신의 대답을 기다리고 있을 우재를 향해 고개를 들었다.

이것들을 준비하기까지, 그는 얼마만큼 저를 생각했을까.

물어보고 싶기도 했지만, 그 대답을 듣고 싶지는 않았다. 분명 자신이 아는 권우재라면 아주 사실적으로, 노골적으로 전부 다 말을 할 것이다. 그 말은, 단둘이서만 있을 때 듣고 싶다.

"……어라."

대답을 해 주려고 고개를 들었을 무렵, 예라는 난생처음 보는 권우재를 만나고 있었다. 그의 얼굴은 새빨개져 있었다. 그는 지금 부끄러운 것이다. 그럼에도 그녀의 대답을 듣기 위해 재촉하지도 않고 기다리고 있었다.

결국 예라는 피식 웃어 버렸다. 예라는 대답을 하지 않는 대신, 우재의 손가락에 잘 끼워진 반지를 바라보았다. 그러자 우재의 시선도 따라서 자신의 손가락으로 향했다. 반지를 발견한 우재의 표정이 서서히 밝아지기 시작했다.

우재가 다시 말을 꺼냈다.

"나와…… 결혼해 줘."

정말, 무엇 하나 꾸밈이 없는 날것 그대로의 말이었다. 그래서 더욱더 진심이 와 닿는 것일지도 모르겠다.

예라는 고개를 끄덕였다. 곧 밝게 웃으며 대답을 해 주었다.

"응."

그저 그와 연인 사이가 되는 것을 꿈꾸기만 했던 시절.

"우리, 결혼하자."

그때는 몰랐을 것이다.

연인 사이만 되어도 다행이라고 생각하던 때, 과연 한예라가 권우재에게서 결혼을 하자는 청혼의 말을 들을지, 그건 아마도 몰랐을 것이다.

❖

거실에서 홀로 TV를 보며 낄낄대고 있을 때, 누군가가 비밀번호를 누르고 있었다. 이 집 비밀번호를 아는 사람은 세 사람이다. 엄마인 나경, 아빠인 강한, 그리고 동생인 종현. 나경은 해외 촬영을 갔고, 종현도 스케줄로 바쁘고. 결국 남은 건 아버지인 강한이다.

드디어 절 순회를 끝내고 집으로 돌아오는 모양이다. 예라는 천천히 일어나서 현관문 앞에서 수라 같은 표정을 하고 팔짱을 낀 채 문이 열리기를 기다렸다.

문이 열리자마자 고요하게 서 있던 예라를 본 강한이 화들짝 놀라며 뒤로 물러났다. 이내 자신의 딸이라는 것을 알아보고서 허허 웃었다.

"우리 딸, 안 자고 있었네."

"아버지. 이제 오십니까."

"어? 어, 그렇지."

"2주가 한 달 반이 되었네."

"그러게. 산에 절이 참 많더라."

예라는 한숨을 쉬면서도 아버지의 가방을 받았다. 거실 불을 끄고 있던 터라 불을 다시 켠 후, 아버지가 그려 온 그림들을 꺼내서 살폈다. 산이나 바다, 절 등을 돌아다니러 떠났다가 돌아온 후, 예라가 먼저 하는 건 그림들을 보는 거였다. 산 속에 있는 절, 인적이 드문 절, 인적이 끊이질 않는 절, 그리고 벼랑 위에 있는 절 등.

한 장씩 종이를 조심스럽게 넘기며 바라보던 예라는 낮게 한숨을 쉬었다. 확실히 강한의 그림 실력은 아버지가 아닌, 화가의 입장으로 생각하면 정말 동경할 만했다. 훌륭한 그림들을 바라보던 예라는 긴장을 하는 아버지의 표정을 바라보다 씩 웃었다.

"매번 뭘 그렇게 긴장해?"

"미술 평론가보다, 네가 더 무서워."

"내가? 그럴 리가. 그나저나 아빠, 엄마 뿔이 단단히 났더라."

"그래? 왜?"

"그 인간, 또 집에 없지? 하고."

"날 왜 찾아?"

어떻게 보면 아직도 끝나지 않은 것 같은데, 확실히 두 사람이 재혼을 할 리는 없기에 예라는 그게 못내 아쉬웠다.

"나, 결혼하거든. 그래서 상견례……."

"뭐?"

적잖아 놀랐는지 강한이 벌떡 일어났다. 겉옷을 벗다가 말고 놀라서 일어난 강한은 예라가 손짓으로 다시 앉으라고 하자 제자리에 앉았다. 새벽에 웬 말인가 싶었다. 그러나 강한은 곧 아무런 말도 할 수가 없었다. 생각을 해 보면 항상 집에 머무르는 시간은 얼마 안 되었고, 떠나 있는 시간이 길었다.

"이전에 말한…… 그 남자랑?"

그저 그렇게만 다시 물었을 뿐이다.

"뭐…… 그렇지."

"좋은…… 남자니?"

아버지는 그렇게 물었다. 그 말에 어떻게 대답을 하면 좋을지 생각을 하던 예라는 빙긋 미소를 지었다.

"적어도."

강한은 그저 제 딸을 바라보았다. 어느새, 이렇게 커서 결혼을 한다고 하다니. 이제 그만…… 이제 그만 한 자리에서 머물러 있어야 할 때가 된 것 같았다.

"나를 사랑하는 남자니까."

"……그래. 그렇구나."

"엄마랑, 좋이랑, 우재 씨랑, 해서 밥 먹으려고 했었거든. 상견례 전에 간단히. 아빠 곧 올 것 같아서 아직 우재 씨한테는 말 안 꺼냈었어."

"……."

"왔으니까 다행이다. 그치?"

예라가 씩 웃었다. 그 모습은 옛날, 어린 시절의 예라를 상상하게 만들 정도로 그대로인 모습이다. 강한은 제 딸을 바라보다 미소를 지으며 그녀의 머리 위에 손을 얹고 슥슥 쓰다듬었다.

아빠가, 부족한 게 많아서 엄마랑도 싸우고, 못 보일 꼴 다 보였는데도…… 선뜻 아빠 따라와 주고, 돌아올 자리를 마련해 줘서 고맙다.

그렇게 말을 하고 싶었지만 강한은 입이 떨어지지 않았다. 그러면 분명 예라는 또 괜찮다고 할 게 틀림없었다. 전혀, 괜찮지 않은데. 원망을 해도 괜찮은데. 예라는 그런 원망 하나 보인 적이 없었

다. 겉으로는 절대 내색하지 않고, 언제나 제 편이 되어 주었던 든
든한 딸.

"결혼, 축하한다."

진심 어린 그 말 한마디에 예라는 활짝 웃었다.

"응. 아빠도 우재 씨 보면 마음에 들어 할 거야."

작고 어여뻤던 딸이 이렇게 크다니. 강한은 아이의 시절부터 지
금, 그녀가 결혼을 하겠다고 말을 할 때까지의 성장 과정을 제대로
보지 못하고 확인을 하지 못한 게 불쑥 후회가 되었다. 그러나 이
미 시간은 지나가서, 곧 결혼을 앞둔 딸만이 있었다. 그 감정을 오
롯이 삼킨 강한은 딸의 축복을 속으로 마음껏 빌어 주었다.

17화

헤벌쭉 웃는 예라를 못마땅하게 바라보던 종현이 낮게 한숨을 쉬었다.

"야, 제발 여자처럼 웃으면 안 돼?"

"이보세요. 웃는 것도 내 마음대로 웃으면 안 돼?"

"어. 안 돼. 무슨 여자가 헤벌쭉 웃어?"

"남자는 돼? 어? 남자만 되는 이유, 있냐고!"

유치하니 떠드는 두 사람을 뒷좌석에 앉아 바라보고 있던 나경과 강한은 동시에 고개를 가로로 저었다. 닮지 않아서 쌍둥이처럼 보이지 않아도, 지금 이러는 걸 보면 역시나 쌍둥이다. 절대 지지 않으려고 하는 성격은 나경을 쏙 빼닮아 있는 남매였다.

상견례를 하기에 앞서, 아직 인사를 드리지 못한 우재가 예라의 부모님을 뵙고 싶다고 먼저 예라에게 말을 꺼냈다. 마침 강한도 절

356

순회를 끝내고 집에서 TV를 보며 늘어져 있던 찰나였다. 절 순회를 하면서 워낙 많은 그림을 그렸는지 좀 쉬려고 한다는 말에 한동안은 집에 있겠구나, 싶었다.

"웬일로 집에 있어?"

나경의 목소리가 비죽 올라가 있었다. 운전을 하던 예라는 빨간불에 차를 멈추며 뒤를 돌았다.

"엄마. 아빠한테 시비 걸지 마."

"내가 언제 시비 걸었다고 그러니? 그냥 물어본 것도 안 되니?"

"응. 엄마는 안 돼. 엄마는 만날 아빠한테 시비 걸잖아."

엄마의 말에 대답을 해 준 것은 예라의 옆자리, 조수석에 앉아서 과자를 먹고 있는 종현이다. 저런 사진을 찍어서 당장 SNS에 올리면 난리가 날 것 같았다. 박종현의 팬이 후두둑 떨어지는 소리가 들리는 것 같았다. 예라는 속으로 음침하게 웃으며 그렇게 해 볼까, 하다가 어차피 팬이 떨어진다 해도 티도 안 날 것 같아서 관두기로 했다. 귀찮으니까.

"예라야. 이 인간 언제 집에 들어왔니?"

여전히 날이 선 엄마의 물음에 예라가 피식 웃었다.

"워, 워. 명색이 여배운데, 말투가 자꾸 그게 뭐야? 아빠 반가워서 그런 거야?"

"무, 무슨. 내가 왜 반가워해야 하니?"

별꼴이야, 정말. 나경은 다리를 꼬며 도도하게 고개를 팍 돌렸다. 그 모습이 예라의 눈에는 아직도 아버지를 사랑하는, 사랑에 빠진 여자처럼 보였다. 좋은데 괜히 싫은 척하는, 그런…….

그러나 예라는 굳이 그런 말은 꺼내지 않았다. 어차피 그렇게 말을 한다고 해서 두 사람이 다시 재혼을 할 리가 없었다. 아버지가 방랑벽을 고치지 않는 한, 아마도 평생 두 사람이 한집에서 사는 일은 없다는 걸, 누구보다도 잘 알고 있었다.

"헤헤."

"어, 어머니, 아버지! 하, 한예라가 이상해요!"

종현이 기겁을 하면서 오른쪽 창문으로 찰싹 붙었다. 그저 흐흐 웃으며 예라는 즐겁게 운전을 했다. 그 모습을 뒷좌석의 부모님은 기분 좋게 바라보다가 서로 눈이 맞자 괜히 고개를 휙 돌렸고, 옆 자리에 앉은 종현만 표정이 순식간에 멀미할 것처럼 바뀌더니 결국 창문에 기대었다.

"누나."

"왜?"

"누나 결혼하면, 아빠 심심하겠다."

그 말에 잠시 차 안에는 적막이 내려앉았다. 그러나 그 적막을, 예라가 방긋 웃으며 깼다.

"뭐, 그렇겠지. 그러니까 종, 네가 자주 연락드려. 바쁘면 틈 날 때마다."

곧 우재와 만나기로 한 장소에 도착했다. 약속 장소는 정갈한 일 식집이었다. 물론, 이번 장소만큼은 꼭 자신이 찾아야겠다고 벼르 던 예라가 예약을 해 놨다. 들어가면서 종업원에게 물어보니, 우재 는 먼저 와서 기다리고 있다고 했다.

생각을 해 보니, 처음에 우재를 만나기 전 종현이 말해 준 그는 시간 약속만큼은 꼭 지켜야 하는 사람이라고 했다. 그래서 마구 운 전을 하다가 사고를 내 버린 거였다.

'뭐, 그랬는데도 가지 않고 얌전히 앉아 있었지.'

물론 화가 나 보였던 첫 모습을 잘 기억하고 있었다. 그렇기에 들이대는 것이 망설여졌지만 그래도 어떻게 얻은 기회인데, 잘 보이지 못해도 무작정 자신의 얼굴과 이름을 익히게 해야만 했다.

"미리 와서 있다니. 그건 좀 좋은 점이구나."

사람을 기다리게 하지 않는 점. 어떻게 보면 우재의 이런 점은 나경과 비슷했다. 나경도 시간 약속을 어기는 사람을 싫어했다. 그점에서 보면 우재는 이미 조금은 플러스를 얻은 것 같았다.

"우재 씨. 미리 와 있었네?"

"일찍 도착했지. ……안녕하십니까. 권우재라고 합니다."

먼저 아버지에게, 그리고 어머니에게 손을 내밀어 악수를 청하고선 자신을 소개했다. 우재의 옆에 앉은 예라는 그런 우재를 바라보며 흐뭇한 미소를 지었다.

오늘은 회사에 가지 않아도 정중한 자리였으므로 슈트를 입고 왔다. 몸에 딱 달라붙는 슈트에, 그리고 슈트의 완성인 얼굴까지. 오늘따라 정말 멋있어 보였다. 눈을 떼지 못하고 우재만 바라볼 무렵, 종현의 중얼거리는 소리가 예라의 귓가에 들려왔다.

"침 떨어지겠다."

그 소리를 용케 들은 예라는 종현을 노려보았다. 그러자 종현은 언제 말을 했느냐는 듯이 시치미를 뚝 뗀 채 우재에게 말을 걸고 있었다.

"야아. 이 자리에서 널 보니까 색다르다."

우재가 종현의 말을 듣고 있을 무렵, 슬그머니 예라의 손등 위로 남자의 큰 손이 올라왔다. 예라가 움찔거리다가 손을 뒤집어 손바닥을 내 주자, 우재의 입가에 진한 미소가 걸렸다. 그는 자신의 손을 조금 움직여 위치를 바꿔서 그녀의 손을 깍지 낀 채 잡았다. 그걸 느낀 예라도 웃어 버리고 말았다.

"얘기는 많이 들었어요. 딸이, 예라가 좋은 사람이라 하더군요."

아버지가 먼저 말을 했다. 강한이야, 집을 비우는 날이 많아서 우재를 보지 않았기 때문에 그를 몰랐다. 반면 나경은 우재가 종현의 친구였기에 학창시절부터 집에 놀러 왔던 우재를 종종 봤던 기억이 나서 그저 신기하다는 눈으로 우재를 눈여겨보고 있었다.

"제가 좋은 사람인지는 모르겠습니다만."

우재는 뭔가 말을 해야 할 것 같아서 생각을 한 뒤 대답을 했다. 그가 입을 열자 네 쌍의 눈동자가 한 번에 우재에게로 향했다. 그러나 그는 이런 식으로 주목 받는 일은 익숙한지 별다른 동요는 보이지 않았다. 오히려 익숙하다는 듯이 대답을 했다.

"한예라를 사랑하는 건 변함이 없을 겁니다."

저 자신 있는 목소리에 종현은 입을 쩍 벌렸다. 그 누구보다도 권우재에 대해서 잘 아는 사람이 바로 저였다. 그런 권우재가, 저런 말을 하다니. 믿기지가 않았다.

나경도 잠시 고개를 갸우뚱했다. 자신이 알기로 분명 우재는 저런 말을 하는 애가 아니었는데…… 싶었다.

강한은 그저 흐뭇한 얼굴로 우재를 바라보고 있었다. 저런 말을 하는 친구군, 하고 생각했다.

다만, 이런 우재에게 면역력이 생긴 예라만이 히죽 웃고 있다가 잡고 있던 손을 놓고서 우재의 어깨를 툭툭 쳤다.

"지금 보면 우재 씨가 로맨틱 가이 같아. 그치?"

로맨틱 가이 같은 소리 하고 있네. 그러나 종현은 아무런 말도 하지 않았다. 우재가 그의 어깨에 올라왔던 예라의 손에 순식간에 깍지를 끼우고 손을 내렸기 때문이다.

어디서 닭털이 날리는 기분에 종현은 헛기침을 하며 눈앞에 있는 우동만 먹다 곧 초밥을 입에 우겨 넣었다. 정말이지, 못 볼 꼴을 본 기분이다.

"이런 건 식상한 질문 같은데…… 우재야. 우리 딸, 어디가 좋니?"

어머니의 질문에 우재는 잠시 예라를 향해 고개를 돌렸다. 눈이 마주치자마자 예라가 짧게 웃음을 터트리다 괜히 민망해서 입에다가 음식을 넣었다. 우재가 무슨 말을 하든 그는 참 솔직하게 대답을 할 것을 알기에 그런 것이다.

그는, 표현을 못 하는 사람이 아니라 어떻게 표현을 할지 모르는 사람이다. 그렇기에 표현을 하고자 했는데 막상 튀어 나가는 것은 날것 그대로인, 자신의 생각 그대로였다. 때로는 그런 표현이 좋았지만, 때로는 부끄럽기도 했다. 중요한 건 싫지 않다는 점이었지만.

"예라는……."

성을 떼고 이름만 불러 주었다. 이런 적은 몇 번 없기 때문에 벌써부터 예라의 두 뺨은 붉게 물들었다. 그걸 힐끔 바라보던 우재는 피식 웃고선 말을 이었다.

"제 자신 그대로를 봐 주어서, 그게 참 좋습니다."

한 번도 들어 본 적 없는 말이었다. 사랑한다고 했지, 어디가 좋은지는 한 번도 들어 본 적이 없었다. 귀를 쫑긋거리며 그의 목소리를 향해 온 감각을 열고 있었지만 어쩐지 이렇게 바로 옆에서 들기에는 부끄러웠다.

"있는 제 자신을 그대로 봐 주는 것 같아서, 그런 사람은 처음이어서, 그게 좋습니다."

"음. 그렇구나."

나경이 고개를 끄덕였다. 예라는 괜히 애꿎은 초밥만 괴롭히고 있었다.

"어휴, 천하의 권우재가 저렇게 되다니. 야, 너. 얘한테 잡혀 살지?"

종현이 불쑥 물었다. 이렇게 보면 세기의 배우가 아니라, 그냥 자신의 짓궂은 남동생처럼 보였다. 예라는 다리를 쭉 뻗어서 종현의 발을 찼다. 그러자 종현이 인상을 마구 구겼다.

"아, 아파, 한예라! 어휴."

퉁명스럽게 예라를 향해 소리를 지르던 종현은 잠시 말을 멈췄다. 그리고 곧 강한이 가만히 있다가 입을 열었다.

"결혼, 한다던데. 언제로 생각하고 있나……?"

참 좋을 때구나. 강한의 눈빛이 그리움에 물들었다. 강한의 질문에 우재가 답을 했다.

"날짜는 얘기 나누지 않았지만, 그래도 빠른 시일 내에 하려고 합니다."

"에? 언제로?"

"한 달 뒤."

"우재 씨. 그건 너무 빠른 거 아니야?"

하지만 우재는 당장에라도 하고 싶은 것을 참았다. 그리고 그녀에게 아직 건네지 못한 종이 한 장을 떠올렸다. 급한 나머지 동사무소 가서 혼인 신고서를 한 장 받아 왔다. 그러나 그때는 그녀에게 프러포즈도 안 한 상태였기에 섣불리 꺼낼 수가 없어서 그건 제 서류가방 속에 넣어 둔 채였다.

분위기는 좋은 분위기로 흘렀다. 얘기를 어느 정도 하다가 식사를 시작했고, 틈틈이 강한은 우재를 살폈다. 나경도 달라진 우재를 살피면서 간단히 식사를 했다.

식사가 끝난 후, 나경은 매니저가 데리러 와서 픽업을 해 갔다. 목적지가 같아서 종현도 나경의 매니저 차에 올라탔다. 남은 강한은 예라가 집으로 데려다주기로 했다. 우재는 예라의 차 조수석에 올랐다.

"아빠."

"그래."

"당분간은 집에 있는 거 맞지?"

"그렇단다. 그럴 생각이지."

"헤에. 좋네."

예라가 장난스럽게 웃었다. 그 웃음은 사람을 기분 좋게 만들었다. 우재와 강한이 동시에 미소를 지었다. 예라는 기분이 좋았다. 이참에 아버지가 쭉 집에 있었으면 좋겠다는 생각이 들었다.

집에 가면 '딸 왔어?' 하고 인사를 해 주는 아버지가 있었으면, 했지만 그건 말을 할 수 없었다. 자신의 그 말이 아버지의 발목을 잡을 것만 같았다. 누가 봐도 훌륭한 화가였기에, 그렇게 돌아다녀야지만 그림이 완성되니까 말려서는 안 될 것 같았다.

그걸, 이제야 말을 할 수 있게 되다니. 예라는 시간의 흐름을 이제야 느꼈다.

"그럼 갤러리로도 나오는 거지?"

예라의 질문에 강한은 고개를 끄덕였다.

"아빠가 그린 것 중 몇 개 골라서 갤러리에 전시하자. 한강한, 신작 들고 돌아오다! 타이틀로 쫙 뽑아서 플래카드 걸어야지."

그 말에 강한이 두 손까지 저어 가며 다급히 대답했다.

"그러지는 말고."

"에이, 참. 아빠 새로운 그림 걸리면, 우재 씨한테 보여 주고 싶은 그림도 같이 걸릴 수 있게 할게."

우재는 고개를 끄덕였다. 저에게 보여 주고 싶은 그림이란 대체 뭘까. 궁금했다. 조금이라도 보여 달라고 하고 싶은데, 그냥 기다리기로 했다. 그녀가 처음으로 저에게 보여 주고 싶다는 그림이니까 분명 멋있는 그림이 틀림없었다.

두 사람의 대화를 뒷좌석에 앉아서 가만히 듣던 강한은 아무래도 갤러리로 가서 몰래 봐야겠다는 생각이 들었다. 간만에 딸의 새로운 그림도 볼 겸, 갤러리를 구경해도 괜찮을 것 같았다.

집에 도착하자마자 강한을 내려 주었다. 예라는 우재와 남은 시간에 데이트를 더 하다가 집에 들어간다고 했다. 그러자 강한이 간만에 장난스럽게 웃으면서 예라에게 농담을 툭 건넸다.

"외박해도 되는데?"

"아, 안 해! 들어가서 있어. 전시할 그림도 몇 개 골라 놓고."

"그래. 우재 씨, 나중에 또 봐요."

"네. 나중에는 말 편안히 해 주십시오."

"그럴게요."

아까 전에 말을 편하게 해 달라고 했던 우재였다. 그러나 강한은 자신이 그 정도로 편안하게 예비 사위에게 말을 해도 되나 싶어서 나중에, 두 번째 만남에서는 그렇게 하겠다고 했다.

강한이 들어가는 것까지 본 예라는 차를 다시 움직였다. 밥을 먹었으니, 식후 드라이브나 하면서 멋있는 풍경을 보고 싶었다.

"나는 누구 닮은 것 같아?"

운전을 하던 예라가 물었다. 예라를 빤히 바라보던 우재가 대답을 했다.

"두 분 닮았지만, 외모는 어머니 닮은 것 같다."

"그렇지? 그런 말 많이 들었어. 그래서 배우 하라는 말도 많이 들었고, 길거리 캐스팅도 좀 받아 봤는데."

예라의 대답에 우재는 입을 다물었다. 잠시 그의 미간이 꿈틀거렸다. 그는 지금 그녀가 배우가 되었다면 어땠을지를 생각하고 있었다. 그녀는 충분히 종현처럼 유명한 여배우가 되었을 것이다. 연기는 잘 모르겠으나, 외모만큼은 그랬다. 아마 연기가 안 되어서 배우를 안 했더라면 모델이 되었을 것이다.

뭐든, 싫다. 한예라가 집중을 받는 것이 싫다.

우재는 미간을 와그작 구기며 예라의 손을 꽉 잡았다. 그가 힘을 주며 손을 잡자, 놀란 예라가 고개를 들었다. 마침 신호등이 바뀌었다. 우재는 그녀의 손등 위에 입을 맞추며 입을 열었다.

"출발해."

"으, 응……."

오만한 대답이었지만 예라는 마치 홀린 것처럼 그가 말을 한 대로 액셀을 밟았다. 표정은 분명 무표정인데, 그의 입술은 뜨거웠다. 우재가 입술을 내린 손등은 화인을 찍은 것처럼 뜨거운 것 같았다.

"근데, 우재 씨."

"그 호칭."

"응?"

"계속 그럴 생각인가?"

예전에 혼자 드라이브 하다가 바다가 눈에 보이는 카페를 발견해 두었기 때문에 그쪽으로 달려서 온 참이다. 안으로 들어가기 전, 그가 그렇게 말을 했다. 고개를 돌리자마자 우재가 성큼 걸어서 예라의 옆에 섰다.

"그 끝에 붙이는 수식어는 그만둬."

그는 그녀의 손을 잡고 먼저 안으로 이끌었다. 예라는 눈을 깜빡이다가 그가 한 말을 곧 이해했다. 그렇게나 친구 같은 사이가 되고 싶을까. 예라는 이제 그래도 될 것 같았다. 곧 결혼할 사이라서 조금 더 격식을 차려야 하지 않을까 싶다가도 그가 원하는 거니까 그렇게 하기로 했다.

"우재야."

"……."

"왜? 원하는 대로 해 줬는데 표정이 왜 그래?"

"좋아서."

선뜻 그는 자신의 감정을 내뱉었다. 예라는 그게 또 좋아 피식 웃고서 우재를 앉힌 뒤, 커피 두 잔을 주문하고 왔다. 밥을 바로 먹고 오는 길이어서 따로 디저트는 시키지 않아도 충분할 것 같았다.

이 카페는 직접 서빙을 해 주는 곳이라서 주문을 하고 돌아온 예라는 자리에 앉아 우재를 바라보았다. 우재도 예라를 가만히 바라보았다. 서로의 시선이 허공에서 얽히고, 두 사람은 동시에 피식 웃어 버리고 말았다.

"정말 다음 달에 결혼할 생각이야?"

"한예라만 괜찮다면."

매일 아침 그녀와 잠에서 깨고, 잘 때도 매일 같이 자는 생활. 한 번도 미래를 생각해 보지 않았던 우재가 유일하게 생각하고 있는 미래였다.

원래의 권우재는 표정이 다양하지 않더라도 마음까지 굳게 걸어 잠근 차가운 사람은 아니었다. 그러나 과거 그의 첫사랑을 계기로 굳게 걸어 잠근 채 지금까지 살아왔었다. 그런 그의 마음의 문을 그녀가 거침없이 밀고 들어와서 열었다. 처음에는 열리지 않았음에도 맨손으로 쾅쾅 두들겨서 겨우 열게 만들었다.

그런 걸 일절 싫어하는 권우재가 가만히 놔 뒀다. 그것만으로도 결혼을 서두를 이유는 충분하지 않은가?

"하루라도 한예라가 사랑스러워서 빨리해야 할 것 같아."

그는 담백하게 말했다. 예라가 눈을 크게 뜨다가 시선을 내렸다. 자신이 준 반지를 잘 끼고 있는 우재의 손 위에 제 손을 얹었다. 예라의 팔목에는 우재가 수갑이라고 걸어 채운 팔찌가 있었다.

"그럴까?"

"취소 못 해."

우재가 경고를 했다. 예라는 빙긋 미소를 지으며 고개를 끄덕였다.

마침 커피가 나왔다. 감사합니다, 인사를 하고서 한 모금 마셨다. 잔으로 올라간 그녀의 손 때문에 허전해진 그는 텅 빈 제 손을 바라보았다.

"나도 취소할 생각 없네요."

사랑스러운 표정을 지으며 혀를 낼름 내밀던 예라가 다시 커피를 마실 때였다. 우재는 가만히 예라를 바라보다 그녀의 손목을 잡았다. 그녀는 갑자기 왜 그러냐는 듯이 고개를 들어 그를 바라보았다. 우재는 여전히 무표정이었지만 그의 눈빛만큼은 무엇을 내포하고 있는지 바로 알 수 있을 만큼 선명한 열기를 띠고 있었다.

"그거, 빨리 마시고 나가자."

예라는 모르는 척 대답을 했다.

"왜?"

"겁도 없이 날 유혹했으니까."

"뭐, 뭐? 내가 언제!"

"내 집으로 가."

우재는 그녀의 손목 안쪽을 은밀하게 쓰다듬었다. 성적인 의도가 충분히 담긴 손짓에 예라는 움찔 몸을 떨다가 나른한 한숨을 내쉬며 천천히 시선을 위로 했다. 우재의 눈빛은 당장에라도 이 자리에서 그녀를 쓰러뜨릴 것만 같은, 그런 뜨거운 시선이었다. 예라는 애써 모르는 척 고개를 돌렸다.

"당신 집은 왜?"

"몰라서 묻는 건 아닐 테고."

"글쎄에?"

그녀가 말끝을 늘였다. 우재는 무표정으로 예라를 응시했다. 곧 그는 그녀의 귓가로 다가가 속삭였다.

"안고 싶으니까."

그 말이 끝이었다. 예라의 얼굴은 새빨개졌고, 우재는 만족스러운 미소를 지었다.

그리고 두 사람은 언제 그랬냐는 듯이 서로 대화를 하지 않고 커피만 마셨다. 다만 커피의 양이 빠른 속도로 줄어들고 있었다.

◈

결혼 준비는 딱히 할 건 없었다.

신혼집은 우재의 오피스텔로 정했다. 따로 새집을 얻기보다는 혼자서 사는 데다가 쓸데없이 크기만 하면서 공간을 활용하지 못하는 우재의 집으로 예라가 들어가는 걸로 정했다. 실제로 예라는 우재의 집이 제집처럼 편했다. 자주 자고 가곤 했으니까. 그 덕분인지 우재의 집에 예라의 물건이 조금 있었다.

우재는 혼자 살긴 하지만 직접 음식을 해 먹거나 그런 건 아니었으므로 주방에서 써야 할 것들이 조금 부족했다. 그런 건 주말에 같이 보러 갔다. 침대는 우재의 침대만으로도 충분했기에 따로 사지 않기로 했고, 대신 이불만 샀다.

그런 것들을 보느라 주말에는 그림을 신경 쓰지 못했다. 그래도 우재를 모델로 한 그림은 거의 완성이 되었다.

"짠."

먼저 보여 준 것은 제 아빠였다. 강한은 그 그림을 보다가 박수를 쳐 주었다.

"정말 우재 군이 있는 것 같구나."

"아으. 어떤 반응일지 기대된다."

이번 주 토요일에 우재를 초대했다. 이 그림은 그날부터 걸 것이다. 모델이 된 우재가 이 그림을 보고 괜찮다고 한다면 계속 걸어 둘 예정이지만, 그가 마음에 들어 하지 않는다면 그냥 우재만 보여 주고 바로 내릴 예정이었다.

"아, 맞다. 아빠. 이거."

청첩장을 보여 주었다. 그림은 예라가 그려 넣었다. 신랑과 신부를 검은색으로 그려 넣고 서로를 마주 보고 있도록 했다. 겉에는 그렇지만 안에는 팝업 형식으로 신랑과 신부가 서로를 향해 허리를 숙여 인사를 하는 걸로 만들었다.

"잘 만들었구나."

"예쁘지? 아빠 먼저 주는 거야. 엄마랑 종한테는 매니저님에게 전달하기로 했어."

결혼식에는 오겠지만, 요즘 두 사람은 바빴다. 유명 배우가 바쁜 건 당연했기에 예라는 잠시 시간을 낼 수 있는 매니저에게 전달하기로 한 것이다.

"요즘 종현이 팬들이 괴롭히는 건 없고?"

두 사람이 쌍둥이 남매라는 사실이 기사에 나갔다는 건 절 순회를 끝내고 우재를 만난 뒤에야 알았다. 강한은 직접 인터넷으로 확인을 하면서 거기에 달린 댓글들을 확인했다. 한 번 예라가 큰 소리를 낸 뒤, 악플들이 달리기 시작했다. 종현과 달리 인성이 다르다나 뭐라나. 그러나 분명 큰 소리를 낼 만했기에 냈을 거라고 짐작을 한 강한은 물어보고 싶었지만 묻지 않았다.

"뭐…… 갤러리로 가끔 찾아와. 겸사겸사. 갤러리 구경 겸, 종한테 줄 선물도 건네줄 겸."

"그건 받아 주고?"

"그건 어쩔 수 없잖아. 내가 바로 줄 수는 없는데도 괜찮으냐고 했더니 그렇게라도 해 달래. 물론, 위험한 건지 아닌지는 내가 확인해. 매니저가 된 기분이다?"

예라는 그림을 걸 액자를 찾아와서 그림을 넣었다. 액자가 된 우재를 보니 뭔가 뿌듯했다.

"우리 아빠, 혼자 살면 외로워서 어떻게 할까."

예라가 소파에 기대며 말했다. 그 말에 강한은 피식 웃으며 딸의 머리를 헝클어뜨렸다. 만약, 아버지가 '또 돌아다닐 텐데' 라고 말을 한다면 진지하게 강한에게 이야기를 할 생각이었다. 이제 그만 정착하는 건 어떨까 하고. 그러나 예라의 예상과는 달리 강한은 멋쩍게 웃으며 다른 대답을 했다.

"그러게. 우리 딸 없으면 어떻게 살지."

의외의 말에 예라는 눈을 깜빡였다. 이내 곧 부드럽게 미소를 지었다.

"좋아, 아빠. 오늘은 간만에 아빠랑 술 마시자! 아빠가 좋아하는 소시지 볶음, 내가 만들어 줄게!"

강한은 어린 예라가 처음으로 만들 수 있게 된 요리인 소시지 볶음을 좋아했다. 가끔 이 이야기를 어른이 되고 나서 나경에게 했더니, 어린애 입맛이라며 그 인간 입맛 참, 하며 타박을 주곤 했지만 예라는 그저 웃었다.

예술가에게 찾아오는 슬럼프는 지독할 때가 많다. 자괴감이 들고, 모든 것을 내려놓고 싶을 때도 많았을 것이다. 어린 자신은 그것을 몰랐지만 그저 아버지가 밥도 못 먹고 죽은 듯 있을 때 예라는 자신의 아버지에게 뭐라도 해 주고 싶었다. 그래서 생각한 게,

냉장고에 있던 소시지였다. 인터넷으로 레시피를 찾아서 만들었던 첫 요리는 엉망이었지만, 그럼에도 맛있다며 칭찬을 해 주었던 기억이 남아 있었다.

"아빠."

"응?"

"아직도 엄마 좋아하지?"

"……그럼. 네 엄마 같은 사람은 없을 거다."

그렇구나. 예라는 고개를 끄덕였다. 그럼에도, 두 사람은 왜 같이 있지 못할까. 그 이유는 아버지에게 있다는 것을 알기에 예라는 더 이상 말을 하지 않기로 했다.

아마도, 강한이 용기를 내서 다시 나경을 잡는다면, 두 사람은 다시 부부가 될 것이고, 그리고 종현의 성도 박 씨가 아닌 태어나서 받은 원래의 한 씨로 돌아갈 것이다. 아마도, 예라는 그럴 날이 올 거라고 지금 생각을 해 보았다. 아마도, 바뀔 수 있을 것이다. 지금의 강한의 표정으로 봐서는 분명 그럴 것 같았다.

아버지와 둘이서 갤러리에 걸린 그림들을 바꾸고 새로 그림을 그리는 등, 여러 가지로 바빠서 우재를 보지 못한 지 약 2주가 되었다. 갤러리에만 신경을 쓰면 일주일이면 되지만 그림을 다시 그리고 손보고 했더니 그렇게 훌쩍 시간이 지났다.

예라는 핸드폰을 확인했다. 우재는 보고 싶다는 말은 하지 않지만 '언제 봐?' 라는 문자를 보냈다. 예라는 후훗 웃으며 지금, 이라고 답장을 보냈다. 답장을 기다리는데 답이 없었다. 예라는 바쁜가 보지, 하고 핸드폰을 툭 던지고 씻으러 향했다.

씻고 난 후 갤러리로 나가며 핸드폰을 확인했다. 곧 간다는 답장이 와 있었다. 예라는 나가서 기다릴까, 하는데 아버지가 다가왔다.

"예라야, 권 서방이 와 있더구나."

그를 부르는 호칭이 바뀌었다. 권 서방. 잠시 예라가 히죽 웃었다. 그러자 강한이 허허 웃으며 예라의 머리를 쓰다듬었다.

"그렇게 좋니?"

"응. 그렇지, 뭐……. 헤헤."

예라는 강한이 알려 준 곳으로 향했다. 그는 예라가 그려 놓은 그림을 보고 있었다. 모델은 권우재. 드디어 우재를 모델로 한 그림을 보여 줄 수 있다.

예라는 그림 속 자신을 가만히 보고 있는 그의 뒷모습을 멍하니 바라보았다. 그는 그대로 굳어 있었다. 반면 우재와 같이 그림을 보던 사람들은 우재가 모델임을 알아차렸는지 그림과 그를 번갈아 보고 있었다.

예라는 천천히 걸어서 우재의 옆에 섰다. 그러곤 그의 표정을 살폈다. 그는 넋을 잃은 것처럼 바라보고 있었다. 예라는 조용히 입을 열었다.

"당신이야. 어때?"

예라의 목소리에 우재가 천천히 고개를 돌렸다. 예라는 그 시선을 느끼면서도 그림만 바라보았다.

"가끔 말이야. 우재 씨는 이런 부드러운 표정을 짓거든. 그게 너무 멋있어서, 그림으로 남겨 놓고 싶었어."

"······."

"말도 없이 모델로 정해서 미안. 그래도 내 손으로 언젠간 당신을 그려 보고 싶었어."

우재는 예라의 말에 아무런 대꾸도 하지 않았다. 다만, 그대로 그녀를 꽉 끌어당겨서 안았을 뿐이다. 갑작스러운 우재의 행동에 예라는 당황해서 그를 밀어 내려고 했다. 그러나 그는 그대로 그녀의 어깨에 고개를 파묻었다. 그것만으로도 그의 감정이 느껴져서, 예라는 밀어 내려던 손을 멈추고 대신에 등을 토닥였다.

"보고 싶었어."

조용히 내려앉는 그녀의 목소리에 그도 대답을 했다.

"······그래."

그래도, 예라는 그 대답만으로도 만족했다. 그의 목소리가 마치 물기에 젖은 것처럼 내려앉아 있었기 때문이다.

"그런데····· 우재 씨. 여긴 대체······."

갈 곳이 있다며 갤러리에 있는 강한에게 인사를 한 후 그녀를 태우고 무작정 달렸다. 그리고 도착한 곳은, 바다였다. 아무리 봐도 바다였다. 예라는 눈을 깜빡이며 우재를 향해 시선을 돌렸다. 우재는 바다만 바라보고 있었다.

"바다."

"그, 그건 나도 알아. 그러니까 갑자기 왜 바다······."

"배는?"

"배?"

"배 안 고파?"

우재의 물음에 예라는 고개를 가로로 저었다. 아침만 간단히 먹고 점심도 못 먹었다고 대답을 하자 말없이 그녀를 바라보던 그는 고개를 숙였다. 입술에 쪽 소리 나게 입을 맞추고서 그녀의 손을 잡고 어딘가로 향했다. 예라는 우재의 뒷모습을 바라보았다. 아, 이 뒷모습도 그림으로 남겨 놓고 싶다. 그 생각에 허둥지둥 잡히지 않은 손을 꺼내 핸드폰을 들었다.

찰칵.

소리가 나자 우재가 휙 돌아보았다. 예라는 허둥지둥 주머니 속으로 핸드폰을 집어넣으려고 했다. 그러나 너무 서둘러서 그런지 핸드폰은 주머니가 아닌 모래사장 위로 떨어졌다. 예라가 재빨리 핸드폰을 주우려고 할 때, 우재가 허리를 숙여 핸드폰을 들었다. 그는 모래까지 다 털어서 핸드폰의 카메라를 켰다.

"자."

"으, 응?"

그리고 우재는 예라와 같이 사진을 한 장 찍었다. 그러고 나서야 예라의 손에 핸드폰을 쥐여 주었다.

"사진…… 그러고 보니, 우리 같이 찍은 사진이 별로 없네."

"뭐……."

그는 그녀의 손에 깍지를 끼고서 바짝 잡아당겼다. 우재에게 찰싹 붙어 버린 예라가 낮게 웃었다.

"지금부터 찍기 시작하면 되잖아?"

우재의 이어진 말에 예라는 멍하니 우재를 바라보다 고개를 끄덕였다.

이 사람, 참 많이 변했구나.

그 변화를 이뤄 낸 것이 자신이라는 생각에 마음 한 곳이 뭉클해졌다. 예라는 우재의 손을 꼭 잡았다. 그러자 우재도 힘을 주었다. 서로 눈을 마주하다가 웃어 버렸다.

두 사람이 들어간 곳은 횟집이다. 여러 횟집 가운데 고르고 골라서 들어간 그곳에 자리를 잡고 앉아서 회를 주문한 후, 기다렸다.

"갑자기 웬 바다야?"

"그냥."

"나야 좋지만. 아, 이거 먹고 돌아가는 거야?"

"아니."

"……응?"

그러자 우재가 피식 웃었다.

"나랑 하룻밤 같이 있는 거야."

예라는 눈을 깜빡였다. 그러다 고개를 끄덕였다. 어휴, 그렇게 나랑 있고 싶었어요? 예라는 먼저 강한에게 연락을 했다. 오늘, 혼자서 자야 할 것 같다고. 알겠다며 강한은 흔쾌히 대답을 했다. 우재는 그런 그녀를 바라보다 빙긋 웃었다. 저절로 웃음이 나와서 큰일이다. 아니, 그전에 웃지 않았던 만큼 그녀를 만나고 나서는 계속 웃는 것일지도 모르겠다.

회가 나온 뒤, 오가는 대화는 딱히 없었다. 무언가를 먹을 때만큼은 조용해지는 예라였다. 먼저 말을 꺼내는 편도 아니고, 오히려 말수가 적은 편인 우재였기에 예라가 말을 하지 않으면 두 사람 사이는 조용했다.

그래도 어색하지 않았다. 우재는 맛있게 먹고 있는 예라를 바라보다 그녀가 보지 못하도록 조용히 미소를 지었다. 생각해 보니 만난 지 얼마 안 되었는데도 보통 여자들이 하는 내숭이라는 걸 떠는 것을 본 적이 없었다.

"있지, 우재 씨. 다음 주에 웨딩드레스 보러 가는 거 안 잊었지?"

"잊을 리가."

어느 정도 배를 채운 예라가 입을 열었다. 치즈를 젓가락으로 둘둘 말던 예라는 우재에게 내밀었다. 우재는 잠시 멈칫하다가 그녀가 내민 걸 받아먹었다. 그런 그가 귀여워서 예라는 후후 웃었다.

보여 줄 게 있다고 했던 날, 우재는 혼인 신고서를 내밀었다. 팔찌를 사기 전부터 생각을 했고, 동사무소 가서 직접 가져왔다는 혼인 신고서. 이미 자신이 다 작성을 해 놓은 뒤여서 그저 이런 걸 낼 거라고 보여 주는 셈이었다. 그걸 보고 예라는 웃어 버렸었다. 이렇게나 급했을까. 한편으로는 이 남자가 저를 빨리 아내로 맞이하고 싶어 한다는 생각도 들어서 어쩐지 부끄럽기도 했다.

"오늘은, 키스만 할 거야."

횟집을 나와서 잠깐 바닷가를 거닐던 우재가 불쑥 입을 열었다. 갑작스러운 말에 예라는 눈을 깜빡였다. 그런 예라에게 정신을 차리라고 하는 것처럼 우재는 그녀의 입술을 살며시 머금고 떨어졌다.

"최근 한예라가 피곤해 보여서, 잠 좀 푹 자라고 데리고 온 건데."

"그…… 그랬구나."

마음이 뭉클거렸다. 그가 자신을 생각해 주는 것이 감동이다. 예라는 눈을 깜빡이다 피식 웃었다.

사실은, 가끔 꿈처럼 느껴질 때가 있었다. 그 정도로 행복했다. 이 행복이 평생이었으면 좋겠다. 앞으로도 쭉, 계속해서.

"고마워."

"별것도 아닌데."

"정말로."

그렇게 대답을 하는 그녀가 너무 예뻤다. 귀여웠다. 그러나 우재
는 정말로 오늘, 예라가 푹 잘 수 있게 하려고 바다로 데리고 온
거였다. 이마에만 살며시 키스를 하고서 손을 잡고 바다를 따라 걸
었다.

대신, 그는 신혼여행을 시작으로 해서 절대로 그녀를 놓지 않으
리라 벼르고 있었다.

❖

우재와 함께 웨딩드레스를 보러 왔다.

예라는 눈에 너무나도 예뻐 보이는 드레스를 하나 골랐다. 가슴
에는 자신이 없지만, 그래도 가슴을 강조하고 드레스에 끈이 없고
아래로 쭉 이어지지만 몸에 딱 달라붙는, 그야말로 몸매를 위한 드
레스를 골랐다. 그걸 바라보던 우재가 고개를 가로로 저었다.

"너무 파였어."

넌 가슴이 작잖아, 라는 대답이 아니어서 다행일까. 예라는 피식
웃다가 다른 걸 골라서 우재에게 보여 주었다.

이번에 고른 것도 어깨 끈이 없는 드레스였다. 대신 어깨를 지나
양쪽 팔에 끈이 내려온 것처럼 생긴 드레스였다. 이번 것도 몸매를
강조한 드레스지만, 하반신 쪽은 레이스가 잔뜩 있는 드레스였다.
그러나 그것도 우재는 고개를 가로로 저었다.

"그러니까, 너무 파였다고."

그는 그게 불만인 모양이다. 그러더니 이번에는 우재가 직접 골랐다.

"이거."

우재가 고른 드레스를 바라보던 예라는 잠시 멈췄다.

그가 고른 시스루 스타일의 드레스는 어깨를 가려 주고 팔은 드러내는 그러나 몸에 딱 달라붙지 않은, 일반적인 벨라인 드레스였다.

"음, 이건……"

"이걸로 해."

그는 이게 아니면 물러서지 않을 생각인가 보다.

"어머, 신부님께서는 벨라인보다는 오히려 신부님께서 고르신 이쪽, 머메이드라인 쪽이 잘 어울리세요."

거 봐. 그런 눈빛으로 우재를 바라보았지만 그는 한사코 고개를 가로로 저었다.

이걸 어쩔까. 예라는 우재의 완강함에 어떻게 할까 싶었다. 그때 그는 직원이 추천해 준 머메이드라인 쪽을 가리키며 그녀에게 조용히 말했다.

"한예라의 몸을, 나 말고 다른 남자들에게 보여 줄 생각은 없으니까."

그의 낮은 목소리, 낮게 읊조리는 말은 그녀 외에는 듣지 못했다. 온몸이 오싹거릴 정도로 소유욕 돋는 말이었다. 예라는 잠시 움찔거리다 고개를 들어 우재를 바라보았다.

우재는 그 말을 하고 나서 예라가 혹시라도 자신이 무서워져 결혼을 하기 싫다 하면 어쩌나, 싶어 아무래도 드레스만큼은 그녀가 고를 수 있도록 양보해야 하나 하는 생각이 들었다.

"으음. 이쪽이 더 예쁘긴 한데, 이것도 예쁘네. 언니, 그럼 우재 씨가 말한 벨라인 중에서 하나 골라 줘. 예쁜 걸로."

예라는 딱히 상관없었다. 일생에 단 한 번 있는 결혼식에서 예쁜 드레스를 입고 싶은데, 그래도 드레스는 뭐든 다 예뻤다. 벨라인이든 머메이드라인이든 아무거나 상관은 없었다. 점원의 말로는 하체에 자신이 없을 때 등 벨라인을 주로 입는다고 했다. 자신이 없는 건 아니나, 그래도 편안하고 무난하면서도 우재도 원하는 예쁜 벨라인 쪽을 택했다.

우재는 예라의 손을 잡았다. 왜? 예라가 물었다. 가만히 예라를 바라보던 우재는 고개를 가로로 저었다. 그녀는 자신의 이런 검은 마음을 알면서도 모르는 척해 주는 걸까, 아니면 느끼지 못하는 걸까.

아마 전자라 생각한다. 한예라는 상냥했다. 먼저 좋아해서, 당신을 만나고 싶어서 소개해 달라고 종현에게 졸랐다고 말을 하던 예라의 모습은 눈부시게 예뻤다. 그냥, 그런 생각이 들었었다. 그 마음이 사랑인 줄도 모르고…….

"이거."

"오. 이거 예뻐, 예뻐. 와아. 화려한 것 같으면서도……! 언니, 이걸로 할게요."

곧 예라는 드레스를 입으러 들어갔다. 우재는 그 자리에서 앉은 채 초조하게 예라를 기다렸다. 겉으로 보기에는 무표정이고, 하나도 행복해 보이지 않은 표정이지만 그건 드러나지 않았을 뿐이다.

우재와 예라를 상담한 직원은 두 사람이 사랑하는 사이라는 걸 충분히 느꼈다. 처음에는 여자만 원하는 결혼처럼 느꼈지만 알고 보면 남자 쪽이 오히려 강력히 원하는 결혼이라는 걸 알게 되었다. 눈빛 하나하나가 오로지 여자만을 향해 있었다. 가슴 떨릴 정도로 강렬한 눈빛, 가끔 보이는 다정한 눈빛 등.

"신랑분, 잘생겼는데 좀 차갑게 생겼다."

같이 일을 하는 동료의 말에 그 직원은 고개를 가로로 저었다. 그렇지 않아. 정말 잘 어울리는 커플이야.

한참 뒤, 예라가 안에서 나왔다. 천천히 우재가 고개를 들며 일어났다. 사진에서 본 것과 예라가 직접 착의한 건 달랐다.

"어, 어때……?"

어색하게 웃으며 예라가 우재의 앞에 섰다. 우재는 굳은 채 대답을 하지 않았다. 주변에서는 우재에 대해서 오해를 했지만 예라만큼은 알아차렸다. 저 남자, 지금 감동에 벅차서 가만히 서 있는 거구나, 하고.

그리고 조금 뒤, 우재는 천천히 오른손을 올려서 자신의 얼굴을 덮었다. 그의 몸이 미세하게 떨리고 있었다.

"……예뻐."

너무. 뒷말은 너무 작아서 들리지 않았지만 예라는 틀림없이 들었다. 그래서 예라는 빙긋 웃으며 고개를 끄덕였다. 어느새 예라의 두 뺨이 예쁘게 불그스름하니 물들어 있었다.

곧, 우재가 고개를 들며 다시 예라를 바라보다 부드럽고 다정한 미소를 지었다.

"너무 예뻐서 죽을 것 같다."

예라는 우재의 표정을 보며 그대로 굳어 버리다 올 것처럼 웃어 버렸다.

그는, 예라가 봤던 표정 중에서 가장 행복하다는 듯이 보였다. 그토록 환한 표정은 처음이었다. 우재는 본인이 그런 표정을 짓고 있는지 몰랐을 것이다.

웨딩드레스를 고르고 나온 두 사람은 손을 맞잡고 길거리를 걸었다. 지나가다 파는 아이스크림을 사 먹고서 다시 걸었다. 그러다 공원이 나오자 벤치에 잠깐 앉았다.

"우재 씨. 우리 영화 한 편 보자."

"그래."

우재의 정신은 아직도 어디론가 가 있는 것 같았다. 아까 전, 예라가 웨딩드레스를 입고 나온 장면 때문이었다. 그토록 아름다운 사람이 곧 자신의 아내가 된다니.

어차피 이미 그녀는 그가 작성을 한 혼인 신고서를 내러 월요일 점심식사를 함께한 후, 같이 손잡고 갔었다. 이미 법적으로는 그의 아내인 셈이다. 그래도 결혼식을 하지 않으면 안 믿길 것 같았다.

"돌아와, 돌아와. 아직도 다른 데 가서 안 돌아오면 어떻게 해."

"……"

"내가 그렇게 예뻤어?"

"……어."

그는 그녀의 입술을 머금고 떨어졌다. 순식간에 일어난 일이어서 밀어 내지도 못했다. 예라는 눈을 동그랗게 뜨다가 피식 웃으며 그의 어깨를 툭툭 쳤다.

"영화 보러 가자."

아이스크림을 다 먹은 뒤 일어나서 다시 손잡고 걸었다. 영화관까지 손을 잡고 가는 두 사람의 뒷모습은 너무 다정했다.

"있지, 자기야, 우재야."

"어."

우재는 여전히 예라가 자신의 이름만 불러 주는 것을 좋아했다. 예라는 고개를 돌렸다. 눈이 마주치자 빙긋 웃으며 다시 앞을 바라보았다.

"응. 사랑한다고."

갑작스러운 고백에 우재는 놀라서 예라를 내려다보았다. 우재의 시선을 알면서도 예라는 짐짓 모르는 척 돌아보지 않았다. 그게 또 사랑스럽게 느껴져서 우재는 잡았던 손을 놔 버리고 왼쪽 팔을 그녀의 허리에 감았다.

우재의 갑작스러운 스킨십에 놀랐는지 고개를 팍 든 예라와 눈이 마주쳤다. 생각대로 예라의 얼굴은 붉게 물들어 있었다.

"그래."

"뭐야. 그게 다야?"

그러자 그는 뒷말을 이었다.

"사랑해."

그렇게 사랑 고백을 하는 그는 더 이상 표정이 없는 권우재가 아니었다.

"예라야."

그는 더없이 행복한 표정을 짓고 있었다. 너무나도 너를 사랑해. 다정한 미소였다.

에필로그

　신혼여행은 예라가 가고 싶다는 제주도로 선택했다. 해외로 가도
되는데 왜 굳이 국내에 있는 제주도냐고 강 여사가 물었었다. 예라
는 그 질문에 이렇게 대답했었다.

　'제주도도 추억 만들 곳이 참 많아요. 무엇보다도 우재 씨가 한
번도 안 가 봤다고 해서, 거기 가서 둘이서 좋은 추억 만들고 싶어
서요.'

　여행지 결정은 아주 간단했다. 우재가 한 번도 안 가 봤다고 해
서 그에게 보여 주고 싶었다. 자신이 한 번 제주도에 여행 갔을 때
좋았던 곳. 그리고 얼마 전에 종현과 같이 갔을 때 우재와 함께 오
면 좋았을 텐데, 하고 느꼈던 곳에 같이 가서 좋았던 감정을 느껴
보고 싶었다.

　우재는 그런 예라의 선택을 존중했다. 그날, 예라와 같이 가고

싶었으니까. 물론 제주도에 가서 그런 것이 아니라 그녀와 떨어져 있던 시간이 좀 길었다고 생각했으니까, 차라리 같이 가는 게 나았다고 여겼으니까.

그래서 택하게 된 제주도였다.

그리고 제주도로 가는 비행기에 올라탔다. 비행기가 뜨자마자 우재는 예라의 손을 잡으며 말했다.

"사랑해."

그의 고백은 항상 갑작스럽게 불쑥 치고 다가온다. 항상 준비 없이 그의 고백을 받은 예라는 눈을 깜빡이다가 붉어진 얼굴로 활짝 웃었다.

"응, 나도. 사랑해."

그런데 갑자기 우재가 결혼반지가 있는 왼손을 들어서 얼굴을 덮었다. 갑작스러운 그의 행동에 놀란 예라는 움찔거리다 그의 등을 토닥였다. 비행기 멀미인가 싶었다. 그래서 물어보았다. 항상 이렇게 멀미 있어? 그러나 그는 대답이 없었다. 왜 이러지 싶다가 손을 천천히 떼어 내자 보이는 액체에 예라는 당황했다.

권우재가, 울고 있었다.

예라는 눈을 살며시 비비다가 아이라이너가 번질까 싶어서 더이상 눈을 비비지는 못하고 깜빡거리기만 했다.

'맙소사.'

왜인지는 모르겠으나 천하의 권우재가 우는 걸 보니 어쩐지 귀여워서 웃음이 나오려고 했다. 그러나 꾹 참고서 예라는 그의 등을 이번에는 슥슥 쓸었다.

"자."

가방 속에서 손수건을 꺼내서 그의 눈가를 닦아 주었다. 우재는 그녀가 하는 대로 가만히 있었다. 그러다가 휙, 예라의 손을 잡아서 깍지 꼈다.

우재는 제주도에 도착할 때까지 아무런 말도 하지 않았다. 그저 그가 왜 그랬는지 궁금한 예라만이 입이 간질거렸지만, 물어봤자 대답을 해 주지 않을 것 같아서 이야기를 해 줄 때까지 기다리기로 했다.

비행기에서 내린 후, 짐을 찾아서 나란히 걸었다. 공항에서 나와서 택시를 타고 호텔에 도착할 때까지도 그는 입을 열지 않았다. 호텔에 들어가면 꼭 이유를 물어봐야지, 하고 마음을 먹었다. 택시가 곧 호텔에 도착하자 택시비를 지불한 뒤, 예라가 먼저 우재의 손을 잡고 이끌었다.

"권우재로 예약을 했어요."

체크인을 하기 위해 먼저 예라가 입을 열었다. 우재는 그저 얌전히 그녀의 뒤에 있었다. 그의 시선은 한 번도 예라에게서 떨어지지 않았다. 웨딩드레스를 입고 자신의 손을 잡고, 맹세를 하던 예라의 모습이 아른거렸다.

체크인을 하고 룸 안으로 들어가자마자 예라는 방을 이곳저곳 돌아다니며 구경했다. 우재는 그녀를 조용히 지켜보며 테라스로 나갔다. 방을 둘러보던 예라는 우재를 찾다가 테라스를 통해 제주도 바닷가를 바라보는 우재의 옆에 섰다.

"우재 씨. 웃어 봐."

그러자 예라를 가만히 바라보던 우재가 피식 웃었다. 그리고 그녀의 손목을 잡고 바싹 끌어당겨서 제 품에 그녀를 넣었다.

"안 믿겨져서 그랬어."

"응?"

"실감이 이제야 나서."

그는 쑥스럽다는 듯이 말했다.

권우재가 쑥스럽다는 듯이!

예라는 그 신선한 충격에 가만히 입만 뻐끔거리다 까치발을 들어서 우재의 입술에 쪽 입을 맞췄다. 그러자 뭐 하는 짓이냐는 듯이 그가 뜨거운 시선으로 그녀를 응시했다.

"어휴. 귀여워 죽겠어."

두 손으로 기껏 정돈된 우재의 머리를 슥슥 쓰다듬었다.

세상에. 결혼을 한 게 안 믿겨서 울었다고 한다. 권우재가 이렇게 귀여운 거, 세상 사람들 중 나만 아는 사실일 거다.

예라는 히죽 웃었다. 그러다가 곧 표정을 고쳤다. 제발 여자처럼 웃어! 종현의 말이 떠올랐다. 34년 살면서 한 번도 생각해 본 적 없었다. 이런 안 좋은 습관들을 고칠 생각도 안 했는데, 우재에게는 예쁘게 보이고 싶어서 이제부터 고치려고 마음먹었다.

"한예라."

"응. 자기야."

예라가 눈웃음을 치며 꼬리를 살랑거렸다. 잠시 조용히 그녀를 응시하던 우재는 갑자기 번쩍, 그녀를 안아 들었다.

"뭐, 뭐야."

"이제야 결혼한 것 같군."

"그래서…… 행복해서 운 거야?"

예라를 소파 위에 내려놓은 우재가 고개를 끄덕이며 그녀의 옆

에 앉았다. 예라는 우재가 앉자마자 편안하게 그의 어깨에 고개를
기대었다.

"그래."

그는 분명히 그렇다고 대답을 했다. 예라는 움직여서 우재의 허
벅지에 누워 아래에서 그를 바라보았다. 그러자 우재가 손을 뻗어
서 예라의 머리를 쓰다듬었다. 그의 시선이 너무나도 다정했다.

문득 울컥, 감정이 치솟았다.

예라는 저도 모르게 눈시울이 붉어졌다. 앞이 잠깐 흐릿하다는
생각에 자신의 눈가를 만져 보았다. 어느새 눈물이 맺혀 있었다.

"그럼 뭐……."

예라는 손을 뻗어서 우재의 뒤통수를 감쌌다. 그는 그녀가 하는
대로 가만히 놔뒀다. 그녀가 울먹이는 모습이야 결혼식에서도 봤었
다.

예라는 결혼식장 안에서, 울고 웃고 난리가 났었다. 처음에는 미
소를 지으며 웃다가, 양측 아버지의 말씀을 듣는 순서에 말을 들으
며 울컥 감정이 솟아서 울어 버리고 말았다. 그 뒤로 종현의 축가
에 웃기도 했었다.

"나도 행복해서 울지 뭐."

"울지 마."

"응."

"한예라."

"응."

예라에게 입을 맞추며 우재는 그녀를 일으켜 세웠다. 곧 그녀를
자신의 허벅지 위에 앉히고서 입술을 겹쳤다. 처음에는 그가 하는

것을 가만히 받아들이다 예라는 아예 몸을 틀어서 그와 마주 보는 자세로 바꿨다. 물론, 우재의 허벅지 위에 올라와 있는 건 여전했다.

"하아……."

입술이 겹쳐지고 서로의 타액이 섞이고, 서로를 향한 갈망의 손짓을 보냈다. 그러다가 정신을 차린 것은 예라였다. 이대로라면 제주도에 온 보람이 없었다. 우재와 함께 같은 감동을 느끼고 싶어서 온 건데!

예라는 먼저 그의 양어깨를 짚고서 입술을 떼어 내었다. 우재가 아쉽다는 듯이 그녀를 올려다보았다. 손을 뻗어서 타액에 젖은 입술을 닦아 주었다. 가만히 우재가 하는 대로 놔두던 예라는 쪽, 쪽, 입을 맞추다가 우재의 머리를 슥슥 쓰다듬었다.

"이 양반아. 저녁 먹어야지. 제주도의 밤도 예뻐."

"한예라가 더 예쁠 텐데."

"저녁 먹자. 나, 배고파. 우재 씨. 응?"

그러자 우재의 눈썹이 꿈틀거렸다. 뭔가 마음에 들지 않는 눈치였다. 예라는 금방 알아차리고서 우재를 내려다보다 그의 콧등에 입을 맞췄다.

"왜 그래?"

가만히 그녀만 바라보던 우재는 예라의 등을 슥슥 쓰다듬었다. 명백히 유혹하는 손길이다. 그러나 모르는 척, 우재에게서 벗어났다.

"밥 먹자, 밥."

"잠깐."

"응?"

우재는 예라의 손목을 잡고서 다시 돌아오게 했다. 우재의 품에 갇힌 예라는 그의 어깨를 아프지 않게 툭 쳤다. 그때, 우재가 입을 열었다.

"새로운 협정 하나 하지."

"응? 협정?"

"그래."

진지한 표정에 예라가 일어나서 우재의 옆에 앉았다. 우재는 몸을 틀어서 예라를 바라보았다. 얼른 말해 봐. 우재는 예라를 바라보다 짧게 웃었다. 그녀는 표정을 숨길 줄 몰랐다. 무표정으로 뭐든 다 숨길 수 있는 저와는 달리 예라는 절대로 표정을 숨기지 않았다.

어쩌면 그런 당당함이 저와는 달라서 끌렸던 것일지도 모르겠다.

"결혼협정."

"……결혼협정?"

"앞으로 날 새로운 호칭으로 불러."

불러 달라는 것도 아니라 불러, 라는 명령조에 예라가 눈을 깜빡였다. 듣고 싶은 건 자기 자신이면서 부탁을 하지 못할망정 명령조라니. 그러나 그게 또 권우재다워서 피식 웃음이 새어 나왔다.

"그래, 자기야. 뭐라고 부를까?"

"그것도 좋고."

"자기?"

"어."

정말 좋은지 피식 웃고 있었다. 은근히 호칭에 집착을 한단 말이지. 이런 것도 예라는 대수롭지 않게 그게 듣고 싶은가 보지 뭐, 하고 그렇게 넘겼다.

우재는 저 자신이 집착하고 있다는 걸 알면서도 멈출 수 없었다. 그럼에도 예라는 뭐든 말해 보라는 식이다. 뭐든 말만 해, 다 들어 줄게. 그래서 우재는 예라가 고맙기도 했고, 너무나 좋았다.

예뻐. 귀여워. 사랑스러워.

그 말들이 목구멍에서 천천히 올라오고 있었다. 그러나 꾹 참았다. 자신이 하는 말에 예라의 얼굴은 분명 불그스름하게 물들 것이다. 그러면 참지 못하고 그녀가 먹고 싶어 하는 맛있는 음식도 먹지 못하게 하고서 덮쳐 버릴지도 모른다.

"뭔데. 말해 봐."

"뭘까?"

"나보고 맞춰 보라는 거야? 음……."

예라는 소파에 편안하게 기대었다. 자기야, 말고 또 부를 수 있는 게 뭐가 있어…….

"……설마."

예라는 눈을 깜빡이다 고개를 돌렸다. 우재는 예라를 똑바로 바라보고 있었다. 그는 그녀를 시선으로 훑어 내리고 있었다. 그 뜨거운 시선에 휙 고개를 돌렸다. 정말, 이러다가 그에게 몸을 맡긴 채 밥은 뒷전으로 던져 버릴지도 모른다.

"어휴. 그게 듣고 싶었던 거였어?"

"그래."

순순히 대답을 한다. 참 솔직하기도 해라. 하긴. 솔직하지 않으면 권우재가 아니다. 예라는 짧게 웃음을 터트리며 우재의 머리를 슥슥 쓰다듬었다.

"여보."

결혼을 했으니, 그렇게 불러 주지. 인심을 썼다는 듯이 예라가 덧붙였다. 그러자 우재가 그대로 그녀의 입술을 덮쳤다.

거침없이 그녀의 입술을 핥고 물고 늘어지다가 그녀를 잔뜩 맛보고 있었다. 우재의 갑작스러운 행동을 말리다가도 그가 주는 달콤함에 몸이 녹아 버려서 결국 등에 팔을 둘러 버리고 말았다.

그리고 그대로 소파에 쓰러졌다. 온몸을 훑어 내리는 손길에 그대로 몸을 맡겼다. 실은 아까 전부터, 그가 뜨거운 시선을 줄 때부터 그에게 안기고 싶었다. 대낮에 사랑을 나누는 건 민망해서 모른 척 넘어갔을 뿐이다.

부끄러워도 예라는 절대로 내뺀 적도 없었고, 그가 주는 진득한 소유욕과 집착에 모른 척 그냥 넘어가 주었다. 그만큼 그는 다정하면서도 거칠게, 부드러우면서도 따뜻하게 그녀를 정성껏 사랑하고 예뻐해 주니까.

그래서 문제였다.

"으, 읏…… 바, 밥은……."

"원망은…… 후, 나중에 듣도록 하지."

두툼한 귓불을 물고 핥으며 정성껏 그녀를 탐했다.

그렇게, 예라는 결국 또 그에게 두 손을 벌리며 항복했다.

예라가 항복한 것을 알고 우재는 온 마음 가득 담아서 그녀를 안았다.

"나, 나도 그거…… 흐읏, 아……."

"뭘?"

예라가 걸치고 있던 모든 것을 다 벗긴 우재는 제 옷도 벗었다. 몇 번이나 봐 온 탄탄한 몸을 멍하니 바라보던 예라가 흐뭇한 미소를 짓다가 손을 뻗어서 가슴을 손가락으로 훑어 내렸다. 이내 빙긋 웃었다.

"협정, 말이야."

"그래."

"내가 여보라 부르면, 권우재는 나를 뭐라 부를 건데? 한예라? 응?"

그러자 우재는 제 몸을 훑고 있는 그녀의 손을 붙잡다가 이내 고개를 숙여서 손가락 마디마디 입을 맞추다 검지를 빨았다. 관능적인 광경에 예라는 움찔거리다 고개를 돌렸다. 그때, 귓가에 들어왔다.

"똑같아."

그리고 다시 그녀를 소파에 눕혔다.

"여보."

생각 이상으로 그가 부르는 그 호칭은 달콤하면서도 어쩐지 섹시하게 들렸다.

큰 손이 다시 가슴 위로 올라왔다.

"사랑해."

그의 고백으로 본격적인 행위가 시작이 되었다.

제주도의 첫날은 그렇게 흘러가고 있었다.

"여보."

예라가 저를 부르는 호칭은 참 달콤했다.

눈을 뜨자 어느새 티셔츠와 반바지를 입고 있는 예라가 보였다. 아쉬운 마음에 가만히 바라보다 손을 뻗어서 티셔츠 안으로 넣었다. 속옷은 입지 않고 있었다.

"아침 산책 하고 오자. 응?"

보채는 목소리가 참 귀엽고 말랑거렸다. 피식 웃던 우재는 손짓을 했다. 고개를 숙이자 우재는 곧바로 키스를 했다. 길고 길게 이어지던 키스는 예라가 어깨를 툭툭 치자 멈췄다.

"이 아저씨가, 아침부터!"

"내가 아저씨면, 한예라는 아줌마인가."

"음. 하긴. 결혼하면 다 아줌마지. 윽. 맞아. 어제 박종현이 날 아줌마로 저장했다고! 한씨 아줌마, 이렇게!"

투덜거리는 예라가 참 예뻐 보였다.

우재는 신혼여행에서 돌아온 후, 본격적으로 신혼 생활을 하면서 참 신기하고도 행복했다. 상상했던 대로 아침에 그녀와 함께 눈을 뜬다. 주말은 그녀를 마음껏 안을 수 있었다. 가끔 저보다 먼저 일어날 때가 있는데 그럴 때마다 항상 이렇게 저를 먼저 깨운다. 아침 산책을 가자면서.

"일어날 수 있는 거 보면 난 참 부족한 것 같지?"

갑작스러운 우재의 목소리에 예라가 되물었다.

"무슨 소리야?"

"당신 못 일어나게, 아예 침대에서 못 벗어나게 해 버리는 건데."

"이 인간이…… 읍!"

장난으로 한 대 때리려고 하는 예라의 손목을 잡고서 그대로 끌어당겼다. 그 덕분에 우재의 몸 위에 눕게 되었다. 예라는 우재의 가슴팍에 얼굴을 기댄 채 있다가 티셔츠 안으로 들어와 등을 쓸고 있는 우재의 손길에 눈을 감았다가 떴다.

"우재야. 여보야."

"그래."

"우리, 협정 다시 하자."

처음에는, 우재를 잡고 싶은 마음에 간절하게 내뱉은 말이 협정이란 단어였다. 연애협정을 하자고. 딱 3개월이라도 좋으니 만나고, 3개월 동안 만나 보고 정 아니면 우리 그냥 앞으로 모르는 사이 하자.

정말, 간절했었다. 첫눈에 반해 버린 것 같은데, 그저 그의 외모에 반해서, 연예인을 좋아하는 것처럼 좋아하는 거라면 어쩌나. 그러나 계속해서 생각이 나고, 결국에는 상사병에 걸린 것처럼 꿍꿍 몇 달간 앓자 알아차린 마음이었다.

사랑이구나. 나는 권우재를 사랑하게 된 거였어.

"있지, 우재야."

"……그래."

주변에 사람은 많았으나 딱히 연애에 관심이 없었다. 또한 그림 그리는 데도 바빴다. 예라의 눈앞에는 거대한 산이 하나 있었다. 바로, 한강한이라는 거대한 산이. 비록 그리는 분야는 달랐지만, 어찌 되었든 한강한은 넘어야 할 산 중 하나였다.

어머니 나경의 뒤가 아닌 아버지 한강한의 뒤를 따라가기로 했을 때 배우가 되기보다는 그림 그리는 것이 더 좋았다. 자신이 택한 길이지만, 한강한의 딸이라는 이름만으로도 충분히 예라는 힘들었었다. 아버지는 이랬는데, 딸은 이렇게 못하네, 이런 식으로 비교도 많이 당했었다. 그래서 이를 악물고 그림에만 집중을 했다.

그렇게 해서 예라가 자신의 힘으로 이름을 알리게 되자, 어느새 나이가 서른넷이 되었다. 그림과 함께 일생을 살아온 셈이다. 그렇기에 누군가를 좋아하는 감정이 잘 구분이 가지 않았었다. 그래서 우재를 처음 봤을 때 사랑이라고 바로 깨닫지 못했다.

"난 당신이 나랑 결혼해 줘서 너무 기뻐."

"내가 할 소리."

"헤에. 근데 정말이야. 나, 우재 씨가 나 돌아봐 준 날부터 정말 너무 기뻤어."

"그럼 그 기쁜 만큼 날 욕심내 봐."

우재가 거침없이 말했다. 그의 말에 예라는 무슨 말인지 잘 알아듣지 못한 채 우재를 바라보았다. 그 사랑스러운 눈빛에 우재는 손을 뻗어서 예라의 뒤통수를 감쌌다. 아, 키스한다. 예라는 자연스럽게 눈을 감았다. 입술이 닿았고, 그가 아랫입술을 혀로 핥았다. 입을 벌리자 그가 들어왔다.

아주 부드러운 키스가 이어졌다. 살며시 눈을 뜨자 그도 눈을 뜨고 있었다. 동시에 미소를 지으며 키스는 계속해서 이어졌다. 서로를 향한 사랑을 속삭이는 키스였다.

"예라야."

"응."

"난 과거, 내가 한때나마 좋아했던 여자가 그랬었다. 내 거침없는 소유욕과, 끝없는 집착이 무섭다고."

"……."

"물론, 그 여자는 내가 아닌 박종현을 좋아했었지."

"그래서…… 슬펐어?"

"그랬을지도."

이제는 희미해져서 잘 기억이 나지 않는다.

"그래서 누군가를 좋아한다는 걸 꺼렸고. 근데 한예라를 좋아하게 된 거야."

"나를?"

"그래. 넌 포기하지 않고 나를 잡아당겼어. 얼른 나오라고."

맞아. 그랬었지. 예라가 키득거리며 웃었다. 두 사람은 서로를 마주 보고 있었다. 시선이 교환되고, 입술이 잠깐 오갔다.

"너도 나를 그렇게 무서워할까 봐 두려웠다."

"그랬어? 진작 말하지. 근데…… 난 그런 거 생각해 본 적도 없는데. 아, 당신 무서운 거 하나 있다."

그런 대답이 돌아오자, 우재의 심장이 잠시 덜컥거리며 멈췄다. 그걸 알아차린 예라는 잠시 천장을 보던 시선을 우재에게로 다시 돌리곤 그의 뺨을 부드럽게 어루만졌다. 그 다정한 눈빛과 손길에 우재의 심장이 다시 움직였다.

"당신 정력이 좀 무서워."

키득거리며 장난을 치듯이 말을 하자 우재는 안도의 한숨을 쉬었다. 방금 전, 자신의 행동이 우재의 심장을 들었다 났다 한 걸 알아차린 예라는 두 번 다시 이런 장난은 치지 말아야지, 다짐했다.

"너도 날 욕심내."

우재는 순식간에 몸을 틀어 그녀를 자신의 아래로 깔며 말했다.

"난 너의 모든 것을 원했어. 넌 내 눈앞에서 떨어지면 안 돼. 나만 봐야 해. 내 시야에 들어온 건 너였어. 나를 계속해서 세상 밖으로 나오게 한 것도 너였어."

"지금 보고 있어."

"아니. 사실은 가둬 놓고 나만 보게 하고 싶어."

"헤에. 하지만, 여보. 난 아직 여보랑 밖에서 할 게 많은데."

정말, 순진하게 저렇게 속삭이는 건 분명 연기다. 우재는 천천히 미소를 지으며 그대로 그녀를 덮쳤다. 키득거리며 웃던 예라는 점점 농도가 짙어지는 그의 행동에 결국 두 손, 두 발을 들며 항복을 해야 했다.

아침부터 행복이 두 사람에게 쏟아지고 있었다. 사랑을 외치며, 사랑하는 사람과 함께 사랑을 나누며, 그리고⋯⋯.

"진짜, 사랑해."

자신의 모든 것을 받아 준 여자가 한 고백에 참 많이 변한 남자가 고백을 돌려준다.

"날 사랑해 줘서⋯⋯ 고맙다."

내 모든 것을 받아 줘서, 고맙다.

그리하여, 두 사람은 마침내 서로의 존재로 인해 행복하게 되었다.

아침부터, 사랑이 피어오르고 있었다.

—The end

작가 후기

안녕하세요, 윤해조입니다. 이번에는 〈연애협정〉으로 찾아뵙게
되었습니다.

이 글은, 어떤 상황에도 자신의 사랑을 위해 당당한 모습으로 사
랑을 쟁취하는 여자를 여주인공으로 해서 쓰고 싶은 마음에 시작된
이야기였습니다. 이 글을 봐 주신 분들은 어떠셨을지 모르겠지만,
가볍고 유쾌한, 혹은 약간의 가슴이 떨리는 이야기가 되었으면 좋
겠습니다!

글을 쓰다 보면 힘들어서 좌절하며 그만두고 싶을 때도 있지만,
항상 제 곁에서 토닥여 주는 분들에게(나열하지는 않겠습니다^^;)
감사의 인사를 올리고 싶습니다. 또한 엉망인 글을 잘 다듬어 주신
편집자님, 너무 고생하셨습니다(엉엉). 많은 걸 배웠습니다!

부족하지만, 이 책을 읽어 주신 분들에게 감사드립니다.
괜찮으시다면, 다음 책도 잘 부탁드리겠습니다!

-윤해조 올림-